九十年代文化批評

「文化転換」をめぐる新思潮と審美モダニティ

桑島　由美子

汲古書院

目次

第二章　メディア・表象・ジェンダー

序　「審美モダニティ」のゆくえ

『九十年代文化批評――「文化転換」をめぐる新思潮と審美モダニティ――』の構想は、汪暉編『九十年代「後学」論争』の前編「「後学」の文化批評」に掲載された、劉康、張頤武、鄭敏の批評論文、また後篇「「後学」の政治性と歴史意識を評す」に於ける欧米学術界の徐賁、趙毅衡、張隆渓、の衒学的な議論に触発されたことに始まる。「後学」論争は、「ポスト新時期」をめぐる歴史認識や、「ポストモダン」をめぐる政治倫理的な解釈論争、グローバル化文化想像下での中国図像の変容等、錯綜する議論を通して、改革開放時期の思想文化界に偏在する「審美」への渇望、「自由」「多元」の呼び声の彼方にある「モダニティ」の陥穽と隘路について、多くの示唆を与えてくれた。そして、二〇〇七年に北京社会科学院文学研究所を学術訪問した際には、同研究所現代文学研究室に所属して、「九十年代文化批評」をテーマとして在京の研究者と学術交流を深め、帰国後も学会で研究報告を行って来た。

中国に於いては、「後学」（ポストモダン）論争に於いて、「現代性（モダニティ）」が俎上に載せられ、その後「審美現代性（審美モダニティ）」が焦点化されると言う経緯を辿って来た。この論著の第一章では「日常生活審美化」と大衆文化論争を導論としたが、M・フェザーストン『消費文化とポストモダニズム』に呈示される様に「審美化」とは、西方社会の深層で発生した社会と文化の変遷であり、個人の生活実践と行為規範の審美化から、認識論の審美化に至るまで、当代社会の核心的な社会組成の原則であり、それは美学と経済的基層との支配関係を転覆させるものであった。また「文化転換」については、フレドリック・ジェイムソンの「文化（論）的転換」をめぐり、二つの世紀を跨ぐ消費社会の美学と、その抵抗の可能性を改めて焦点化している。

本著では、思想解放の幻惑の只中に在る中国の言論・文化状況を、中国の「知」の最前線から分析し、「九十年代文化批評」の発展と今後の趨勢について摸索した。また欧米批評理論の浸透と学術界の動向については、文化横断的なテキストによって、この時期の批判的知性を象徴する「新左派」思潮を、戴錦華、張旭東等を中心に詳述した。

中国近現代思想史を再解釈する上で、批評理論の可能性を追求し『「修辞」という思想』に於いて、東アジアの言語論的批評理論について論じた林少陽は、章炳麟の「表象主義」や「文飾主義」に対する批判と相通じるとして、ポール・ド・マンの『美のイデオロギー』について次の様に述べている。「美」の至上主義は、身体性、倫理性、歴史性、批判性との「文」に不可欠な側面を排除するきらいがあり、それは、レトリック中心主義や、隠喩中心主義にある「中心」「主義」という言い方に示される。ジャック・デリダの英米圏における共鳴者であるポール・ド・マンは、かつてカントの哲学が、言語に偏在している比喩性、修辞性を指摘した事から、この修辞性は、認識論的なものでもある以上、文学＝美学的なもの、哲学＝認識論的なものという二分化は成立せず、文学言語の修辞的性格から、認識的機能は、主体の中に在るのでは無く、言葉の中にあるとしている。ポール・ド・マンの「美」の範疇化（カテゴリー化）やイデオロギー化の議論の中で、その「美学イデオロギー」において、カントの『判断力批判』と、ヘーゲルの『美学』などを批判的に解読しながら、安定した哲学性（普遍性）のカテゴリーとしての「美」を疑問視し、「美」はカテゴリー化される事を通してイデオロギー化され、最後に超越的な範疇化価値となることを力説した。指示作用と現象性との混同、すなわち「言語的現実」と、「自然的現実」との混同により、「不安定」であり、出来事であるはずの「美」が、範疇化によって、固定的で、静止的な存在となってしまう。従って、ポール・ド・マンは、文学は美的範疇を肯定することと関係無く、それを無効化する事に直結していると見ている。そのため「美」のイデオロギー化は、倫理性との関係を断ち切り、歴史性、批判性を排除する趨勢となる、としている。

本著では、第二章の「西欧批評論述の中の中国図像」で、ポール・ド・マンの「美学イデオロギー」について言及している。中国近現代文学、思想史に於ける「審美の復権」から、「美学イデオロギー批判」に至る思潮について、更に歴史的検証を深めつつ、日中の近現代思想史の中に於いて、現代批評理論の可能性を探究していく事を、今後の研究課題としたい。

九十年代文化批評

――「文化転換」をめぐる新思潮と審美モダニティ――

第一章　学術文化界における知の転換

一－一　中国知識界は西欧ポストモダニズムをどう見るか

――批判的受容から「日常生活の審美化」まで――

はじめに

中国において受容された西欧文化理論は、八十年代方法論熱の中で、西欧マルクス主義として積極的に導入された批評理論、テリー・イーグルトンやフレドリック・ジェイムソン、ヴァルター・ベンヤミンなど、初期の段階では文学、美学と親和性の高いものであった。

中国における狭義の「ポストモダニズム」は、八十年代のアメリカで文学理論や文芸批評を足場に大衆化、通俗化していったポストモダン思想の共時的受容と言えるが、過去三十年の文芸学と文学研究におけるその影響について、中国では様々な省察が見られるようになって来ている。文化界・学術界における批判的受容と、人文、社会科学研究の脱領域化への広範な影響、文芸理論の「批評化」現象と九十年代文化批評の批評的「実践意識」の確立、新しい修辞学としての受容、今世紀に入っての文化美学、哲学の成熟やポストモダン消費文化論の浮上など、考察すべき対象は広範囲に渉る。特に九十年代、文化価値の転換期における中国知識界の模索を、ポストモダン受容の動態を手掛かりに辿ってみたい。

キーワード：グローバル化時代の文化財　「後学」と「新学」の関係　新しい修辞学
「大衆文化」の隠されたロジック　日常生活の審美化問題　文芸学と文化研究

一　ポストモダニズムと中国モダニティ

中国では、ベンヤミン、ローティ研究で知られ、ニューヨーク大学比較文学系教授でもある張旭東[1]は、文化美学と「中国におけるポストモダン」研究に傾注する中で、その特殊性を次のように語っている。「モダニズムからポストモダニズムへの移行は、物質世界の覇権構造の根本的改変を意味するわけではなく、更には「モダニティ」の終結を意味するものではない。[2]」「特に強調しておきたいのは、中国のモダニティ自身の特殊性は、それが十九世紀世界秩序に対して決して屈服したのではなく、それに真っ向から抵抗したことにある。辛亥革命、五四運動を起点とする中国の近現代史そのものが、「近代」世界秩序への熾烈な反抗であり、中国の十九世紀後半以来の「近代化」への努力に対する批判的超越であることだ。[3]」目下ポストモダン論争の争点として浮上した「モダニティ」の歴史的背景について中国の特殊な認識を確認した上で、「中国ポストモダン」という曖昧な概念とははっきり区別して「中国におけるポストモダン」を次のように定義している。「中国におけるポストモダンとは、何を指すのかと言えばそれは中国の学者（特に外国文学、文化理論界の学者）の西欧「ポストモダニズム」文芸作品や、思潮、理論に対する解釈や翻訳を指す。」従って、「（その文化の生じた環境と同じく）中国におけるポストモダニズム理論は学院派のエリート言説であり、知識界のサークル内に流通するものである。[4]」また、社会現象を見る上では、九十年代の中国都市空間の「グローバル化」への飛翔は、中国経済と文化の不均衡発展とグローバル資本主義ユートピアとの間に、浮遊し彷徨う連結点となっている。

張旭東が言うように狭義における「中国におけるポストモダニズム」は、八十年代のアメリカで文学理論や文芸批評を足場に大衆化、通俗化していったポストモダン思想が、中国では「新しい文化理論」として共時的に取り込まれた経緯を指す。また一方では社会文化状況を形容する時の「ポストモダン」と思想や理論をめぐる「近代批判」が相矛盾し、交錯する側面を露呈してきた。張旭東はその後、「グローバル化時代の文化悖論：多様性か単一性か」では、問題の本質がジェイムソンの「抑圧的多元性」の問題にあるとして、「グローバル資本主義およびポストモダン文化のコンテクストの中では、結局のところ人民の願望を支配するのは資本主義生産と消費のロジックである。このような利他主義の特殊な現代――あるいはグローバル化／ポストモダン――新しいスタイルは、文化が経済に変容し、経済が文化に変容することに鑑みれば、また資本と身体の相互浸透から見て、それは暗にまた必然的に政治性を備えることを運命付けられ、それに先立つ普遍性概念の教育主権者はすなわち資本自身である。ポストモダン／グローバル状態の歴史性を帯びたこの様な政治哲学理解に対して、批判的意識を抱く知識人にポストモダニズムや消費中心主義の文化言説に「慎重な距離」を維持するよう促すのが賢明だろう。これらの言説はグローバル化時代の文化財である、しかし、これに対して私たちは「驚きと畏怖を以て観察せざるを得ない[5]」（ベンヤミン「歴史哲学テーゼ」）と述べている。張旭東が「歴史哲学テーゼⅦ」から引用したと思われる部分には「こんにちにいたるまでの勝利者は誰もかれも、いま地に倒れているひとびとを踏みにじってゆく行列、こんにちの支配者たちの凱旋の行列に加わって、一緒に行進する。行列は従来の習慣を少しもたがえず、戦利品を引き廻して歩く。戦利品は文化財と呼ばれている。支配者たちはしかし、歴史的唯物論者という、距離を保った観察者がいることを覚悟しておくがよい。じっさい、この観察者が展望する文化財は、ひとつの例外もなく、戦慄をおぼえずには考えられないような由来を持っているではないか。[6]」

とある。

「モダニティ」の背景にある特殊な歴史認識は現在の世界秩序に対する批判にも、色濃く投影される。そして中国のポストモダンや近代化イデオロギーを議論する際、その核心にあるのは依然として「現代性（モダニティ）」である。

かつて新保守主義の「ポストロジー」と揶揄されたドメスティックな「後学」論議を克服して、中国とアメリカの社会科学交流が本格化した時期に学究生活に入り、留学後北米の学界、批評界に身を置く世代の一人である張旭東から見て、「中国におけるポストモダン」とは改革年代の中国知識人の外部世界に対する感知であり、更に多くの中国人にとっては自身の歴史的境遇と文化的可能性の意識と観測であった。またポストオリエンタリズム、ポストコロニアリズムに対しては「オリエンタリズムには、一つの言説としての複雑性が備わっている。――特殊な歴史社会状況の一つの象徴であり、ある特殊な政治イデオロギー体系の吐露でもあるが、それは欧米資本主義・殖民主義・帝国主義の膨大な物質と記号の投資によってはじめて実現されたのである。しかし地球上の大多数の人々は依然として西欧化と発展の趨勢の中、あるいはモダニティの現世に生存を希求する運命にある。」と述べている（「オリエンタリズムと象徴の政治――他者の時代に自我を記述する」）。ポスト冷戦時代の中国問題については、同じく在米の批評家で、フーコー研究で知られる劉康がいる。彼は「後学」と「新学」との関係について次のように述べている。ここでの「後学」は八十年代西欧のポストモダニズムを指し、「西欧学術界では学術性とエリート化を標榜して、現実の政治から離反し、空洞化の危機に直面している」が、中国のもう一つの「新学」即ち「新左派」と密接な関係にある。相対する「新学」は新保守主義と新自由主義など、保守の主流イデオロギーを指す。「両者は統治者と批判者の関係にあるが、知識界の体制化と専業化により、アメリカでも批判思潮が周縁化されている。[7]」しかし中国では現実には「後」も「新」に回収され、西欧の非主流イデオロギーが中国独自の理論構築のための主流イデオロギーとなり、ポスト天安門事件の文化的空白を「ポスティズム（後主義）」が埋め、文化界では「ポスト新時期」「新写実主義」等の歴史区分がそれを正当化したため、所謂「後学論争」が起きたのである。複雑な様相を呈する九十年代の文化批評を読み解く上でも、文化界の論争から視点を拡げて、「中国におけるポストモダニズム」を学術界全体から眺めてみたい。

二　学術界におけるポストモダニズム研究の諸相

西洋哲学専攻でポストモダン研究の第一人者である北京大学の王岳川教授の『後現代後殖民主義在中国』[8]によれば、九十年代に翻訳された主な著作は、リオタール、デリダ、ポール・ド・マン、ジェイムソン、ギデンズ、ミラー、サイードなどで、ポストモダン推進派を見ると、いわゆる「後学」論者以外にも自然科学や社会学など領域は多彩だが、概して楽観主義で未来志向であり、文学や美学・芸術関係が比較的多く、またデリダの他、イエール学派など早くから紹介された「脱構築」に強く共鳴し、先端的な理論研究に携わる人が比較的多く見られる[9]。

思潮研究、フーコー研究で知られる王治河は、『もう一つのポストモダニズム』の中で、「人と世界、人と人の関係を再建し、未来に楽観精神を抱くべき」と主張しており、八十〜九十年代にはエコロジカル・ポストモダニズムを提唱している[10]。ラディカルなポストモダン主義者と新しい哲学思想体系や世界観の構築には慎重な態度を見せている。

滕守堯は八十年代に西洋美学、審美心理学、芸術社会学を研究し、西洋の「対話」理論を中国の実践に取り入れ、モダン思潮とポストモダン思潮との対話という方法論を通じて、「審美文化」の現代的機能を探求している。また「ポストモダン過程論」を堅持しつつ、それを審美文化研究の領域で推し進めている[11]。

西洋美学の張法は、『ポストモダンおよびその中国文化との関連』の中で、「語彙としてのポストモダン史」「各学科のポストモダン」「文化概念としてのポストモダン」「大ポストモダンと小ポストモダン」に分け、客観的な態度で論じている。[12] 呉暁明は社会思想研究で知られるが、マルクスをポストモダンの先駆と位置づけ、建設的な科学論を唱えている。尹樹広（黒竜江大学哲学系）は、ポストモダンは決して俗流唯物主義でも虚無主義でもないとして、学界のポストモダン批判のマイナス面を指摘し、全面的に弁護するとともに、資本主義近代化の文化精神基礎に反省を促している。[13] 郭貴春（山西大学哲学系）は『ポストモダン科学実在論』の中で、科学実在論の現代的意義を強調している。[14] 陳暁明（中国社会科学院文学研究所）は、文化先鋒とポストモダニティ、「後学」関係の著作は多岐にわたり、強調点は二つあり、①「混乱と誤読を正し、中国ポストモダンの立場と観点、方法を検討すること。学術権威となった国際学術交流のあり方への疑義」また②「ポストモダン研究者が理論と対象、全体と部分の区別がつかなくなっている」ことを指摘している。[15]

張頤武（北京大学中文系）は後学への見解が体系的であり、影響力も大きく、推進者の観点を体現している。九十年代の国情から、啓蒙言説の転換は歴史的必然であり、中国を解釈する理論の一つとしてポストモダンは有用であると主張する。鄭敏は、漢語詩学の研究から脱構築を重視し、脱構築以後の文化建設問題に関心を持ち、中華文化による新伝統の建設なくしては、自分たちは文化孤児になると主張している。[16] 王一川（北京師範大学中文系）は、先端的な文学理論の研究に取り組み、「ポストモダニズムはモダニティが全地球規模に膨張、拡張したもの」としてグローバル化消費主義と狭隘な民族主義の両方に警鐘を鳴らしている。ポストモダン・ポストコロニアル文化研究に大きな影響力を持ち、「後学」の当代意義については肯定的な態度で臨んでいる。[17] ポストモダンの歴史回帰については、河清（フランス留学・美術史研究）、王賓（中山大学外語系）の文化批評のほか、曾艶兵（青島大学）が東方ポストモダン問題を取りあげ、オリエンタリズムのもとに中国を語ることの問題を指摘している。[18]

ポストモダン批判の諸相

批判者について見ると、西洋哲学の専門家による学術的な検討が加えられ、またそこにはポストモダン思潮、理論そのものを研究している人々も含まれる。公共領域や、公共世論、知識人の問題など、社会理論や歴史方面の論者が比較的多く、社会経済学者も含まれている。[19]具体的には、当代文化研究で知られる徐友漁（中国社会科学院哲学研究所）が、西方言説を横断的に移植しているのはむしろ「後学」家の方であるとして、五四以来の啓蒙伝統の維持とモダニティの擁護を訴えている。宗教学（基督教）の趙敦華（北京大学哲学系）は「流行の遊戯を厳粛な学術に替えている。」「ポストモダンは実際上、全面的に刷新された思想ではなく、現代哲学の雑多な寄せ集めだ」と述べている。[20]ポストモダン哲学と中国のポストモダン問題については、鄧暁芒（武漢大学哲学系）が哲学、文学両面から論じている。公共領域や公共世論といった立場からポストモダンの有限性を論じている例としては、劉小楓と呉伯凡の対談があり、モダニティの問題と社会理論について論じられている。張国清（浙江大学哲学系）は『中心と周縁』（一九九八年）において人文精神「失落」の問題にも言及している。社会経済学、近代化論の馮承柏（南開大学）は「中国社会経済の諸方面において、ポストモダンが生じる条件は整っていない。」とし、「それは時空を超えて浸透する芸術、思想、文化の概念に限定されるべきである。」と主張する。[21]公共性問題に詳しい賀来は「新時代の懐疑主義哲学による公共性の喪失」について論じている。[22]

文芸思想に目を転じると、盛寧（中国社会科学院）『人文困惑与反思』は、重要な文献であり、「ポストモダニズムが表現しているのは、「解釈」であって、「事実」ではなく、条件付きの「仮説」であって、無条件に受け入れられる「真実」ではない。」としている。ポストモダニズムによって西欧と中国の価値形態の問題が混淆し、中国の近代化建設がポストモダン言説によってバランスを失ったとして、この移入された新風潮に批判的態度を取るべきだと主張する。またポストコロニアル、グローバル化の問題にも触れている。(23)

構造主義とポストモダン文論については王逢振（中国社会科学院外文研究所）がポスト構造主義研究の中で、「ここ十数年、アメリカの文壇で脱構築が中心となり、その他の学派が周縁化された」として、ポスト構造主義に、「脱構築」と「実用主義」とを位置づける。またサイードについての論考もあり、ポストコロニアリズムには積極的な意義を認めている。(24) 章国鋒（中国社会科学院外文研究所）は、ポストモダニズム文学と作家への批判を展開している。(25)

ポストモダン思潮の退潮以後の問題としては、文学研究の孫紹振（廈門大学文学院）が、「価値のマイナス面」「ポストモダン以後、知識人は精神的な救済問題に直面する」という二点から論じている。ポストモダニズムは決して中国当代文化転型の福音ではない。(26) 尤西林（陝西師範大学中文系）は、人文知識人の問題について触れ、ダニエル・ベルの六十年代「イデオロギーの終焉」から、「ポストイデオロギー」が中国文化界と西欧の意思を疎通させる対話の基礎となっていることを指摘している。(27) 余虹（中国人民大学中文系）は知識人の地位と機能については共通認識を持つべきで、「知識人は不断に心性価値を発展させることを否定し去ってはならない。」と主張する。(28)

文化哲学の範進（中国社会科学院哲学研究所）は、「ポストモダン状況下の哲学は、思想の範式というよりも、叙述のための技術的哲学と言った方がよい。(29)」とし、西洋哲学の韓震（北京師範大学哲学系）は歴史学の問題について触れ、「ポストモダンは非理性主義の上に発展してきた新しい特徴の表現である。ポストモダンは中心を解消して自己を中心となし、信念のないことを信念とし、基礎のないことを基礎とし、無制限をもって限度とする。人々の相互理解の靭帯を切り裂き、個人主義に偏執する。」と激しい批判を加えている。(30) 叶知秋（西北師範大学中文系）はアルチュセールの「徴候的」読解の病理学的な分析方法を用いている。(31)

批判者について共通して見られるのは、価値への配慮と人文精神の問題、そして自己の批判的立場への不断の審理である。

三　文化理論の浸透と、学術界の脱領域化

文革後の文芸学は、西欧マルクス主義の理論を借りて、文学を美の価値系統と見なす「審美イデオロギー」論から出発している。

八十年代から今日までの経緯を眺めると、フレドリック・ジェイムソンの理論が早くに中国の「文化転換」を促し、その批評を目的とした文化理論は、今日まで決定的かつ支配的な位置にある。そのジェイムソンが中国におけるポストモダンの二つの成果として挙げているのは、「理論の浸透」と、「学科批判」である。

西欧文化理論は、九十年代初期には、文学領域から、当代中国の外国文学、映画、美学研究にも波及していった。学術の動態から見ると様々な分野で受容されたが、九十年代には社会学、人類学が活況を呈し、八十年代までは文学の領域であった自我省察、社会と歴史文化に関わる領域を社会学が代替するようになった。

最も大きく発展したのは一つはポストコロニアル批評[32]の中で、サイードのテキストが突出していたことの他、フーコーの「知識—権力」やグラムシの「ヘゲモニー」の概念の影響が強い。排外的な思潮の影響で、晦渋で複雑な理論を単純化して、新しいナショナリズムの言説に転用されたという批判[33]も見られるが、最近では、ポストコロニアルのコンテクストにおける中国知識人の問題、即ち公共性の喪失、周縁化、ポストモダン理論の勃興についての研究が注目される。

また陶東風に代表される「文化研究」の進展も著しいもので、九十年代後期には文学の領域を超えて、翻訳、言語学、心理学、記号学、人類学まで巻き込み、歴史学の考証、社会学のフィールド調査、経済学の政治分析まで取り込むようになっている。文学研究においても、文学テキストは閉じられた対象ではなくなり、社会生活実践との関わり、流通、消費、メディア社会学などの方面において発展した。

このように批判的受容を経て、多領域に浸透したポストモダン理論は、複数の学科の脱領域化に少なからず影響している。とりわけ「文化研究」が文学研究に浸透したことについては「後学科」問題として伝統的な文芸学に携わる研究者から批判が噴出している。例えば『中国当代文学理論（一九七八—二〇〇八）』では、董学文が「〝文化研究〟と文芸学の学科危機問題」として、「文化研究には統一された理論指向も、明確な研究パラダイムも無く、系統も雑駁で不確定であり、開放された知識体系とは言え、一つの学科を成すとは言い難い。」と述べて、中国における萌芽、発展、確立の過程を振り返っている。その背景にあるのは、九十年代中後期における市場経済の発展であり、文芸学の「文化転向」への着目である。「文化研究」がその領域を拡張して、文学理論界に華々しく登場したのは「日常生活審美化」の論争においてであり、この論争と「学科の危機」問題は深く関わっている。その焦点は文学理論の「境界」についての議論であり、文芸学科の理論性とエリート文化が、通俗化し散佚した研究対象との乖離を生じたことが指摘される。また、誰の日常生活が「審美化」されたのかと言えば、一部の新興ブルジョワジーとエリートであり、「審美化」提唱者の言う「大衆文化」勃興の事実は認め難い。更にその美学原則と価値趣向に対する否定、すなわち「日常生活の審美化」の意味するところは「審美の日常生活化」であり、技術、功利、感覚的享楽が審美と精神的価値に置き換わるものであるとの批判が続いた(34)。

蓋生『価値焦慮……新時期以来文学理論熱点問題』によれば、「日常生活審美化」は、二〇〇一年に『文学評論』

に掲載され注目を集めたヒリス・ミラーの「文学終焉論」の延長にあるエセ文芸学であり、理論的虚構であって従来の文芸学に代わり得るものではない。従って本来、文芸学とは関わりの無い「日常生活の審美化」の合法性を文芸学の範疇で論ずべきでない。文化研究は文芸社会学に帰属すべきであり、文学における文化研究の退潮は歴史的必然であると述べている[35]。

四　日常生活の審美化問題

二十一世紀に入り、ここ数年中国におけるポストモダン学術研究は成熟し、思想と学術の分化を経て、一時期のイデオロギー論争から理性的段階に入り、学術的価値のある成果を生み出しているが、文化市場の成熟に対応して「消費文化」に関わるテキストが突出して来ている。ボードリヤールの「消費社会」とフェザーストンの「ポストモダンと消費文化」が翻訳されて広く読まれ[36]、消費記号論、都市文化論、生活の審美化、文化美学などに認識が深まり、階層化や格差社会についても消費文化論から考察が為されるようになって来ている。上述の「日常生活審美化論」と併せて、更に検討してみたい。

文芸学の新しい課題としての「日常生活の審美化」は、これまでの「大衆消費文化批判」議論の蓄積に、新しい局面を添えている。文化政策と連動しての「生活の審美化」問題は、文化市場の成熟に対応した新しい文化媒介者、象徴生産者の育成、ホワイトカラーの創出を唱えるが、先に挙げたフェザーストンの「ポストモダンと消費文化」において「日常生活の審美化」が詳細に論じられ、論争にも少なからぬ影響を与えているので、この著作の内容について触れておきたい。

消費文化によって消費による充足感と地位が差異を誇示し、社会的に構造化される。象徴的財は過剰供給され、文化的無秩序と脱階層化を加速化させる。消費文化は資本主義的商品生産の際限ない拡張を前提とし、そこには記号の積極的な操作が必然的に伴う。イメージと現実の境界を曖昧にするシミュレーションの際限ない反復により、消費社会は本質的に文化的なものとなる。

インテリ階層の中にシンボルの生産者、新しい文化媒介者が生まれ、文化的脱領域化の現象は至るところで見られる。象徴生産の潜在力は大きくなり、生産や技術の拡張より、伝達や消費の形式、感性への対応が探求すべき問題となって浮上してくる。

「日常生活の審美化」とは、生活を芸術作品に変容させるプロジェクトであり、新しい趣味や感性の追求が分化、差異化される。大都市における日常生活は審美的になり、芸術の産業への移行が起こる。ポストモダン都市においては、次第に共同体的感覚、感情的共同体において集合する「審美パラダイム」が生み出され、個人主義を超える。この著作では、ジンメル、ボードリヤール、ベンヤミン、ジェイムソン、マンハイム等々が引用されている。

生産高を伸ばすために商品の多様化と差別化を支える技術的な資本量が変化し、市場がますます細分化され、ライフスタイルのメッセージは多様に読み込まれるようになる。

フランクフルト学派の大衆文化論はある種のエリート主義であり、大衆消費社会からイメージされる階層横断的な均一化は、意味を持たず、人々が認知され得る差異を追求し続ける中で、解消されるものである。(37)

知識人や学者といった文化資本を大量に所有する人々にとって、威信、相対性、正統性、相対的希少性、それゆえの文化資本の相対的価値は、文化的商品の市場への拒否によって支えられている。地位とアイデンティティの危機、大衆迎合的な精神に抵抗するが、次第に新しい文化状況に親和性を見せる。

ポストモダニズムに見られる感性の起源は、ロマン主義運動にまで遡ることができる。文化的イメージとしての秩序解体、熔解、相対主義、断片化。そしてポストモダニズムの中心的特徴のひとつは知識人の役割という社会的機能の変化にこそ関連があると言える。

ポストモダンと消費文化はある意味では同義と見なされて、展開してきた側面があり、メディア環境の変化や都市化の進展による、文化市場の成熟に対応して、新しいキイワードとして浮上してきている。

張末民、朱竞、孟春蕊編選『新世紀文芸学的前沿反思』から中国での論争の経緯を見ておきたい。

一九八四年に国務院が産業統計において第三次産業に文化産業の項目を設け、文化の産業化に第一歩を踏み出す。一九九八年文化部長、孫家正が文化部に文化産業司を設立。二〇〇一年には『文化産業発展第十五カ年計画』が発布された。文化産業と人材の育成は、新しい雇用を生み、文化媒介人、文化白領（ホワイトカラー）の階層を生む（編集、商業デザイン、装丁、包装デザイン、商業ディスプレイ、広告学など）。ポストインターネット時代の都市生活の美化、公民養成教育の目的もあり、それはかつて「文革」時期の階級闘争教育や、今日の拝金主義、消費主義の腐蝕によって損なわれたものとされている[38]（陶東風『文芸争鳴』二〇〇三年第六期）。趙勇は、「誰の〝日常生活審美化〟なのか？ どのように〝文化研究〟を行うか」（河北学刊二〇〇四年第五期）の中で、「西欧学者が〝日常生活審美化〟現象について語る時、彼らが行うのは事実判断のみであり、価値判断ではない。フェザーストンはポストモダンのシンパであり、いったん価値判断を行えば、本質主義の思考方式と操作の自己矛盾に陥るためである。しかし価値判断なき分析は、文化研究を言葉の遊戯に変えてしまう。[39]」と述べている。魯枢元は、「評所謂〝新的美学原則〟的崛起」（『文芸争鳴』二〇〇四年第三期）で「市場の見えざる手はいったい誰の手か。」で、欲望─消費─市場─産業化のロジックと、「消費型快楽美学」がわれわれの時代の「感性特徴」として「カント理性主義道徳美学」に対する「新しい美の原則」になっていること。「見えざる手は、ごく一部の人の、あるいは大衆の、あるいは市場開拓、市場増殖の要求なのか」と述べている。(40)また魯は「価値選択与審美理念――関於〝日常生活審美化論〟的再思考」（『文芸争鳴』二〇〇四年第三期）の中で「昨今の人々は、多かれ少なかれ〝感性を享受〟するとき、当代の〝市場経済〟〝貨幣体制〟の拘束と制約を受けざるを得ない……」「いわゆる〝経済的実力〟がすでに現代世界の最高の覇権となった。〝新自由主義〟の理論家は〝グローバル企業〟を〝民族国家〟に代える構想を打ち出したが、それは一つの〝理性権力〟をもう一つの〝理性権力〟に代えるに過ぎない。」としている。(41)

陶東風によれば（『大衆消費文化研究的三種範式及其西方資源――兼答魯枢元先生――』）、二〇〇三年十一月に首都師範大学文芸学学科と『文芸研究』が〝日常生活審美化与文芸学的学科反思〟学術討論会を主催し、関連する文章が発表されると、論争が起こった。(42)

北京師範大学文芸学中心では二〇〇四年五月に〝文芸学的辺界〟学術会議で、「日常生活審美化」問題を集中的に論じ、二〇〇四年六月に中外文芸理論学会が、中国人民大学で開催された時にも、討論の焦点となった。

陶東風は日常生活審美化の問題は、大衆消費文化を組成する一部であるとして、中国大衆消費文化の研究史について三つの系統に分けている。

1　批判理論と中国大衆文化研究では、大衆文化への批判は七十年代末、八十年代始めころから見られ、主に香港台湾流行文化と非本土大衆文化に対するものであった。西欧大衆文化の批判理論は、特にフランクフルト学派の理論は、最も早く伝わり、普遍的規範となった。九三年以降に大衆文化批判理論が流行したのは、〝人文精神〟の討論において重要なコンテクストになったためである。中国知識人が九十年代に提唱した〝人文精神〟は、大衆文化に対峙するところのもので、この後も、大陸ではエリート主義、道徳理想主義と審美主義が大衆文化批判の主流となった。『〝人文精神与大衆文化〟筆談』(『文芸理論研究』二〇〇一年第三期)では、「大衆文化の発展のためには一つの批評メカニズムが必要であり、――それは大衆文化に人文主義という一商品拝物教神ではなく――最終的価値を提供する」とあり、今日でも「人文精神」という批評規範は延続している。九十年代には政府の干渉と、市民社会の不成熟によって、「マイナス効果」が助長された。

2　近代化理論と中国大衆文化研究

近代化理論は、社会科学あるいは社会理論に近いと言える。近代化理論は、中国社会の近代化、世俗化という観点から大衆文化を肯定した。代表者として李沢厚、王蒙、後期の金元浦が挙げられる。〝世俗精神〟論者は、「人文精神」の対立面にあるのは、市場経済と大衆文化ではなく、計画経済と極「左」イデオロギーであるとしている。

ここで、フランクフルト学派の機械的模倣が、一つの批評規範となって、西欧理論によって、中国の経験が犠牲にされたのではないかという反省が生まれる。陶東風自身の大衆文化観は複雑なもので、無条件にはその合理性を楽観的に肯定できない。大衆社会と市民社会の関係について一九九五年に『官方文化与市民的妥協与互滲――八九後中国文化的一種審視』(『中国社会科学季刊』一九九五年秋季号)で検討を加えている。大衆文化、大衆メディアの民主的な潜在力は認めるが、その妥協的性格から「官方」「民間」との狭間で様々な困難を生じる。

3　新〝左〟派理論と中国大衆文化理論

新左派は、抽象的な道徳批判や審美批判ではなく、政治経済学分析や、階級分析から大衆文化に激しい批判を加えてきた。新左派の大衆文化の規範となったのは、一九九七年第二期の『読書』における、「大衆・文化・大衆文化」特集である。

「大衆化」というのは表向きで、ホワイトカラーの消費文化であると主張している新左派の代表的な大衆文化批判のテキストとしては、戴錦華の「大衆文化の隠された政治学」があげられる。「広場」（square→plaza）意識と「職場」（post）意識という概念を抽出して、知識人の専業化への要求と解釈し、商業と政治の合体、合流関係について論じている。消費主義と市場資本主義のロジックが流用されて主流イデオロギーとなり、九十年代繁栄の極に達した大衆文化と大衆メディアは期せずして自己を中産階級の趣味と消費に位置づけた。大衆文化とは中産階級文化のことである。大衆文化というのはかつての通俗文化ではなく、中産階級の利益を合法化して、両極分化の現実を覆い隠す「文化覇権の実践」であると論じている。消費文化の最先端に出現する新しいハイカルチャーと、その現実をカモフラージュする言葉との関係についての批判、つまり現実を覆い隠す役割を負う「言葉やメディア」の機能についても考察がなされている。

新左派の大衆文化論は最新の発展の趨勢を担い、政治経済学分析が優勢となってきている。陶東風は、新左派は単純に全てを中産階級のイデオロギーで括り、知識人の多くがなぜ大衆消費主義の一面である「消極自由主義」に陥っているのかという点を、見逃している、と述べている。

結　語

第一節で述べたように、中国知識界におけるポストモダニズム観は「中国モダニティ」、狭義においては、審美イデオロギーや審美モダニティの問題を焦点化し、新思潮でもなく、体系的な理論でもない西欧ポストモダニズムが惹起した「失語」と「価値の焦慮」、今日における学科の危機と、文化研究の退潮等への省察を深化させている。

文芸学、文芸理論における大衆文化・消費文化の扱いは、今後一つの焦点となり得ると思われる。幾つかの規範や概念の見直しなど、議論の行方は未知数であるが、「日常生活の審美化」問題は、これまで主流であった審美哲学と、大衆文化論の合流であり、文化社会学メソッドの復権でもある。しかし文芸学においては、徹底的な批判によってこれを乗り越えていこうとする動きが顕著である。

日本においても、中国の現代思想受容において個別の思想家に着目する研究成果が現れ始めている。井波陵一氏の「中国におけるヴァルター・ベンヤミン研究について」[43]ではベンヤミンを取りあげるに当たって王国維の「紅楼夢研究」が著者の念頭にあったという指摘があるように、同時代の文化現象から遡って想起される歴史的「射程」に思いを馳せてみたい。現に中国の最近の人文研究においては、文化理論のタームが文学史や歴史研究に幅広く応用され、輻輳する事象を今日的視点の遡上に乗せるばかりでなく、文化理論も中国的コンテクストの中で新しい進化を遂げている。変転きわまりない八十年代半ば以降の文化思潮についても、今日的な視点から、歴史的考察が為される時期が来たように思われる。

註

（1）張旭東は、一九六五年生まれ。八六年北京大学中文系卒業。九〇年に渡米し、フレドリック・ジェイムソンに師事。デューク大学文学博士。現在ニューヨーク大学比較文学系終身教授。著書に『発達資本主義時代的抒情詩人』（北京：三聯書店、一九八九年）『幻想的秩序――批評理論与当代中国文学話語』（香港：牛津大学出版社、一九九七年）『小品文与中国新文化的危機』（博士論文）『全球化時代的文化認同――西方普遍主義話語的歴史批判――』（北京大学出版社、二〇〇五年）『批評的踪迹――文化理論与文化批評一九八五～二〇〇二――』（生活・読書・新知　三聯書店、二〇〇六年）。

（2）張旭東「后現代主義与中国現代性」『読書』一九九八年第二期。

（3）同上。
（4）同上。
（5）張旭東「全球化時代的文化悖論：多様性還是単一性」『二十一世紀』二〇〇二年第五期。
（6）今村仁司　ベンヤミン「歴史哲学テーゼ」精読　岩波現代文庫、二〇〇七年、六二頁（野村修訳）。
（7）劉康「当代西方思潮中的〝新〟与〝后〟」『文景』二〇〇五年八月。
（8）王岳川著『后現代后殖民主義在中国』首都師範大学出版社、二〇〇二年。
王岳川『后現代后殖民主義在中国』における后学思想研究者は以下のとおり。

汪堂家（デリダ）張世英（ヘーゲル）湯一介（伝統哲学）叶秀山（ソクラテス）鄭家棟（新儒学）楊耕（ポストモダニズム）劉小楓（現代性）汪暉（現代性）劉放桐（現代西洋哲学）江天驥（フランクフルト学派）李幼蒸（理論記号学）宋祖良（ハイデガー）欧陽謙（西洋哲学・弁証法）孫利天（弁証法）孟建偉（科学技術哲学）鄭祥福（科学哲学）馮俊（デカルト・ポストモダニズム）楊大春（脱構築・テクスト）李銀河（フェミニズム）胡金生（フェミニズム）卓新平（宗教・神学）付文忠（思潮・文化政策）張世平（社会学）王小章（社会心理学）趙一凡（文化批評）王寧（文学批評・ポストモダニズム）程文超（ポストモダニズム）王岳川・王一川（ポストモダニズム）史成芳（詩学）王徳胜（審美文化）段煉（芸術）
（9）后学文化推進者は以下のとおり。
王治河（思潮・フーコー）滕守堯（西欧美学・審美心理学）張法（西洋美学・芸術学）呉暁明（社会思想）尹樹広（ポストモダン理論）郭貴春（科学実在論）陳暁明（文学）張頤武（后学）鄭敏（脱構築）王一川（ポストモダニズム・文学）河清（ポストモダニズム・美術史）王賓（ポストモダニズム）曾艶兵（中国当代文化）
（10）王治河「一種后現代主義」ハルビン『求是学刊』一九九六（6）
（11）滕守堯は中国社会科学院哲学研究所研究員。主な著作に『審美心理描述』（北京、中国社会科学出版社、一九八五）『芸術社会学描述』（上海、上海人民出版社、一九八七）『中国懐疑論伝統』（沈陽、遼寧人民出版社、一九九二）『文化的辺縁』

（北京、作家出版社、一九九七年）。
(12) 張法　中国人民大学哲学系教授。
(13) 呉曉明　復旦大学哲学系教授　主要著作に『歴史唯物主義的主体概念』（上海、上海人民出版社、一九九三年）『科学与社会』（上海、遼東出版社、一九九五年）『馬克思主義社会思想史』（上海、復旦大学出版社、一九九六年）。
(14) 郭貴春は山東大学哲学系教授、主な著作に『后現代科学実在論』（知識出版社、一九九五年）『后現代科学哲学』（長沙、湖南教育出版社、一九九八年）。
(15) 陳曉明は中国社会科学院文学研究所研究員。主な著作に『無辺的挑戦——中国先鋒文学的后現代性』（長春、時代文芸出版社、一九九三年）『解構的踪迹：話語、歴史与主体』（北京、中国社会科学出版社、一九九四年）『剰余的想像：九十年代的文学叙事与文化危機』（北京、華芸出版社、一九九七年）『彷真的年代』（太原、山西教育出版社、一九九九年）『文学超越』（北京、中国発展出版社、一九九九年）。
(16) 張頤武　北京大学中文系教授。
鄭敏　北京師範大学外語系教授。
(17) 王一川　北京師範大学中文系教授。
(18) 河清　美術史研究主な著作に『現代与后現代』（杭州、中国美術学院出版社、一九九八年）。王賓　中山大学外語系教授。
曾艶兵　青島大学教授、主な著作に『東方后現代』（桂林、広西師範大学出版社、一九九六年）。
(19) 后学理論批判者は以下のとおり。
徐友漁（中国当代文化）　趙敦華（西洋哲学・キリスト教）　鄧曉芒（哲学）　張国清（ポストモダン批判）　王守昌（社会哲学）　馮承柏（社会経済・近代化）　賀来（公共性問題）　盛寧（ポストモダン思潮批判）　王逢振・郭宏安（ポスト構造主義批判）　章国鋒（文学）　孫紹振（文学）　尤西林（知識人論）　余虹（詩学・芸術）　笵進（文化哲学）　韓震（西洋哲学）　叶知秋（ポストモダン文化批判）
(20) 徐友漁、中国社会科学院哲学研究所研究員、趙敦華　北京大学哲学系教授、主な著作に『基督教哲学一五〇〇年』（北京、人民出版社、一九九四年）『西方哲学通史（第一巻）』（北京、北京大学出版社、一九九六年）『当代英米哲学挙要』（北京、当代中国出版社、一九九七年）。

(21) 張国清『中心与縁辺』（北京、中国科学出版社、一九九七年）。
馮承柏「后現代主義与現代化進展」（天津『天津社会科学』一九九七年（1）。

(22) 賀来「走向公共性的喪失」（長春『吉林大学社会科学学報』一九九五年（6）。

(23) 盛寧『人文困惑与反思――西方后現代主義思潮批判』（北京、三聯書店、一九九七年）。

(24) 王逢振　中国社会科学院外文研究所研究員。

(25) 章国鋒　中国社会科学院外文研究所研究員。

(26) 孫紹振「〝后現代〞之后」（西安『小説評論』一九九四年）(6)。

(27) 尤西林「后現代主義与人文知識分子」（斉斉哈楽『斉斉哈楽師範大学学報』一九九四年）(4)。

(28) 余虹　中国人民大学中文系教授、主な著作に『思与詩的対話』（北京、中国社会科学出版社、一九九一年）『中国文論与西方詩学』（北京、三聯書店、一九九九年）『芸術精神』（北京、社会科学文献出版社、二〇〇〇年）『革命・審美・解構：二十世紀中国現代文学理論的現代性与后現代性』（桂林、広西師範大学出版社、二〇〇一年）。

(29) 範進　中国社会科学院哲学研究所研究員。

(30) 韓震「論后現代非理性主義的新特征」（沈陽『社会科学輯干』一九九五年）(2)。

(31) 叶知秋　西北師範大学中文系教授。

(32) 后殖民主義発展に挙げられているのは、いわゆる文化研究と思想・文化批評の分野の研究者が多い。
陶東風（文化研究）許紀霖（歴史・文化批評）黄平（社会学）張寛（文化批評）盛洪（経済）邵建（文化批評）楽黛雲（比較文化）張京媛（文化批評）羅鋼（思想・文化理論）楊乃喬（文化批評）戴錦華（比較文化）王小東（全球化）李希光（メディア）昿新年（知識人・思想）

(33) 海外漢学界的后現代后殖民に挙げられているのは、「後学」論者および新左派系が多い。

李欧梵（文学）　李沢厚（哲学）　叶維廉（文学）　周蕾（文化批評）　梁燕城（哲学）　張隆渓（比較文学）　趙毅衡（批評
徐賁（新思潮・理論）　甘陽（思想）　崔之元（社会経済）　張旭東（文化美学）　劉康（文化批評）

（34）董学文　金永兵等著『中国当代文学理論（一九七八―二〇〇八）』（北京大学出版社、二〇〇八年十月）第四章・第四節において「ポストモダニズム文論状況」について詳しく論じられている。

（35）盖生著『価値焦慮……新時期以来文学理論熱点反思』（上海三聯書店、二〇〇八年五月）第七章の第三節と第四節において「日常生活審美化」問題が詳細に論じられている。

（36）消費文化理論をめぐる動向として、翻訳文献としては
ボードリヤール　鮑徳里亜『消費社会』劉成富　全志鋼訳、南京大学出版社、二〇〇〇年版
フェザーストン　邁克・費瑟斯通『消費文化与后現代文化』劉精明訳、訳林出版社、二〇〇〇年
が挙げられる。近年の研究成果としては以下の著作がある。
夏瑩　著（清華大学哲学博士。南開大学哲学系）『消費社会理論及其方法論導論――基於早期鮑徳里亜的一種批判理論建構――』（中国社会科学出版社、二〇〇六年）
趙衛華　著（山東大学社会学系。社会科学院研究生院博士。北京工業大学。消費社会学）『地位与消費――当代中国社会各階層消費状況研究――』（社会科学文献出版社、二〇〇七年）

（37）M・フェザーストン著、川崎賢一・小川葉子編共訳、池田緑訳『消費文化とポストモダニズム』上巻・下巻（恒星社厚生閣、二〇〇三年）を参照。

（38）陶東風『文芸争鳴』（二〇〇三年六期）。

（39）趙勇「誰的〝日常生活審美化〟？　怎様做〝文化研究〟？」（『河北学刊』二〇〇四年第五期）。

（40）魯枢元「評所謂〝新的美学原則〟的崛起」（『文芸争鳴』二〇〇四年第三期）。

（41）魯枢元「価値選択与審美理念――関於〝日常生活審美化論〟的再思考」（『文芸争鳴』二〇〇四年第三期）。

（42）陶東風「大衆消費文化研究的三種範式及其西方資源――兼答魯枢元先生――」（『文芸争鳴』二〇〇四年第五期）。

(43) 井波陵一「中国におけるヴァルター・ベンヤミン研究について」(『東方学報』七六、二〇〇三年)。

参考文献

(1) 王岳川：后殖民主义与新历史主义文论　山东教育出版社　一九九九年
媒介哲学　河南大学出版社　二〇〇四年
(2) 盛宁：人文困惑与反思」西方后现代主义思潮批评　生活・读书・新知三联书店　一九九七年
(3) 许纪霖　罗岗等：启蒙的自我瓦解　一九九〇年代以来中国思想文化界重大论争研究　吉林出版集团有限公司　二〇〇七年
(4) 张旭东：批评的踪迹　文化理论与文化批评一九八五—二〇〇二　生活・读书・新知三联书店
(5) 陶东风：文化与美学的视野交融　福建教育出版社　二〇〇〇年
(6) 当代中国文化批评　北京大学出版社　二〇〇六年
(7) 周选：文化表征与文化研究　北京大学出版社　二〇〇七年・
(8) 文化现代性与美学问题　中国人民大学出版社　二〇〇五年
(9) 审美现代性批评　商务印书馆　二〇〇五年
(10) 夏莹：消费社会理论及其方法论导论　基于早期鲍德里亚一种批评理论建构　中国社会科学出版社　二〇〇七年
(11) 陈永国：理论的逃逸　北京大学出版社　二〇〇八年
(12) 刘康：文化・传媒・传球化　南京大学出版社　二〇〇六年
(13) 甘阳：八十年代文化意识　世纪出版集团　二〇〇六年
(14) 我们在创造传统　联经出版事业公司　一九八九年
(15) 朱新民：西方后现代哲学　西方民主理论批评　上海人民出版社　二〇〇七年
(16) 张光芒：中国当代启蒙文学思潮论　上海三联书店　二〇〇六年
(17) 汪晖・余国良编：九十年代的「后学」论争　香港中文出版社　一九九八年

⒅　张未民　朱竞　孟春蕊编选：新世纪文艺学的前沿反思　人民文学出版社　二〇〇七年
⒆　姜飞：跨文化传播的后殖民语境　中国人民大学出版社　二〇〇五年
⒇　萧功秦：中国的大转型　从发展政治看中国变革　新星出版社　二〇〇八年
(21)　冯俊：后现代主义哲学讲演录　商务印书馆　二〇〇五年
(22)　陈嘉明：现代性与后现代性　人民出版社　二〇〇一年
(23)　陈胜云：文化哲学的当代发展　江西人民出版社　二〇〇七年
(24)　王光明　胡越　主编：消费时期的文学与文化　社会科学文献出版社　二〇〇八年
(25)　陈晓明：无边的挑战　中国先锋文学的后现代性　广西师范大学出版社　二〇〇四年
(26)　后现代主义　河南大学出版社　二〇〇四年
(27)　李欧梵：未完成的现代性　北京大学出版社　二〇〇五年
(28)　舒也：美的批判　以价值为基础的美学研究　上海人民出版社　二〇〇七年
(29)　传泽：文化想像与人文批评　市场逻辑下的中国大众文化发展研究　中国传媒大学出版社　二〇〇七年
(30)　曹卫东：思想的他者　北京大学出版社　二〇〇六年
(31)　肖锦龙：德里达解构理论思想性质论　中国社会科学出版社　二〇〇四年
(32)　中国社会科学院外国文学研究所文艺理论室：跨文化的文学理论研究　百花文艺出版社　二〇〇六年
(33)　张品良：网络文化传播　一种后现代状况　江西出版集团　二〇〇七年
(34)　1－1　刘康　中国现代文化研究在西方的转型―兼答林培端、杜邁可、张隆溪教授
1－2　刘康　批评理论与中国当代文化思潮
1－3　刘康　全球化与中国现代的不同选择
1－4　张颐武　阐释「中国」的焦虑
1－5　张颐武　再说「阐释中国」的焦虑

1－6　张颐武　面对全球化的挑战
1－7　郑敏　文化、政治、语言三者关系之我见
2－1　徐贲「第三世界批评」在当今中国的处境
2－2　徐贲　什么是中国的「后新时期」？
2－3　徐贲　再谈中国「后学」的政治性和历史意识
2－4　赵毅衡「后学」与中国新保守主义
2－5　赵毅衡　文化批评与后现代主义理论
2－6　张隆溪　再论政治、理论与中国文学研究―答刘康
2－7　张隆溪　多元社会中的文化批评
2－8　王晓明　再批评的姿态背后
2－9　杨杨　先锋的遁逸

一－二　ポスト冷戦時期の文化批評

はじめに

冷戦後、九十年代の中国語圏文化批評は、近現代中国文学研究の転換点に重なり、文学史の時期区分では「ポスト新時期」「ポスト・アレゴリー」など批評家の概念が錯綜した時期でもある。「後学」論争の発端に遡ると、北米学術界における思想潮流と、近現代中国文学研究をめぐるディシプリンの問題、非西洋社会研究としての「地域研究」への批判や、冷戦期モダニズムに饗応した「新批評」へのイデオロギー批判が見られる。

歴史主義から文化批評への転換、批評理論によるテクスト分析など、八十年代以降の学術界における近現代中国思想・文学研究は変貌を遂げて行く。この過渡期の中から「モダニズム」の厳格なエリート主義でもなく、保守主義の「後学」派でも無い、新しい批判的知性が顕在化して来ると同時に、メディア、表象芸術など文学から「文化研究」への傾斜は、一面で九十年代中国を覆う「新イデオロギー」への対抗を標榜するものでもあった。ポスト冷戦時期の文化批評における「文化転型」の土壌として、北米における近現代文学研究、文化思潮とその主要な文献について考察したい。

キーワード：「新批評」文学史観の二律背反　中西文化対話と「言語転折」　モダニズム文学の典範化
北米中国学界の中国文学思想研究

一　歴史主義から文化批評への転換

九十年代文化批評においては、知識人における言説の転換を象徴する「後学論争」について分析を進めていきたい。その発端となったのはアメリカの『近代中国』“*Modern China*”一九九三年第一期に寄せられた英語論文「現代中国文学研究のイデオロギーと理論：中国学の典範問題論争」であり、後に香港『二十一世紀』に舞台を替え、論争が継続された。“*Modern China*”に寄稿された論文とは、プリンストン大学のペリー・リンク（Perry Link）教授、ブリティッシュ・コロンビア大学のミハエル・デユーク教授、カリフォルニア大学の張隆渓教授の論文である。この批評への応答として書かれた劉康『中国現代文学研究の欧米における転換——あわせてペリー・リンク、ミハエル・デユーク、張隆渓教授に応える——』[1]の内容からは論争の発端が窺われる。

冷戦期における西欧中国学は、おおかた歴史学者、政治社会学者によって推進されたため、中国における文学批評や理論の専門性について理解が乏しい。学術研究が極めて政治性を体現しているため、濃厚な冷戦イデオロギーの色彩を帯びている。チェコの学者プルセークと在米の夏志清の論争に見られるように、論争の実質は、現代中国文学の左派主流と非左派作家の政治観点の分岐を俎上に載せるものであった。欧米中国学では、現実の政治を観察する文献にすぎない文学作品は、もともとイデオロギーの道具であって、内在する芸術的価値は乏しく、文学として鑑賞、研究するに値しないとされる。

作品の言語、構造、形式の分析を通した洞察は見られない。「テクスト」の含意する歴史、文化、社会の重層的な意味を解釈するに際しては「主題先行」に走りがちである。

中国古典文化については、独異性、差異性、文化相対主義が認められるが、現代中国文学に関しては、中国の経験に立脚し、西欧の理性主義と実証主義を基礎とした社会学・政治学的観点は、かえって研究に学理とロジックの両面での困難を醸成した。「外在」する方法論によって、「内在」する文学作品を研究するという規範的なタブーが認められる。

次に劉康は夏志清の『中国現代文学史』についても論評している。「新批評」文学史観の二律背反として、批評観点、興趣、規範は芸術的な基準を第一とし、芸術至上の形式主義批評を標榜していること、文学作品の道徳倫理性を十分重視している。しかし中国近現代文学の主要な形式はリアリズムであり、夏志清の新批評の観点と欧米モダニズムの審美趣味は左翼文学思潮とリアリズム言語形式の分析に立ち入ることを妨げている。また「モダニティ」に対する見方は、文化史・思想史に対する誤読であるとしている。つまり中国現代文化と思想史が西欧と異なる「モダニティ」を有しているということである。

新批評がアメリカで力を得る一九四〇年代初頭には、歴史や心理学を援用する様々な「新しい批評」が存在したが、テクストから外在要因を排除し、テクストと世界の紐帯を切り離そうとする営為は文学の特権化、洗練化を促すと同時に、「非歴史的」であることは科学を標榜する批評の依拠する「歴史的コンテクスト」を意味した。また冷戦の時代にあって、それは多様でありながら有機的統合としてのアメリカニズムを体現し、文学研究における一定の制度化を果たす。しかし一九六〇年代には、批評方法としてのニュー・クリティシズムは、脱構築がその命題の幾つかを引き継ぐことになり、衰退していった。(2) 思想的潮流としての新批評は、文献学と文学史というヨーロッパ的伝統から、新しい修辞学と詩学を優先することによって、文学研究の領域を刷新する役割を担ったとされる。

劉康は、「新批評」文学史観の二律背反として、夏志清の著作は、六十年代初頭に世に出たが、当時はモダニズム文学が西欧市場における有力商品であり、新批評がそれを推奨し、更には学術界を席巻した。また当時は冷戦意識が圧倒的に優勢な時代であったが、新批評の文学観は冷戦イデオロギーと対立するものではなく、相呼応するものであった。夏志清の著作は新批評のモダニズム審美主義によって、西欧における中国近現代文学研究を合法化するものであった。それはテクスト細読の気風を開いたが、その「テクスト分析」が「テクスト」の背後にある、複雑に錯綜する歴史社会的コンテクストを結果として捨象したとしている。

次に李欧梵の『中国近現代作家の浪漫派世代』（*The Romantic Generation of Chinese Writers*）については、プルーセク、フェアバンク（John K Fairbank）、シュウォルツ（Benjamin I. Schwartz）ら歴史主義的な観点の影響と啓発を受けて、アメリカの中国系学者、李欧梵が中国近現代文学史上におけるロマン主義思潮を「時代精神」として捉えた力作で、歴史主義の『典範』としている。しかし八十年代以降の文化批評的角度から見れば、彼が依拠していた歴史分析フレーム、歴史主義の系統立った言説モデルは、「脱構築」をはかる必要があるかも知れない。歴史主義から文化批評への転換としては、九〇年にアメリカのカリフォルニア大学出版社が比較文学研究者のアンダーソン（Marston Anderson）の著作『リアリズムの限界――中国革命時代の小説』（*The Limits of Realism: Fiction in the Revolutionary Period*）を出版した。アンダーソンは「文化批判」の角度から中国近現代文学の理論、批評、創作、を分析し、中国新文学のリアリズム形式の礎石を据えた魯迅、葉紹鈞、茅盾、張天翼の作品を細読している。その後、台湾、香港、大陸から欧米に来た青年学者によって、中国文学批評と文化思想界、西欧中国学界と西欧当代文化理論界、学術界との間に、対話、交流、相互の疎通の機運が高まって行った。

"*Modern China*" に寄稿された論文が「後学」論争の発端だったとすれば、欧米中国学界に対して、左翼文学思潮の伝統への理解を促しつつ、学術研究における「文化的政治的隷属と参与」を見極め、冷戦収束後の世界政治と文化の中における新しい冷戦意識に警告を促す。次に、冷戦終結後の北米中国学界における現代中国文学研究について、その動向を詳しく見てゆきたい。

二　北米漢学界の中国文学思想研究について

西方"中国研究"（Chinese Studies）を見たとき、それは広範な内涵を持つ学科概念である。七十年代は北米中国学界にとって重要な転換点であり、「冷戦」終結に伴い、「反共」的立場からの研究は退潮に向かい、中国現代文学の研究ジャンルは拡大し、西方文芸理論による作家論や、中国新時期文学へも関心が集中した。七十年代の重要な学術会議としては、一九七四年八月ダートマスでの「五四時期的中国文学」研討会（シンポジウム）、一九七九年ハーバード大学が主催した「中国現代文学與表演芸術」討論会などがある。一九八二年アメリカの聖ヨハネ（ジョーンズ）大学で行われた「当代中国文学：新形式的写実主義」研討会。会議は金介甫（Jeffrey Kinkley）主催で、同編纂による論文集が『毛沢東以後：中国文学与社会、一九七八―一九八二』として一九八五年にハーバード大学出版社から刊行され、十年来の大陸と台湾の文学作品に対する理解と鑑賞を含めて新時期文学の全面的に討論したことで注目を集めた（Jeffrey Kinkley, ed.: *After Mao: Chinese Literature and Society*, 1978 - 1981. Cambridge: Harvard University Press, 1985）。

一九八六年にはドイツで比較的重要な国際学術討論会が開かれている。「中国現代文学的大同世界」であり、ドイツの馬漢茂教授（Hulmut Martin）とウィスコンシン大学の劉紹銘（Jhoseph S. M. Lau）が共同主催した。この時は欧米、大陸、台湾の学者が当代文学を比較文学的に討議した。大陸作家の張辛欣、楊煉、台湾作家の李昂などが紹介され、会議後葛浩文（Howard Goldblatt）編纂の論文集『分離的世界：中国当代的作品及其読衆』（Howard Goldblatt, ed: *Worlds Apart: Recent Chinese Writing and Its Audiences*. Armonk, NY: M. E. Sharpe, 1990）が刊行されている。

一九八六年には中国で最大規模の新時期文学国際シンポジウムが開催され、欧米、アジア、オーストラリアから五十七名の学者が参加している。一九九〇年代にはウェスリアン（Weslyean）大学の魏艾蓮教授と王徳威教授（David Der-Wei Wang）がハーバードで、二十世紀中国小説と電影という議題で大会を開いた。研究方法の多様性が注目された会議の論文集では、劉紹銘、杜邁可（Michael Duke）、金介甫、梅儀慈（Yi-tis Mei Feuerwerker）、周蕾（Rey Chow）等十二名の学者の論文が掲載された。同年十月にはデューク大学で、最初の盛会が召開されているが、このシンポジウムの主催は中国比較文学北米学会であり、『中国現代文学中的政治與意識形態』である。論文集のテーマは『現代中国的政治、意識形態和文学話語：理論干預和文化批評』であり、大陸出身の劉康と唐小兵が編纂、フレドリック・ジェイムソンが序言を書いている（Liu Kang & Xiaobing Tang. eds.: *Politics, Ideorogy and Literary Discourse in Modern China: Theoretical Interventions and Cultural Critique*. Durham and London: Duke University Press, 1993）。

重要著作の側面から見ると、夏志清の『中国現代小説史』以後に、大きな発展が見られるが、『小説史』の特徴は、作品の美学的価値や、修辞の水準に切り込んだことにあり、「新批評」によるテキスト細読という新しい境地を開いた。夏志清には多くの英文著作があり、『夏志清論中国文学』（C. T. Hsia: *C. T. Hsia on Chinese Literature*, New York: Columbia University Press, 2004）があり、夏志清の〝中国文学〟（Chinese Literature in Perspective）、〝伝統戯曲〟（Traditional Drama）〝古典及近代小説〟（Traditional and Early Modern Fiction）及び〝現代小説〟（Modern Fiction）の四項目十六編の文章から成る。

夏志清以後、長足の進歩を遂げた現代中国文学研究において主要な著作を挙げると、夏済安の『黒暗的閘門』（Tsi-An Hsia: *The Gate of Darkness: Studies on the Leftist Literary Movement in China*. Seattle, WA: University of Washington press, 1968）は、夏済安がカリフォルニア州立大学バークレー校東西研究センターで、二十世紀二十年代から五十年代の中国左派作家の文芸、政治活動を分析したもので、魯迅の「神格化」という伝統的観点に対して再考を促した論文でもある。もう一冊は前述した李欧梵の『中国現代作家的浪漫一代』（Leo Ou-fan Lee: *The Romantic Generation of Modern Chinese Writers*. Cambridge, MA.: Harvard University Press, 1973）があり、李欧梵は北米中国学界を代表する学者となった。

これまでに見られなかった傾向として、作家の専題研究が見られるようになったことで、一九八二年には梅儀慈の『丁玲的小説：現代中国文学中的叙事与意識形態』（Yi-tsi Mei Feuerwerker: *Ding Ling's Fiction: Ideorogy and Narrative in Modern Chinese Literature*. Cambridge, MA.: Harvard University Press. 1982）であり、丁玲の二十年代から三十年代、延安時代から新中国成立までの重要な作品を通して「主観主義」から「社会主義リアリズム」までの創作過程を詳述している。沈従文については金介甫が資料により詳述した『沈従文伝』（Jeffrey C. Kinkley: *The Odyssey of Shen Congwen*. Stanford California: Stanford Univewrsity Press, 1987）があり北米中国学界における沈従文研究のメルクマールとなった。

八十年代に入っての魯迅研究としては、萊爾（Willian A. Lyell, Jr）が一九七六年に発表した『魯迅的現実観』（Willian A. Lyell, Jr: *Lu Hsün's Vision of Reality*. Berkeley: University of California Press, 1976）があり、当時スタンフォード大学アジア語系勤務であった著者が魯迅入門書として著したものである。八十年代中期に入ると李欧梵が魯迅の専門著作として『魯迅及其遺産』（Leo Ou-fan Lee, ed: *Lu Xun and His Legacy*. Berkeley, CA: University of California Press, 1985）があり、二年後には『鉄屋中的吶喊』（Leo Ou-fan Lee: *Voices from the Iron House: A Study of Lu Xun*. Bloomington and Indianapolis: Indiana University Press, 1987）があるが、見解は卓抜であり、厳正な分析によって、魯迅の雑文芸術を肯定的に捉え

創見に富んだ著作である。

八十年代末には、呉茂生（Mau-sang Ng）が比較文学的にロシア文学の中国文学における流変と影響について述べた『中国現代小説中的俄国英雄』（Mau-sang Ng. *The Russian Hero in modern Chinese Fiction*. New York: State University of New York Press & Hong Kong: The Chinese University Press, 1988）において、郁達夫、茅盾、巴金及び魯迅を取り上げている。

その後の現代文論で最も重要なのは、鄧騰（Kirk A. Denton）オハイオ州立大学の准教授である。一九八八年にトロント大学で博士号を取得している。その他、李欧梵と王徳威については詳述があるが、ここでは省略したい(3)。

三　九十年代における言説の転換

中国においては八十年代には改革前の中国社会主義の実践を封建的伝統に擬え、民主化運動においては「反封建」が掲げられたように、八十年代の「新啓蒙主義」は西欧の資本主義的モダニティを意味していた。しかし九十年代に入ると西欧的価値に対する懐疑が起こり「西欧近代の普遍的諸価値」にあわせて中国の成熟度を測定するようなものであったことに対する深い反省が起きる。その後、西欧体制内部の批判的知性（ポストモダン）を実践的、社会機能的なナショナリズムの言説として転用する傾向が顕著に見られ、九十年代以降の中国の政治的「保守主義」の旗振り役を果たしている、と言う内外の批判を浴びた。その結果、文革や八十年代の新啓蒙主義について何ら総括が成されないまま、八九年に「歴史が集結」し、九十年代からポスト新時期が始まるとして「モダニティ」の内実は封印される。ポストモダン批判者はこれを「モダニティ」の危機と捉え、政府側の現状肯定のための歴史認識がそれを隠滅していると指摘する。

九十年代半ばには、近代化が現実化し、劇的な変化によって、従来とは次元の異なる文化・社会状況を読み解くための系統的知識としてポストモダンが急速に浸透していった側面がある。系統的ではないので、一つのテキストや語彙が突出したり、多くの学説が乱立したりという状況となった。

二十世紀の歴史に鑑みれば、「民族主義」や「文化大衆化」というタームは、啓蒙主義と官制キャンペーンが複雑に絡む中で、度々浮上して来ているが、当代西欧批評理論の導入以降を見ると、それは時に保守の言説となり、体制批判に向けられるなど、非常に両義的に機能してきているのがわかる。

なぜ中国の知識界は保守化したのか、ナショナリズム、そして排外的な民族主義も、近代史における伝統的なそれとは異なり、いわばグローバル化の副産物として新たに生じてきたものである。論争の中でも、全ての論者に共通して言えるのはグローバル化による文化危機への危惧である。中国においてサイード、ホミ・バーバ、スピヴァクなどのポストコロニアル理論のもとで結果として孵化したのは、「第三世界批評」であり、「本土文化建設」だった。

「後学」論争の中では、在米中国人学者が八十年代の「西欧的モダニティ」を知識人が一方的に放棄し、ポストモダンによってモダンを飛び越えたとして批判し、民主・人権などを受け入れエリート文化を堅持するよう呼びかけている。中国側はかつて改革前の社会主義を「硬直化」したマルクス主義として否定した論法で、西欧普遍的価値とは「硬直化」したモダニティであるとして、受け入れを拒否している。また「反近代の近代」という中国独自のモダニティの基本的性格に着目し、西欧的近代への無条件の服従に警鐘を鳴らしている。

「中国のポストモダニズムは希望を市場化に託している。」と言われるように、九十年代、中国は「市場」と言うよりは「市場社会」、つまり全ての運営ルールを市場の軌道に合わせることにより、「新しい統治イデオロギー」の再建を完成させることになる。新しい社会形態を中心的でイデオロギーに支配されない「新状態」と解釈し、商業化と消費主義を容認していく。八十年代文化運動の主力を担った青年知識人は多くは商業文化、俗文化主流を容認する集団利益傾向が見られた。論壇においては「世俗化」の対立項である「人文精神」について抽象的な「人文精神の失墜」という総括が成され、知識界の「言説の転換」は決定的となる。

中国における九十年代文化批評を考える時、ポストという接頭辞の意味は、八九年に歴史が「終結」し、九十年代から「ポスト新時期」が始まるとされ、八十年代の知識人による新啓蒙運動が封印された状況を指す。日本の思想状況と比較されるポストモダン受容においても、中国においてはそこにグローバル化が重層的に重なり、「モダニティ」をめぐる議論が焦点化されている。ポスト冷戦時期の文化批評を概観する上で、重要と思われる文献として『九十年代後学論争』について概観したい。この著作は大きく二部に分かれ、前半が文化批評であり、後半が政治性と歴史意識である。

前半では劉康が新しい冷戦意識として「文化的政治的隷属と参与」の問題を提起し、そこに形成されたグローバル化文化想像の中での中国特殊論が、知的従属とイメージの倒錯をもたらしている点を強調している。

次に張頤武が、中国における「ポストモダン」理論は、常に解釈活動に身を置き、抽象、虚幻の学に化すことなく、西欧への「対抗性」を自負するものであり、「ポスト新時期」の文化発展中における活力として認識している。また中国は西欧の価値観念に迎合することなく、その背後にあるイデオロギー権力関係を省察する権利を有し、国際文化における中国の位置づけから、国際間の問題が中国に与える影響がより重要であるとしている。また現在の知識界には、三つの異なる言説模式があるとして、一つは、人文精神の熱狂的な追求、二つ目は、学術の「経験性」を強化した空疎な「思想史」としてのポスト国学、三つ目には「保守化」の絶対化された本土的立場を挙げている。

鄭敏は、民族伝統の継承と革新の議論において、五四新文化運動と白話を批判する立場を鮮明にしている。一方で、大陸では依然として二十世紀以前の古典的見方が通用しており、言語は語法、修辞、思惟のロジックなどで制御できる表現の従順な道具であると思っているが、中西文化対話の前提として「言語転折」を経なければならないとしている。

後半では徐賁が、官製文化と新しい統治イデオロギー形成における「後学」の関与について述べている。即ち官製文化や文化政策、歴史区分などに積極的にポストモダン理論が寄与したことへの批判が見られ、とりわけ「ポスト新時期」理論におけるジェイムソンの影響を指摘するとともに、これを一種の「変異」現象としている。

次に趙毅衡がポストモダニズムによる自国の人文伝統の解体、知識人の言説の剝奪、多元同化など、体制化された俗文化主流に冷静な批判を求める。歴史的には五四運動と八十年代文化熱の「アカデミーから横溢した」文化批判の延長に今日の議論があると認識しており、エリート主義を放棄しない立場を堅持する。張隆渓は、「ポスト・アレゴリー」に向かう文化転型をめぐって、西欧批評理論と中国文学研究が提起した問題を総括している。(4)

四　北米における文化批評のテキストについて

文学・美学に関わる英文テキストとしては、張旭東（Xudong Zhang）について触れておきたい。

まず一九九七年にDuke Universityから出版された“*Chinese Modernism in the Era of Reform*”があり、改革開放時期の中國モダニズムについての論著として注目される。文化言説の分析においては、文化熱や文化論争のモティーフについて紹介され、文学のディスクールとしては格非など先鋒派の文学言説についても分析されている。銭理群、黄子平、陳平原の中国二十世紀文学や文学史の再考、言説の拡散や第五世代監督の映画などについての詳細な記述が見られる。社会的全景のアレゴリーとしての映画分析（陳凱歌の「子供たちの王様」張芸謀の「紅いコーリャン」）、そのイデオロギーと、モダニズムの言説について論述されている。

十年の歳月を経て、二〇〇八年に同じくDuke Universityから出された“*Postsocialism and Cultural Politics—China in the Last Decade of the Twenties Century*—”では汪暉ら新左派の誕生についても、ポスト天安門の知識人における政治言説の転形というスタンスで取り上げられ、ナショナリズム、大衆文化、知識人の戦略がキーワードとなっており、新時期の文化政治を展望する内容になっている。文学言説の可能性について見れば、上海ノスタルジーとして九十年代の王安憶、批評のイコノグラフィとしての上海、莫言の文学、ニュー・シネマとしては、ナショナル・トラウマ、グローバル・アレゴリーとしての田壮壮の「青い凧」、張芸謀の「秋菊の物語」が挙げられる。

アリフ・ダーリクとの共編としては、二〇〇〇年にやはりDuke Universityから“*Postmodernism and China*”が出版され、張旭東自身の論文はポストモダニズムとポスト社会主義という現在の、歴史化についての論考がある。同時期二〇〇一年にDuke Universityから出版された張旭東編“*Whiter China? Intellectual Politics in Contemporary China*”では、第一章でネオリベラル・ドグマに対する徹底した討論が行われ、序章では編者自身による“The Making of Post-Tiananmen Intellectual Field: A Critical Overview”で、九十年代の思想文化状況が概観され、十章の“Nationalism, Mass Culture, and Intellectual Strategies in Post-Tiananmen China”では更に中国知識界の言説を詳細に分析している。

また、英文ではないが、中国とアメリカ（ニューヨーク）での批評論文や講演を収録した『批評的踪迹　文化理論与文化批評　一九八五―二〇〇二』（生活・読書・新知　三聯書店、二〇〇三年）では文字通り、九十年代を挟んだ十数年の足跡を辿ることが出来、英文からの翻訳も入るが、ポストモダン文化理論の中国への紹介書となっている。特に重要な論文は、ベンヤミン、ジェイムソン、記号論、朦朧詩についての文論である。更に、二〇〇五年北京大学出版社から刊行された『全球化時代的文化認同　西方普遍主義話語的歴史批判』は、ニーチェ、マックス・ウェーバーに依拠した文化政治を紹介するとともに、多元文化時代の歴史主体について北京大学の学生との討論を行っている。新世代における東アジア（中国）のウェーバー解読として見ると、学術面での深化も注視すべきだが、より以上に時代的な色彩が濃厚である。アメリカ、中国の他に、台湾や香港でも関連文献を収集する機会がある。

張旭東と言えば、ベンヤミン研究の重鎮であるが、翻訳に長い解説文を付したベンヤミン著、張旭東　魏文生訳『発達資本主義時代的抒情詩人　論波特萊爾』二〇一〇年七月刊（城邦読書花園）を台北で入手した。訳者序『ベンヤミンの意義』はかなり長文である。

新左派の全貌を捉える基本文献としては中国社会科学出版社刊『思潮：中国〝新左派〟及其影響』（二〇〇三年七月）がある。

結　語

現象面から九十年代「文化転換」の諸相を見ると、冷戦イデオロギーの溶解による西側の「雪解け」を背景にして、北米学術界における現代中国文学思想研究が蘇生する中で、リーヴィス（Leaves, F.R）に代表される新批評の影響を受けた夏志清、李欧梵の歴史主義を経て、九十年代文化批評への転換に向かう。しかし本質的には新批評的な一種のエリート主義、即ち道徳批評でありながら、文学研究の精緻化、知性の繊細な統合への志向が、九十年代以降の文学、美学をめぐる文化批評にも接木されているように思われる。北米における九十年代文化思潮は、大陸学術界へも往還する現象が見られ、複数言語のテクストを視野に入れたその全貌の解明が待たれる。

註

（1）劉康「中国現代文学研究在西方的転型——兼答林培瑞、杜邁可、張隆渓教授」（『二十一世紀』総第十九期、香港中文大学中國文化研究所、一九九三年十月）。

（2）詳しくは、フランソワ・キュセ著『フレンチ・セオリー　アメリカにおけるフランス現代思想』（ＮＴＴ出版、二〇一〇年）六二頁「文学と理論」を参照のこと。

（3）北米中国学の状況については、朱政恵編『美国学者論美国中国学』（上海辞書出版社、二〇〇九年）、王暁路主編　劉岩復主編『北米漢学界的中國文学思想研究』（四川出版集団、二〇〇八年）を参考にした。

（4）汪暉　余國良編『九十年代的「後学」論争』（香港中文大学、中国文化研究所）。以上の記述は、本著に掲載された主要な論著の集約である。

参考文献

（1）葛浩文（Howard Goldblatt）編纂『分離的世界：中国当代的作品及其読衆』（Howard Goldblatt, ed: *Worlds Apart: Recent Chinese Writing and Its Audiences*. Armonk, NY: M. E. Sharp, 1990）

（2）劉康・唐編纂『現代中国的政治、意識形態和文学話語：理論干預和文化批評』（Liu Kang & Xiaobing Tang. eds.: *Politics, Ideorogy and Literary Discourse in Modern China: Theoretical Interventions and Cultural Critique*. Durham and London: Duke University Press, 一九九三）

（3）夏志清『夏志清論中国文学』（C. T. Hsia: *C. T. Hsia on Chinese Literature*, New York: Columbia University Press, 2004）

（4）　夏済安『黒暗的閘門』（Tsi-An Hsia: *The Gate of Darkness: Studies on the Leftist Literary Movement in China*. Seattle, WA: University of Washington press, 1968）

（5）　李欧梵『中国現代作家的浪漫一代』（Leo Ou-fan Lee: The Romantic Generation of Modern Chinese Writers. Cambridge MA.: Harvard University Press, 1973）

（6）　梅儀慈『丁玲的小説：現代中国文学中的叙事与意識形態』（Yi-tsi Mei Feuerwerker: Ding Ling's Fiction: *Ideorogy and Narrative in Modern Chinese Literature*. Cambridge, MA.: HarvardUniversity Press. 1982）

（7）　金介甫『沈従文伝』（Jeffrey C. Kinkley: *The Odyssey of Shen Congwen*. Stanford California: Stanford Univewrsity Press, 1987）

（8）　莱爾（Willian A. Lyell, Jr）『魯迅的現実観』（Willian A, Lyell, Jr: *Lu Hsün's Vision of Reality*: University of California Press, 1976）

（9）　李欧梵『魯迅及其遺産』（Leo Ou-fan Lee, ed: *Lu Xun and His Legacy*. Berkeley, CA: University of California Press, 1985）『鉄屋中的吶喊』（Leo Ou-fan Lee: *Voices from the Iron House: A Study of Lu Xun*. Bloomington and Indianapolis: Indiana University Press, 1987）

（10）　呉茂生（Mau-sang Ng）『中国現代小説中的俄国英雄』（Mau-sang Ng: *The Russian Hero in modern Chinese Fiction*. New York: State University of New York Press & Hong Kong: The Chinese University Press, 1988）

第二章　メディア・表象・ジェンダー

二―一　西欧批評論述の中の中国図像
――越境する知の表象――

はじめに

ポール・ド・マンの『美学イデオロギー』に拠れば、テクストは〈物質的な書き込みによって〉構成された出来事であるとされる。様々なレトリックによって美的・詩的なかたちで粉飾、汚損をほどこされてゆくのが『美学イデオロギー』であり、そこでは「美的なもの」が「政治的なもの」そして現象論的な認識論と深く絡み合う。そして、比喩表現の歪像化的な作用、想像（構想）が心象（イメージ）を自ら越えていくこと、美的なものが排除の原理として機能することなどが指摘されている。[1]

九十年代の東アジアにおける急速な市場化と、華人消費文化は、国家像の変貌とともに、新たなグローバル化文化想像のもとでの「中国図像」の変容をもたらした。海外知識界との接触と越境、欧米の知識生産・論述における「文本中国（Text China）」「文化中国（Cultural China）」「中国性（Chineseness）」の概念、また西欧と中国の「中間性」を特色とする香港の理論研究史を手掛かりに、中国像をめぐる知の表象の諸相を鳥瞰してみたい。主に香港ポストコロニアル研究の第一人者、朱耀偉の著作『当代西方批評論述的中国図像』[2]と、劉康（デューク大学）の文化批評をテクストとして、九十年代の言論、思想状況の焦点化を試みたい。[3]

キーワード：ポスト九七の香港文化　政治と審美の二元対立　「民主」神話と「反神話」
「中国」論述と知識生産　知識人の自我放逐　西欧の虚構としての中国像

一　香港の理論研究史

香港におけるポストモダン、ポストコロニアル研究の中では朱耀偉を中心に見ていきたいが、特徴的なのは「後東方主義」（ポストオリエンタリズム）の提唱である。朱耀偉の著作に入る前に、香港における理論研究史を概観しておきたい。

詩歌創作や理論批評で著名な香港大学の梁也斯(4)は、香港文化に関しても少なからぬ文章を書いている。彼は「香港文化の問題は、中国民族文化のモデルへの還元で解決できるものではない。」とし、返還という政治的な現実に対して、西欧化された価値観が、東方の文化と接触する時の摩擦、緊張は顧みられず、香港文化に関する歴史資料も散逸した状況にあり、残された道は「自己否定」だけであると述べている。

近代化理論の研究で知られる香港中文大学の金耀基(5)は、グローバル化によるモダニティの拡散は、それ自体が啓蒙理性の獲得した成功の証しであるにしても、差異の多元性の中で、対抗的な自我と他者が対峙することはあり得ず、新しい位置づけを得ることを主張している。同じく香港中文大学の沈清僑は、アイデンティティと文化想像、イデオロギーをめぐって、ポストコロニアル香港の文化政治の行方を模索し、テキストを通じた主体と自我の鏡像段階の分析を進める。

香港大学社会学系の周華山[6]は、香港の「中間的」なアイデンティティが西欧の優越性に対抗するものであるとして、教育と言語の問題を分析し、いわゆるバイリンガル・エリートが、西欧主流学術体制の産物であり、西欧の政治経済、学術の覇権、英語という言語覇権のうちに学術権威としての地位を確立していること、一方でポストコロニアル文化状況における「沈黙的群体」の問題を取り上げている。ポストコロニアルは植民地支配の終わりを意味しない、それは隠蔽され複雑化していくため、内在的な自覚と系統的な理論分析が必要だと説く。世紀末の「迷惘（困惑）心情」を表現する洛楓[7]の香港文化論や、羅永生の文化覇権の分析、謝品然、鄧招光の神学的アプローチなど、香港のポストコロニアル研究は独自の境地を開拓してきた。

二　西欧批評論述の中の中国図像

先に述べたように朱耀偉はポストオリエンタリズムと植民文化の関係について提議し中国文化論述に新しい空間を開拓しようと試み、「論述」の主体をめぐる議論が焦点化される。「中国文化」は西欧文化の求める塑像に材料を提供する存在に過ぎない。中国自身の声は西欧の論述に準ずるもう一つの「解読」に過ぎず、「中国」が観察の客体であることに変わりはない。二つの世紀を超える西欧文化批評の言説の中に、「中国文化」はいかなる図像、いかなる文化形象として存在しているのであろうか。「中国」の図像は、ポストモダン文化転型のさ中において、自己の言説空間を見出せぬまま、「啓蒙」式の植民地運営のロジックのもと「文而化之」の神話が継続して来たのである。

朱耀偉は中国のポストモダニティ研究に新しい啓発をもたらし、拡大する東アジアの文化生産や知識生産、その影響力についての議論の端緒を拓いた。

朱耀偉が海外華人や中国学を論述するうえで、取り上げたのは第六章における張隆渓と周蕾[8]、第七章における杜維明と李欧梵[9]、第八章における Colin Mackerras と Stephen Owen、そして Perry Link[10] である。

第六章においては中国人が語る中国観とは、西欧がその高度に meta-lingual な思維方式によって西欧を語ることは実際、稀であり、専ら中国人が西欧の論述モデルを鏡として、その鏡を通しての分析が自己のイメージをより鮮明に投影することになる。ゆえに中国人批評家の描き出す中国イメージと西欧の論述との共謀する状況を明らかにしていかなければならない、として張隆渓の論述を分析している。

張隆渓は、「中国」とは「西欧の虚構」であり、西欧の「ユートピアの源泉」としてのみ存在すると言う。彼は中国の批評家でありながら、その発想は完全にサイード式のイマジナリーな「東方」であり、張隆渓はヴィーコを援用してその「硬直化したイメージ」を確定し、十七世紀以来欧州人の興味を引いた中国像を例示しているが、西欧の眼差しの中の中国像が西欧の様々に異なる価値観によって歴史的に塑像されてきたものであることは明らかである。つまり張隆渓の論述は、張隆渓自身の描く「中国像」を他者化する道具となっており、そこには尚「付かず離れず」の美が残存している。大陸出身でアメリカで教育を受けた張隆渓の「差異」のアイデンティティが指摘されようとも、その論述と西欧批評の論述は何ら変わるところがないのである。

張隆渓は、二十世紀中国の論述は外来理論の受容と抵抗の歴史であることを運命づけられているとして、中国化されたマルクス主義と官製イデオロギーを挙げ、さらに魯迅の「鉄の部屋」（閉ざされた統治）の状況下においても「学術空間」の中に外来理論を取り込み、吸収することは可能であるとしている。張隆渓は中国において西欧の学術的な語彙や理論構築が行われなければ、西欧理論家に分析の「原料」を提供するだけとなり、まさに中国論述の危機であるとする。しかし西欧理論を掌握する者は必然的に「神秘を解く」任務を負うことになる。

一方で香港からアメリカへ、被植民地と植民地の挟間に身を置く周蕾は、張隆渓とは異なるスタンスを「女性と中国のモダニティ[11]」で表明している。盲目的に「中国性（Chineseness）を鼓吹することを諫め、ethnic spectatorship を「主体の凝視と他者の形象の間」に置き換えるが、それは張隆渓から見れば「中国の現実」を認識しないことを意味する。周蕾は中国の詩人、北島が国際化され、商品化されたことにより、中国古典詩の固有の特色を喪失し、欧米中国学者の尊厳を傷つけたとする幻想の中の「中国イメージ」への固執と自己防衛を北米中国学者 Stephen Owen の干渉として断罪するのである。このことは周蕾が Tani Barlow の文章 *"Theorizing Women : Funu, Guojia, Jiating"* の、婦女、国家、家庭にいずれも翻訳上「中国の」という修飾語を加えたことについて、「中国特殊論」に拠る「中国化」として批判していることを付け加えている。普遍から隔絶するための土着化について、「寄生」的性格を持つ「対策」（tactic）は内からの解体を意味する脱構築と本質的に変わらない。周蕾の描く中国女性は、スピヴァクや鄭明河[12]の描く第三世界の女性とは大きく異なり、その発言は西欧の主導的な論述とその歴史的な条件を踏まえたものであり、特定の批評家による中国イメージの占有を阻止することで、大きな貢献を果たしている。

張隆渓や陳小娟[13]の「オクシデンタリズム（西方主義）」は、「中国性」と「中国経験」を核心とする奇妙な中国イメージについて一瞥するものであった。これらのイメージは未だ西欧理論と中国の現実を掌握し得ない未知の声を圧制し、自己を固定化する危険がある。

第七章では、杜維明と李欧梵が取り上げられる。中国知識人のマージナルでディアスポラなイメージについて、また杜維明の「文化中国」（Cultural China）の概念、李欧梵の「尋根文学」の問題について詳述する。杜維明は「中国」が政治地理的な概念であり、蛮夷を周縁化し、「中心」としての文化を擁護してきたことと、東アジアの工業発展が「中国性」にいかなる影響を及ぼしたかを問題にする。「文化中国」という第一世界から、周縁である台湾、香港、シンガポールなどに対しては「外向」の動力が働く。第二世界の重心は Chinese diaspora である。そして知識／文化／論述を抑圧する中心性の作法が、「文化中国」が外に向かうことの合法性を保証することを否定できないのである。

一方で雑誌"Daedalus"に李欧梵が掲載した論文では、「中心としての周縁」から「中心の解消」へというテーマで、典型的な文学批評のスタイルで「尋根文学」の「反中心的な情緒（中国大陸の封鎖性を打破するもの）」として、「流放」の問題にも触れている。「下放」は文化大革命中に日常化した「内部放逐」（internal exile）などの「流放」と知識人の「自我放逐」を比較し、二十世紀初頭の日本留学や、二十年代からの欧米留学、於梨華の「デラシネ世代」に見られるように、故郷喪失経験からの自己の周縁化や文化アイデンティティの問題に説き及んでいる。

李欧梵は「中心と周縁」という二元的弁証法から「中心の解消」の鼓吹と、国際的な文化研究の提唱へと向かう。陳光興は「国際主義式的本土主義」（New Internationalist Localism）を提起しており、それは国家のロジックや地理、地域のロジックを運用するものではないとしているが、文化研究の発展分析に基づいた「本土文化」の強調は、杜維明の文化中国の論点とは相反するものである。朱耀偉は、新批評から、フォルマリズム、構造主義、脱構築まで、そしてポストコロニアリズムと文化研究の重視は他者の「対抗覇権」を重視したとは言え、進化とは言えず、器が変わっても中身は変わらないのではないだろうか、と結んでいる。

本著の最後ではグローバル化時代の中国イメージについて詳述されるが、ポスト返還（九七年）以後の状況を踏まえて、アメリカのアカデミーにおける九十年代文化研究、特に周蕾の編集による"*Modern ChineseLiterature and Cultural Stuies in the Age of Theory: Remagining a Field*"が華人社会の複雑な意涵、「中国性」「中国」「香港」に関する解釈を重視したことが、特別な意義を持つものであるとしている。このように中国をめぐる喧噪が喧しい中、ポスト九七のグローバリゼーションの下で新しく付与された「中国図像」を探索する上では、九十年代の華人消費文化とクリントンの対中国政策がきわめて大きな関わりを持つ。九十年代はポスト新時期と呼ばれるように、新しい消費ムードが生んだ流行文化の急速な普及、一方で知識人の社会的地位と影響力の凋落が進み、「ポストモダン化」が中西二元対立を超えて中国大陸を論述する新しい空間となっていった。中国の批評家による「ポストモダン」文化の論述も全面的な視野と理解を備えたものであったが、意外に思われたのは『疆界2』『新文学史』の中国ポストモダニズム文論がジェイムソンの文化商品化、市場化に終始関心が集中する現象であった。中国大陸本土と中国経験のある在米華人批評家が、ポストモダンの論述において「中国」イメージの具現化を凝視したが、この論述体制や知識生産と、アメリカの対中国政策による市場化とは微妙な共謀関係にある。「文化」は「覇権」に順じるにせよ抗するにせよ両刃の剣となる。王逢振(14)が言うように、二十世紀八十年代には西欧理論の借用に務めた中国が、九十年代には西欧理論に対する批判的な視線を帯びるのも、突きつめればそのような実情による。王寧は中国モダニティを描述する上で、「影響」や「移植」の背後にある合法化について分析し、またサイードの英文テキストの分析問題に集中的に照準を当てている。

三　近代化の二つの選択

次に在米の学者、批評家であり、フーコー研究とポスト冷戦時代の理論研究において知られる劉康の「グローバル化と中国近代化の二つの選択」について見て行きたい。

朱耀偉は、その主著『後東方主義——中西文化批評論述策略——』の中で、最初に「東方主義のコンテクストから中国を見る——中国批評家の論述に於ける中国観——」として、主に張隆渓の批評論述について批判的な観点から分析している[15]。

後学論争の発端は、劉康と張隆渓との論争から始まり、両者の論点を対比する上でも、「グローバル化と中国近代化の二つの選択」は一つの争点となる。劉康の場合は、東方主義に対する審視と文化批判、グローバル化への覚醒した認識、西方学者が不断に中国現代文学の審美価値より、政治的意義を強調する事への批判、歴史への自省と反思から、一層高い学術的自覚を呼びかけている。「後学」理論への着目は、グローバル化問題への考慮であって、中国のポストモダン、ポストコロニアルは、海外漢学の「後学」とも、「新保守主義」とも異なるとする立場である。その理論判断と価値判断によって、「後学」研究中の漠然性と盲従性を克服している。また、メディア、グローバリズム、近代化のイデオロギー分析に於いて、表象や美学から照射している。

劉康によれば、グローバル化過程でもっとも重要な特徴の一つは、文化生産と商品生産の関係が日増しに緊密になっていることである。大衆文化と日常生活、イデオロギーと学術思潮などの各領域において、文化と商品は緊密に結びつき、徐々に内部的な衝突と矛盾に満ちた「グローバル化文化想像」を形成する。グローバル化文化想像は当然のことながら中国に関わる様々な光景を包摂する。九十年代の中国文化想像はある一点で特に重要であり、それは「近代化」が全てを圧倒する中心テーマになったことである。

いま近代化の二つの選択の問題を提起する理論上の意義は、グローバル化文化想像の様々な「歴史の終焉」と資本主義現代化の一元決定論に焦点をあわせていることで、実践的な意味は言うまでもない。すでに述べたように、中国現代化の二つの選択の一つの核心問題は、「革命」と「建国」の関係である。この問題は単純に本土／外国、東方／西方、伝統／現代、専制／民主の二元対立で解釈、包含できるものではない。「革命」は中国現代史近百年の伝統を形成し、複雑にして影響深遠な文化覇権（あるいは指導権）と言説系統を持つ。この伝統について考えるとき、この伝統は、このコンテクストと切り離すことはできない。かつ、今日の中国におけるこの伝統はまだ歴史の範疇に入っていない。依然として文化へゲモニーを有し、私たちの日常生活や学術思考に影響を及ぼしている。

ここで言う「文化へゲモニー」は主導的地位を占める社会イデオロギーであり、上層から下層、下層から上層まで広範に動員、発動、宣伝活動を通して、社会の異なる階層、とくに被統治、被指導階層の支持、賛同と参与を獲得する。この見方は主にグラムシ（Antonio Gramsci）から来ている。文化覇権の特徴はまぎれもなく中国革命の重要な特徴である。中華人民共和国建国後も堅持されたイデオロギー化と軍事化の「宝刀」は、文革がイデオロギーによる統治のきわみに至った結果である。文革後の近二十年来、中国共産党の文化覇権はその広範な群集基盤と合法性を次第に喪失した。八十年代の文化省察は、すなわちこの文化覇権に対する批判と省察であった。

もし中国近代化に対する異なる選択の思考が、主に歴史、経済、政治と社会の角度から出発すると言うなら、文化批評の直面するもう一つのテーマは、グローバル化の挑戦である。文化領域では、グローバル化の問題は主に「グローバル化文化想像」にある。前に述べたように、ここには商品化の「市場万能」イデオロギーの問題もあり、中国本土が作り出した中国の民族伝統に関する「中国文化想像」もある。九十年代の文化批評は当然この両者に対する批判を含んでおり、このような批判自身は当代知識分子の陥った苦境（ジレンマ）を反映している。甘陽は八十年代末、「複雑に錯綜した」状況のもと、「両面作戦」を取るしかなかった。伝統批判（旧伝統と五四以来の新伝統を含む）もあれば（資本主義）モダニティ批判もある。しかし、八十年代の文化批判は終には革命伝統と覇権に対する政治的糾弾となった。そしてこのような糾弾は欧化コンプレックスと複雑に縺れてくる。[16]

劉康はアルチュセール、フーコーなど、毛沢東の理論系譜学の関係を提唱したのは、一つには歴史（とりわけ六十年代の歴史）に対する強調であり、中国文革中の世界性の視点の強調であり、二つには、中国と世界が当時近代化の二つの選択の様々な理論と実践について再び深く検討を加えることであるとしている。その見方に対する様々な批評に対しては近代化、グローバル文化討論と文化想像の大きな背景の中に置いて見なければならない。その構想は理論と実践の試行錯誤の中で、一元決定論と多元決定論の輻輳し矛盾する、複雑な連動関係について理解を深めることにあった。しかし批判者の中には、中国の歴史的悲劇の糾弾を理由に「新マルクス主義」に対しても、近代化の二つの選択についても徹底的に否定する者もいた。この種の二元対立的な批判論理は、最初の構想と相容れないものである。

後学論争における劉康の「近代化の二つの選択」について、主な論点を、ほぼ原文どおり、あるいは一部を要約して内容を紹介した。ここで特に劉康を取り上げたのは、メディア、グローバリズム、近代化という今日まで一貫した視点と、現代文化変容を表象や美学イデオロギーから照射した議論だからである。中国の「後学」が体制文化への批判に向かわず、また流行の市場万能イデオロギーによる中国の解読を拒んだことは、即ち「新左派」「新保守主義」であるとして海外論壇からの批判を招くこととなった。劉康は、中国の問題を討論する中、しばしば中国特殊論を強調する傾向があると述べているが、張頤武は「中国の特殊な政治境遇をめぐる大規模な文化生産はすでにグローバル文化資本運営の不可欠な資源となっている。」「グローバル化文化権力の創造した「中国」に関わる「知識」が問題である。」として、海外学術界やメディアにおける、その象徴資本の生産と伝播を注視するに至る。この自覚は「中国モダニティ」への歴史的省察を生み、中国では伝統的に社会科学のハードコアの上に展開されてきた近代化論争の瓦解を招きかねない「非歴史的」西欧理論、ポストモダンへの強い留保的態度となって現れると同時に、一方では西欧学術界の自己批判としてのポストモダンを対抗言説として取り込み、理論的に探究していく方策が取られたのである。

後学論争こそは、九十年代文化批評の越境現象を象徴するものであり、欧米学術界の華人研究者も含めた多くの論客が、批評理論のタームを援用して、議論は白熱し、錯綜した。ここでは論争の調停役とされる張隆渓の幾つかの論点だけを紹介しておきたい。

張隆渓は、①ジェイムソンの民族諷喩の概念を批判するとともに、オーウェンの北島と中国の言語に対する公正を欠く評論（文化差異の強調）に反駁している。②フーコーにせよ、西欧理論の巨匠の権威に盲従することはあり得ず、また政治と審美の関係をめぐる毛の観念は、事実上フーコーが西欧自由派人道主義を批判する際に奨励されたものである。③近代化の実現は、近代中国が自強の道を進むことであるともいえ、五四以来の科学技術から、さらには社会制度への改革でもある。④国内でもポストモダンの意義と「価値」について懐疑が生まれている。と述べている。(17)

後学論争の遠景とも言える、海外華人の学術と批評論述における中国像について概観するとともに、両義的に機能する批評理論と、いまなおグローバル化文化想像の渦中にある近代化論争に、今後も焦点を当ててゆきたい。

結語にかえて――オリエンタリズムと表征の政治――

政治経済問題に傾注する甘陽、崔之元と異なり、文化美学、中国に於けるポストモダニズムに着目する張旭東は、ポストオリエンタリズム、及びポストコロニアルの主体問題には、独特な思考を持つ。

張旭東は刻薄な学術的背景と学術資源によって、そのポストモダン理論研究はかなり緻密であり、とりわけ中国の現象に、記号解釈を用いることにより、想像性に満ちた中国解釈と多くの著述を通して、人々に広範な啓示をもたらしている。中国当代文化の複雑性を西方理論の枠組みの中で解釈することを拒絶し、あるいは中国モダニティの問題に真実の観照をもたらす上で、社会理論、あるいは民族主義的な立場、記号論など、その理論と実践の邂逅によるポストモダンの解釈はきわめて稀少である。

張旭東に於いては、欧米の経験によって定義された、新国際主義言説を基礎とする処の、ポストモダニティとは、モダニティの延続であり、モダニティの中に内在するが、その西欧断片化と拡散も、西欧モダニティの時代に於ける普遍化と「世俗化」の歴史的過程で、その最盛期に至った時代の形式を借りているにすぎない。

オリエンタリズム自身が一つの社会的文化的現実であり、また一つの集体的、制度的成就である以上、オリエンタリズムの言説としての複雑性は、特殊な社会歴史的境遇の表征であり、特殊な政治とイデオロギー体系の吐露でもある。そしてこれらは只、欧米資本主義による植民主義、帝国主義の甚大な物質的投資、或いは記号の投資によってこそ、実現され、地球上の大多数の人々は、西洋化され、発展或いはモダニティの現世に生存の希求を余儀なくされる。張旭東は、ポストモダンが中国に与えた影響と同時に、オリエンタリズムとその基本的特性にも解釈を進め、西欧マルクス主義に依拠して、政治的な上部構造と、経済的基礎の分析を通して、ポストモダン文化が中国に於いて、どの様な理論空間と現実的基礎を有するか、またグローバル化ポストモダンコンテクストが、中国の消費大衆に与えた重大な影響についても着目している。

張旭東は、「オリエンタリズムと表征の政治[18]」の中で、民族、表征、主体性を相対化する新国際主義言説（neo-internationalism）への批判を込めて、「ポストオリエンタリズム」文化言説が生産される領域を二つの特殊な類型に分け、一つは第三世界主体性の「散種」（dissemination）であるポストコロニアル言説、もう一つは西欧都市の左派知識人が唱える、民族主義と国家に対する批判、例えばベネディクト・アンダーソンの『想像の共同体』（一九八三年）に対する彼らの共鳴を挙げる。

これら二つの類型による探索は、国際文化理論をより精妙なものにしているが、政治的立場と、知識的立場の不一致から、研究対象と修辞策略に抵触を生じ、奇異な叙述形式によって却って強化された世界史の幻想が、モダニティの修辞に偽装された西欧資本主義へと浸透していくと述べる。アンダーソンやバーバの文章には、民族の主体を解体させ、西欧都市知識人の社会、文化、政治使命を尊重することと引き換えに、ポストコロニアルな主体の内部危機を予告しようとする衝動が見られる。このような認識のもとで言説、知識体系、覇権としてのオリエンタリズムを、再度にわたり検証するなら、ポストオリエンタリズムとは、グローバル化の時代における「オリエンタリズム」の継続を意味し、知識生産と論述、メディアの描き出す「中国図像」は、「他者」の時代の「自我」叙述、すなわち「自我の他者化」に他ならない。九十年代の学術研究と文化批評における、中国をめぐる知の表象の諸相は、張旭東の指摘にあるように、そのジレンマを深く内包しているのではないだろうか。

註

（1）ポール・ド・マン著上野成利訳『美学イデオロギー』（平凡社、二〇〇五年）、クリストファー・ノリス著、時実早苗訳『ポール・ド・マン――脱構築と美学イデオロギー批判――』（法政大学出版局、二〇〇四年）。批評理論の中でも、北米の「イェール学派」とその脱構築批評は、中国の学術界に大きな影響を与えたと言われる。

（2）朱耀偉著『当代西方批評論述的中国図像』（中国人民大学出版社、二〇〇六年六月）。この中で朱耀偉は「九十年代の「中国図像」を見る上では、クリントンの対中国政策による市場化と、在米華人批評家のポストモダン論述による中国イメージの具現化、その論述体制や知識生産が微妙な共謀関係にある。」ことを指摘している。他に朱耀偉著『後東方主義』（駱駝出版社、一九九四年）があり、中西文化接触と世紀末の中国文化をめぐる論述空間と、文化アイデンティティの問題を分析している。王岳川『后現代后植民主義在中国』によれば、朱耀偉は近年の香港におけるポストモダン、ポストコロニアル研究における第一人者である。

（3）劉康のテクストとしては、主に以下の三編を取り上げる。「中国現代文学研究在西方的転型」（『二十一世紀』総十九期、

香港中文大学中国文化研究所、一九九三年十月）「批評理論与中国当代文化思潮」（『二十一世紀』総二十二期、香港中文大学中国文化研究所）「全球化与中国現代化的不同選択」（『二十一世紀』総三十七期、香港中文大学中国文化研究所）（いずれも汪暉編『九十年代後学論争』香港中文大学出版社、所収）。

他に劉康の近著としては『文化・媒体・全球化』（南京大学出版社、二〇〇六年）がある。

（4）梁也斯　香港大学比較文学系　主要著作に、『香港的流行文化』『書的城市』『香港文化空間与文学』などがある。

（5）金耀基　香港中文大学社会学客員教授　『香港之発展経験』（共著）『中国人的三個政治』『中国現代化与知識分子』などがある。

（6）周華山　香港大学社会学系准教授　主要な著作に『消費文化：映像・文字・音楽』『解構香港電影』『異性恋覇権』『同志神学』などがある。

（7）洛楓　留米博士　主著に『世紀末城市――香港的流行文化』（香港牛津大学出版社）。羅永生は香港岭南学院准教授　謝品然は香港建道神学院准教授　鄧招光は香港信義宗神学院准教授。

（8）張隆渓は、アメリカ・カリフォルニア州立大学比較文学系教授。主著に『二十世紀西方文論述評』（北京、三聯書店）。周蕾も同比較文学系教授。陳光興は台湾の歴史経験を踏まえ、「文化想像」の問題を焦点化している。

（9）杜維明　ハーバード大学東アジア系中国歴史、哲学教授。研究テーマは儒学の第三期発展、文化中国、文明対話と現代精神の反思など多岐にわたる。

李欧梵はハーバード大学東アジア研究所系教授。

（10）いずれも中国語表記は、馬克林、宇文所安、林培瑞。

（11）拙稿『周蕾研究初探――中国近現代文学と文化研究――』（『東アジア地域研究』第九号、二〇〇二年）を参照。

周蕾『女性と中国のモダニティ』“*Women and Chinese Modernity: The Politics of Reading between West and East*”。

（12）ガヤトリ・チャクラヴォルティ・スピヴァクは、一九四二年カルカッタ生まれ。コロンビア大学教授。鄭明河（トリン・T・ミンハ）は、一九五二年ヴェトナム出身で、カリフォルニア大学バークレー校の女性学教授。

（13）陳小娟　Xiaomei Chen "*Occidentalism: A Theory of Counter-Discourse in Post-Mao China,*" Oxford University Press 1995。

（14）王逢振　中国社会科学院外文研究所研究員　主著に『意識与批評』（桂林、漓江出版社、一九八八年『今日西方文学批評理論』（桂林、漓江出版社、一九八八年）。『二十世紀西方文論研究』（共著。北京、社会科学出版社、一九九七年）などがある。『全球化文化認同和民族主義』（王寧編『全球化与后植民批評』所収）の中で、文化ナショナリズムと抵抗の美学について分析している。近著に『交鋒――二十一名著名批評家訪談録』（世紀出版集団、二〇〇七年）がある。

（15）朱耀偉『後東方主義――中西文化批評論述策略――』（駱駝出版社、二〇〇三年）

（16）「全球化与中国現代化的不同選択」（『二十一世紀』総第三十七期、一九九六年十月）。

（17）張隆渓「再論政治、理論与中国文学研究――答劉康」（『二十一世紀』総第二十期一九九二年十二月）、「多元社会中的文化批評」（『二十一世紀』総第三十三期、一九九六年二月）を参照のこと。

（18）張旭東「東方主義和表征的政治」（『批評的踪跡――文化理論与文化批評――』生活・読書・新知　三聯書店）一三五頁。

参考文献

Rey Chow "*Ethics after Idealism: Theory-Culture-Ethnicity-Reading*" Indiana U. P

Rey Chow "*Modern Chinese Literary and Cultural Studies in the Age of Theory*" Duke U. P

Rey Chow "*Writing Diaspora: Tactics of Intervention in Contemporary Cultural Studies*" Indiana U. P

Zhang Longxi, "Western Theory and Chinese Reality," *Critical Inquiry 19* (Autumn 1992)

Zhang Longxi, "The Mith of the Other: China in the Eyes of the West," *Critical Inquiry 5* (Autumn 1988)

Tu Wei-ming, "Cultural China: The Periphery as the Center," *Daedalus 120* (Spring 1991)

Leo Ou-fan Lee, "On the Margins of the Chinese Discourse: Some Personal Thoughts on the Cultural Meaning of the

Periphery," *Daedalus 120* (Spring 1991)

Leo Ou-fan Lee, "Chinese Studies and Cultural Studies: Some (Dis-) Connected Thoughts," *Hong Kong Cultural Studies Bulletin, Issue 1* (Dee 1994)

Kuang-ksing Chen, "Voices from the Outside: Towards a New Internationalist Localism," *Cultural Studies 6* (Oct 1992)

Chen Xiaomei, "Occidentalism as Counterdiscourse: 'He Shang' in Post-Mao China," *Critical Inquiry 18* (Summer 1992)

Liu Kang, *Aethetics and Marxism: Chinese Marxists and Their Western Contemporaries* (Durham: Duke University Press, 1996)

Liu Kang, "The Problematics of Mao and Althusser: Alternative Modernity and Cultural Revolution" *Rethinking Marxism, vol, 8. no3* (1996)

Edited by Arif Dirlik and Xudong Zhang "*Postmodernism & China*" Duke University Press 2000

二―二　周蕾（チョウ・レイ）研究初探
――中国近現代文学研究と文化研究――

はじめに

歴史的に見ると中国では、一九八〇年代にフレドリック・ジェイムソンが北京大学で行った講義において、「ポストモダン」概念がはじめて伝えられたとされるが、一九八九年天安門事件以降、九十年代に入って中国の学術界で「後（Post—）」という概念が多用されるようになったのを受けて、欧米留学生、内外の学術研究者を交え、一九九二～九三年頃から、香港『二十一世紀』を舞台に「後（Post-ism）学」論争が湧き起こった。中国における「後学」は欧米のポストモダン、ポストコロニアル理論とは区別され、また同時期の「新国学」のような明確な学術視野を備えたものでもなく、きわめて漠然とした概念ではある。論争に加わった趙毅衡は自嘲ぎみに「「後学」という嘲笑的な言葉が北京の学術界ではよく聞かれる。この社会は「後（ポスト）工業」、この時代は「後冷戦」、消失の中に「後共産主義」が残り、出現しつつある「後歴史主義」、フェミニズムはもちろん「後男性主義」性別を問わず個人は「後個人主義」である。中国における「後（ポスト）」にはすでに来歴がある。「後朦朧詩」が一九八四年に湧き起こり、今は「後後朦朧詩」が取って代わった。一九九二年には「後新時期文学」が出現し、その大きな特徴は「後白話」を用いていることであり、「後知識分子」「後エリート」とも呼ばれる文化産業の制御のもとに置かれていることである。

知識人はひたすら「後学問」となって後、「後悲劇」の情緒に沈潜したため、この失語症的「後ユートピア」の病を患い、必然的に「後革命」の時代を迎えている。[1]」としている。

「後学」論争は、時期的には鄧小平の南巡講話とも重なり、九十年代の歴史状況、すなわちグローバリゼーションと急速な文化商業化の進展に直面し、文化、社会、経済をどう把握すべきかという知識人の危機意識を如実に反映していた。またグローバリゼーションが単純な「西方化」であってはならないという意識からも中国の現状に対する認識が問われた。さらに論者の中心世代を見ると、一九五〇年代後半生まれで、文革経験を持ち、六・四事件後、欧米の大学で研究生活をおくる中で、欧米の「漢学」（China Studies）に齟齬を感じつつ、文学、思想の問題に真摯に取り組んできたことが特徴である。ところで彼らと同世代で香港出身の在米女性研究者、周蕾[2]は現代批評の分野で著名であり、多方面で活躍しているが、最近編著として「理論の時代における中国近現代文学と文化研究：イメージの再認識」[3]を出版し、文学とエスニシティの問題を新たに提起している。これまでも言語、女性、映画、現代史について「文化の政治学」の視点から多彩な執筆活動を行ってきており多くの著作があるが、彼女の原点とも言える学位論文は「鴛鴦蝴蝶派：現代文学史再考」（スタンフォード大学、一九八六年）というテーマで文学史の見直しを企図しており、以後中国近現代文学に関しても積極的に発言していることは、一般に知られていないように思う。

この論考では、これまで専ら、フーコー、デリダ、ベンヤミン、そして新歴史主義等々、といった欧米の思潮、理論的文脈で論じられてきた周蕾の九十年代における一連の評論、学術研究を、中国における「後学」論争を時代背景として捉え直し、周蕾と「中国近現代文学」（それは研究対象というより、一連の論争の磁場となっているかの感がある）について、また彼女によって開かれた「文化研究」の展望について考察しようとするものである。すなわち「後学」について言われる学術視野の狭さ、既存の文化秩序への妥協的姿勢や、歴史意識の欠如などについて考える時、改めて周蕾の位置付けが明らかになるだろうと期待するためである。

一　後学論争の焦点――エリア・スタディーズと近代文学――

最初に、アメリカにおける近現代中国文学研究と今日の課題について簡単に振り返りたい。劉康(4)の言うように、中国学は「区域研究」(area studies) の一端として、史学、社会学、政治学の支配するところであり、文学研究の領域はというと古典文学が壟断していた。すなわち、中国固有の伝統文化の研究でなければ、冷戦意識の延長にある政治・社会学研究であり、中国にとっての「近代」の内的なダイナミズムの所産である近現代文学は「封閉圏」(ゲットー化) という言葉で表現されるように、最も周縁化されてきた。

一方で一九六〇年代以降、文学研究の主流は新批評であり、詳細なテクスト分析であった。中国系の学者、夏志清の「中国現代文学史」に代表される「新批評」文学史観は欧米学術界で合法的地位を獲得したものの、それは「テキスト」の背後にある錯綜する複雑な歴史社会背景を等閑視することで、冷戦イデオロギーと対立するのではなく、むしろ呼応するものとなった。一九六一年には、きわめて政治的に先鋭であった、プルーセクを代表とする東欧のチェコ学派と、夏志清との間に、一時期論争が交わされる。

一方でプルーセク、フェアバンクの歴史主義に啓発された李欧梵は、中国現代文学史にマクロ的な歴史分析を加え、アメリカ中国学における歴史主義の典範とされ現在に至っている。しかし七十年代後期から八十年代にかけて、文化批評の理論的角度から文学研究が始まると、構造主義、ポスト構造主義、精神分析、西欧新マルクス主義とが広範に取り込まれ、歴史主義のアプローチがますます重視されるようになる一方で、新たに出現したポスト構造主義とディコンストラクションの「テキスト分析」の挑戦に直面することとなる。

一方中国においては対外開放政策が進行する中、八十年代以来の「主体性論」、「方法論」等が文学研究の「思惟空間」（劉再復）を切り開くことによって、ようやく海外中国学界と大陸との対等な対話と交流の道が開かれた。そして官式マルクス主義文芸理論と対峙した八十年代の中国現代文学研究がその矛先を向けたのは、学術研究内のディスコースが含む政治イデオロギー的内包であり、高度な学術的自覚であった。

一方欧米中心論批判と多元文化論推進の呼びかけが日ごとに高まりを見せる中、一九九〇年 Martson Anderson による『現実主義的局限――中国革命時代的小説』が刊行された。「文化批判」的角度から中国新文学のリアリズムの形式、中国左翼主流文学の内在する動力を分析し、その立論は、李沢厚の「啓蒙と救亡」、銭理群、黄子平、陳平原の二十世紀文学の構想に近いものである。台湾から来た王徳威、香港から来た周蕾らは、リアリズムの形式と中国の現実、伝統文化、女性の言語、通俗文化、経典作家の再読により、新しい文化の re-territorialization を試みた。一方大陸の学者、王暁明、陳思和は一九八八年以来中国共産党の公式的現代文学史に対して、「文学史再考」の問題を提起してきた。この潮流は転向を迫られるが、「再考」についての議論は国外で継続され現在に至っている。

当然、このような欧米中心論批判の経緯の中で、左翼文学の軽視を憂える声も聞かれる。張隆渓「再論政治、理論与中国文学研究」によれば劉康は、アメリカ中国学の冷戦意識、中国左翼文学への偏見を批判し、さらに夏志清の形式主義と李欧梵の歴史主義のみならず、劉再復の人道主義と八十年代の中国文学非政治化の傾向をも批判している、と総括している。

この様に国際化する中国研究の流れの中で、周蕾は在米の女性研究者として欧米中心論批判、においてはまさに先鋭的存在であり、サイードの「オリエンタリズム」と比肩されその中国的、もしくは女性主義的な展開として、「知と権力」の問題を一層深化させてきた。その名が日本でも知られるようになった発端は、一九九六年頃を契機として、学術研究とジャーナリズムの中間に位置する、批評雑誌などの媒体を中心にカルチュラル・スタディーズの特集が組まれるようになった頃からである。日本におけるカルチュラル・スタディーズは、一九八〇年代に「文化相対主義やポスト・モダニズムの上澄みだけを消費してきてしまった。」ことの反動として、九十年代半ばよりメディア研究以外にも文学、社会学などの分野を席巻する潮流となりつつあるが、周蕾について日本の「中国」研究者の反応は、海外の研究成果として一瞥される程度に留まっている。しかし中国近現代文学に限定してみても、これまでテーマ論的に議論されるに留まっていた多くの問題、国民文化形成、知識人と新文学運動、メディア論等々について彼女が緻密に傍証し、理論化していることは常に気にかかっていた。その研究活動の出発点となったのは近代中国文学史の見直しをテーマとした博士学位論文 *"Mandarin Ducks and Butterflies: Toward a Rewriting of Modern Chinese Literary History"*(5)（スタンフォード大学、一九八六年）である。題目にある様に、五四文学革命をルネサンスとして、ここから中国の近代が始まるという「神話」に対して、鴛鴦胡蝶派文学と五四作家の小説を中心に再考を促すものである。張恨水の通俗小説の分析、代表的五四作家、魯迅、巴金、茅盾についての再考、結論として近代中国文学における「ポストモダン」状況についての考察が導き出される。欧米の理論研究と遮断され、地域文化の枠内でしか論じられないアジアの「近代文学」を、ポストモダンの俎上に載せ、「文学史再考」の先がけともなったこの論考を今一度顧みる必要があるだろう。華々しい批評活動の全容から見れば、近現代文学についての言及は、さほど人目を引かないが、既に文化研究への批判的介入を試みる周蕾が、文学の周縁化を憂慮し、この問題を真摯に語っているのはなぜなのか。地域研究という枠組みは、また文学の問題と深く絡んでくる。それはここでは私自身が、「地域研究」という枠組みにおいて、近現代中国文学を研究してきたことへの自戒の意味をこめて、周蕾における、また同時期の「後学」論争における「地域研究批判」の中身を平行して見て行きたい。

二　地域研究批判と新歴史主義

地域研究は、歴史学に最大の変革をもたらし、社会科学の諸分野にも少なからぬ影響を及ぼしてきた。文学研究について言えば、当然、多文化的な、また表面的な文化交流解釈に基づく比較文化、比較文学的アプローチによって「文学」の枠組みを拡げ、新しい境地を開拓してきた。一方では近年の「文化研究」の攻勢によって、また知識の情報化によって、「文学」自体が解体の危機に瀕している状況にある。周蕾は、このような地域固有の文化を前提とした比較文学研究への批判ばかりでなく、地域研究を基盤に発展してきたいわゆるカルチュラル・スタディーズ自体についての批判を内包する。

在米研究者である周蕾にとって、地域研究という伝統的枠組みの解体が先決であることは、大陸出身の研究者が共有する意識でもあり、知識社会学的な考察の対象であるかも知れない。この背景には学問分野が変化し、地理的視野に固定されない多面的な地域概念の広がりが見られること、「事実」認識から相互認識へと、個の帰属意識、自己認識の変化に伴って認識主体の検討、価値評価の変化ということが起こっていることと関連しよう。グローバライゼーションの進展に伴い、国家や民族を相対化する方法としての地域論、という方向性は近年模索されつつある。しかし制度的カテゴリーとしての地域研究、固定化された地域文化概念への自覚や批判ということは十分なされていないことを、周蕾は繰り返し語っている。理論的精度がきわめて高く、また特定文化の普遍性を相対化し、「近代」体験へと収斂させてゆく視点が、既成の学問である「地域研究」への批判を内包しているとすれば、地域研究をめぐる一連の議論は周蕾を語る上で、きわめて重要であると思われる。その著作集である「*Writing Diarpola*」[6]においては、地域研究と近代文学の周縁化という問題ばかりでなく、その多文化主義への警鐘は、かなり政治的色彩の強い側面を持ち合わせている点が特徴である。問題は以下のように集約されている。

1　地域研究がきわめてコロニアルな発想に基づき、国民国家をモデルとして「領域間文化交流」なるものを考えること。

2　「中国」と言う究極的差異記号によって、中国近現代文学が囲い込まれる。つまり、中国近現代文学に見られる「近代」体験がきわめて一般的な物語りの中のある特殊でローカルな実例ということにされてしまう。

3　同じく中国、日本、東アジアといった記号が、差異記号としてアイデンティティを保証し、東アジア研究における女性や帝国主義の問題は、認識上は「地域に土着の伝統」に、そして学問機構上は、「地域研究」に帰着してしまう。

4　しかし文学の問題としてつきつめると、記号的差異に押し込めるには、同時代の中国文学はあまりに欧化してしまい（北島の檬朧詩に対するアメリカ知識人の不満が実例として挙げられ）一九八〇年代の自由化された中国に対する蔑みが一般的になる。文化の価値に対する問題。

5　エスニシティの強調が、巧みに政策に利用されてきたこと。これはアメリカに対すると同時に中国に対する批判として展開される。例えば「血の同一性」という概念の危うさについて。

6　東アジア概念が、第二次世界大戦以降のアメリカ合衆国の外交政策と軌を一にしてきたこと。

7　「文化的差異」といった規格化された概念によって政治的無関心が生じ、アジア文学を非政治的なものとして描く傾向。

以上のように東アジア研究の前提である多文化主義への批判が、随所に見られ、現況の文化研究における限界が指摘されると同時に、殊にアメリカの保守派、一方で香港をめぐる中国の対応に鉾先が向けられてくる。各項を少し詳しく見てゆく。

2、3、4においては、まずはポストモダニズムにおける記号の解体の強調、そして中国文学研究の囲い込みに対する抗議ということが言えよう。「中国固有の文化」という記号的差異に適合しなくなった同時代文学に対する欧米研究者の苛立ちと、ネイティブだけがそれを語る特権を有するとする大陸知識人の傲慢に批判を向ける。彼女が指摘するように、文化研究が最近抱える問題として、差異というカテゴリーを常に支持する一方で、それを固定したアイデンティティとして書き込んでしまう傾向と、文化的多様性に気づくことが、文学だけに焦点を置くだけでは不十分であるとの認識を招く。

5、6、においては、多文化主義を普遍化し、巧みに政治外交に利用してきたアメリカへの批判と、この時期の中国においてにわかにエスニシティの強調が沸騰した背景について香港をとりまく状況に即して具体的に述べている。

ここで、中国近現代文学研究の現状について見れば、地域研究という基盤のない日本においてもほぼ同じ問題点が指摘できると思う。開放政策以降、研究対象としての現代中国に対し、ある種の喪失感を抱く世代、一方で若い世代は、アジアの近代体験への切実な認識を抱き得ず方法論的にも、すでに人文学から文化研究に足を踏み入れている。とりわけ「文化」への傾倒が政治的無関心（もしくは無自覚）と連動してゆく傾向は顕著である。周蕾の「文学」研究は、同世代の劉暁波が『中国当代知識分子与政治』[7]で扱った知識人論とも重なり、文学の内包する精神史、とりわけ知識人と政治文化については、大胆な創見が見られ、歴史的コンテクストに立ち返れば、文学の担い手である知識人と政治とが分離できないとの認識を示している。

周蕾は、一九五七年生まれであり、やはり六・四以降海外離散を余儀なくされた中国のある世代と同じく、彼女も香港のメディア環境によって記憶に刻まれた文革体験を自己のトラウマとして自覚しつつ、文革そのものを人類の啓蒙の歴史が避けて通れなかった一齣として敷衍化している。もし近現代文学に深く刻まれた歴史的刻印や知識人たちが耐え忍んできた閉塞した空間を感知せず、また詩が精神の再生に持つ意味付けなどが顧みられることもなく、ただ異文化（もしくは多文化）理解のプログラムの一環としてアジアの文学作品が読まれるなら、それは「新たな文盲文化」にすぎない。

しかし、アメリカにおいては、ヨーロッパ文学に対するアジア文学、アジア研究内部での近代アジア文学という二重の周縁化を強いられている中国近現代文学は、マイノリティーな文学として逆に固定化され、存続してきた。テクストの中の文化的近代が「コミュニケーション」モデルに還元されることは考えられないのに、古代のテクストであれば文化的資本として立派に通用するというのは一つの矛盾に他ならない。現在文学そのものが情報化の中で、単に歴史的記録、知識の集積と化すことによって、文学は本来、考慮するに値しないものであって、それが読者に働きかける力など取るに足らないものだといった幻想すら生まれる。かくして文学が理論や方法論の構築に果たしてきた役割や、文学そのものの価値が不問に付されるようになる。

周蕾は、方法論的には、新歴史主義(8)の立場を取っている、とされる。新歴史主義について見ておくと、歴史的コンテクストの検証が十九世紀的実証主義として排除され、特に新批評が定着して以降、テクスト中心の分析が主流となって久しいが、一九八〇年代に入って新歴史主義と呼ばれる動きが西部のカリフォルニア大学を中心に興って来る。

フーコーの影響を受け、これまでの共時的分析に通時的視点と、文学に限定されない多様なテクストを導入することで、批評に新しい境地を拓いた。このように社会的現実、歴史形成の一部を成すものとして文学テクストを再読する批評的実践として、周蕾の仕事を位置づけることができよう。文学を語る上で歴史的コンテクストを捨象しないこと、最終的に文学、映画、音楽、教育、社会事象が一様にテクストとして同次元に措定され、縦横に批評が展開されることが一つの大きな特徴と言えるだろう。視点の浮動性は、時に著者に観察者としての特権を賦与し、「香港」という「古典的植民都市にしてディアスポラとの結節点」を「知」の在り方との関わりで模索してゆく。因って新歴史主義の影響によると思われる、断片的な歴史記述の中に瞬時の閃光のようなリアリティを表出させる叙述と、一種高踏的な分析は、独特である。同時に周蕾が指摘するように、文学テクストが情報化されつつある現在の状況は、一方で、それが歴史的資料に貶められる危険を意味する。文学作品は単に歴史の反映としてで見られるべきでなく、新歴史主義的な認識論のレベルで、文学が現実に働きかける力と、政治、哲学など複数領域にわたるテクスト相互の関連が捕らえ直されることが、新批評以来の文学研究の突破口になると考えられている。

三　国民文化形成における「階級意識」の再検討

「後学」論争においては、文革と毛沢東について、フーコーやアルチュセールの理論と比較した系譜学なども見られた。(9)

一方で“*Writing Diaspora*”において最も印象的なのは、文革の論理から説き起こし、中国近現代史への洞察を深めているところだろう。

毛沢東主義をオリエンタリズムに準じるものとして論じ、欧米におけるマオイストの論理と文革のそれとを「権力と表象」という視点から論じている。毛沢東主義について、周蕾は、シャーロット・ブロンテの「ジェーン・エア」に擬え、新歴史主義的表象批評の立場から、両者に共通するのは倫理的権力を獲得する手段として、表象を行う際に徹底的に無力者の位置を取ることである、とする。

そしてまた二十世紀初頭以来近代中国の作家によって繰りかえし取り上げられ論じられている形象は外ならぬ「被抑圧者の言説」なのである。しかし本当の少数者とは声を持たない人々であり、正にこのことのゆえにマイノリティは利用され、代わりに語られることが可能になる。中国共産党政府が「マイノリティ」のために語る媒体となって国民全てを動員したことはその好例であり、また魯迅のテクストもいかにして知識人は被抑圧階級のために語れるかを主題とする。

かくしてマイナーな者は「少数派」としての地位から抜け出せず、かわりにそれを語るものがヘゲモニーを獲得すると言う構図が確立し、批評的切り札としての「階級意識」はその実体の消滅につながるというよりは、ある現実を呼び起こすために使われ「階級」という名称の物象化、正確化をもたらした。

一方で、中国知識人に根強い、道徳意識の再認識は、権威主義国家を歴史的に容認することになりがちである。六・四事件以降、知識人をめぐる状況が変化し「知の独立」が模索される中で、依然として彼らが道徳的観念の中で知識を捉えている限り、伝統的な政治思考は維持し続けられるだろう。中国の知識人は直接的介入というかたちでの政治活動は避けることが多いとしても、その伝統的意識が現実の政治システムを支えている。文革は、中国の専制主義をうまく取り繕って弁護したものに過ぎないとしても、単に毛沢東の否定に留まらず、彼が代表していたシステムの否定でなければならない。このような歴史的コンテクストから、文革期の教育の問題を扱った「子供たちの王様」

における下放青年の試みる作文教育の問題は、文革の廃墟の中から、若い世代が文学的創造の基本原理に立ち返り、書き言葉がその社会的責任を成立させる希望であると彼女は述べる。

近現代文学を顧みる時、一九一〇年代における鴛鴦蝴蝶派文学における、ロマン的恋愛への関心から、五四運動にともない国民的規模で盛り上がった科学と民主主義を支持する文芸運動に至るまで、また一九三〇年代と四十年代の文学における階級闘争の強調や文革以降の傷痕文学に至るまで、繰り返し苦難が描かれてきた。まさしくこのような経緯の中で彼女は、文学的言説の中で、国家概念と階級とがどのように結び付いているかを理解することが不可欠であると述べる。それは国民的文化を創造する方策として「階級意識」を使うことは、中国文学が「近代性」モダニティを獲得したことの最も重要な証しと考えるためである。しかし一方で、自国の被抑圧階級に焦点を当てることで、今日中国近代文学というジャンルから連想するものは、ポストコロニアル時代における「少数派言説」という概念であり、このマイノリティステイタスこそが近代中国文学が「世界」文学として正統化されることを妨げてきた。

転じて欧米におけるリベラリズムの核心にある道徳的厳正さの本質について触れ、アメリカの大学では「犠牲者」であることが「聖化」されそれにともなって「理論」が知的エリートの営みにすぎないとして非難されることがあり、それは文化大革命中に知識人が被った扱いと似ている、と述べている。彼女にとってのオリエンタリズム批判は、冷戦意識に向けられると同時に、既に「理論」を排している元兇が欧米中国研究に深く内在することを指摘している。

このように、「少数派言説」を軸に、文革の論理から近代以降の歴史的経緯までをも総括している。今世紀の中国をひとつのポストコロニアル状況とした上で、いかにして知識人主導の革命への大衆動員、国民的文化の創造が試みられたかを論じている上で文学の果たした役割は明白である。

例えば“*Primitive Passion*”(10)において毛沢東の文芸講話の最後の二行について述べられている。近現代文学作家は、力無き者の表象として女性と子供を好んで描き、また子供時代を回顧する自伝的語りを特に好んだが、それは自国の文化の中に、特定の「他者」を見いだす記憶の回路であると言う。そして、魯迅の詩の二行連句から引用して「人民」を子供に見立て、「大衆のために牛になる知識人」とした毛沢東の解釈と、人民の共感を動員しえたこの句のイメージ分析を行っている。「力無き者」は、表象上の逆転を経ることによって国民文化を構成する手段となり、特定の政治的役割を賦与されたのである。

元来テーマ論的にしか論じられなかった五四時期の人道主義的文学や、女性、子供の形象が、表象上の逆転を経て、言語がいかに現実を突き動かす動力となりえたのか、しかも自国文化に対する歴史認識の一形式として、新しく「他者」を見いだす記憶の回路について述べているが、一九八〇年代以降のニューシネマに現れたエスニシティの分析は更に微に入るものとなる。

四　「ヴィジュアリティ」と近代中国文学研究

今世紀に入ってから『文学評論』等を見る限りにおいても、「文化研究」についての議論が散見されるようになったが、中国では伝統的に「文学重視」の文化であったことへの反省が、広く文化事象へと目を向ける契機になっているようである。

文化横断的なアプローチを模索する周蕾にとって、視覚志向が強まっている今日、「中国映画」について語る意義は大きい。そして、ここでは文学の問題を、視覚文化が勃興した時代に、エリート階級が救罪の手段として書記文化に戻ろうとした動きとして捉え、二つの主体形成記号の相剋を論じているので、当然「近代文学」の問題が浮上してくる。

現代中国映画についての批評である"*Primitive Passion*"で周蕾は、アメリカ合衆国最大の学会である近代言語協会（MLA）から賞を受けている。しかし一九八〇から九十年代、特に陳凱歌と張芸謀の映画を中心としたこの研究論文においても、伏線となっているのは近代文学史の問題である。映画と文学を隔てることなく、相互補完的に論旨が展開される。ひとつは前述した子供や女性の取り扱いをめぐる問題である。そしてテーマとなる「プリミティヴへの情熱」とは、そのまま近代文学史を読み解く鍵でもある。即ちそれは、文化的危機の瞬間に現れるのであり、優勢だった伝統文化の記号が意味生成を独占できなくなると、起源への幻想が生まれる。それは現在と未来を理解するために過去を再解釈することであり、想像的な空間だけに位置づけられるもの、幻影のようなものとして、文字通り外部的なものである。しかし異国趣味というのは、単にオリエンタリズムとして片付けられるものではなく、一つの文化の内部での歴史記述の特徴でもある。

五四文学革命も、自国の文化を外国の文化を見るように、中国の文学的過去を新しい眼で見直す契機となり、文学は避けようもなく歴史化される、魯迅の「中国小説史略」にしても、また文学者が人類学や社会学に焦点を当てるようになったことも旧来の文学中心の文化の終焉を物語る。

周蕾のように、文学の特権化と「視覚」の蔑視を指摘し、「視覚」こそが近代を支配した感覚であったと仮定すれば、文学史にも新しい光を照射できる。五四に先立つ鴛鴦蝴蝶派の極彩色に彩られた感傷性は、それがすでに視覚的で映画的ですらある。もっとも象徴的なのが魯迅の「藤野先生」に出てくる有名な「幻灯事件」である。「幻灯」によって文学への方向転換を決意したという魯迅の逸話は、常に「文学」という視点から解釈されてきたけれども、それは視覚の脅威との遭遇として捕らえ直され、映像という新奇な媒体がもたらす方位喪失の感覚がすでに刻印されているとしている。そして魯迅が受けた最初の衝撃は同国人の存在は、見世物に過ぎないということ、つまり国民意識であり、国民的自意識とは、自分自身を見るということであった。このあたりに関して言えば、銭理群の魯迅研究における「見る／見られる」という二項対立模式などが想起される。

見ることは権力の一形式であり、見られる側に立つことが権力のなさの一形式であるとすることがオリエンタリズム批判の前提になっているけれども、東洋もまた観客であり、視覚は何より世界を均質化し、透明状態にしてしまうような速度のテクノロジーの一部として捉え直される。

「視覚」イメージそのものを文学史の中にフィードバックし、書き言葉からの記号システムの歴史的転換を軸に、近代を再構成し、諸作家の創作営為にもメディア、すなわち映像文化の影響や痕跡を指摘している。それは茅盾の回転画のような語り、巴金の人物の内面感情をクローズアップする手法、郁達夫の覗視症的で告発調の作品、沈従文のドキュメンタリー風な手法などであり、それぞれ特徴を異にしながら、短縮、カット、フォーカスと行った手法を共有している。作家たちの探求する主観的ヴィジョン、新奇な語りのテクニックから、新しい文学形式は間違いなくメディアによって媒介されているとする。

一方、文学には歴史の重く厳しい題材をリアルな形で伝える使命がある。胡適らの主張に見られるように、新しい言語と文学には、過去の重荷を洗い落とすことが要求され、他方では、簡潔で軽快な最新のメディアによって、道徳的要請に応える、つまり歴史の抑圧を伝えることは不可能と考えられた。こうして「視覚」の回避と新文学運動は同時に始まっている。

魯迅作品の視覚性のみならず、形而上学的でユートピア的ベールに包まれた陳凱歌の映画における「不可視性」と、一般に「深みに欠ける」と評価される張芸謀映画の「表層の力」について言及される。張については、その作品の新しい民族誌的系譜を通俗的鴛鴦蝴蝶小説様式の継承と位置づける。

結語――現代文学とエスニシティ――

このように映画における民族誌的系譜の解明ということが、今日の「文学とエスニシティ」という命題、言い換えれば「文学研究における反動的な架空のエスニシティの構築(11)」への対峙、に向かって行く。

近現代中国文学研究という専門分野で蓄積のある日本においても、未だ理論の適用について、立ち遅れた状況にある一方で、一九八〇年代半ば以降の大陸における文学研究は、欧米中国学と連動する側面を持ちながら大きな変容を遂げ、その一端が「後学」論争を経て、今日の「文化研究」の潮流に顕在化して来ている。従来中国では、文学研究の手順として「歴史」から「理論」へという方向性を踏まえる。周蕾の近現代文学研究も例外ではなく、歴史的考察から、「文学とエスニシティ」の提起に至るまで、常に理論の復権を提起しつつ、今日では教育、情報、テクノロジーの問題とも絡み、冷戦期以上にグローバル化の文脈で、近代文学研究と文化研究の関係を模索している。その西方理論に抵抗し得る理論への特化は、欧米における近代中国研究、ことに近現代文学研究が、まさに理論一般とは無縁の位置付けをされてきたことへの一つの反証としてである。そのことを踏まえた上で、今後は中国においても益々議論の白熱する「文化研究」の潮流を注視して行きたい。

註

（1）趙毅衡：「「後学」与中国新保守主義『二十一世紀』（香港中文大学中国文化研究所）第二十七期、一九九五年二月。

（2）Rey Chow（一九五七～）香港生まれ。香港中文大学で英文学と比較文学を学んだ後、スタンフォード大学で修士、博士の学位を得、ミネソタ大学を経て、現在カリフォルニア大学アーヴァイン校教授。著書多数。

（3）Rey. Chow editor "*Modern Chinese Literary and Cultural Studies in the Age of Theory: Remaining a Field*" Duke U.P. Durham and London, 2000.

（4）劉康：「中国現代文学研究在西方的転型」『二十一世紀』（香港中文大学中国文化研究所）総第十九期、一九九三年十月、劉康は、ペンシルベニア大学比較文学科教授、以下の部分は同論文の論述に拠る。

（5）"*Mandarin Ducks and Butterflies: Toward a Rewriting of Modern Chinese Literary History (Literature, East-West Studies)*" UMI Dissertation Service. 鴛鴦蝴蝶派文学とは清朝末期から民国初期に文芸界の主流を占めた文学流派。一対のおしどり（鴛鴦）、ちょう（蝴蝶）のように離れられない才子佳人を主人公とする通俗小説。また張恨水（一八九五～一九六七）は現代作家。本名は張心遠。安徽省潜山県出身。鴛鴦胡蝶派の代表的作家であるが、解放後も小説を書き続ける。代表作は、章回小説『啼笑因縁』（一九三一）で、その通俗性が受けベストセラーとなった。

（6）*Writing Diaspora:Tactics of Intervention Contemporary Cultural Studies.*" *Indiana U.P.* この中で地域研究批判は、「領域横断性」Trans disciplinary の問題と表裏一体のかたちで論議されている。

（7）劉暁波：「中国当代知識分子与政治」香港『争鳴』一九八九年三月号～一九九一年九月号に連載された評論。劉暁波は一九五五年吉林省生まれ。文学、美学、哲学の分野で執筆活動を展開、天安門事件当時は、北京師範大学講師として、重要な役割を果たした知識人の一人である。

（8）一九八〇年以降アメリカにおいて隆盛した歴史主義的批評。周蕾においては、指導教授であったNancy Armstrong, Leonard Tennenhouse の影響が指摘される。

（9）郭建：「文革思潮与「後学」」『二十一世紀』（香港中文大学中国文化研究所）一九九六年六月および、Liu Kang, "*The Problematics of Mao and Althusser: Alternative Modernity and Cultural Revolution*", *Rethinking Marxism,*" Vol.8, no.3 (1996)

（10）"*Primitive Passions: Visuality, Sexuality, Ethnoglaphy,and Contemporary Chinese Clinema*". Columbia U.P. New Yark

1995.

（11）“*Modern Chinese Literary and Cultural Studies in the Age of Theory*”: Duke U.P. p.10.

参考文献

周蕾の著作としては、次の文献を参照した。

①“*Ethics after ldealism: Theory Culture-Ethnicity-Reeding.*” Indiana U.P.

②“*Modern Chinese Literary and Cultural Studies in the Age of Theory*”: Duke U.P.

③“*Primitive Passions: Visuality, Sexuality, Ethnoglaphy, and Contemporary Chinese Clinema*”. Columbia U.P.

④“*Woman and Chinese Modernity: The Politics of Reading between West and East*”. Univ. of Minesota

⑤“*Writing Diarpora:Tactics of Intervention in Contemporary Cultural Studies.*” Indiana U.P.

二－三　戴錦華における新啓蒙言説と文化研究

――戴錦華を中心として――

はじめに

改革開放後、中国において、人文学領域は知の転換を迎える。九十年代、急速な社会経済変動により、知識人の主導的立場が後退する中で、八十年代の人文エリートによる新啓蒙主義を継承し、過渡期の社会経済現象に対して批判的立場を貫いたのは、ジェンダーの視角を方法論とした文化研究の潮流であり、戴錦華による文化批評、学術著作は、最も先鋭的かつ高度に理論化したテキストとして注目を集めてきた。

同時期日本で翻訳、紹介され中国近現代文学・映画研究に一つの波紋を投げかけ、女性文学史・文化研究のメルクマールとなった周蕾の『女性と中国のモダニティ』『プリミティブへの情熱』とは、方法論的に共通点も見られる。この女性研究者二人による「フェミニズムと文化研究」の実践は、グローバル化文化想像のもとで変容する中国像と、表象文化に着目した「文化の政治学」の文脈における理論的実践として高く評価される。

香港出身で在米の華人研究者である周蕾に対して、戴錦華もアメリカ、東アジア等の国際的な舞台で活躍し、ポスト冷戦時期のジェンダー・ポリティックスに新しい知見を開いて来た。北京大学に文化研究の基礎を築き、今日最も著名な批評家の一人である戴錦華に焦点を当て、その学術研究の端緒を開いた女性文学史研究と、文化研究について考察を試みたい。

キーワード：ラカン派フェミニズム思潮　「象徴界」と「真実界」　二十世紀文学と新時期女性作家
張愛玲をめぐる言説　女性の表象と民族・国家　新左派による大衆文化論

一　文化研究と文学研究

戴錦華は、一九八二年に北京大学を卒業し、八十年代には最初に、北京電影学院に職を得たと言う機縁から、後に奉職する北京大学において、九十年代には、文化研究と映画研究の専攻を創立、普及させ、当該研究分野の学術的な基礎を築くという重要な役割を担った。

映画研究、マルクス主義フェミニスト、メディア批評、文化批評など多面的に活躍する戴錦華は、欧米圏の批評理論を思考の源泉としつつ、女性の物語や形象が果たしてきた抽象的な意味と機能のパラドクスを追求し、ポスト冷戦構造、アジア的想像力を構築する「中国女性書写（エクリチュール）」の可能性を模索する。長いキャリアを背景に、研究の舞台も、南米、日本、台湾など海外の大学、研究機関で教学・研究活動を行うなど、活躍の場は広く、その著作、テキストも極めて、膨大である。英文で書かれた著作も多く、学術論文は、フランス語、ドイツ語、イタリア語、スペイン語、日本語、韓国語などに翻訳されている。

戴錦華が国内外で注目されたのは、一九八九年の時点でポスト構造主義の分析視角から、哲学的思索を極めた文学史『歴史の地表に浮かび出る』(1)に於いてである。八十年代「重写文学史」の提起に呼応し、女性文学史として作品論、作家論の蓄積が無い中で、ポスト構造主義、記号学、解釈学などの方法、中でもラカン派フェミニズムの潮流を意識した精緻なテキスト批評は、国内外で高い評価を獲得した。序論に於いて、父権制という統治秩序（記号体系）と歴史的無意識をめぐる言説分析により、近代における民族主体としての女性の歴史が再考される。その詩意と意象（イメージ）を喚起する珠玉の文体は、銭理群の「民族の魂を改造する文学」を想起させる。またこの著作からも窺えるように、ポスト毛沢東時代のフェミニズムは、民族、国家、階級という命題を焦点化している。

『歴史の地表に浮かび出る』は、一九一七年から四九年までの中国文学をフェミニズムの視点から論じている。五四時期以降の新文学は、主として男性作家によって描かれ、五四時期の女性像の代表的タイプは、魯迅の「祥林嫂」から解放後の「白毛女」に至る貧窮の女性、ブルジョワ革命を体現していた都市の「新女性」等であった。作家論としては、廬隠、馮沅君、謝冰心、凌叔華、丁玲、白薇、蕭紅、蘇青であり、女性作家として最終章に取り上げられるのは、張愛玲である。一九八九年という時点での大陸における張愛玲論としても、特筆すべきであろう。私見ながら、張愛玲の文学は、戴錦華が主張するように、無意識の次元で、張愛玲の「国族」「国度」意識を体現するものであり、女性形象の不確定性や、基調に流れる「亡国」の哀感についても、張愛玲文学の独異性として感知されている。戴錦華の、李安の映画「ラスト・コーション」(2)に対する近年の批評文の論述にもそれが窺われる。

新時期文学女性作家論としては『渉渡之舟——新時期中国女性写作与女性文化——』があり、緒論「可視あるいは不可視の女性」に続く作家論の第一章は『張潔：〝世紀〟の終結』であり、「戴厚英：空中的足迹」「宗璞：歴劫者的本色与柔情」「諶容：温情中的冷面人生」「張抗抗：一叶〝霧帆〟」「張辛欣：在同一地平線上」「王安憶（一）：一冊安妮・弗蘭克的日記」「王安憶（二）：話語迷宮内外」「鉄凝：痛楚的玫瑰門」「劉索拉：狂舞中的迷茫与痛楚」「残雪：夢魘萦繞的小屋」「劉西鴻：女人的都市即景」「方方：別一様的行雲流水」「池莉：煩悩人生的神聖」「尾声或序幕：九十年代女性写作一瞥」と続く。「文学」ではなく、「エクリチュールと文化」というサブタイトルになっていることからも窺われるように、徹底したテキスト分析により、思想及び、社会文化史的背景と作品とを融合させている。

女性作家論の一例として、第一章に当たる張潔論、「張潔「世紀」の終結」について概観しておきたい。精神の旅程の筆記としての張潔の作品系列は八十年代の最も重要な文化史料であり、同時代知識分子の「渉渡之筏」であると言う。張潔は苦悩する現実主義者、理想主義者として同時代を描いてきた。八十年代という共産主義でも資本主義でもない全てが過渡的である時代にあって、彼女の作品は傷痕文学と啓蒙主義によって構成される人文景観を背景としている。

張潔は、愛情の背後にある社会、変遷する社会への関心を強く持ち続けてきた作家であり、初期の作品については、張辛欣による張潔評が引用されている。表象としての愛、記憶、夢の谷間について触れている。『愛、不能忘記的』（忘れ得ぬ記憶）『祖母緑』（エメラルド：忘却のための記念）は追憶と記憶を主題とする。歴史の勝利者の記録とは異なる、心霊の真実であり、「愛」に関わる記憶と追憶は、歴史的空間と歴史的記憶を廃墟とみなし、贖罪と帰属の表明は、経典のユートピア言説となる。ツルゲーネフの影響などが窺われ、西欧の「十九世紀言説」が構築した「夢の谷間」に未来を付託して、船を漕ぎ出す精神の漂泊を描いている。

張潔独特の詩意として、音楽と子供、大森林、白いキノコ、横笛などが、女性特有の暖かさと憂鬱の表象となり、土着の芸術家としての直感と文化的反抗によって、十年の災難の後、女性の真実に立ち戻る。プラトニック式の恋愛観、および「汚染されていない浄土」「女性のユートピア」というイメージは、天真爛漫である。理性的な人文主義の立場と彼女自身の直感的、体験的な女性としての立場は、彼女の叙事言説に間隙を生じた。社会を誹謗する上で、あまりにセンシティブで、強烈な被害者意識は時に批判をも受けた。八十年代でもっとも重要な作家であり、才能と情熱を兼ね備え、人生の些末な描写を超越して「霊魂と肉体」の葛藤を描き、九十年代世紀末には、時代の凋落を目の当たりにして、「西方と東方」が一つの主題となり、国際的な活躍の場を得て、世界に踏み出していく(3)。

戴錦華の代表作である二つの女性文学史著作は、中国フェミニズム研究に里程標を打ち立てるが、同時に八十年代から九十年代への転換を、文化研究の陣地における大衆文化批判へと傾斜させていくのである。

二　新左派理論とエリート文化

改革開放以後の、中国における西欧文化理論の受容について、筆者はこれまで一連の論稿を通して、フランクフルト学派に饗応し、欧米等に留学して、政治学、精神分析、比較文学、社会学等の理論に依拠し、知の転換期を担った「新左派」と、グローバル文化想像の下での、彼らの言説ついて考察を進めて来た。所謂新左派の特徴としては、八十年代の人文啓蒙主義を支えた知性が、西側の政治学や、社会経済学を批判的に取り込み、マルクス主義理論を基礎に文革期への独自の歴史的省察、評価や、グローバル化批判を展開している点にある。それは九十年代の中国社会経済に対する階級分析や、映画研究、文化研究が国際的視野を獲得し、国際的緊張の中における中国文化政治の使命を自覚するに至る過程でもある。

戴錦華の研究と文化批評は、八十年代新啓蒙主義の終焉と、知識人の地位後退の中で、精英（エリート）文化の延続、継承の足跡が認められる、稀有な事例であり、所謂研究分野としてのフェミニズムの枠組み、領域を遙かに凌駕している。改革開放後の文壇には、澎湃として出現した、一群の女性作家によって女性言説が主流を占め、〝新時期文学〟においても攻勢を強めたが、これは近現代文学史における、イデオロギーの終焉ではなく、戴錦華の『渉渡之筏』で詳細に分析されるように、消費主義の饗宴が席巻するポストモダン状況の中で、フェミニズム文学のみが、過去のエリート主義の言説を繋いでいたことを如実に実証している。

新時期女性文学としては、文革の批判から、文革後の批判まで、中国社会の諸問題を告発することと、作風、題材において抑圧されてきた「女性的なもの」を描くという傾向が強いが、これは「中性的」な文学が、「男性化」の強要であったということへの反動であり、盛英主編『二十世紀女性文学史』では、従来の文学史では黙殺された作家、狭義の作家に限らず、ジャーナリスト、記録文学、伝記文学、児童文学、香港、台湾の作家も含めている。

新左派の拠点として『読書』雑誌が挙げられるが、一九九七年代二期の『読書』において、「大衆・文化・大衆文化」の特集が組まれ、戴錦華の「大衆文化の隠された政治学」は、新左派の代表的な大衆文化批判のテキストとなった。また「文化研究」がその領域を拡張して、文学理論界に華々しく登場したのは、「日常生活審美化」の論争においてであった。本来「文化研究」は社会学の領域であるが、文学、文芸学にも浸透していった。(4)

三　同時代における女性主義思潮

周蕾との比較：今世紀に入ってから、国内外の近現代文学研究は、文化研究及び映画研究を視野に収め、日本においては、比較的早い時期に、在米の華人研究者、周蕾の著作が翻訳・紹介され、第五世代監督を中心に中国ニューウェーブを分析した『プリミティブへの情熱』は、日本でも中国映画研究の基本文献とされ、デビュー作である博士論文『女性と中国のモダニティ』は文学史研究、女性作家研究に広範な影響を与えた。フェミニズムと映画研究という二つの領域、そして分析視角から見ると、戴錦華と重なる点もあるが、同時期に活躍する、同世代の二人の女性研究者の方法論と学術成果には、多くの相違点も見られる。

ポストコロニアル批評の旗手である周蕾は、新歴史主義、反本質主義に依拠し、歴史的コンテクストにおける文化の解釈を、フェミニティを視点として摸索するが、文学史においては鴛鴦胡蝶派小説と、それを継承する張愛玲に焦点が置かれる。『女性と中国のモダニティ』における、張愛玲への言及は、次の様なものである。近代中国の文学を扱う時には、ファッションと同じく、ディテールと女性らしさが複雑に関係している歴史という点が論じられなければならない。ディテールの概念的な含意は広く複雑である。張愛玲の場合は、ファッションだけでなく、ものを書くこと、国民文化の概念においてもその含意が貫徹しており、ディテールとフェミニティとの内部関連性とは、ポストコロニアルなコンテクストの一部としての近代中国の文化を読む上で有効な概念となる。張愛玲が踏襲した鴛鴦胡蝶派小説は、女性化された大衆的な文化として、政治的には不安定で、文化的には移行期にあるコンテクストにおいて、争点化される。張愛玲のテキストは、五四白話文学における「物語の適切な構造」によって、次第に排除されていく。張愛玲の著作に共通に見られる官能的な洗練は、「大きな」歴史的問題を背景へと後退させる傾向にあり、モダニティ、革命性との対局にあると考えられている。

一方で、戴錦華の女性文学史においては最終章において、張愛玲についても論稿が見られる。淪陥区における生存の現実が蘇青にもたらしたのが、女性の状況についての啓示と隠喩であるならば、張愛玲の場合にはそれが荒涼とした廃墟の意象（イメージ）であった。彼女の小説には二種類の人物が登場する。それは美しく、脆弱で蒼白の、絶望した女性、年齢不詳の永遠に「年若い」男性とである。張愛玲の世界は畢竟女性だけの世界であるが、そこには〝五四〟言説における母娘の連帯、同体など瞬時の一体感すら見られない。張愛玲の叙述には母と娘の間にさえ、名状しがたい阻隔と仇恨がある。『傾城の恋』については張愛玲の最も優美かつ精巧な作品として詳細な分析がある。

李小江との比較：また多くの学術的な実践によって、一九八〇年代のフェミニズム研究を主導した李小江と比較した場合にも、戴錦華のフェミニズム研究は、九十年代と、新世紀の二度の時代転換を経て、現在尚大きな進展を見せており、今後の方向性が注目される。

最近主張されるフェミニズムの中でも代表論者たる李小江の言説は、かつてのエコロジカルフェミニズムに見られたような女性固有論の色彩が非常に強い。文革期に抑圧されていた女性性を主張し始め、差異を意識することから、男女の絶対的不均衡を受け入れるとともに、ナショナリズムを強調し、抽象的人間を否定した。平等派と差異派というフェミニズム特有の対立図式が、中国においても再演される。中国的特色としては、個人差が評価されず、女性は常に集合体として位置付けられる。経済建設優先の路線が定着する八十年代後半には、ジェンダーをめぐる論争が繰り広げられる。

広い意味での中国政治文化を構造化する視点としてのフェミニズムは、歴史的視点も含めて、本質的に李小江とは趣を異にする。その旺盛な批評執筆活動は圧巻であり、グローバル化文化想像と、メディアと、文革後の女性言説、ポスト啓蒙時期の人文空間と、啓蒙文化を見る上で、戴錦華の著作はフェミニズムの枠を大きく超え、国族、グローバル資本主義、新左派理論、新時期女性作家論、女性文学史研究まで複数の領域横断的な活動において、出色のテキスト分析を、展開している。

八十年代の李小江から、九十年代の戴錦華への移行について、タニ・バーロウは次のように述べている。「ラカン派の精神分析批評による中国のフェミニスト・リーディングもまた、一九八〇年代後半における文化理論の男性優位主義に対して批判を口にするが、ポスト毛沢東時代の女たちが置かれた苦しい立場については、暗に李小江の苦しい位置づけを批判する結論に達している。なかでも不朽の作品と言えるのが、孟悦と戴によって書かれ、一九八九年の啓蒙叢書の一部として出版され、いまに至るまで強い影響力を持つ『歴史地平線の女たち』（『浮出歴史地表・現代婦女文学研究』）である。一九一七年から一九四九年にかけての中国女性文学を概観したこの書の序文は、五〇ページにわたってクリステヴァとラカンの精神分析批評を通して、中国のフィクションにおける女たちの伝統について論じている。孟と戴は近代中国女性文学のテキストに焦点を当てている。それらは批評の中で、抑圧的な毛沢東の世界に対するラカン的想像界を復活させることができる。近代フィクションのなかにコード化された隠された歴史記述である。「女たちは歴史の死角である。」と彼女らは言う。「しかしながら女の問題は、単にジェンダーの関係やジェンダーの平等性といった問題にのみ還元されるものではない。むしろそれは、我々が歴史を展望し、解説を与えるその全体にかかわる問題なのである。」

「歴史的研究方法論は、孟と戴にとって、ラカン―フロイト派のレトリックを、馴染み深いマルクス主義の経済目的論のなかに接ぎ木するものだった。彼女たちが、それによって行った主張は、李小江のそれとそれほど大きく違わない。重要な違いはむしろ、その実践の場にあった。……中国のラカン派のプロジェクトは、丁玲にはじまる中国女性文学の伝統を再結集して、文学の実践の場で女性の自我を養成したのである(5)」。

四　戴錦華の理論研究

戴錦華は、フェミニズム思想家であるが、九十年代中国学術界において、独特な位置を占め、マルクス主義映画批評家、映画史学家、ラカン文学評論家であり、ラカン、アルチュセール、クリステヴァなどフランスの文化資源から多くを負っている。孟悦、張京媛とともに「中国女性エクリチュール」を確立したとされている。

一九九五年には『鏡城突囲：女性・映画・文学』において、ラカン―マルクス主義の理論により、主体としてのフェミニズムを提唱した。映画の形象と、女性作家の創作から、大衆文化産業、社会テキスト、啓蒙においても李陀主編の『当代大衆文化批評叢書』において、『隠形書写：九十年代中国文化研究』と、『書写文化英雄：世紀之交的文化研究』の二つの専著を著した。李小江のように、起源的な差異への注目は、精神的な動力と権力を分割するため、真の女性主体と女性意識を疎外する可能性がある。戴錦華は、「人格」は将来のものであり、女性の地位問題は、社会的、精神的な解決が為されていないため、主観の社会形式が欠如していると述べる。孟悦と戴錦華は、「中国女性エクリチュール」理論の基本的な仮説は、「女性」が国族化されたジェンダーの主体である、という認識である。そして、クリステヴァ『中国女性について』に見られる、八十年代末における理論的な限界を超克しようとするものであった。

孟悦と戴錦華によれば、「中国女性エクリチュール」は、三つの歴史的段階に分けられ、五四時期（一九一七〜二七年）は、女性の差異を意識する女性作家により創作が開始され、彼女たちは明白に異なる潜在意識を具えているとしている。国民国家形成と都市化、男性の政治イデオロギー復活の時期には、異性からの眼差しが女性に注がれ、（一九二七〜三七年）、「女性エクリチュール」の伝統において、重要な作家は日本占領時期に出現し、（一九三七〜四五年）自己の主体について、女性主体が充分な自我意識を獲得したとする。そして張京媛による『歴史の地表に浮かび出る』の学術評論によれば、二十世紀八十年代の改革は、三十年代以来の長い空白を経て、女性文学と女性批評復興の時期に当たる。

文化研究は、最も主要な陣地であり、そこにおいて、反大衆文化の持久戦が展開される。『歴史の地表に浮かび出る』において確立された「女性エクリチュール」は、その後、極めて重要な前衛的陣地を形成した。そして戴錦華の手中において、それは中国文化改造の可能性を秘めており、その閲読の実践は「学術領域」から、映画研究、文学批評、文化研究、大衆文化批評へと拡大していった。

ここにおいて、二十一世紀に入ってからの文化研究においても、八十年代初期と同様、「女性エクリチュール」は重要であった。『世紀之門』において戴錦華は、九十年代の「女性エクリチュール」に伝統の復興を見出し、それは未だ「真実界（現実界）」においては、歴史的に無意識の状態にあるとした。また映画研究に対する彼女自身の考え方は、エリートによる啓蒙文化政治の伝統への責任感を継ぎ、文学研究と映画研究を明確に区別するものであった。文学と映画では媒介する手段が異なるので、仮に審美の芸術判断、あるいは文学の批評が、文学領域では重要な実践であったとしても、中国映画史のコンテクストにおいては、それを糸口にすることは難しい。映画は現代工業文明の時代の芸術であり、「不純」なものが、剝ぎ取られ、残された芸術的要素は微小であり、歴史的な靭帯を見出すには足りない、と彼女は考える。

彼女の文学研究が女性史の再現の境界を超えようとするのに対して、映画研究は、フランクフルト学派の風格を備えたフェミニズム批判に潜入し、男女の主体を突破する方向に向かった。

戴錦華の映画批評は主にラカン派の精神分析に依拠すると言われている。ラカンはフロイトの「圧縮」および「置き換え」の概念をかなり大胆にずらし、前者をメタファー、後者をメトニミーと同一視した。メトニミーは、無意識の論理そのものを表し、欲望は欠如を出発点とするシニフィアンの連鎖であるメトニミーの線に従う。

有名な現実界・想像界・象徴界の区別においても、自分の鏡像によって自己確認を行う「想像界」を支配するのはメタフォリックな原理であり、言語を通じて他者との相互的な関わりの中で、自己の探索を続ける「象徴界」を支配するのは、無限の遁走するメトニミック（「換喩的」）な原理である。こうしてメタファーと、メトニミーは「言語活動のように構造化されている。」無意識を統御するメカニズムである。この「象徴界」の論理を、無意識の論理として素描する。テキストの無意識を考えることは、主体は無意識的な知に対しては、決して直接的に接近出来ないということである。無意識が探究の対象でもあり、主体でもある。フェミニズムと呼ばれる思想的・社会的運動は百花繚乱の知見を交錯させつつ現代に至っている。

五　ポスト冷戦時期の文化政治

二〇〇三年に御茶の水女子大学において行った集中講義録である、『中国映画のジェンダー・ポリティクス――ポスト冷戦時代の文化政治』は、戴錦華自身が、序論で述べているように、東京という異郷の地で、「ポスト現代世界の喧騒と疎外」を肌で感じ、中国映画史研究とジェンダー研究、大衆文化研究を総合させ、「視覚構造」自身の西洋中心性や、東アジアという枠組みでの、グローバル資本主義の衝撃と蹂躙、差異の体系を分析することによる、中国文化政治への考察、という彼女自身の学術研究の転換点を示している。二〇〇三年は日本による対中投資が過熱する中で、小泉政権下での対日批判が高まる「政冷経熱」の時期である。この中で、彼女の理論的実践と、新左派イデオロギーが強く窺えるのは、第2章と第4章である。まず、「扮演」、即ち古典文学から文革時期までの、女性の「男装」を扱った部分を見て行きたい。

「扮演」の物語

木欄の物語において、「父の代理」ではなく、「男装」して従軍したことに着目し、「トランスヴェスタイト（異性装）」の概念から、女性の主体性の現れが、自覚的に男性の社会機能を演じることによって、実現、完成するのであり、前近代中国のジェンダー秩序に対する越境であるとする。文化の内部において、ジェンダーは本質的、絶対的な表象ではなく、時として越境できる社会的機能であった。中国近代の婦人解放運動は、ヨーロッパの本質的ジェンダーを参照しながら、男性思想家により、近代的男権が、封建的父権にとって代わるプロセスであった。よって、中国の近代化プロセスによって、女性はジェンダー集団として、『歴史の地表に浮かび出て』きたけれども、同時に、近代的男権の新たな規範力は、女性、新女性が、男性と相対する差異的なジェンダー・アイデンティティを受け入れることを要求し、前近代中国の文化表象における通り抜け可能な、社会的機能としての空間は閉じられる。

社会主義中国の主流エクリチュールにおいては、父権、男権社会における女性の「第二の性」としての地位、男尊女卑の歴史文化、歴史的惰性も転覆したかのようであるが、毛沢東時代、「旧中国」の女性は、女性の悲劇と社会的表象として、被抑圧階級の運命の代名詞となった。階級を唯一の尺度とする政治文化構造において、ジェンダーについての語りは、社会政治のレトリックとしては消滅する。また男女平等は、ジェンダー的差異の否認ともなった。社会における主体の地位を獲得すると同時に、ジェンダー主体として、自らの地位を享受し表現する前提条件と可能性を喪失した。

毛沢東時代が終わると、混沌とした時代の変わり目にあって、差異の復活と、男性がジェンダー的権力の回復を、意識的に要求する表現も現れた。そしてこの時期に、より直接的に社会表象とジェンダー表象の新しい主流の傾向を表現したのは、謝晋監督の二つの映画であった。この時期、女性知識人の社会的立場と、主体定位との間の分裂と矛盾が、次第にはっきりと浮かび上がってきた。八十年代に知識人が形成した共通認識の思想的前提、リベラリズムに対する誤読、および欧米フェミニズムが生まれた歴史と現実のコンテクストに対する無知と錯覚のため、多くの女性知識人は依然として、中国社会の進歩が、女性集団にとって一層の進歩をもたらすと信じており、その「進歩」の足並みが、最初は隠微な形で、後には公然と女性を抑圧し、放逐するプロセスをすでに開始していることを無視した。

「物語」の中の物語――ポスト社会主義時代のジェンダーと階級

一九九二年以降、中国社会で最も突出した社会的事実は、急激な貧富の格差であり、民主化プランは行き詰まり、「歴史の詐術」により、「市場化」「グローバル化」は、実際には私有化、資本主義化のプロセスに振り向けられた。資本主義化進展の必然的で重要な要素とされた国有大型企業の転換プロセスは、一九四九年以来一度も無かった「失業の衝撃波」をもたらした。貧富の両極化というこの顕著な社会的事実は、九十年代中期に再び危険な社会的不均衡を生んだが、長期間にわたって、社会的「匿名」状態、文化的「失語」状態に置かれていた。政治権力と金銭資本の「直接的な」交換、「内部的植民地化」と呼ばれる過程が進行し、北京、上海という拡張を続けるメガポリスと、珠江デルタに密集する都市群が中心となり、都市地域の経済が急速にテイクオフし、多国籍企業の巨大な「加工場」となるために、きわめて廉価で、しかも何らの法律的、制度的保障もない労働力資源を提供した。

二十世紀末に中国社会が経験した富の再分配と、貧富の両極分化の過程は、政治的特権と金銭の取引、地域格差、都市と農村の格差の拡大、ジェンダーと年齢による差別、知識／資本というように、様々なレベルと局面で同時に出現した。それは明らかに中国社会内部で、階級差別が再構築され、主流イデオロギー内部で階級の合法性が書き直される過程であった。

世紀の境目にある中国の特殊な点は、第一に階級とジェンダーの語りの相互隠蔽と、冷戦の歴史が複雑に絡み合ったことであり、第二には、非常に原始的／野蛮な資本主義の色彩を帯びたこの社会的現実と、「ワシントン・コンセンサス」を基礎に構築された「グローバル化」の全体像、およびポスト産業社会と、消費主義のイデオロギーが併置され絡み合ったことである。経済的プラグマチズムや、消費主義などの社会的レトリックを採用しても、発展主義の見取り図が描き出す未来に対する約束を部分的に借用しても、それは依然として激化する貧富の分化と言う現実と、社会主義のイデオロギーの間に存在する深刻な矛盾に内在的に直面せざるを得ず、そしてそれに対応するすべを持たなかった。

ここに社会的レトリックとしての女性の語りが「レイオフされた女性労働者」「出稼ぎ女性」に関する物語が、トップダウンの新主流イデオロギーと大衆文化の構築過程によって、ジェンダーは「少数者」の代名詞として日増しに先鋭化する社会矛盾を転移するために用いられた。社会的レトリックは階級の現実からジェンダーの語りへ、そしてまた新階級（中産階級）言説の構築へと変化し「家庭回帰」への議論も、可視的なジェンダーの語りとして不可視のジェンダーの生存の現実を隠蔽している。階級の浮上とジェンダー秩序の再構築という現実に対する隠蔽と相互隠蔽は、体制の論理としてだけでなく、次第に主流化していく「エリート」知識人の言説としても構築された。

新しい思想と批判の資源を発掘する紆余曲折の歴史の中で、「中国的特色」が無くもない新自由主義的理論が思想界に君臨する状況を作り出した。この社会的現実は、二十世紀から新世紀のはじめにかけて、新たな国際、国内状況のもとで次第に「水面」に浮上してきた。政府権力と悲壮な想像に満ちた対抗的知識人集団、そしてかつて中国の「公共圏」を構築すると期待されながら、しだいに巨大なメディア権力を構築して新たな利益集団となったメディアは、表層のレベルにおいては互いに衝突する。

対抗言説の苦境

九十年代末に対抗言説の矛先が、中国社会の苛酷な貧富格差の現実に向けられ、中国社会の資本主義化プロセスに向けられ、社会低層の民衆が経験した剝奪と苦難に向けられた。さらに一九九五年に世界女性会議が北京で開かれ、中国におけるフェミニズムの全面的普及を促進した。そしてフェミニズムとジェンダー批評が提供した空間にも、女性の社会、文化的地位が下降し続け、社会のさまざまなレベルや領域で、性差別が露骨さを増していることに対する言説が現れた。

改革開放後、女性知識人集団はきわめて自然に、西洋フェミニズムの資源のうち、白人中産階級のフェミニズム理論と系譜を選択的に受容した。二十年にわたる社会文化実践は、都市の知識女性の文化と表現の文脈においては有効だったが、九十年代中後期の貧富分化過程における、下層女性の悲劇的境遇や社会的苦難に、向き合うことが出来なかった。九十年代の中国におけるフェミニズムの流行は、国内の社会、政治実践において対抗的な勢力となると同時に、グローバル化の進展を示す標識と景観の一つとなった。

フェミニズムの社会文化実践が文学や文化の領域から社会科学の領域へ転換することを後押しした。下層の弱者である女性集団のテーマが、無意識的に中国女性のテーマを発展主義のグローバルな景観の内に組み入れ、グローバル化の過程における中国の第三世界的地位を際立たせることになった。

階級とジェンダーのテーマが、現代中国の直面する社会問題のすべてを説明するわけではない。だがここで階級とジェンダーの問題を突出させるのは、多次元の批判的思考と社会批判を意味する。官製イデオロギーに対して、そして形成されつつある文化産業と大衆文化に対して、さらに大衆が担い、またその構築に参与している新主流イデオロギーに対して、それは同時にマルクス主義も含めた様々な批判的思考に対する反省検討でもあり、自らもそこに身を置く中国フェミニズムの社会的実践とその困難に対する内省と批判でもある。階級とジェンダーのテーマの絡み合いは、ポスト冷戦の時代に、批判的知識人、対抗言説を有し、実践する者が共通して向き合わねばならない困難と挑戦である。

結　語

女性作家の書写（エクリチュール）と文化について、更に映像メディアによる社会経済分析の一端について見て来たが、文学と映像文化を広義の「視覚文化」として捉える周蕾に対して、映画メディアの芸術性については限定的な見方をし、書写文化と区別する戴錦華の分析視角が現れているように思う。『歴史の地表に浮かび出る』の序文にあるように、戴錦華が女性の書写に着目するのは、もう一つ別種の「女性」の歴史を描くためではなく、すでに書かれている歴史（あるいは同時代）の中の無意識、あらゆる統治機構がその正当性を証明するために、抑圧し、隠蔽した、視角の盲点を、女性の真実の存在とその解釈によって、統治秩序の深層に潜む、既成の歴史の外に排されてきた歴史的無意識を示すためである。無意識の次元から、民族の自我の記憶の空白、周縁、隙間、言外の意、自己欺瞞などが抽出され、それは「反神話」的な、既成のイデオロギーを転覆する潜在力を持っている。

註

（1）戴錦華・孟悦著『浮出歴史地表――現代中国婦女文学研究――』（中国人民文学出版社、二〇〇三年）を参照。
（2）戴錦華著「身体・政治・国族――従張愛玲到李安――」北京大学での講演。
（3）戴錦華著『渉渡之舟――新時期中国女性作家写作与文化研究――』（北京大学出版社、二〇〇七年）。
（4）拙論「中国知識界はポストモダニズムをどう見るか」（『言語と文化』二十一号、二〇〇九年）。
（5）T・バーロウ「李小江とその仲間たちの論争にみるポスト毛沢東時代末期の女性」『中国―社会と文化』第十六号、二〇〇一年六月、一九七―一九九頁。

参考文献

戴錦華著『隠形書写――九十年代中国文化研究――』江蘇人民出版社、一九九九年
戴錦華・孟悦著『浮出歴史地表――現代中国婦女文学研究』中国人民文学出版社、二〇〇三年
戴錦華著『渉渡之舟――新時期中国女性作家写作与文化研究――』北京大学出版社、二〇〇七年
戴錦華著『電影批評』北京大学出版社、二〇〇五年
戴錦華著・宮尾正樹監訳『中国映画のジェンダー・ポリティクス――ポスト冷戦時期の政治文化――』御茶の水書房、二〇〇六年
（美）湯尼・白露著『中国女性主義思想中的婦女問題』上海人民出版社、二〇一二年
レイ・チョウ（周蕾）著、田村加代子訳『女性と中国のモダニティ』みすず書房、二〇〇三年
土田知則・青柳悦子・伊藤直哉著『現代文学理論　テクスト・読み・世界』新曜社、一九九六年

第三章　モダニズム文学と審美観をめぐる思潮

三－一　張愛玲における審美観
――欧亜モダニティをめぐって――

はじめに

「蒼涼の美学」「不均衡な対照」など、張愛玲文学のキー・ワードには、調和や均整を拒む芸術観、「美が悲哀」であるところの美学の本質に、「モダニティ」への審美的抵抗が読み取れる。現代思想の中では周蕾が「モダニティ」を焦点化し、欧化エリートによる「新文学」によって抑圧された大衆的な鴛鴦蝴蝶派小説の先進性について分析している。

同時代の批評家の言説とは異なり、張愛玲文学の基底を成す芸術観は、張愛玲自身が理論化して、文論や文芸思想として展開したことは無いため、専らその文学作品の技巧の分析や、審美的な感性から抽出されたものであるが、作品に纏わる初期の芸術観、特異な美意識の表現者としての「拘り」に重きを置いて見る必要があるだろう。胡蘭成の審美観は西洋の規範に従属することなく、西洋の規範をも帰順させるような感性、美学の探究という隘路だった。その理論的根拠には張愛玲から移植され、互いに通底するものがあるように思われる。初期芸術観や成熟期の張愛玲文学を彩る感性について、二人の対話や、テクストを傍証とし、欧亜モダニティの超克について考えてみたい。

キーワード：後期印象派セザンヌ　蒼涼の美学　フランス文学者傅雷、螺旋の叙事学　色彩構成主義　世俗性と虚無

胡蘭成は「愛玲は理論の書を読まず、歴史さえも好まない。[1]」と述べている。己の審美感のみをその芸術の根幹とし、西欧の諸芸術の中では特に近代絵画に饗応し、「色彩は記号（コード）ではなく、言語そのものである。」と言う。しかし西欧文化への感知はアンビバレンスなもので、すでに内面化した西欧の価値観を、「西洋人には一種の阻隔があり、あたかも月光の下、白い手袋をはめた腕に蝶蝶が羽を休める情景のようだ。「阻隔」は、真にやりきれない。[2]」と述べている。張愛玲の冷ややかな分析は、経験的な実感の域を出ないが、後に胡蘭成は中国文化を「無隔」（二元対立を形成する相互対応）という概念で捉えている。胡蘭成の中では、美意識は「親」に依拠し、西欧の知識やロジックは即ち「隔」に属するものとなる。[3]

張愛玲の文学は新文学とは対照的な伝統的旧小説「鴛鴦蝴蝶派」の系譜に連なる。章回小説の語りの技法を踏襲し、旧社会における女性の抑圧や運命を極彩色の描写と技巧に彩られた「六朝の駢儷文のような」珠玉の文体で綴る。語りの形式は一人称ではないが、「語り手」である代わりにヒロインの「眼差し」となって、その瞬間の心動を微細な色彩の織り成す心の襞、心象風景として描き出している。反ロマン主義の愛情観という趣向に加えて、このような心理的リアリズムとも言える特徴的な技法は洗練を極め、その酷薄な美意識を際立たせている。一部に唯美主義、あるいは頽廃の美学という見方もあるが、その近代絵画の鑑賞眼から窺えるのは、洞察力に満ちた強靱なリアリズムの精神である。

一方で、民族形式論争や、文芸大衆化論争以後の映画、演劇人との交流、柯霊や夏衍など左翼陣営の文化界の重鎮から得ていた高い評価からも窺えるように、張愛玲文学は、新しい芸術の時代潮流と親和性を示してもいた。その創

作は服飾や写真、絵画など、ヴィジュアリティを先取りし、既に戦時期上海で、多くの読者と観衆を獲得していた。『流言』の散文創作には、張愛玲の芸術修養やその知識と分析力が窺われるが、西欧近代絵画からも多くのインスピレーションを獲得し、創作における構図の輪郭や、形象の豊さが、その豊潤な文化的土壌によって培われたことは疑いを入れないだろう。

一　西欧文化と張愛玲――「絵画を語る」――

清朝の名臣張佩綸と洋務派官僚であった李鴻章の娘、李菊耦とを父方の祖父母に持つ張愛玲は、幼少期から中西合璧式の西洋館に居住し、西欧式生活を享受して来た。西洋美術を学ぶためにフランス、イギリスに留学した張愛玲の母、黄逸梵は、専ら西洋式な教育に目を向け、愛玲が美術と音楽を解する淑女となることを理想とし、また上海では著名なアメリカの教会が運営する女子中学聖マリア女学校に入学させた。音楽への関心は喪失したが、絵画を嗜み、人物画を上海の英文誌『大美晩報』に投稿したエピソードも残っている。

張愛玲の絵画創作は、文学創作史に匹敵し、あるいはそれ以上に長い。少女時代に大量の絵画作品を残しており、太平洋戦争の最中という特殊な時勢に在っても、香港大学でも絵画に熱中し「多くのスケッチを作成して、友人の炎桜が彩色をほどこした。」と回顧している。淪陥区文学を代表する活躍をした、一九四三年から四四年時期にかけて公表した作品には、精魂込めた挿画が描かれ、ことに散文集『流言』では、文学史上例を見ないほど、自作の絵画が展示されている。著名な小説家であり芸術評論家である鹿橋は、近年『流言』の挿画について「なぜこのように真髄に迫り、シンプルな中に余計な描線が一つも無いのだろう。写生は容易だが、彼女には創意がある。身体、顔形、面持ち、そして彼女の心中の意図さえ、三次元空間の中を思うが儘に浮遊している。[4]」と述べている。

張愛玲の小説の技巧において特徴的な「色彩」については、そのメッセージ性や色彩構成主義、西欧近代絵画の技法や審美モダニティについては言及されて来なかった。「色彩は言語であり、記号ではない。」と張愛玲は述べる。創作の中では、次第に記号化していく側面はあるが、原初的には「言語」そのものと捉えているのが特徴である。諸芸術の中で彼女が最も親しみを感じたのは絵画であり、「美」の希求においては、「悲壮」と「蒼涼」とを、色彩のコントラストで描き分けると言う。「中国人が西洋人から学んだのは、コントラストと調和の二つの原則であったが、浅薄に言えば、コントラストとは赤と緑、協調とは緑と緑、ということに過ぎない。」「美は悲哀をおこす。……私が好むのは『悲壮』であり、さらには『蒼涼』である。……『悲壮』は原色の赤と緑を配合したような強烈な色であり、その刺激的な感覚は人の心を揺さぶる。しかし『蒼涼』が更に深い趣を持つのは、萌木色と桃色など不均衡な配色だからである。[5]」

フランス文学者の傅雷が指摘するように、張愛玲の小説は構成、リズム、色彩いずれも卓抜であり、伝統小説の技巧に見られるような冗長なモノローグや無味乾燥な分析を取り入れず、暗示、動作、言語、心理を織り交ぜている。近代小説の技法的洗練を援用しつつ、絵画的な情景描写の中で心理描写が展開されることが大きな特徴である。

一九四四年のエッセイ『談画』には、「絵画」を語るにも繊細な観察と、静的な絵画を躍動的な描写で捉える筆致が、生彩を放っている。『談画』ではセザンヌの新しい画集を見ながらの、芸術談義から始まる。「……多方面の可能性に満ち、広大な含蓄に満ちたセザンヌが、以前私にもたらした唯一の印象はと言えば、雑誌に掲載された複製のあまりよくない静物だった。灰色の林檎の下にテーブルクロスが敷かれ、後方に酒瓶が突き立っている。林檎が配置される中に見受けられるのは、線の他にどうやら新しい「塊」状のものだが、わたしには結局よくわからない。[5]」「初期の肖像画の中の二枚は注意に値するコントラストを成している。一八六〇年のものは、描かれているのは眉間の広い詩人のような人物で、雲霧の中、暗い金質の画面の中に顔と白襟の一部だけが顕れている。わたしはロマンチシズムの伝統は好まない、何か徹底究明しない神秘のようなもの、まるで電灯を一捻りして、人造の月光があらゆるものを照らし出し、ただそこにあるのは曖昧模糊とした藍色の美艶、黒影の中で興奮と恐怖でジイジイと虫やカエルが泣き喚くかのように。もう一枚の一八六三年の絵を見ると、その中には奇異な、現実に怯えるような感覚があり、それは先ほどのような廉価な詩意ではない。……[6]」。

小説にも通底する特徴として、反ロマンチシズムの視点の他、語り始めると、その眼差しは、本質を暴くような人物への洞察に帰着していく。

「老年を描いた画に『蓮の葉帽を被った夫人』がある。彼女は頭を垂れ数珠を繰って祈っている。帽子の下に露わになった狐の様な顔は、人性が大方死に去って、残っているのは貪婪だけだが、彼女にはもう盗み、奪い、蓄える気力はない。心の中は絶えず不安に怯えている。……[7]」

「風景画の中で、私が一番好きなのは、『廃屋』である。昼下がりの太陽のもとの白い廃屋、独眼のように黒くぽっかり空いた窓、屋上から一直線の亀裂が走り、そこで家が笑っているかの様だ、笑いの振動に揺れて、倒壊してしまうだろう。家に続く小道は、もうよく見えなくなっている。四方に草が生い茂り、日の光で極端に淡く、模糊としている。この咽び泣くような日光の色は、「長安古道音塵絶、音塵絶――、西鳳残照、漢家陵闕。」という一節を思い起こさせる。でもここには仰ぎ見る過去はない、あるのはただ中産階級の荒涼のみ、空虚の中の更なる空虚だけである。[8]」最も惹きつけられた作品が『廃屋』であり、創作の題材にも通ずる、中産階級の荒涼、空虚を思い起こさせると言う。

張愛玲の絵画論において、主役はセザンヌであろう。美術史において、セザンヌから自律的な色彩重点主義がはじまるとされる。セザンヌはアクチュアルな技法より、構成的な視覚を優先させようとした。描写の根幹にあるのは色であり、コントラストは色で際立ち、輪郭線はその繊細な色の究極の所産として生まれる。色が印象を多彩に明確にし、色の調整のおかげで輪郭線やかたちが生まれ、様々なニュアンスの対比が出来る。色のコントラストから空間的な広がりが生じる。そして色や光の移ろいばかりでなく、形のコントラストが鑑賞者の視線を誘う。

張愛玲の、もう一つの絵画に寄せるエッセイ、『忘れられない絵』から見てみよう。最も忘れがたい作品としてゴーギャンの南太平洋タヒチでの代表作『永不』を挙げる。また中国人の画家として、一九〇〇年広東梅県生まれの画家、林風眠の彩墨画『江畔』（一九三九年作）や、一九一一年安徽出身の画家で胡蘭成と交流の深かった胡金人の油絵などが取り上げられている。

「中国人が油絵を描く時には、中国人であるが故に都合の良いことがあるかも知れない。中国固有の作風を援用したことを口実として、西洋画の基本条件を尊重しないことだ。うまく立ち回らないと往々にして西欧アカデミー派の伝統に拘束されてしまう。最近目にした胡金人先生の絵画は、これは例外だろう。最も私を驚愕させたのは、一枚の白木蓮の絵である。土瓶に銀白色の花が挿されている。長円形の花瓣は、だらだらと長く、四方八方に突き出ているが、こんなに長くはなかろうという風情である。勢いを貪り、思いのままに位置を定めている、しかしながらその貪欲な微笑とさざめきは、青春がそうであるように、放任されている。白木蓮には黄梅が挿し込まれ、火煙を噴き出すように小さな金色の花が連なっている。茶褐色の茶卓も風情があり、温順な小長方形が卓上の賑やかさ全てを受け止めている。(9)」

このエッセイでは他に、シュールレアリズムの「夢のような絵画」（作家も作品も明記されていないが、）としてアンリ・ルソー、そしてラファエロの「システィーナの聖母」、アメリカの広告文化などが語られている。

日本の浮世絵、喜多川歌麿の『青楼十二時』に寄せる関心も注目すべきだろう。胡蘭成は、『今生今世』の中で、「私と愛玲は一緒に日本の版画、浮世絵、朝鮮の磁器、インドの壁画集などを見た。私は常に彼女の顔色を伺い、彼女が良いと言えば、たとえ片言の教示にすぎなくとも、この上なく優れた作品と納得してしまうのであった。[10]」と述べている。張愛玲は『青楼十二時』について、日本では美が「制度化」されていることに言及し、「このように妓女を理想化することについて、私が唯一思い至る解釈は、日本人が修養を重視し、芸妓についても修養がことのほか徹底しているがゆえに、女性の善美の規範に近づくということである。そうでなければ谷崎潤一郎の『神と人の間』で、なぜ芸妓が彼にとって『聖潔なるMadonna』になるのかは、私にはわからない。[11]」と述べている。ここでは、谷崎文学にまで言及しているが、張愛玲自身は耽美的な趣向には距離を置く傾向もあった。張愛玲の作品は、艶麗な色彩に目を奪われ、華美を追求し、実を伴わないと見なされがちだが、それは誤った見方であり、彼女は唯美派に賛同しない。張愛玲は「唯美派の欠点は、その美にあるのではなく、その美に基底が無いことである。[12]」さらには「美しいものが必ず偉大であるとは限らないが、偉大なものは全て美しい。[13]」と結論づけて、自らの「美」への価値趣向を語っている。また王徳威は張愛玲文学の基底にあるのは写実主義であると結論づけている。

芸術観の価値意識まで踏み込んだ時、一九四四年前後の、最も多作な時期に精神的にも支えとなった胡蘭成の存在について今一度考える必要がある。「生活の芸術とは、……雨夜のネオンサインを鑑賞したり、二階建てバスから手を伸ばし、街路樹に揺れる緑葉を摘んだりすること……。[14]」上海人である彼女には、常に寛容と放任が満ちており、テクストにも両義的な解釈を許容する包容性がある。張愛玲文学の本質にあるきわめて直観的な「美」意識と拘束をきらう伸びやかさに共感し、作品の審美性については、『論張愛玲』の中で「張愛玲先生の散文と小説は、もし色に喩えるなら、明るい一面は銀紫色、暗い陰の一面は月下の青灰色と言えよう。」[15]とし、それを「青春の美」と讃えている。胡蘭成は文学のみならず、書法美学についても語っているが、「表象」を重んじ、文学に思い入れ、西欧の学術文化ではなく、中国を思考の中心に据える点においても両者には、互いに移植され、通底するものがあるかも知れない。

二　小説の技法と審美意識

一九四四年五月号『万象』雑誌上に「迅雨」の署名で掲載された『論張愛玲的小説』において傅雷は張愛玲小説の芸術技巧に着目し、高く評価した。傅雷はバルザックやロマン・ロランの翻訳に没頭していた高名なフランス文学者であり、このような評論文は少ない。傅雷は五四以降の中国文学が技巧を蔑視し、イデオロギー論争に筆墨を浪費し、個々の芸術性を問題にしなかったとし、これまでの技巧と主義のせめぎ合いの中で、張愛玲の作品が肯定的な回答を与えたと評価した。中でも『金鎖記』は『猟人日記』に比肩する風格を備え、文壇において最も完成度が高く、得難い収穫であると評している。創作においては「情欲（passion）」が重要であり、また技巧においても、構成、リズム、色彩が、幸いにもこの作品では成功している。さらに三つの優れた特徴が見られるとして、心理分析、省略法、風格について述べている。心理分析としては冗長なモノローグや無味乾燥な分析を採用せず、暗示、動作、言語、心理などを巧みに取り入れていること。風格としては新旧文学の融合が、歯切れの良い文章とも相俟って理想に叶った調和をなしているとして、その創作水準の高さを評価している。ところがその技巧の高さに比して、『傾城の恋』の内容空疎なことを批判している。[16]

これに対する返答として、張愛玲は『自己的文章』[17]の中で、これまで小説や散文を書きながら「理論」に注意を払わなかったことを認め、作品の思想も理論も貧困かも知れないが、これまで文学に携わる人間は、人生の飛翔にばかり目を向け、人生の平穏の一面を等閑視してきたのではないかと反論している。技法については虚偽と真実を強烈なコントラストで描くのではなく、不均衡なコントラストの技法で、現代人の虚偽の中の真実、上辺の華やかさの中の素朴さを描き出すこと、それが耽溺にふけっていると言われる由縁かも知れないが、それでも自分なりの作風を維持したいと述べている。傅雷が「学理」に拠って論じた作品論、とりわけ『傾城の恋』への批判に対しての真摯な反論は、「内容空疎」であるとされたこの作品の技巧を超えた本質、むしろ思想的側面を顕在化させるものであった。

上海出身の女性作家である王安憶は『世俗的張愛玲』の中で、「張愛玲の世俗的な気質は、その眩い虚無の中でこそ、芸術に変ずる。」と述べている。「張愛玲の人生観は、両極端の上を行くもので、一方はその時々の具体的な出来事の感知であり、もう一方で人生は如何せん虚無であるということである。しかしこれは先の見えない過程でもあり、現実と理想との争奪となる。[18]」張愛玲自身と同じく王安憶も「人生観」から来る思想的側面に照射することで、その芸術性を評価している。

傅雷の後に続き、張愛玲作品の特色を論じたのは譚惟翰であり、一九四四年八月二十六日の〝《伝奇》集評茶会記〟の中で次のように述べている。「張女士の小説には三つの特色がある。第一は語彙の新鮮さ、第二は色彩の濃厚であること、第三は比喩の巧妙であること。」とし、小説以上に散文創作を重視している。

「傾城の恋」は張愛玲の代表作であり、題材のみならず、潜在意識からも自伝的な色彩が強い作品と思われる。母との別離や継母との確執など、抑圧された少女時代は白流蘇の境遇と重なり、植民都市香港で人生の転機に遭遇する顚末には、張愛玲がエリート大学で自己解放の夢を描いた、束の間の青春時代が重複する。『傾城の恋』は植民都市の異国情緒が濃厚な作品でもあり、裕福なマレーシアの華僑である范柳原のほか、最先端のモードを纏いながら、「金箔を散らした観音菩薩のような」社交界の女性サフィニは、オリエンタリズムを極端に強調した人物である。この作品執筆当時の心境について張愛玲は、物語のプロットは作品そのものが自ずと発展していくと述べ、蒼涼とした人生の情義を表現したいという思いの他に、読者の望むもの全て、華麗なロマンス、対話、色彩、詩意、「意味」さえも装備した。彼女自身は作品の出来栄えは悪くないと感じている。「不均衡なコントラストの技法によって、善と悪、魂と肉体の鮮明な葛藤やせめぎ合いという古典的技法を採用しなかった。ゆえに私の作品な時に主題が不明瞭なのである。[19]」

「傾城の恋」の情景描写は、詩意を湛える絵画のようでその色彩感覚は白流蘇の「瞬間の衝動」を一枚一枚の絵として描いている。先ほどの傅雷の言う色彩と心理描写の一体化、情景によって媒介される「語り」によって、物語を追って行きたい。

范柳原の誘いで香港にやって来た白流蘇は、徐夫妻に伴われて香港のレパルス・ベイホテルに到着する。一九三〇年代から四十年代のレパルス・ベイホテルは、香港で最も知られた上流名士の社交場であったが、日本軍侵攻時の香港においては、英軍の総司令部となったため、日本軍の攻撃目標となり、『傾城の恋』の舞台として「乱世」の雰囲気を醸し出すことになった。

ここでは香港島の立体的な地形の描写と風景の色彩、建築物の空間的構図、「藤棚の半分を夕陽が照らしていた。」光の入れ方まで、絵画的な趣向が見られる。

「岸に上がると二台の車を呼んで、レパルス・ベイホテルに向かった。車は賑やかな町を通り抜け、幾度も山を越え、どれだけ走ったか、どこまでも黄色い土の崖、赤土の崖、崖の裂け目には樹木は生い茂り、エメラルド・ブルーの海が覗く。レパルス・ベイに近づくと、どこも土の岸と密林で、だんだんに風光明媚になっていった。……ホテルの前に到いたのにホテルがどこにあるか見えなかった。彼らは車を降りてゆったりとした石段を上った。花や木が散在する高台に上ると、もう少し高い場所に二棟の黄色い建物があった。徐氏は早くに部屋を予約していて、ボーイたちが彼らを引き連れて砂利道を行き、夕暮れ時の食堂に入り、突き抜けの部屋を通って、二階に行った。湾の方に曲がって小さなバルコニーを通ると紫の藤棚があり、その棚半分を夕陽が照らしていた[20]。」

ダンスホールを抜け出して、夜の散歩に出かけ、初めて互いの心境を語らう場面では、「野火の花」の描写に瞬時の心の動きが投影されている。「影の樹」が微妙なコントラストと「一連なりの音符」という聴覚への変異を促す。暗闇の中で現実には見えない「紅い花」が天を焦がす炎となり、黒いシルエットは見えても実際には聞こえない「影の樹」の風鈴のような「メロディー」とが「不揃いな対照」を成している。

「レパルス・ベイに着くと、彼は彼女に手を貸して、車を降り、車道の傍らに生い茂る木々を指して「見てごらん。この木は南国の特産でイギリス人は「野火の花」と呼んでいます。流蘇は「紅いのかしら」柳原は「紅ですよ」真っ暗闇でその赤い色は見えなかった。しかしながら彼女は直観的にこれ以上ないほど赤く、消し去ることもできないほど赤く、一群れ一群れ咲き乱れる小さな花が、天を衝く大樹に見え隠れして、ピチピチと燃えその道を焼き尽くし、青紫の天まで紅く焦がすかのように見えた。彼女は顔を上げて空を見上げた。柳原は「広東人は〝影の樹〟と呼びます。この葉をご覧なさい。」葉はイノモト草に似ており、風がそよぐとその軽やかな黒い影絵のようなシルエットが疎らに震えた。耳元でぼんやりと一連なりの音符が聞こえたが、それは言葉にならず、軒下の風鈴がチリンチリンと音を立てているようだった[21]。」

また翌朝のホテルの庭の描写には、心の動きは語られず、沈黙の中、昨夜の余韻と後のプロットで戦場と化す中庭の静寂が、棕櫚の樹の繊細な煌めきの中に投影されている。

「二人はレストランの外の廊下の席を選んで腰を下ろした。右の欄干の外側に、高々とした棕櫚の樹が生え、絹糸のように乱れる葉が太陽の光の中で微かに震え、煌めく噴水の水のようだ。[22]」

食事の場面で、范柳原がコップを取り上げる「動作」は、コップの底の茶葉が、イマジネーションによって、蔓草が膝を覆う原生の森と化し、彼女を故郷に連れて帰りたいと申し出る。

「「光にかざして見てごらん。中の眺めは私にマレーシアの森を思い出させます。」コップの飲み残しの茶殻が片側に寄って、緑の茶葉が硝子にくっつき、斜めから見ると趣があった。光に向けて見ると、緑鮮やかな芭蕉のようであった。底には茶葉が堆積して、複雑に絡み合い、膝まで生い茂る蔓草か野草のようであった。[23]」

真夏の海岸の場面では擬人化された大海原と、そこで乾ききった金色の枯葉となる人の姿がシュールな絵となるが、この日から二人に蟠りが生じる。

「乾ききった太陽は、滔滔と海水を飲み込み、水は漱いでは吐き出され、ざあざあと響きを立てる。人の水分は全てそれに飲み尽くされ、人は金色の枯葉となって、ふわふわと漂う。流蘇はやがてこの眩暈のするような喜びの感覚に浸っていた。[24]」

孤独に浸りながらもそれを素直に表現すらできない白流蘇が、土砂降りの雨の中で范柳原の帰りを待ちわびる場面では、唐傘に描かれた蓮の葉の上を、雨の滴が滑り落ちる。

「ある日の午後、彼女は傘をさしてホテルの中庭をぐるりと廻り、帰って来ると空が次第に暗くなって来た。……彼女は軒下に座って誰かを待っていた。その鮮やかな唐傘を欄干の上にかざして、顔を隠していた。その傘は桃色の生地で、灰色がかった緑色の蓮の葉の図案が描かれていて、雨のしずくが一滴一滴その葉脈の上を滑り落ちて行った。[25]」

このように二人の「対話」に絡んで、具象化された色彩構成は、不揃いなコントラスト、「野火の花」の赤と「影の樹」の黒、真夏の海岸の太陽と、雨の降りやまぬ庭先、情景の人物配置まで、語彙とプロットが、不揃いな均衡を取りつつ、重層的な構成を成している。真夏の避暑地の情景を描く精緻にして捉えがたい色彩の饗宴は、その色彩描写が繊細であり「明亮」であるが故に強い印象を残すが、日本軍侵攻の場面では、鮮やかな色彩が暗転し、主旋律が分岐し、複雑化して、最後には主線を転覆させる。「（ホテルの）食堂は硝子戸を開け放ち、ドアの前には砂嚢が積み上げられていた。イギリス兵はそこに大砲を据えて外にむかって撃つ。湾にいる軍艦は砲弾の出所を探り当て、必ずそれにお返しをしてきた。棕櫚の樹と噴水を隔てた向こうで、砲弾が織機の梭のように行き交う。[26]」

「ここでは全てが終わっていた。分断され、破壊された土地や壁だけが残り、記憶を失った文明人が黄昏の中でよろめき、手探りしながら歩いている。まるで何かを探し求めるように。本当は何もかも終わってしまっているのに。……浅水湾の傍の灰色の壁は、きっとまだあの場所にどっしりと立っているだろう。[27]」

王徳威は張愛玲文学を「重複」（repetiton）「旋回」（involution）「派生」（derivation）の叙事学と定義づけた。「旋回」とは反線形の、渦巻く旋廻の流れの中で消尽する審美観照である。「記憶に憑かれて、現実を二重、あるいは多重の眼差しで見つめれば、知己のものが忽然と消失し、それは親しみ深くもあり、奇異でもあり、「陰暗」であり、「明亮」でもある。由って不揃いのコントラストとなり、そこにおいて無限に華麗な蜃影が生成し、輪廻し、派生する。……一が二となり、コントラストが不揃いで、それが反復されるメカニズムが一旦発動すると、それは唯我独尊の真実、真理の自負へと揺り動かされる。それは目的論式の動的な流れを遮断し、事物や、時間的移ろいの中に埋没し、散逸するであろう。量が質に変じ、唯一無二のものが本来の面貌、コラージュを喪失し、幾重にも重層する「陰暗と明亮」の投影により、人を幻惑するような「奇異な感覚」が生ずる。……非日常の感覚は、郷愁の極みの果てに、意味の空洞の在り処を提示する。[28]」そこには、直線的な因果ロジックを推し進める西欧文化の言説によっては、捉えられない螺旋式の美学観照、女性の「回帰」、「因―果」の必然関係への質疑が生じ、理性世界の思惟モデルを転覆させるのである。

李欧梵は「現代の世界において、愛が最終的な結末でないなら、もとより「永遠の愛」について論ずるに及ばない。ここで柳原がふと漏らす――終わらぬ愛――それは不在であるが故に一層転じて暗示性と逆説的な風刺の意味合いを持つ。真の愛は世界の末日においてはじめてあり得る。その時間の流れの終点において、時間そのものはもはや重要でなくなる。まさにその時に張愛玲の「蒼涼」の美学がやっと想像できるのであり、それはまさに壁の色そのものなのである。」「彼女が鏡の世界に陥っていった時、彼らはもはや現実が機能しない世界に入り込んでいる。これは欲望と蒼涼が混沌とした世界であり、ここにおいては欲望が即ち蒼涼なのである。言い換えるなら、それは「蒼涼」の神秘の世界を成し、そこにおいて燃焼する激情は、「冷たい鏡」の上に屈折して投影される。もし先に引用した「悠久の歳月」の後、というフレーズと結び合わせるなら、このイメージはただ我々に悲涼を感じさせるのみである。野火の花のように燃え盛る激情が消えたのちの、その灰燼（張愛玲が好んで用いるもう一つの比喩）も世界の末日を描写するために用いられる――「悠久の時に」「氷のように冷え切った」景観である。張愛玲の蒼涼の世界においては、魯迅の言葉を借りるなら、激情はひと塊の「死火」に過ぎないのである。[29]」

作品の中の色彩は、意味の二重性や、鏡を合わせたような投影の構図にも彩りを与えるが、女性像をシンボル化する場合に色彩の投影が常用されている。白流蘇の古風な女性形象における「白」は、「顔は、かつては白磁のような白さであったが、いまでは玉のそれに変わった。」「月光の中でどこまでも美しかった」中国女性の美の象徴であるが、先の傅雷における「小説においては情欲（passion）が重要」という批判の影響からか、「紅薔薇と白薔薇」の中の烟鸝では、「空白」「病院の白いついたてのような」空疎な上にも、隠惨なイメージへと転落する。「白薔薇」と「赤薔薇」のシンボリズムにおいては、佟振保の女性遍歴と絡んで、西欧文化と土着文化の緊張が描かれる。『半生縁』では、情熱の「赤」でなく、純粋さを象徴する「赤」によって曼楨が新しい時代のヒロインとなる。

三　胡蘭成の東方主義

張愛玲の夫である胡蘭成は、一九〇六年浙江省嵊県三界鎮下北郷胡村に生まれた。原名は積蕊、幼名を蕊生と言う。教師などを経て二十一歳の時、燕京大学で勉学の傍ら副学長書記を務め、当時容共を謳っていた国民党に入党するが、ここで共産主義に接して共鳴し、トロツキストとの機縁も生じた。胡蘭成は社論に長じており、一九三八年香港において『南華日報』の主筆に任じ、その後『中華日報』の主筆として、その犀利な文体で国際情勢分析と政治評論に健筆を振るい、汪政権の宣伝部次長、行政院法制局局長に任じた。一九四四年に張愛玲と結婚後、南京で『苦竹』を刊行、また武漢『大楚報』を接収している。一九五〇年には日本に渡り、晩年には台湾の文化学院教授として、「華学、科学、哲学」などを講じた。『三三集刊』を組織し、台湾文壇に与えた影響も看過出来ない。

現代画家の胡金人は、南京で法制局長を務めていた時の隣人であり、当時、胡蘭成は穆時英や戴望舒とも交流があり、また周作人、廃名とも接点があった。日本滞在時には、尾崎士郎、川端康成、保田与重郎と交流を深め、殊に「書法」を通じて川端との交際は深く、『伊豆の踊子』についての批評分析も行っている。美学や審美意識への追求は、早期から見られ、美観と情観が一切の理性と知性、道徳倫理を超越する視点は、日本浪漫派や、三島由紀夫にも影響を与えたとされるが、日本滞在時期のテクストについては、先行研究がほとんど見られない。

胡蘭成においては、善と美を尽くせば一切が合理的であり、このような審美形式に依拠すれば「親」となり、西欧の知識やロジックから演繹された理論は「隔」となる。中国においては理論が即ち文章であり、理論を説く上で、西欧の厳格な格式は必ずしも必要でないとする。胡蘭成の美学は「表象」と「具体的事物」に注力し、その学問的体系は閉塞的であり、実証を許容しない。それは西洋の規範に従属することなく、西洋の規範をも帰順させるような感性、美学の探究という隘路だった。胡蘭成の自伝から窺えるのは、「乱世」における欧亜モダニティの交錯と審美的抵抗が、二人を引き寄せ、固く結びつけた絆であったことである。

朱天文は『花憶前身：回憶張愛玲和胡蘭成』の中で「胡先生は分類し難い人である。今でも身分は明らかでなく、どう位置付けるべきかわからない。文学評論では周作人、廃名、沈従文の抒情派系統に帰すことも可能だろう。私は天心とよくこんな内輪話をした。胡先生が晩年著した大著は、明らかにレヴィ・ストロース（Claude Lévi-Strauss）構造主義人類学の中国語版である。そして胡先生の亡命の生涯は自ら自省するようにヴァルター・ベンヤミン（Walter Benjamin）のようであり、知識分子としてはエドワード・サイード（Edward W. Said）のようである。[30]」と述べている。また近年の張愛玲文学をめぐる批評の中には、テクストの周縁性をめぐる議論や、後のポストコロニアルの「先知先覚」という捉え方がある。また張愛玲文学は『傾城の恋』を起点とし、一九七七年の『色、戒』で終止符を打つとされる。一九五〇年から執筆をはじめ、三十年近くも公表されず、汪政権の諜報機関で起きた「鄭蘋如事件」の内幕を題材としたとされるこの作品は、民族アイデンティティ分断の悲劇や抗争の闇という主旋律を、螺旋状の叙事学の中で複雑化させていく。生涯にわたって胡蘭成に向けられた沈黙と、歴史の「禁区」への挑戦は、彼女の人生観や芸術観においては、審美意識が永遠の砦であり、受難や犠牲は取るに足らないというメッセージなのかも知れない。李昂は女性作家の立場を代弁して、「彼女の伝奇的な人生は、とりわけ胡蘭成との関係において、自分が感謝したいような心持である。……彼女ほど感情の荒涼を透徹に描いた作家はいない。[31]」と述べている。

艾暁明は七十年代から八十年代にかけて、大陸においては趙園の張愛玲研究を先駆とし、「張愛玲を批評した一連の文章を読む中で、印象が最も生彩を放っていたのは、やはり胡蘭成であろう。内地で彼の著作を読むのは容易ではないが、作家が作家を語る書籍の中で、張愛玲について論じた一篇を読んだ後で、この人物こそが、果たして張愛玲の神韻を伝え得ると感じたのだ。痕跡を残さない比喩、独特の文章風格は、まさに張愛玲と遜色なく、互いに比較し得る。[32]」と述べている。

四　批評の中の張愛玲文学

改革開放以来の二十年間は「大陸における張愛玲文学の受容史」でもあり、アメリカ、台湾や香港の批評家や文学評論の中で、例えば周蕾の「女性と中国のモダニティ」なども張愛玲研究への影響が強い。審美と政治が交錯する中で、「その文体の美はバロック式だ。」あるいは王徳威のように「Female Gothic の開拓者」という評価がある一方、多くの批判は汪精衛政権の歴史的評価と不可分である胡蘭成との関係から来ている。文学史の流れからは、五四新文学のコンテクストの中で正統に位置づけるべきだと言う意見や、鴛鴦蝴蝶派を旧文学の残余あるいは新文学の一流派として見るのではなく、その芸術性、海派文化の創新の追求、中西混淆、民俗生活のディテールなどを独自に評価すべきという意見などが散見される。張愛玲研究自体が、途に就いたばかりであるが、王徳威は『女作家的鬼話』の中で「張愛玲の小説は写実を以て基礎とする。怪力乱心を語ることを避けるが、自ら頽廃荒涼とした恐怖世界を召喚することさえできる。三十年代、四十年代文学の中に位置づけ、別格の待遇として扱わざるを得ないだろう。比較的早期の作家と彼女を比較すると、魯迅の一部の作品、『社戯』『女吊』『従百桑園到三味書屋』などの幽鬼が真に迫るイマジネーションに、その意を尽くしている。[33]」として、写実主義の伝統、そしてその魯迅に比肩し得る芸術の風格を以て文学史における定位を模索している。

夏志清が中国現代文学の「現代性」と「審美」を提示して以後、張愛玲は文学史において確たる地位を占めることとなる。銭理群の『新世紀の文学』においては魯迅と同様に重視され、「晩清士大夫文化が衰微する中、その最後の伝承者であり、上海通俗文学の才女と呼ばれた彼女が、内に秘めた筆墨趣味、生来の感受性によって、真のモダニティを表現し得たということを認識できよう。張愛玲は、全く自覚的に、また自由に「伝統」と「近代」、「雅」と「俗」の間を行き来し、両者の均衡と疎通に達したことがその特徴であり、現代中国文学に対する主な貢献である。[34]」と位置付けられている。

夏志清は、一九六一年に『中国現代文学史』の中で、大陸文学史において黙殺されていた沈従文、銭鐘書、張天翼、師陀、張愛玲を取り上げ、中でも張愛玲については最も優秀かつ重要な作家とし、「新批評」理論による詳細な分析を加えた。最近でも二〇〇〇年に香港嶺南大学で行われた「張愛玲与現代中文文学国際研討会」で、劉再復と夏志清の間に文学史上の位置と価値趣向についての論争が交わされる。劉再復は、夏志清が張愛玲の芸術特色について「意象の繁雑で豊富なこと、人の性格の深刻な暴露」などを指摘しており、その作品論は精彩に満ちていると評価している。一方で短編小説の精神的内涵は歴史意識と道徳傾向について不適切という指摘については、張愛玲の中長編小説は、歴史意識と道徳判断を備えており、代表作「傾城の恋」「金鎖記」は歴史意識と道徳的判断を超越しており、時空を超えた哲学的特徴を持つと反論している。早期の純文学と純審美追求は夭折するが、それは時代の功罪であり、香港に在ろうと上海に在ろうと、時代を超えた作家であり続けることを、本来の張愛玲を否定したためである。夏志清の批評は、西欧の審美批評観点を基準とするもので『小説史』の延続にある。(35)

李欧梵は「傾城の恋」を淪陥期上海と、香港の『双城記（二都物語）』として特に張愛玲の「現代性」モダニティについて言及している。テーマは「蒼涼与世故」であり、蒼涼は張愛玲の美学であるが、「世故」は Sophistication ということであって、李欧梵の観点である。「世俗」ではなく、超俗であり、まさに「洗練」であると考える。「モダン」意識の突出は、日常生活の世俗性や、自由とお金の価値について肯定的であり、世俗的進取に富んでいた。「原始的荒涼」は特殊な美学の視角であり、James Joyce の小説の中にある「顕現」（epiphany）すなわち時空の交錯点に感受できる宗教に近い神秘感である。彼女の審美観念と叙事技巧を暗示するのは、ある種の倒錯を指す、不均衡な様式である。彼女自身による詳細な解釈は無いが、Karen Kingsbury による解釈では、「それはまた叙事の風格の側面に作用する。叙述者のその揶揄的語調、たとえば自嘲と気儘、夢幻と現実、風刺と同情の間を徘徊する。」独特の悲哀を生み出す色彩描写として「上海」の色彩が挙げられる。「市内に遍く見られるのは何とも名状し難い色彩である。青とも言えない青、灰色でない灰色、黄色ともつかない黄色、ただ背景にあるのはみな保護色であり、文明色であり、混合色である。」悲壮や壮麗ではなく、張愛玲が好むのは美学上の「蒼涼」であり、彼女は「蒼涼」の備える「啓示性」が素朴な真理を掲示しえると考えた。それは女性的な美学の境地とも言える。更に言えば「われわれの文明」は「昇華しようと浮薄となろうと」すべて過去のものになる。という信念に従い、小説中の美学資源は、彼女の描く歴史の境遇を超越していく。張愛玲はその芸術的特色によって、現代史の大叙述を転覆させることに憑かれていく。(36)

五　欧亜モダニティをめぐって

周蕾は『女性と中国のモダニティ』[37]の中で、他者化され周縁化されたエスニックな主体、「新」「旧」両形式の有用性を失わせかねない「モダニティ」について語っている。張愛玲の小説は通常蝴蝶派小説の系譜に属すると見なされている。五四新文化運動に始まる中国の思想解放運動は同時に「女性化された」大衆文化の破壊であり、新文学運動の担い手であった近代知識人は、清末小説の勃興に見られる大衆文化と、当時の文化現象に冷淡かつ「保守的」であったが、この男性エリート主導の「新文学」こそが、正統かつ文学史の主流と規定された。一方で張愛玲文学の起源とされる清末小説――頽廃的な文言で綴られる極彩色の民族誌――のような「女性化」された大衆文化と通俗文学における女性の表象は、ジェンダーのみならず、文化の解釈と深く関わっている。

蝴蝶派小説がもたらした脅威は非道徳的だとか、役に立たないということだけでなく、大衆の識字を敢行してしまったことにある。たとえ「娯楽のための小説」で、良くても二流止まりという評価であったとしても、蝴蝶派小説は「社会史」としては注目に値する。「女性」をキーワードとして読めば、ほとんどの場合これらの物語は、恋愛関係の均衡を保った「相互依存状態」についてではなく、特に物語中の女性の視点から見た物語には道徳性や貞節、それに個人の情熱を妨げる社会的要求という問題についての物語である。愛とは受難なのである。「女性」と手段として用いるには「女性」が「伝統」という概念そのものを揺さぶるような形式分析の道具になる必要がある。女性は「ジェンダー」を扱うだけでなく、文化の解釈に関わっているヒエラルキー化と周縁化の権力を付与されたプロセスをも扱う。とくに後者の意味において「女性」は中国の近代文学史に深く根ざす問題を明らかにするのに役立つ。蝴蝶派の中の「女性」の意味は、一つには女性登場人物が物語の主要部分を担っているという非対称的な物語構造に付随しており、犠牲的な構造（烈女など）になっている。また蝴蝶派文学は政治的目的を持っていないという印象を与えることになる。それらは「存在」しないもの、すなわち「伝統」の無言の陳列品、あるいは伝統に対する怪しげなノスタルジーという効果を生み出している。

蝴蝶派文学は大衆的で周縁的な地位を占めているがゆえに、パロディックな機能を持つ。蝴蝶派文学の中のうちにセンセーショナリズムと教訓主義の狭間、感傷的なメロドラマと作者が公言する道徳的意図の狭間で引き裂かれた物語のコラージュをわれわれはしばらく見出す。蝴蝶派文学は制度化された批評の博識に支えられ、説得力もある大衆文化の形式についての誤った扱い方を脱構築する上でも、なぜ蝴蝶派文学が「正典」に成り損なったかを考える必要がある。可視的な蝴蝶派文学の「不完全さ」はある空間を作っている。そこにおいて女性の感情は、いまや英雄的感情や愛国主義的感情と同等のものとして位置付けられ、流通し、大衆が読み書き実践するようになって、初めて明確に「利用可能」となった。

感情の開放とともに進んだのは、ますます断片化され商品化される生産と消費の過程だった。それは蝴蝶派小説を中国のストーリー・テリングの「伝統」のうちにではなく、新たに近代化を遂げた中国の都市へとその範囲を広げていた。「自由恋愛」の危険とは実際のところは伝統的な規範から外れたあるいは外れ得る女性のセクシュアリティの危険であり、「愛」とは成文化された女性の貞節という抑圧的な現実が限界に来たときに行動に移される可視的な事件に過ぎず、「愛」とは事件と不幸の表現だから文化の論理を否定的に実証している。つまりある文化が危機にさらされたとき、文化自体は犠牲にならないで、文化に挑戦する個人を犠牲にする。

この歴史的現実のメロドラマティックな再生、ときに物語の中に虚構的な教訓主義的儒者のスタンスを織り交ぜる再生においてこそ、たくさんの五四最盛期の著作が成し遂げてきた記念碑的な因習打破とは異なったやり方で蝴蝶派小説が儒教文化を弱体化させるものとして現れてくる。

「寓話的」な読みは蝴蝶派小説の破壊性とは蝴蝶派小説が置かれている世界を超えて世界の外へと見る窓を提供し、ストーリー・テリングと教訓的約束事という伝統的に相容れない二つの著作形式をひとつに押し込めようとしている点にある。その本質において悲劇的というよりはむしろパロディックな破壊である。

蝴蝶派小説の難しい文言や、文言の混在した文体を苦労して読み進めていくうちに二十世紀初頭の中国における大衆文化とエリート文化の関係についての問題に否応なく直面する。文章を書くための文言文体が次第に「白話」、すなわち話し言葉の使用によって取って代わられるようになった時に、蝴蝶派小説が大衆受けしたことは、少数の人々によって担われている「生産」に、秘儀性と大衆に受け入れられる「受容」の日常性の間が分離していることを明るみに出す。そして彼らの目の前で、退廃的で美しい文言が、読者を求めてますます技巧上の妙技を披露する、巧妙な仕掛けになっていった。

しかし民主化の内包する矛盾は、政治的秩序の言葉を用いれば、世界通貨（世界規模での言葉の流通）としての愛の「フェティッシュ化」と表現し得るものに、おそらく最もよく示されていると思う。世界を俯瞰する「アウラ的な」空間を再び確立しようとするアイロニックな、またほんとうにパロディックな試みである。多くのイデオロギー的再構築のもととなる「アウラ」を絶え間なく呼び起こすことは、あまりに頻繁に蝴蝶派文学の属性として取り沙汰される「伝統主義」を再考する重要な方法である。

この伝統主義は、ここでは社会的価値と市場的価値と伝統的コンテクストに、まさにそのコンテクストが永久に崩壊してしまったちょうどその時に、ふたたび付与しようと求める再構築されたアウラとして理解されうる。このような再付与は、文学に対する商業主義的な態度に従って、完全に力を発揮する。まさにその明らかに教訓的な、つまり道徳的な意図を以て買い手／付与者を魅了しながら、このように売り物になるという新たな意味を帯びて、伝統はその役割を中国市場に数多ある商品の中の一商品として再発見する。

このような土着の文化の「新たな」アウラが、外国文化のアウラに上書きされて存在することから、蝴蝶派小説はわれわれ商業的な文学市場がどのように知覚の危機に加担すると同時に近くの危機を馴化するかを示してくれる。伝統の再確認は、蝴蝶派文学では二つの意味で行われる。すなわち小説家は読者に読者が何であるかを語り、読者に作品を買わせもする。言い換えるとこれは自己肯定的道徳主義である。その多目的市場では、蝴蝶派文学は生き延びるためにトレンディで、またリベラルで、そして進歩的であり続けなければならなかった。

結　語

ここ二十年あまりにわたる張愛玲文学の再評価は、文学史の再考と深く関わり、何よりもそれは主題先行で、題材中心であった経典文学への反思と、旧小説の流れを汲む蝴蝶派小説や、女性形象など、通俗文学を再評価し、そこに審美的価値や芸術性を見出すことで、欧亜「モダニティ」の交錯について分析することが課題であった。理論の汎用や、抽象化を好まない張愛玲の言辞からその芸術観、色彩の趣向や具象化などの特徴を通して、張愛玲文学における欧化と「モダニティ」の諸相について考察したが、多様な芸術性の融合と調和、審美と価値の探索は、二十一世紀の今日に深遠なメッセージを投げかけている。

註

（1）胡蘭成『今生今世』（節録）五二頁（『回望張愛玲　昨夜月色』所収）文化芸術出版社。
（2）前掲五四頁。
（3）西欧と中国の芸術、音楽の比較、書法などの中で用いられている概念。
（4）鹿橋『市廛居・委居、冤枉、追慰一代才女張愛玲』。
（5）張愛玲「自己的文章」（『流言』浙江文芸出版社、二〇〇二年二二頁）。
（6）張愛玲「談画」（『流言』浙江文芸出版社、二〇〇二年二二一頁）。
（7）前掲二二一頁。
（8）前掲二三〇頁。
（9）「忘不了的画」（『流言』浙江文芸出版社、二〇〇二年一九六頁）。
（10）胡蘭成『今生今世』。
（11）「忘不了的画」（前掲『流言』一九六頁）。
（12）張愛玲「自己的文章」（前掲『流言』二六頁）。
（13）同上。
（14）「天才夢」（『流言（十）』北京広播学院出版社、一九九三年一二頁）。
（15）胡蘭成「論張愛玲」（『乱世文談』香港、天地図書有限公司、二〇〇七年所収）。
（16）迅雨「論張愛玲小説」（『万象』一九四四年五月）。
（17）張愛玲「自己的文章」（前掲『流言』）。
（18）王安憶「世俗的張愛玲」（再読『張愛玲』牛津大学出版社、一九九四年）二七三頁。
（19）張愛玲「《傾城之恋》的老実話」（『海報』一九四四年十二月九日）。
（20）（21）（22）（23）（24）（25）（26）（27）　張愛玲『傾城の恋』（張愛玲典蔵全集、皇冠文化出版有限公司、二〇〇一年）。

（28）王徳威「張愛玲再生縁——重複、廻旋与衍生的叙事学——」（『再読　張愛玲』編者　劉紹銘・梁秉鈞・許子東、牛津大学出版社、Oxford University Press、二〇〇二年、七頁～）。

（29）李欧梵『中国現代文学与現代性十講』（復旦大学出版社、二〇〇二年十月）。

（30）朱天文「花憶前身：回億張愛玲和胡蘭成」（前掲『再読　張愛玲』二八一頁）。

（31）李昂「我們三個姉妹与張愛玲」（『中央日報』一九九五年九月十日）。

（32）艾暁明「生命自顧自走過去了——漫説張愛玲——」（香港『文滙報』文芸、一九九五年九月十七日）。

（33）王徳威「女作家的現代〝鬼〟話——従張愛玲到蘇偉貞——」《聯合報》一九八九年二月）。

（34）銭理群・呉暁東著、趙京華・桑島由美子・葛谷登訳『新世紀の中国文学』（白帝社、二〇〇三年）。

（35）劉再復、夏志清による張愛玲の文学史的位置付けと基本的価値趣向をめぐる論争については、肖進編著『旧聞新知張愛玲』華東師範大学出版社、二〇〇九年六月、一〇一頁を参照。

（36）李欧梵著『蒼涼与世故：張愛玲的啓示』Oxford University Press. 2006.

（37）Rey Chow "Woman and Chinese Modernity: The Politics of Reading between West and East" University of Minnesota Press Minnesota Oxford 1991.

参考文献

張愛玲典蔵全集　皇冠文化出版有限公司　二〇〇一年
張愛玲著『流言』図文編纂／陳子善　浙江文芸出版社
陳子善編『作別張愛玲』文匯出版社　一九九六年
陳子善著『説不尽的張愛玲』上海三聯書店　二〇〇四年
陳子善著『記憶張愛玲』山東画報出版社　二〇〇六年
陳子善著『研読張愛玲長短録』九歌出版社有限公司　二〇一〇年

再読『張愛玲』編者　劉紹銘　梁秉鈞　許子東　牛津大学出版社　Oxford University Press　2002
林幸謙著『張愛玲　文学　電影　舞台』Oxford University Press　2007
楊澤編　王徳威主編『閲読　張愛玲』国際研討会論文集　麦田出版　二〇〇五年
肖進編著『旧聞新知張愛玲』華東師範大学出版社　二〇〇九年
馮祖貽著『張愛玲　張佩綸　張志沂』河北教育出版社　二〇〇一年
劉紹銘著『到底是張愛玲』上海書店出版社　二〇〇七年
李欧梵著『蒼涼与世故：張愛玲的啓示』Oxford University Press　2006
（美）李欧梵著　毛尖訳『上海摩登　一種都市文化在中国一九三〇―一九四五』北京大学出版社　二〇〇一年
李欧梵著『現代性的追求』李欧梵文化評論精選集　麦田出版　一九九六年
李欧梵著『睇色、戒』Oxford University Press　2008
高全之『張愛玲学：批評・考証・鉤沈』一方出版　二〇〇三年
金宏達主編『回望張愛玲　鏡像繽紛』文化芸術出版社　二〇〇三年
金宏達主編『回望張愛玲　華麗影沈』文化芸術出版社　二〇〇三年
于青著『張愛玲傳』花城出版社　二〇〇八年
孫文清著『広告張愛玲』中国伝媒大学出版社　二〇〇九年
余斌著『張愛玲伝』広西師範大学出版社　二〇〇一年
蘇偉貞著『孤島　張愛玲』三民書局　台北市　二〇〇二年
王一心著『張愛玲与胡蘭成』遠景出版社　台北市　二〇〇四年
胡蘭成著『乱世文談』天地図書有限公司　香港　二〇〇七年
胡蘭成著『乱世文談』INK印刻文学生活雑誌出版有限公司　二〇〇九年
張桂華著『胡蘭成傳』自由文化出版社　台北市　二〇〇七年

楊海成著『胡蘭成的　今生今世』団結出版社　北京　二〇〇四年

三―二　モダニズム文学と審美観をめぐる思潮

はじめに

現在、中国近現代文学研究の主流となっているモダニズムの作家、張愛玲、老舎、沈従文、銭鍾書、等は、九十年代後学論争の中で、北米における近現代文学研究が紹介され、とりわけ重鎮である夏志清の著作『中国現代文学史』（一九六一年）が、中国二十世紀文学の経典作家への視点を一新させたことがある。二〇〇〇年に夏志清と、劉再復の文学史、価値趣向についての論争があり、夏志清は、張愛玲文学への評価を一層明確に呈示した。三十年代から四十年代への、とりわけ「海派」作家の潮流、モダニズム文学の歴史的意義について再考したい。

その著作に於いて、張愛玲の代表作の一つ『金鎖記』が、魯迅の『狂人日記』と並ぶ高い評価を得て、その後大陸においても再評価の方向性が定まった。それは、夏志清の「現代性（モダニティ）」認識に見られる東西二元対立の限界を超えて、審美や意象、技巧など近現代文学作品に対する正当な芸術的評価を議論する中で、学術交流、及び研究の深化に寄与し、同時に西側では六十年代から文学研究の主流である新批評が受容され今日に至っている。筆者は「モダニズム」に着目する欧米の茅盾研究に早くから着目し、その成果を紹介して来た。

李欧梵の歴史主義、王徳威の審美や抒情伝統などへの認識も、重要であるが、『中国現代文学史』は、戴錦華における女性文学批評史と相俟って、今日の張愛玲研究の興生の背景を形成している。ここで紹介する劉康の批評論文は、ポスト冷戦時期の歴史意識から文化批評への転換をテーマに、同時代中国におけるマルクス主義内部での内省にも触れ、西側学術界の「モダニティ」への批判を企図する思想的論文であるが、茲に解説とともに、紹介したい。

キーワード：「現代性」と「審美」の提示　「歴史的意識」と「道徳的判断」の超越　芸術至上の形式主義　「近代」と「伝統」の衝突　審美意識が輻輳する言語構造

一　張愛玲文学の歴史的意義

前章で、張愛玲文学における審美観と現代性の一端について、近年の批評理論や、文化批評を併せて見たが、北米の華人研究者、李欧梵、王徳威の「審美モダニティ」の探索は、旧来の「思想」研究に対する視野を拡張し、文学史認識を改変する作用から極めて重要である。また近年の日本における張愛玲研究では、『大団円』『五四遺事』『同学少年都不賤』等、自伝的小説を含む後期の作品が注目されるに至り、張愛玲に於ける歴史観や五四新文化運動の意義が新・旧女性形象を通して、伝統の桎梏のみならず、近代文明批判としても一層の深化を遂げている。北米の学術研究と文化批評にも、張愛玲が華を添え、改革開放時期の思想・哲学動向に示唆を与えた背景について、西方との交流を介して考察したい。

〝五四〟模式とは距離を置いた張愛玲の審美態度は、過度に理想化された冰心や、丁玲の審美価値志向とは一線を画している。その意味で「張愛玲の創作は、〝五四〟文学のエピローグ、終章でもあった。」のである。しかし彼女の成長過程は、「依然として〝五四〟文化精神が漲る放射圏内」にあり、その構想と歴程は〝五四〟新文学の継承と推進を顕示しており、更に〝世俗への回帰〟を以て〝五四女性神話〟を脱構築している。〝ノラの寓話〟に関してもノラに従って家を後にした女性達が〝もの寂しい手振り〟を演じる悲劇を注視し、彼女の芸術的感性と、ディテールを描く嗜好と、刻薄な言辞は、幼少期からの経験と相俟って女性の人生、生命に奥深く潜入する事で、女性の真実を啓示し、世俗人生の土壌と温情の中に解脱を求める世俗的情緒に包まれている。しかし国家、歴史、文明、民族、等々への昇華が、背後に隠匿された形で、彼女の創作に於ける空間的な広がりは独自の世界観を呈示してもいる。[1]

王徳威の審美モダニティ、抒情伝統という視角からの張愛玲研究は、胡蘭成を介して日本浪漫派にも連なり、欧亜モダニティの拮抗からその超克へ向かう一つの歴史意識、思想潮流、即ち一九四〇年代の日中文学を貫く〝近代の超克〟へと収斂させ得る可能性を内に孕んでいる。[2]張愛玲文学に衝撃を受け、一九八〇年代の先蹤となった戴錦華のジェンダー、女性文学史研究は、心理分析のディテールを通して、張愛玲と同じく国家、歴史、民族へと往還する循環的構造を有し戴錦華の著作では、批評理論の精華が、近現代文学史叙述を刷新し、蘇生させている。それは〝五四〟エリート知識人による倫理的道徳的判断に委ねられていた新文学史が、〝重写〟の転換点に遭遇した九十年代、大陸に於ける近現代文学研究の〝審美〟への開眼に始まり、それは夏志清の文学史著作に端を発し、後には〝審美観をめぐる思潮〟は、ポストモダン論争の一つの争点となった。その経緯と、学術思想界の「知の転換」の諸相については、〝審美モダニティ〟をめぐるイデオロギー性を浮彫にする劉康の二つの批評論文に即して、議論を進めたい。

二　中国現代文学研究の欧米における転換(3)

欧米（主にアメリカ）では数十年の紆余曲折を経て中国現代文学研究は徐々に歴史学、社会学さらには政治学の端女としての地位から脱却し、緩慢ながら古典文学研究の「漢学正宗」の陰影からも遠ざかり、学術の殿堂に歩を進めた。アメリカの著名大学の中国文学系、東アジア研究系、比較文学系では、殆どが中国現代文学研究者を招聘し、学術論著を世に送り、現代文学をテーマとした博士論文は、近年伝統的漢学の古典文学の題目を大きく上回るようになった。八十年代末、中国大陸から来て、主に比較文学を専攻する青年学者たちは、アメリカの学術界で頭角を現しはじめ、欧米の中国現代文学研究とその他の漢学の領域に衝撃と影響をもたらした。

アメリカを主導とする欧米の漢学界は、欧米のポストモダン文化理論と論争の挑戦を受け、欧米の学術界にあっては長い間「周縁的な学科」である漢学界はどのようにヨーロッパ中心論の批判と多元文化の呼びかけに呼応すべきか議論し、欧米の漢学の学術伝統と形式における変化の希求という要請にも応えた。漢学研究は欧米の「地域研究」(area studies)の一支流であり、もとより歴史学、社会学、政治学の支配するところで、文学研究の領域は、古典文学が壟断していた。

また中国の近年の発展に伴い、中国当代文学の十年来の変化が、海外の漢学者に与えた衝撃は大きく、八十年代中国の五十〜六十年代美学論争を継続しての美学熱、「主体性」論争、「方法論」熱等々、が文学研究の「思惟空間」を切り拓き、（劉再復の言葉）一群の創見あり、洞察力に富む批評家を生み出した。欧米の漢学者たちはイデオロギーの先入観と学術のわだかまりから、「人道主義」「人性」「主体論」の高揚、および官式マルクス主義の批判を特徴とする八十年代の中国現代文学研究に対処出来ていない。

ポストモダンの文化論争の鋒先が向かう先は、学術研究自身をも含む「ディスクール」モデル（discourse）の政治とイデオロギーの内包に照準が定められている。歴史的自省と反思と社会的関与が相互補完的に形成される、八十年代の中国大陸の文学研究は、まさにこのような学術的自覚を旗幟とし、西欧のポストモダン文化論争と、奇しくも相通じ相照らす形となった。

筆者は欧米と中国大陸現代文学研究の幾つかの学術傾向、ディスクールおよび歴史的背景の要所に分析を加え、この学科、現代中国文学が西欧の転換期に遭遇した問題と応対について発言した。筆者はアメリカの『近代中国』（*Modern China*）雑誌に一九九三年第一期に英語論文を発表している。同期の雑誌上には、他にプリンストン大学のペリー・リンク（Perry Link）教授、加えてブリティッシュ・コロンビア大学のミハエル・デューク教授、カリフォルニア大学ピッツバーグ分校の張隆渓教授の論文も掲載され、拙文の提起した論点と問題点、および関連する問題に各自異なる批評と論述が示され、「現代中国文学研究のイデオロギーと理論：中国学の典範問題論壇」となっている。

（1）政治社会学式批評の苦境

西欧漢学界の中国現代文学に対する研究は、冷戦時期に中国の政治と社会を理解する必要から起こった。一方ではソ連・東欧国家の現代中国文学研究、チェコの学者プルーセク（Jaroslav Puruseku）に代表される「チェコ学派」は、比較的文学自身の規律を重視していたとは言え、文学作品を文学史の主な判断基準を、相変わらず政治とイデオロギーに委ねていた。一九六一年、アメリカの中国系学者夏志清とプルーセクとの間に激烈な論争が展開された。西欧漢学界は中国現代文学の政治意識性を非難し続けてきた。現代文学の政治社会性をもってその芸術的価値を否定する背後には、政治／審美二元対立のロジックの含意がある。香港から来た学者周蕾はその中に「東洋（中国を含む）が単なる現実の政治であってこそ、西欧のみが審美と想像（イメージ）を獲得する」という抜き差し難い偏見を見るのである。

サイード（Edward W.Said）の西欧アラブ学に対する「オリエンタリズム」偏見の批評が漢学の領域に敷衍される時期には、漢学界の「オリエンタリズム偏見」はもとより存在しないとされ、西欧の学者は不断に中国近現代文学の政治的意義が大いにその審美的価値にあると強調しながら、もう一方では彼らは、専らイデオロギーと政治の先端的な方法による近現代文学研究を堅持してきた。

（2）「新批評」文学史観の二律背反

西欧漢学界において、社会学、政治学が文学研究の領域でも支配的な地位を占める現象については、深い考察が成されてきた。一九六一年、夏志清教授は英文著作『中国現代文学史』の出版により、政治学、社会学の壟断を打破し、はじめて文学の内部的規律、文学作品に対する内在的規律の角度から西欧学術界における中国近現代文学の合法的地位を確定した。

西欧の少なからぬ学者が夏志清の著作が反共イデオロギーに偏り、政治的立場から作品の優劣を判断していることを批判したにも関わらず、夏の著作は実際には芸術的な基準を第一とし、その批評観点、興趣、規範（模式）は、基本的に英米の新批評派とリーヴィスの文学史観を脱胎している。概ね、夏の著作は芸術至上の形式主義批評を標榜し、同時にまた文学作品の道徳倫理性を十分に重視している。こういった芸術至上と、近代化のモダニズム的観点への異議申し立てが、基本的に夏志清の『中国現代小説史』を貫くライトモチーフになっている。

しかしモダニズムの審美趣味と芸術観から中国新文学史を見るなら、木を見て森を見ずとならざるを得ないだろう、また一連の事実と論理の上での、二律背反を惹起せざるを得ないだろう。先ず、夏の著作は、作品のシンボリズム的な想像力と吸引力を以て芸術の基準とし、何人かの左翼作家文学の主流から遊離した「経典作家」を大いに推奨したが、彼らに共通する特徴は文学言語の象徴性と詩的イメージの豊かさ、風刺の引力と有機的言語構造である。張愛玲は絶賛された、なぜなら彼女は「文学意象の豊かさにおいて、他のいかなる中国現代作家をも、遙かに凌駕している。」からである。沈従文は英国ロマン派詩人のキーツとコールリッジの推奨する「否定的想像力」を具有し、文学で田園牧歌、異郷情緒の境地を儘にする、「中国近現代文学最大の印象主義者」とされた。銭鐘書は彼の「優雅な文学の中にも、微に入り細をうがち、丹念な描写と稠密なレリーフが全編に施されている。」ために「偉大な象徴主義者」として世界一流の作家の一人となった。これと対照的に、多くの左翼作家の作品が夏の著作では批判に晒され、芸術的な象徴性とイメージに欠けるとされた。しかしながら、主流であるリアリズムの形式と中国の文学伝統、社会現実、イデオロギーの間には極めて複雑で多種多彩な論争・衝突・矛盾がある。しかし夏の著作の新批評の観点と、欧米モダニズムの審美趣味は左翼文学思潮とリアリズム言語形式の分析に立ち入ることを妨げている。

次に、夏著の中国近現代文学の「モダニティ（現代性）」問題に対する見方は文化史・思想史に対する誤読である。夏志清の有名な論点は、中国現代作家の「時に感じ国を憂える」精神が、彼らをして道徳や芸術を超越した真の「モダニティ（現代性）」に到達することを妨げているというものである。彼は専ら現代主義批評家トリリング（Lionel Trilling）の「現代性」「現代主義」定義を引用している。「現代（西欧）文学の特色は文明自身に対して抱く沈痛と敵意の態度である。」夏は即刻指摘している。「近現代の中国文学はすでに民主政治制度と科学への憧憬を内に孕んでいる、故にトリリングの解釈する現代西欧文学とは似通ったところが無い。」夏志清の「現代性」に関する見方は、顕著に西欧モダニズム文化思潮を以て、近代化と工業化に反対する傾向を出発点としている。問題の所在は中国現代文学が西欧現代主義文学とは異なる「モダニティ（現代性）」を有しているということで、それは正に中国現代文化と思想史が西欧とは異なる「モダニティ（現代性）」を持つというのと同じである。いわゆる「近代と伝統の衝突」というディスクールの典範を以て、中国の近現代文化問題を解釈するもので、中国の問題について歴史的包括的に理解することを困難にしている。夏志清が、中国近現代作家が中国民族の存亡に心を奪われ、宗教的原罪と贖罪意識が欠如していると非難するに至っては、中国ばかりでなく、西欧文化の複雑な歴史的発展とも合致しない一面的な見方であろう。

もし私たちが夏志清の学術観点が西欧漢学界で徐々に形成され影響力を持った歴史的プロセスとその背景を振り返るならば、その「典範性」（カノン）を理解する助けになり得るかも知れない。夏の著作は六十年代初期に世に出たが、まさに欧米モダニズム文芸が次々とアカデミー、博物館の奥まで浸透し、文壇の新勢力として君臨するようになった時期である。モダニズム作品は経典となり、西欧商品市場の有力商品となり、新批評派はモダニズム文芸推奨の先導として、遂には学術界を席巻することになる。新批評派の文芸観は冷戦イデオロギーと対立するものではなく、相互に呼応するものであり、夏の著作はかなり巧妙に新批評派のモダニズム審美主義と反共イデオロギー観念を結合させ、西欧における中国近現代文学研究に合法性を付与するものであった。夏の著作は社会学、政治学が根本的に文学「テクスト」を蔑ろにしてきた因習を打破し、「テクスト」細読の気風を拓いた。しかし夏志清の「テクスト分析」は却って「テクスト」の背後にある複雑に錯綜した歴史的社会的コンテクストを見落とすことになった。このような歴史的限界は、七十年代、八十年代に、明らかに露呈するに至る。

(3) 歴史主義から文化批評への転換

中国近現代文学研究の歴史主義的方法は、西欧においてはプルーセクを代表とする。プルーセクは左翼文学主流とリアリズム文学の変遷に重きを置き、西欧漢学界で非常に大きな影響力を持っていた。

プルーセク、フェアバンク（John K Fairbank）、シュウォルツ（Benjamin I.Schwartz）ら歴史主義観点の影響と啓発を受けて、アメリカの中国系学者、李欧梵は中国近現代文学史上における一群のロマン主義作家についてマクロ的な歴史研究を試み、一九七三年にハーバード大学出版社から専著『中国近現代作家のロマン派世代』（*The Romantic Generation of Modern Chinese Writers*）を世に出した。李欧梵の著作は、五四新文学のロマン主義流派が表現した「時代精神」即ちロマン主義思潮を捉えた力作で、郭沫若、郁達夫ら中国の有名作家の作品、伝記、歴史的事件などに緻密な分析を加えている。彼の専著は歴史のマクロ的発展の角度から文学現象に対して概括を加え、文学とその時代の様相、精神発展との密接不可分な関係を強調している。李欧梵の研究方法は実証主義の社会学、政治学的観点、芸術至上の新批評とは一線を画するもので、西欧漢学界における歴史主義の典範を代表するものである。

七十年代後期、西欧における中国近現代文学研究の論著は質量ともに著しく向上した。とくに八十年代に至り、益々多くの学者たちが比較、文化批評的角度からの文学研究を重視するようになった。構造主義・ポスト構造主義・精神分析学・西欧新マルクス主義などが西欧学術界で広範な影響を持つようになり、中国近現代文学研究の中にも反映されるようになった。歴史主義の研究視角は日増しに重視され、同時にポスト構造主義・ディコンストラクションの「テクスト分析」に直面することとなった。李欧梵の歴史主義的解読法は、明らかに文学に内在する分析あるいは「テクスト分析」において不十分であった。それ以上に問題なのは、彼が依拠していた歴史主義の基本分析フレーム、および「時代精神」の歴史主義の系統だったディスクールモデルに関しては、歴史の推敲さらには「脱構築」を経る必要もあった。五四「ロマン主義世代」という言い回しは、果たして「近代と伝統の相克」「西洋の影響／中国の対応」という基本フレームの域を出るものであったろうか。

ヨーロッパ中心論と多元文化論推進の声が日ごと高揚する状況の中、西欧の漢学界には新しい勢力が出現する。再び、中国近現代文学の左翼主流とリアリズムが再現した形式や言語について、歴史的コンテクストと社会テクストとしての包括的分析と批評を行おうとするものである。一九九〇年、アメリカのカリフォルニア大学出版社が青年漢学者で比較文学研究者のアンダーソン（Marston Anderson）の著作『リアリズムの限界——中国革命時代の小説』（The Limits of Realism:Fiction in the Revolutionary Period）を出版した。アンダーソンは「文化批判」の角度から中国近現代文学の理論、批評、創作、を分析し、中国新文学のリアリズム形式の礎石を据えた魯迅、葉紹鈞、茅盾、張天翼等の作品を細読している。アンダーソンの著作の主な特徴はリアリズムの言語と形式が、中国の定められた歴史社会環境において辿った変遷を、中国現代文化転形期のフレームに位置づけてマクロな考察を行うものである。彼は現代中国に関わる様々なディスクールのフレームを突破して、つとめてリアリズムの再現形式が内包する西欧から中国に伝播した豊富な政治、イデオロギー、文化の含蓄によって近現代中国文学の左翼主流が孕む動態について探求した。アンダーソンの立場、分析、観点は李沢厚が中国現代文化の「啓蒙と救亡」に関わる論点に接近しており、銭理群、黄子平、陳平原らの世界文学の大枠に二十世紀中国文学を位置づける構想とも相通ずる。

台湾からやって来た王徳威、香港から来た周蕾ら青年学者、李欧梵、胡志徳（Theodore Huters）ら有名な漢学者は、最近リアリズム形式と中国の現実、伝統文化、女性言説のリプリゼンテーション、通俗文化などから、また魯迅ら経典作家の複雑な民族、道徳、イデオロギー、審美意識が輻輳する言説構造、など様々な角度から近現代文学を再読している。中国大陸から来た比較文学を研究する青年学者グループ、唐小兵、劉禾、張英進、呂彤鄰、陳小眉および筆者は、最近 中国近現代文学を重視し、中国文学批評と文化思想界、西欧漢学界と西欧当代文化理論界、学術界との間に様々なレベル、角度からの対話、交流、相互の疎通を図ってきた。この疎通の目的は中国近現代文学の学術研究を世界的な文化、社会の変遷という現実世界に引き入れ、モダニズムとポストモダニズムの大論戦に引き入れ、そのことによって改めてわれわれの立場を明らかにし、新しい文化境域（re-territorization）を拓こうとするものである。

(4) 林、杜、張教授との対話と幾つかの思案

筆者は『近代中国』に発表した論文で林培瑞、杜邁可、という二人の漢学者と筆者と同じく中国大陸から来た張隆渓教授の批判を受け、相互対話への契機を得られた。三名の学者は多くの問題について述べられ、筆者と同調者はしばしば困惑し、時に思索を深めた。本稿では三名の学者の批判に共通する関心と幾つかの問題について意見を述べ、検討するに留めたい。

大陸の学者王暁明、陳思和は中国共産党の官製近現代文学史に対して「文学史の再考」の問題を突きつけたが、筆者は西欧漢学者もまた、同様に文学史と文学批評について反省すべきであると考える。アンダーソンの著作はその格好の端緒となろう。李欧梵は「革命文学」の目下中国近現代文学における空白は、ある種の「奇特な記憶喪失」「歴史の忘却」を表現していると指摘している。筆者はこのような「忘却」空白および全面否定は、一種の「政治的無意識」の反映、実質的には依然として政治的基準が文学作品を判定する問題と考える。これは、奇しくも筆者が人々に反思と思索を促そうとしている提言と符合する。

三　批評理論と中国当代文化思潮(4)

アメリカの『近代中国』(Modern China) 一九九三年第一期に端を発した中国近現代文学研究、イデオロギーと批評理論に関する論争は、その後『二十一世紀』『今天』等中文雑誌紙上で引き続き展開された。筆者は『今天』で発表した文章、すなわち論争上の重要問題―中国現代マルクス主義文化伝統の評価問題―を継続論争すべきテーマおよび批判に対する回答としている。私の前提は理論と学術研究に対して、歴史的反思と省察を加えること、この点において私と張隆渓先生の間になんら相違はない。『二十一世紀』に発表された張文は「もし批評理論が文学と文化に対して批判的思考の作用を持つと言うなら、真に理論性を備えた立場を取るべきで、先ずは理論そのものを批判的に検討し、自己の採用した理論的立場に自覚的意識を持つべきである。」張隆渓先生と筆者を含む多くの人々はみな、このような文化的批判と理論的批判を実践し、一定の成果をあげている。筆者は『二十一世紀』の先の一編の文章において、中国文学研究の「歴史主義から文化批評への転換」について述べた。今見ると、変化は一層深化し多元化し、人々を鼓舞するような新局面を呈している。歴史的発展や巡り合わせ、といった要因以外にも目の当たりにする学術局面の成果における、「批評理論」の功績を埋没させてはいけない。

批評理論 (critical theory) は八十年代から今日に至る西欧文化界・学術界で流行した様々な文学、言語学、心理学、歴史と哲学理論などを指して言う。近年、理論の焦点はいわゆるポストモダン文化現象であり、それは発端から西欧の文化的伝統に対する批判にはじまり、世界文化の差異、流動的情勢、対話と転形の問題の思索に転じていった。八十年代末から九十年代初めに至ってポストモダン文化論争の視角と範囲は日増しに拡張し、「テクスト」「ディスクール」の解読、解釈、からさらに性別、種族、経済、権力、政治とイデオロギー批判の介入にまで、深く潜入していった。要約するならば、目下西欧の批評理論は鮮明な政治とイデオロギー批判の色彩を具えている。それは世界の新しい構造の下で、社会と文化の転形という現実に直面した、西欧人文学術界の作り出した選択と反響を現している。批評理論の政治とイデオロギー批判性に対する異なる立場は、筆者と張隆渓先生の基本的な相違に相当する。私たちはすでに批評理論と中国近現代文学研究の関係について討論してきた。討論の中では、西欧マルクス主義、中国マルクス主義文化伝統および中国の八十年代文学創作、批評と理論潮流の関係問題にも言及された。筆者は張先生の批判と再批判に対して、さらに一歩進んで私の上述の問題に対する見解を披瀝するつもりである。

（1）批評理論とマルクス主義の関係

西欧当代批評理論の主な哲学と思想の来源の一つは、二十世紀に華々しく発展した西欧マルクス主義である。マルクス主義は、十九世紀の経典マルクス主義、統治階級イデオロギーとしての官製レーニン主義、スターリン主義を問わず、一貫して政治とイデオロギーの問題に関心を注いできた。今世紀、西欧資本主義社会で変遷発展を遂げた西欧マルクスはもっとも政治とイデオロギー問題、とくに文化領域内の政治的衝突と矛盾について強調してきた。ルカーチ（Georg Lukacs）、グラムシ（Antonio Gramsci）、フランクフルト学派およびハーバーマス（Jurgen Habermas）、英国の「文化唯物主義」（cultural materialism）ジェイムソン（Fredric Jameson）らは、主な精力を文化、思想、心理およびイデオロギーの領域に置き、現代（近代）資本主義文明が作り出した人類主体、存在、自然と文化、意識と潜在意識の様々な危機について批判と省察を加えた。西欧マルクス主義が西欧文化界で広範な影響力を持つ思潮となり得、学術界の「顕学」の一つとなり得たわけは、六十年代末から七十年代初め、欧米の政治、文化騒乱と直接的な連携を持ったことにある。七十年代はじめフランスの社会と人文学術界には批評理論が勃興した。——構造主義、ポスト構造主義、女権主義、脱構築主義、受容美学……基本的には六十年代末の政治動乱後の文化知識界の余波と堆積である。この点は批評理論の政治とイデオロギー批判の切っ先に見出せるばかりでなく、フーコー（Michel Foucalt）、デリダ（Jacques Derrida）、クリステヴァ（Julia Kristeva）、バルト（Roland Barthes）、リオタール（Jean F.Lyotard）、およびジェイムソンらの人の学術生涯と思想の変遷の中にも一目瞭然である。西欧マルクス主義は「文化批判」（kulturkritik）を強調し「文化覇権」（cultural hegemony）と大衆文化の商品性「文化産業」に反対し、「否定的弁証法」を主張した。これらは一九六八年の「五月革命」の思想的武器となったばかりでなく、当代批評理論とポストモダン文化論争の主要な来源となった。六十年代から七十年代中国のあの「史上空前の無産階級文化大革命」が、社会史、思想史上、西欧マルクス主義と当代批評に対して与えた影響と意義は、看過することはできない。毛沢東の中国式マルクス主義の「文化決定論」「イデオロギー決定論」は、マルクーゼ（Herbert Marcuse）、アルチュセール（Louis Althusser）など西欧マルクス主義者に少なからぬ影響を与えた。マルクス主義は中国現代文化の重要な伝統であり、中国の「現代性」（modernity）問題を、根本から揺さぶるような影響を持ち、八十年代の文化省察においてこの問題についてすでに大胆かつ深刻な研究と討議があり、この討議の中でもっとも重要なものは、マルクス主義内部の「異端」から来た、李沢厚、金観濤らの理論批判と探索であった。しかし、当時の学術討論は主に五四文化伝統の「啓蒙」と「救亡」に、および中国古代の儒家文化伝統に対する批判の問題に集中していた。

総じて言うなら、批評理論とマルクス主義の各種思潮（西欧マルクス主義と毛主義を含む）との関係を研究することは重要な課題であり、世界文化の転換、差異、対話の視界において、より一層詳細に討議する必要がある。思想の自由と学術の多元の雰囲気の中で、私の立場もその一席を占める。わたしは自由主義の立場と、思想の自由、学術多元の雰囲気とは決して一つの事柄ではないと思う。当代批評理論の中で大きな影響を持ったバフチンの「語言雑多」(heteroglossia) 理論は一つの啓発となると思われるが、バフチン (Mikhail Bakhtin) は、語言雑多とは文化転換の時期には単一の音声中心とイデオロギー覇権が解体し、各種言語と価値体系が相互に衝突し、ぶつかりあい、対話し、交流する歴史的現象であると主張する。

(2) 批評理論と中国八十年代文化思潮

わたし (劉康) は『今天』の文章の中で、八十年代に誕生した中国新マルクス主義の問題を提起している。わたしが指摘したのは七十年代末に始まった疎外と「人道主義的マルクス主義」の討論、金観濤のマルクス主義史学に対する科学主義的修正、李沢厚の美学、哲学から中国思想史の領域におよぶ理論的開拓、劉再復の「文学主体性」観点、厳家其の文化大革命に対する批判などである。彼らは均しく、中国の文化実践とマルクス主義体系内部から出発して、中国と世界の問題を再考している。甘陽らは『文化：中国と世界』と「現代西欧学術文庫」で翻訳紹介した西欧現代人文思想の名著は、若手研究者に集中し、彼らは西欧マルクス主義と当代批評理論に非常な興味を示し、「モダン」と「ポストモダン」問題の論争に介入していった。湯一介、龐樸らの「中国文化書院」には、マルクス主義哲学に造詣が深く、長期にわたり中国思想史、哲学史を修めた学者が集った。八十年代の中国には未だフランクフルト学派のような組織、系統だった学派は無かったけれども各観点の理論傾向と重点、学術レベルと範疇は異なっていても、すでに中国官製マルクス主義、経典マルクス主義、西欧マルクス主義とも異なる重要な思潮を形成していた。

中国新マルクス主義思潮の中で最も影響力が強かったのは、李沢厚の美学—史学思想である。李沢厚はカント主体哲学とマルクス一八四四年『経済学—哲学手稿』を起点として、先ず美学主体観を詳述した (李の主体論は劉再復の

「文学主体論」に直接影響を及ぼした）。引き続いて李沢厚は美学から思想史に転じ、八十年代初めの「美学熱」は、八十年代中期の歴史的省察を中核とする「文化熱」の高潮を引き起こした。文化熱はこの時期、中国の文芸創作と批評に空前の活況をもたらした。文化熱は審美意識において際立っており、美学が史学を引導し、文化を以て政治を論じ、「美学—史学」の言説形式を形成し、李沢厚はその気風を拓いたと言える。李沢厚らの文芸、美学、意識、心理の領域での探索は、西欧マルクス主義文化思想の軌跡と驚くほどの相似性を見せるが、中国の新マルクス主義はまた独自の特徴を持つ。李沢厚らのマルクス主義主体美学は批判と建設の二面的意義を持ち、それは毛沢東の文化政策を批判するばかりでなく、西欧マルクス主義の弁証法を批判するもので、歴史的唯物主義から出発して主体と中国文化を再建することを主張していた。八十年代文化省察の主導な思潮として、李沢厚らの思想は鮮明な啓蒙的色彩を持ち、五四以来の新文化運動の啓蒙と反封建を強調していた。もう一面で、彼らは努めて中国の文化伝統の中に、ある種の理性構造を探し求め、それによって伝統の「創造的転換」を実現しようとした。中国新マルクス主義者たちは西欧思潮の「工程表」に追従しようとはしなかった。反主体、反全体論の喧騒の中でも歴史の統一観、批判と建設を平行して進める弁証法を堅持し続けた。マルクス主義を官製イデオロギーとした社会主義国家内部の理論的異端として、中国新マルクス主義が提唱した問題と思考の角度、立場は、西欧マルクス主義、当代批評理論とは異なり、独特の変えがたい意義を持つ。

八十年代の中国文化界が、直面したのは文革後の社会イデオロギーの危機と近代化建設の転換時期であった。この時期、文化思想界の特徴は「語言雑多」である。異なる価値体系と観念、「新儒家」から「ポストモダニズム」まで、サルトル（Jean-Paul Sartre）からデリダまで、各種学派、観点、言語をめぐる「伝統」「モダン」「ポストモダン」の話題が、諸説入り乱れていた。中国新マルクス主義者たちは マルクス主義伝統内部から自省するかたちで理論批判と省察を試み、その対象と歴史的コンテクストは西欧とは異なるにせよ、西欧批評理論とポストモダン文化論争とは熟考に値する相似性を見せる。両者は少なくとも理論的自覚と政治的干与の二点において顕著に見て取れる相互呼応と照応を見せる。しかし文化省察の中で、美学を以て史学を引導し、文化を以て政治を論ずる方法は、ついには政治的原因によって一九八九年以降官制からの批判により、大陸の思想舞台から追放されるのである。

(3)　九十年代文化思潮の新しい景観

九十年代に入ってからの中国文化界は「ポストモダニズム」、西欧が導入した思想と文芸思潮が次第にホットな話題になっていった。しかしこれは学術文化界が「商品熱」の大きな衝撃を受けて、日増しに周縁化され物寂しく零落した雰囲気の中での「沸騰」である。往年の「文化熱」の「啓蒙」「理性」のディスクールが大きな反響を呼んだ雰囲気とは同列に語れない。しかし遅れてやってきた「ポストモダニズム」は畢竟中国文化界が創造した、ある新しい景観であった。たとえそれに熱中する学者たち（北京の中青年学者を主とする）が実際には「ポストモダン」の西欧テクスト、コンテクストをあまり意に介さなかったとしても。新しい「ポストモダン文化思潮」は一面で「ポストモダン」から遊離し、脱構築、「模倣（パスティーシュ）」(pastiche) と「先鋒派文芸」（主に蘇童、余華、等の「実験小説」新潮美術、実験映画等の「エリート文化」を指す）文化のシフトと無秩序の時代をさらに一歩「権威イデオロギーから遠く引き離した」ことを認め、もう一方ではリオタールの「現代性」神話と「啓蒙言説」の批判の助けを借りて、八十年代の新マルクス主義文化思潮を「救済意識」と「啓蒙言説」とし、これによって八十年代と九十年代とに一線を画した。

八十年代と比べ、当代西欧批評理論は中国文化界で直接的な影響を及ぼすようになったようで、「文化熱」が突然途切れたあとの空白をある程度は埋めあわせることになった。もう一方で市場経済がもたらした大衆文化の波に直面して、西欧批評理論、特にフランクフルト学派の「文化産業」と大衆文化に対する論難は、中国文化学術界にすこぶる有効な批判的武器を与えた。国が大衆文化に対する西欧マルクス主義的批判をいまだ奨励しない時、官製の色彩が強い学者たちと刊行物（『文芸理論と批評』『当代思潮』等）は一貫して西欧マルクス主義に対して敵意ある冷淡な態度で臨んだ。批評理論とポストモダン文化論争は九十年代中国に新しい傾向を促進した、この傾向自身は不確定で、曖昧、多義的な特徴を持ち、意匠をこらした「ポストモダン」的色彩を帯びていた。大衆文化が（香港台湾の流行歌、MTV、西欧映画、広告、ファッション、通俗文学など）日増しに当代中国文化の主導になる状況下で、「エリート文化」と「大衆文化」の二元対立が、次第に理論言説の主要な話題となっていった。

西欧の文化潮流、とりわけ批評理論は中国の当代文化思潮との間に複雑で密接な連繋を生じ、マルクス主義や政治イデオロギーの問題では特に突出していた。

四　当代文学史におけるモダニズム文学と審美思潮への傾倒

劉康の批評論文は、欧米近現代文学研究の動向を視野に収め、八十年代の文化熱や、李沢厚の文芸、美学、心理の探索など、新マルクス主義内部の動態を刻銘に伝えているが、大陸文学史の中での過渡的な推移を見ると、一九三〇～一九四〇年代から空白であったモダン派、モダニズム文学の崛起と美学論争が相互に織り成す新思潮により、文学が政治の桎梏から独立するまでの道程を辿ることが出来る。

蘇州大学、王暁氏によれば、文学史上、八十年代の小説革命前後を境界として、「政治と文学」から小説形式の変革へと関心が移行している。八〇年に「受戒」を発表した汪曾棋は、審美傾向への先蹤となり、七十年代末から八十年代初めに『春之声』『布礼』『雑食』『胡蝶』を創作した王蒙の小説形式はすでに「先鋒性」を具えており、小説の形式と技巧について、変革が避けられないというメッセージを伝えている。また「三つの崛起」は、新しい「美学原則」の誕生を宣言しており、謝冕の『新的崛起』は、批評論文としても人格的な修辞的風格を具えている。徐敬亜は、朦朧詩のテクスト分析や、詩歌のモダン傾向を分析し、一九八〇年代次第に形成された「純文学」傾向は、新しい美学原則を打ち立てる。同時に「現代派」論争が、形式的変革の重要性と、その相対的独立性、及び小説家の創新への欲望と焦慮を訴える形で、「現代派」「現代主義」に対する知識の累積を背景に、中国の「現代小説」発展について議論を進めて来た。西方現代派の言う技巧を参照しつつ、如何に書くかという問題を文学史の俎上に載せたのである。[5]

北京大学の董学文は〝審美〟が文学理論の核心問題となり、その経緯は、西方では〝モダニティ（現代性）―審美モダニティ（審美現代性）―ポストモダニティ（後現代性）〟という変遷を辿ったのに対して、中国の新時期では、〝ポストモダニティ（後現代性）―モダニティ（現代性）―審美モダニティ（審美現代性）〟という経緯を辿ったとする。即ち欧米では十九世紀後半に於いて、充分に審美化された文学概念が流行しポストモダニティを招来したが、中国に於いては伝統的概念の修辞の復権も含め、ポストモダン論争に端を発したモダニティ（現代性）の議論は、五四以来の主流言説であった啓蒙モダニティからの離反、質疑、反思という姿態で審美モダニティの希求へと昇華し、それは文学芸術の自律性の追求と、明らかに共生するものであった。[6]

註

（1）董炳月「男権与丁玲早期小説創作」（『中国現代文学叢刊』一九九三年第四期）。

（2）王徳威『抒情伝統与中国現代性』（北京大学に於ける講義録）では、〝有情〟的歴史：抒情伝統与中国文学現代性というテーマで、第四講に胡蘭成が挙げられる。審美モダニティを基調とする張愛玲研究と併せて注目される。

（3）劉康「中国現代文学研究在西方的転型」『二十一世紀』（香港中文大学中国文化研究所）一九九三年十月より内容を要約。

（4）劉康「批評理論与中国当代文化思潮」『二十一世紀』（香港中文大学中国文化研究所）一九九四年四月より内容を要約。

（5）拙訳　王暁著「中国当代文学の〝過渡的状態〟」『中国21』Vol.43. 二〇一五年八月。

（6）董学文等著『中国当代文学理論』（北京大学出版社、二〇〇八年）二七九頁。

第四章　「文化転換」と近代の超克

四−一　「文化転換」を超えて

――二十一世紀中国におけるフレドリック・ジェイムソン解読――

はじめに

フレドリック・ジェイムソンの「文化（論）的転換」は、二つの世紀を跨ぐ消費社会の美学とその抵抗の可能性を問うものであった。「市場と消費に主導される政治経済の出現――ジェイムソンの二律背反は、経済も広告形象もイリュージョンも、美に回帰するという〝美学の復興〟でもある。」と陳永国は述べている[1]。資本主義に対する最後の抵抗地域であるはずの「美学」「第三世界」「精神」へ商品形態が浸透することにより、ポストモダニズムは、資本主義システムの真の文化的な表現となる。抽象化する世界の物質的条件を問い、現実には「階級意識」と言い換えられたはずの「認知地図[2]」という新しい政治美学の観念から描く試みは、中国の批評言説の中でどのように解釈されてきたか、主に九十年代から現在までの学術研究と批評テキストから分析してみたい。

キーワード：文化論的転換　弁証法の詩学　九十年代文化思潮の新しい景観　モダニティの再叙事化
　理論の逃走線　政治的無意識

一　カルチュラル・ターン「文化（論）的転換」

もしポストモダニズムによって資本主義との構造的断絶が起こったと言うことが可能ならば、マルクス主義的批判は無効となるが、反対にもしポストモダニズムが体系的変化を表すことが示され、それが同時に資本の本質的性格を全て保持するならば、マルクス主義はその説明能力を保持する。ジェイムソンはポストモダニズムの概念をめぐって生じた相反するイデオロギー立場について示し、肯定的、否定的いずれの立場に立とうとも、それはある特定の歴史ヴィジョンの表明となると主張し、ポストモダニズムは空間と時間について根本的に新しい経験を導入すると言う主張から理論化を進めた(3)。

エルネスト・マンデルの『後期資本主義』を参照しつつ、ポストモダン文化を新時代の出現ではなく、資本主義の社会的・生産関係の強調、再構築を目指すものとした。ジェイムソンにとってポストモダンという用語は、特定の美学的あるいは個別のスタイルではなく、新しい形式的特徴の発生を、新しい型の社会生活や新しい経済の秩序の発生と結びつける役割を果たす時代区分概念である。

張旭東が言うように「自由市場の前に歴史が終焉を遂げた今日、ジェイムソンの理論はややもすれば時代に似つかわしくないと感じさせるものである。誰しもが政治を語らない時代に政治について語り、形式主義の思惟の時代に弁証法を語り、空間を考究する時代に歴史を強調し、このような意図的な不一致は、彼が終始、覚醒した批判者として存在することを知らしめるものである。(4)」張旭東によれば、ジェイムソンが絶大な影響力を持った八十年代とは異なり、九十年代の経済転換、社会階層化、知識界分化によって中国の「知識生産の領域」も全面的に刷新された。しかしそれ故にこそ、その「後期資本主義の文化ロジック」と二十一世紀におけるその展開について、新しい解読の試みが続いている。張旭東の言うように「全く誇張なく言って、一七年来彼の存在は、当代中国文学批評と文化理論の外郭形成に影響を与えたのみならず、内在する問題意識を一新し、更にはイマジネーションと理論への激情の佐証となった。その浸潤する影響力は常規の西欧アカデミー言説の企及するところではない。(5)」

九八年の『カルチュラル・ターン』においては、ジェイムソンは、ポストモダンは「パスティーシュ」が出現し、同時にパロディが不可能になった時代であるとし、「消費社会の美学」において「私たちが見てきたことは、ポストモダニズムが、消費者資本主義の論理を描写し、再生産し、補強することであった。より重要な問いは、ポストモダニズムにこのような論理に抵抗する方法があるか否かである。しかしそれは保留すべき問題である。(6)」と述べている。資本主義の第三段階については、「「イデオロギーの終焉」と「ポスト産業社会」という十分に成熟した概念へと転じた数々の有力な著作において、新しいメディア情報社会的現象は、（私たち不在のうちに）右翼によって植民地化されてしまった。(7)」しかしエルネスト・マンデルの著作『後期資本主義』が事態をすべて変えることになる。またエドワード・ソジャの『ポストモダン地理学――批判的社会理論における空間の位相』は、ポストモダンの裡に暗黙に存在している、新たな空間性の方向についての言説を屈折させている。

「ここでは古い時間性はもはや存在せず、単なる静止的均衡状態であるランダムな変化という見せかけの概観、つまりはその一方、かつて第三世界として特徴づけられていたものが、第一世界の隙間に入り込み、第一世界を脱近代化し脱工業化し、あたかもかつて植民地的他者性にメトロポリスの中心化されたアイデンティティを与えたかのようである。――時間性という観点から解決しようと試みてきたことのすべては空間的マトリックスをくぐり抜けて、出発点での言明に必然的にもどってしまう。(8)」

ここ数十年の間、中国学術界において、ジェイムソンについての研究や論著は少なくないが、陳永国は『ジェイムソン——モダニティと資本の現代叙事』[9]の中で、ギデンズ、ハーバーマスを援用して「ラディカル化するモダニティ」あるいは「未完のモダニティ」と同様、ジェイムソンの問題提起も、未完のプロジェクト、不完全な境遇、部分的な近代化という特徴を示しており、ジェイムソンの言うところの『後期モダニズム』（ポストモダニズムではない）においてはいかなる分析もイデオロギー分析に他ならないと述べている。また『世界文学から世界銀行文学へ』[10]の中で新しい地球規模の経済内部での金融資本と投機の果たす構造的役割に着目している。

次に複数のテキストからジェイムソン解読の諸相を見ていくが、最初にポストモダン文論によって触発された九十年代中国の「後学論争」におけるジェイムソンの概念をめぐる解釈論争を取り挙げたい。

二　中国における批評理論発展への複雑な心境——中国解釈の焦慮——

急速に進展するポストモダン状況への反応として、「後学論争」における張頤武の論考「中国解釈の焦慮」[11]「中国解釈の焦慮について再び論ずる」[12]を見ておきたい。この中で張頤武は、大陸文化理論発展の複雑性および知識人の叙事解釈能力の喪失を認めながらも、西欧主流イデオロギーによる「訓導」(pedagogical) 式の批判を拒絶するという主張を貫く。張頤武によれば、九十年代以来中国大陸の経済と社会の発展は、人々の予測に反して目覚ましい繁栄の局面を迎えたが、「歴史の皮肉」は、中国の政治、文化、経済の発展が知識人の理解から遊離し、既定の解釈モデルの理解からも遊離したことにあり、中国に対する解釈の焦慮を生んだ。中国大陸文化理論発展の複雑性は、知識人が八十年代「啓蒙」「代言」の叙事の解釈能力を喪失し、瓦解したあと、グローバル化と市場化の進展の中での新しい文化解釈である。ここには二つの大きな背景があり、一つはグローバル化の進展が、グローバル空間の中での「中国」の位置づけを変えたことであり、中国は一方ではグローバル資本投資の焦点、国際貿易の新しい中心となり、情報のグローバル化伝播の世界体系に加わった。今日においては、国際間の文化問題が「中国」にとってあまり問題でないとするような論点は、もはや成立しない。「高雅」な文化が蘇生、流行するなど、大衆文化の勃興が知識人にもたらした衝撃も複雑なものである。「人文精神」「ポスト国学」などの発展も、中国の直面する文化問題を超越しようと企図するものである。

三　アメリカ文学研究者、趙毅衡の論点

張頤武によって「訓導」式の批判として拒絶された形の「後学」批判に対して、趙毅衡は、西欧の非西欧国家への覇権としての文化コントロール、地縁政治学に代わる地縁文化学、即ちポストコロニアルについて、そしてポストモダン状況における文化価値の転換、知識人の周縁化について危機意識を持つように、大陸知識人への覚醒を強く促す。趙毅衡は、欧米に滞在する中国人学者で、ロンドン大学東方学院教授として、欧米理論の中国文学への適用や、新批評、物語論の紹介や記号論について理論的専著がある。

「「後学」と中国新保守主義[13]」「文化批判とポストモダニズム理論[14]」二つの論文において、趙毅衡は次のように主張している。

ポスト構造主義、ポストモダニズム、ポストコロニアリズムの三者は、西欧の近年の文化批判において、急進的すぎるとしても、保守的と指摘されることはなかった。中国知識界の新保守主義は今に至るも、そしてその理論的根拠

がpost-ismから来ていることも十分注意されていない。「後学」という嘲笑的な言葉が中国に出現し、西欧では三つのpost-ismが屹立して二十年、中国に流入したいかなる言説も中国化されるが、なぜ誰もが保守的観点を支持するのか。「後学」の価値分化は、後期資本主義のグローバル化に対して価値の挑戦を突き付けたが、それは「多元分化」の呼び声のもと、アメリカ式俗文化に道を拓いた。ポストモダニズムは早くには六十～七十年代に勃興した幾つかの先鋒主義文学芸術を指して使われた。八十年代ジェイムソンとリオタールらはこの概念を全面的に西欧当代文化に拡大した。とりわけ大衆メディアと「数値化」イメージ伝達の当代俗文化に拡大した。八十年代ジェイムソンが中国でポストモダニズムを講義した時、中国の学界は、その文化研究の方法に興味を示したが、ポストモダニズムという言葉はまだ時流になっていなかった。しかし、先鋒文学が出現し、明らかにポストモダニズムの因子を備えた作品が世に出るとすぐさまその成熟と老練が進んだ。商業偽文化の氾濫と人心への浸透も進んだ[15]。

西欧の非西欧国家に対する覇権は、最も早くは領土侵略と移民方式の採用、これは植民主義である。第二次大戦後、民族独立が勃興し、西欧は政治コントロールを転用して、経済的搾取と結合させた。これは新植民地主義と言われた。しかし七十年代以降、西欧はポスト工業時期に入り、市場に対する需要は、原料の需要をはるかに超越した。非西欧国家は、深刻に分化し、あるものは経済的能力において西欧に追いつき、あるものは富裕レベルにおいて西欧を追い抜き、西欧の非西欧をコントロールする手段は文化的優勢となり、地縁政治学は地縁文化学となった。これがポストコロニアルであり、多くの理論家が処方箋を書いた。市場化は知識人が望んだことなのに、その現実を見て失望している。数量崇拝が全てを覆い尽くし、多元共存が多元同価に代わる。一律同価が俗文化崇拝を引き起こすのである[16]。

四　徐賁における解釈

後学論争において、劉康と張頤武に対して向けられた批判、即ちジェイムソンの「第一世界」の理論を用いて「第三世界」を描写しているとする批判に、両者は反駁している。張隆渓はジェイムソンにおける第三世界「民族諷寓」の概念を批判しながらも、ジェイムソンの著作には理論的基礎と深い洞察が見られ、また中国現代文学の研究者が理論的挑戦を提起し、普遍的な理論問題を討議するべきであると述べている。張隆渓の不満は、中国における「ポストコロニアル」「ポストモダン」全体に向けられている。徐賁は、「ジェイムソンにおける「ポストモダニズム」は経験的な叙述概念ではなく、批評目的に従う「協調性」概念である。」として、「この概念によって、社会文化批判者は、特定時期の文化現象と社会現象を連繫させ、社会制度を通して文化現象を認識させることができ、文化現象から社会制度の歴史的性質を認識することもできる。[17]」と述べている。

ジェイムソンは『ポストモダニズムと後期資本主義の文化ロジック』(*Postmodernism, or, the Cultural Logic of Late Capitalism*) の中で、とりわけ「ポストモダニズム」の命名問題について語っている。彼が指摘するのは、批評家は「歴史の中から断層か延続かを見る。……決して経験から実証したり、哲学を用いて弁解するわけではない。これは起始的叙述行為を本体としてそれが、叙述された事件に関して見方や解釈を決定するためである。」「ジェイムソンの「ポストモダン」受容は、後期資本主義の批判という目的から始まっている。ジェイムソンがしきりに強調するのは、「ポストモダン」は今日の「文化産品」を「社会制度」と「協調的に連繫させる。」助けになる概念であるということだ。「後期資本主義」に対するこのような社会制度の命名こそが「ポストモダン」という歴史時期の命名の核心である。ジェイムソンについて言えば、「ポストモダン」は単に文学芸術の新しい「現象」を評するのに便利な述語として与えられているのではなく、後期資本主義に対する「認知地図」(cognitive mapping)のプロセスとなるものである。この「認知地図」は、「常にあるものを新たに認識する習慣であり、進んで改変のために構想と新しい視覚を提起し、古い因習に対して感情と価値を一新する。」ジェイムソンは具体的な文学芸術現象を観察し、イデオロギーと倫理の角度からそれらの置かれた社会制度に分析と評断を加える。彼は早くも一九八三年にポストモダン文化に対する論文の中で明らかに指摘している。彼が「ポストモダン」芸術の「雑多な寄せ集め」「模擬」「分裂」などの特徴に注目するのは、「ポストモダニズムがどのような新しい方式で後期資本主義に出現した社会秩序の本質と実情を表現しているるか」例を挙げて説明するためである。[18]」「ジェイムソンの「ポストモダン」の命名は彼の「後期資本主義」に対する社会制度の命名をその核心とする。「資本主義」に対する命名は、単なる一つの「名称」あるいは「コード」ではなく、それに対する非道徳的な(即ち「歴史性」)のなす最大限の概括である。ジェイムソンはマルクス主義者であり、従って彼が使用する「資本主義」という概念もマルクス主義の伝統の中で理解しなければならない。「資本主義」という概念を使用する社会学理論は当然マルクス主義だけではないが、しかしマルクス主義がこの概念を使用する時の特殊な価値傾向と道徳譴責性は、その運用に特殊な政治思想の批判的意義を具えさせた。資本主義制度に対するマルクスの分析は、資本主義の改変、人類解放という政治目標と切り離すことは出来ない。[19]」「ジェイムソンの「ポストモダニズム」に対する分析は、まさに彼自らが述べるように、「後期資本主義」時期の特殊な「文化コントロール」を明らかにすることであり、それによって対抗の可能性を思い巡らすことである。少なからぬジェイムソン批判者が彼の「資本主義」に対する総括が対抗のために残した空間が狭いことを指摘したけれども、彼は終始堅持した。

このような分析をするのは、私たちが何が抑圧であり権力であるかを知っていれば別だが、そうでなければ対抗が有効であるか見積もることはできないと確信するからである。[20]

まさに現存社会制度とその文化コントロールに対する批判の眼差しから、ジェイムソンは「ポストモダン」という名称が文化現象と社会制度を「協調」し、「歴史再構築」の作用を起こすと考える。ジェイムソンは次のように述べる。

歴史の再構築とは、その全体の特徴と構想を提起し、目下の混乱錯綜した状況に抽象的概括を加え、時と場所を選ばぬ熾烈な介入に対して、またそれが内包する盲目的宿命的観点に対しても抵抗することである。[21]

歴史の再構築が指摘するのも、特定の歴史時期の非永続性、その特殊な圧迫形式と非道徳性である。」以上は中国における歴史区部である「ポスト新時期」の命名についての議論の中で、ジェイムソン理論への誤読を正すというコンテクストで語られた部分である。「ポスト新時期」理論家がジェイムソンを援用したことについて、徐賁は思想が内包する政治傾向の「変異」現象とも述べているが、関連するテキストについては改めて検討を加えたい。[22]

五　弁証法の詩学——張旭東による文化美学からのジェイムソン解読——

西欧文論専攻の学者であり、ジェイムソンの翻訳紹介でも知られる王逢振は近著『交鋒二十一名著名批評家訪談録』[23]の中で、二十数年に渉るジェイムソンと中国との交流について詳述している。王逢振によれば、八二年秋、カリフォルニア州立大学ロスアンゼルス校を訪問した際、当校の Robert Maniquis 教授を通じて、同時期、講義に招かれていたジェイムソンと知り合うが、その後二人の間で密接な交誼が途絶えることはなかった。一九八五年にジェイムソンがデューク大学に着任すると間もなく、大学の特別な取りはからいによって、八五年秋から一学期間、中国で講義を行うため派遣される。（講義録は後に『后現代主義和文化』として出版される。）この時デューク大学は中国から二人の博士学生を招聘するが、その一人唐小兵は、南カリフォルニア州立大学教授、また李黎は中米文化交流基金の理事長となっている。ジェイムソンは中国への思い入れが強く、後に三人の博士学生を招聘して奨学金も全額供与するが、それが張旭東、王一蔓、蔣洪生であり、張旭東は現在ニューヨーク大学比較文学教授である。

張旭東は一九九七年に『晩期資本主義的文化邏輯』を翻訳、紹介しており、アメリカで出版された著書として、張旭東編 "*Whiter China? Intellectual Politics in Contemporary China*", Duke University Press 1998　アリフ・ダーリクと共編 "*Postmodernism & China*", Duke University Press 2000　張旭東による単著 "*Postsocialism and Cultural Politics China in the Last Decade of the Twentieth Century*" Duke University Press 2008 がある。

その専著の中で、張旭東は少なくとも中国における「新左派」の理論的根拠としてのジェイムソンの位置づけを明確にしており、Ren Jiantao（任剣涛）による "jiedu xinzuopai"『解読「新左派」』を引用して、新左派が拒絶するものは、(1) liberal discourse (2) free-market rationality, and (3) established social scientific approaches であり、「新左派」の靱帯となるのは Frankfurt school, Fredric Jameson, Michel Foucault, Edward Said, the communitarians, analytical Marxism, critical legal studies 等であるとしている。[24] 新左派の定義および、誰が新左派なのかという問題については、張旭東の記述は参考になるであろうと思われる。シカゴとコーネルで政治科学の学位を取得した崔之元と王紹光、アンソニー・ギデンズの弟子である黄平、文学では劉康とリディア・リウ、がマルキスト、フェミニスト

／ポストコロニアルの代表とされ、最大の陣営としては汪暉が挙げられている[25]。

『弁証法の詩学——ジェイムソン解読[26]』の中では、文化美学の視点からの理論解読とジェイムソンの人物像が次のように語られている。恭しく居並ぶ西欧中産階級アカデミーのエリートの中で理論の政治性を語るのは、スタンダールが言うように「音楽会で発砲するようなもの」かも知れない。しかし歴史の真理を以て終極の目標とする理論活動は理論言説とイデオロギー、階級的立場、生産方式関係の問題を回避できない。現象界には連続性と非連続性があり、理論の虚構は非合法ではない。もしすべてが叙事だと言うなら、知識思想の論争は即ち叙事と叙事との間の論争となる。理論は往々にして理論そのものの限界性を隠蔽する。ジェイムソンがマルクス主義を厄介に思うのは、それが矛盾を処理するばかりでなく、自身の矛盾も含めて主体的に矛盾を尋探することである。この様にして現実世界の矛盾は理論の発展を促すことになる。ジェイムソンの認識においては、理論の間にはポストモダンが称揚するような平等な関係にはなく、それらの間の格付けは矛盾をめぐる能力に対応する。ここにおいて彼はポストモダニズムが相対主義を絶対化することを拒絶する[27]。

モダン派とポストモダニティの転接点にあって、ジェイムソンは風格の統一性と内在するユートピア思想について既に強調しているが、同時に躊躇なく意識的に、能動的に風格、形式、象徴の空間を遮断し、それゆえに異なる領域の〝相対的自律性〟によって十分に経験世界の養分を吸収する。

文化多元主義と「ポストコロニアリズム」が興起すると、ジェイムソンのような西欧マルクス主義者にも時折「西欧中心主義」の帽子が被せられる。事実上、ジェイムソンの胸中にある「中心」はアメリカである。誘惑とイリュージョンに満ちたアメリカのライフスタイルや生産方式の背後にあるのは「この上なく無情な資本主義制度」であり、日に日にその覇権を確立しているが、ジェイムソンはそれを単純に否定するのではなく、人類には、他の想像力や異なる生活方式を保持する可能性があると考えているのだ。

事実上、アメリカにおいてジェイムソンは厳密な意味での公共知識分子ではなく、学術界に君臨する学者であるが、知識言説の趣向は、公共の政治概念を再構築する性格のものである。ジェイムソンが懸念しているのは、アメリカでは一度主流の対話に入ると主流イデオロギーがあまりに強いために知識人は対抗できず、ほとんど言説を失ってしまうことである。私たちは西欧批判知識人が特定の歴史的条件のもとで苦難に満ちた理論的営為を進めていることを過小評価してはならない[28]。

このように張旭東は「叙事」をキーワードにジェイムソンの理論を解読するが、それを補足する意味で、王逢振の『政治的無意識[29]』に関わる批評を見ておきたい。中国で刊行された『詹姆遜（ジェイムソン）文集』の主編である王逢振は、『政治的無意識』をジェイムソンの著作及びその理論を理解する上で最も基本的な文献とし、「カテゴリーとしての叙事」をめぐって次のように述べている。「ルカーチの啓発を受けて、歴史叙事によって、文化テキストがどのように「政治無意識」を包含するか、あるいはそこに埋め込まれた叙事と社会経験について、いかに複雑な文学解釈でそれらを説明できるか述べている。『政治的無意識』の中で、ジェイムソンは明らかに資本主義初期資産階級の主体の構成と、資本主義社会の中での資産階級の主体の分裂について述べている[30]。」とし、『政治無意識与文化闡釈——解読《政治無意識》』の中ではジェイムソンにおける叙事を多向調和的機制であり、またカテゴリーとしての叙事は文化分析に最も適合する方式であるとしている。「ジェイムソンの分析においては叙事の主要な動力は一種のユートピアの衝動に変わる[31]。」「批評は包容性を具えるが、その全体性を否定し得ない、これはまぎれもなく調和としての叙事の具える悖論式の優勢である。ジェイムソンの批評論述においては、（コンラッドやバルザックの部分のように）カテゴリーとしての叙事は文化分析に最も適合する方式と言える。欲望とイデオロギーの叙事構成に注目し、この様な開放と閉鎖システムによって構築された歴史に注意を向けてこそ、全文化生産の戯劇性が明らかになる。注意を要するのは、ジェイムソンの実例では、それは私たちに叙事化の行為によって基礎と上部構造との関係を記述させるものであって、それを起源を同じくする単純な反映あるいは創造と見做すものではない[32]。」

六　理論の逃走線　モダニティと資本の現代叙事

陳永国の近著『理論の逃走線』（二〇〇八年）[33]では、ジェイムソンの他に、デリダ、ドゥルーズ、スピヴァクなどフランスとアメリカの批評家を中心とし、モダニティ、ポストモダニティ、文化批評をめぐる批評実践が取り上げられるが、第5章『ジェイムソン：モダニティと資本の現代叙事』においては概ね理論の紹介がなされている。「モダニティは、概念ではなく、叙事のカテゴリーである。」という言葉をキーワードに、脱領土化の問題についても詳述している。陳永国による分析は、以下のように要約できる。

叙事に対する排斥や放棄は、抑圧された叙事の回帰を求める要求となる。見掛け上は叙事に見えない概念も、必然的にイデオロギー概念を隠蔽している。批評家の任務は抑圧された、潜在的なイデオロギーを掘り起こすことにある。これは彼の政治的無意識に対する新しい解釈である。グローバル化モダニティは様々な概念上、哲学上の矛盾を内包している。ジェイムソンは、ポストモダンは二重の脱領土化の時代であるとして、ひとつは、資本がさらに収益の上がる生産形式に転移して往々にして、新しい地理的位置に「逃避する」こと、もう一つは、あらゆる生産を放棄して、非生産空間の最大化をはかり、土地や都市空間への投機にはじまり、新しいポストモダン情報化、土地と地球の抽象化、に向かうことである。グローバル化の再コード化と再領土化の作用を拒むために必要なのは、一種の再叙事化である。金銭が一旦抽象に変じ、空洞となり、その物質的意義を喪失したなら、それはすでに「生産も消費も必要としない金融実体の架空の空間での戯れを指すにすぎない」のであり、ポストモダニティの中で進行する「叙事化」は、モダニティへの反思を基礎とする。すなわち必然的に全てはモダニティの「再叙事化」にかかっており、叙事の再現は、一つの言語再生モデルとも言い得る。叙事が歴史性を維持するなら、様々な空間性のイリュージョンは時間の有限性の中に復元する可能性がある。イデオロギー分析も当然、歴史化から始めなければならない。よって「モダニティは概念ではなく、叙事のカテゴリーにある。」と言い得るのである。[34]

最終章である第8章においても『世界文学から世界銀行文学へ』[35]として、ジェイムソンが引用されている。

二〇〇四年に清華大学で開催された「批評探索――理論の終焉」国際シンポジウム[36]での発言を引用しつつ次のように述べている。「〝グローバル化〟は、特殊な歴史過程であり、帝国主義や旧式の貿易ネットワーク、また「国際主義」の含意とは全く異なっている。グローバル化は資本主義発展の第三段階であり、技術的に見れば、制御とコンピューターによって成就され、制御とコンピュータによって生産を成就する――古典的な工業生産とは異なるところの生産である。その特徴は商品化と労働のトランスナショナルな稼働を普遍化するところの、時にそれは、厳密にはアメリカ化と言い切れないところの、文化の上層構造にあり、私たちがポストモダニズム、ポストモダニティと呼ぶ、二十世紀八十年代から九十年代に出現した金融資本主義と密接な関係がある。……この定義では明らかに〝グローバリズム〟を帝国主義や国際化と区別している。[37]」ジェイムソンの学術用語ではグローバリゼーションは認知地図であり、資本主義のグローバル化の縮影、寓言の絵図である。資本主義の文化転型を背景とする認知地図と世界銀行文学／批評とは通ずる点があり、その美学的な座標は、「ポストコロニアル研究」に新しい思考を加え、資本主義世界体系内部の異なる空間の関係性を焦点化する。デヴィッド・ハーヴェイが「グローバル化」を「不均衡な地縁発展」と言い換えたように、資本主義の矛盾したロジックは多様な空間に顕れ、グローバル化は一連の歴史の〝空間定型〟(spatial fixes)と再領土化の最新の表現に過ぎない。Kumarがポストコロニアル文学を世界銀行文学に置き換え、ジェイムソンが認知地図に読み替えたのも同様に新しい解読、新しいイマジネーションによるものである。と述べている。(38)

結　語

改革開放時期の中国における「文化論的転換」を促したとされるジェイムソンのポストモダン文論は、九十年代中国の文化批評では論拠として解読され、批評理論発展を深化させた側面がある。八十年代から今日まで、ジェイムソンの著書は、出版と同時に翻訳紹介され、共時的に受容されたが、『カルチュラル・ターン』(九八年)はちょうど二つの世紀の挟間に当たり、中国においては消費美学についての議論が成熟し、加速化した時期と言える。また、金融危機以後のグローバル経済の様相は、『理論の逃走線』におけるようなジェイムソン再読を改めて促すものであり、後期資本主義の世界論理(グローバル・ロジック)とそのイデオロギー分析を通して、抽象化する世界を、歴史化と叙事の再生へと導くジェイムソンの批評営為は、「もし全てが叙事だと言うなら、知識思想の論争は即ち叙事と叙事の闘争である。」という張旭東の言葉に集約されると言えよう。

批評においても、学術研究においてもジェイムソンの影響は広範に及び、ここで取り上げられなかったものとして、林慧の『詹姆遜烏托邦思想研究』(39)、呉琼『走向一種弁証法批評——詹姆遜文化政治詩学研究』(40)などがある。現代思想や、仏文、独文などの比較文学研究で取り上げられるほか、中国ではマルクス主義哲学の研究者によって、解読が進められている。

註

（1）陳永国『理論的逃逸』（北京大学出版社、二〇〇八年）。陳永国は清華大学大学院教授。
（2）「認知地図」の原語はcognitive mappingで陳永国の中国語訳では、「認知測絵」が当てられている。
（3）ショーン・ホーマー「フレドリック・ジェイムソン」（ハンス・ベルテンス／ジョウゼフ・ナトーリー編、土田知則・時実早苗・篠崎実・須藤温子・竹内康史訳『ポストモダニズム』新曜社、二〇〇五年）。
（4）張旭東『弁証法的詩学――解読詹姆遜』（『批評的踪迹――文化理論与文化批評　1985-2002』生活・読書・新知　三聯書店）一二六頁。
（5）同右、一二二頁。
（6）フレドリック・ジェイムソン、合庭惇・河野真太郎・秦邦生訳『カルチェラル・ターン』（作品社、二〇〇六年）三五頁。
（7）同右、五三頁。
（8）同右、八六頁。
（9）陳永国『詹姆遜　現代性与資本的現代叙事』（『理論的逃逸』北京大学出版社、二〇〇八年）。
（10）陳永国『从世界文学到世界銀行文学』（『理論的逃逸』北京大学出版社、二〇〇八年）。
（11）張頤武「闡釈「中国」的焦慮」（汪暉編『九十年代「後学」論争』香港中文大学出版社所収。
（12）張頤武「再説「闡釈中国」的焦慮」（同右『九十年代「後学」論争』所収）。
（13）趙毅衡「「後学」与中国新保守主義」（同右『九十年代「後学」論争』所収）。
（14）趙毅衡「文化批判与後現代主義理論」（同右『九十年代「後学」論争』所収）。
（15）（16）趙毅衡「「後学」与中国新保守主義」（同右『九十年代「後学」論争』所収）。

（17）（18）（19）　徐賁「什么是中国的「後新時期」?」（同右『九十年代「後学」論争』所収）。

（20）　Anders Stephanson,“Regarding Postmodernism: A Conversation with Fredric Jameson”.

（21）　Fredric Jameson:“Postmodernism, or, the Cultural Logic of Late Capitalism”, New Left Review, no. 146 (1984): 53-92.

（22）　関連するテキストとしては徐賁「「第三世界批評」在当今中国的処境」「再談中国「後学」的政治性和歴史性」（汪暉編『九十年代「後学」論争』香港中文大学出版社所収）がある。

（23）　王逢振『交鋒二十一位著名批評家訪談録』（世紀出版集団、上海人民出版社、二〇〇七年）所収の「老友弗雷独里克・詹姆遜」を参照のこと。

（24）（25）　Xudong Zhang. *Postsocialism and Cultural Politics: China in the Decade of the Twentieth Century* p54 p80～82. Duke University Press 2008.

（26）　張旭東「弁証法的詩学——解読詹姆遜」（張旭東著『批評的踪迹　文化理論与文化批評　1985-2002』生活・読書・新知三聯書店、二〇〇三年）。

（27）　同右、一二五～一二六頁。

（28）　同右、一二七～一二八頁。

（29）　「ジェイムソンにとっては五番目の著作にあたる本書はまた、現代の批評理論を探る三部作（と称されるにいたった）の最後の著作であり、いまのところジェイムソンの主著と言っていい。」（フレドリック・ジェイムソン、大橋洋一・木村茂雄・太田耕人訳『政治的無意識』平凡社、一九八九年初版、三八八頁）。中国での翻訳テキストとしては、詹姆遜著、王逢振他訳『政治無意識』（北京、社会科学出版社、二〇〇〇年）がある。

（30）（31）（32）　前掲、王逢振著『交鋒二十一位著名批評家訪談録』所収「政治無意識与文化闡釈——解読『政治無意識』」。

（33）　陳永国『理論的逃逸』（*Lines of Flight in Theory*）北京大学出版社、二〇〇八年。

（34）　陳永国「現代性与資本的現代叙事」（『理論的逃逸』（北京大学出版社、二〇〇八年）。

この論文が主に依拠しているジェイムソンのテキストは、①Fredric Jameson, *A Singular Modernity; Essay on the*

Ontology of the Present, London: Verso, 2002 ② Fredric Jameson,"Culture and Finance Capital", in The Jameson Reader, Michael Hardt and Kathi Weeks (ed.), Blackwell, 2000 である。

(35) 陳永国「从世界文学到世界銀行文学」(『理論的逃逸』北京大学出版社、二〇〇八年)。
この論文の中で引用されているのは、Amitava Kumar, Introduction to *World Bank Literature*, Amitava Kumar (ed.), Minneapolis and London: University of Minnesota Press, 2003.

(36)『グローバル化とサイバーパンク』は、二〇〇四年六月十一～十五日に清華大学で開催された国際シンポジウムにおけるジェイムソンの発言であり、主な内容は二〇〇五年出版された『未来考古学：名叫烏托邦的欲望与其他科幻小説』(*Archaeologies of the Future: The Desire Called Utopia and Other Science Fictions*)に収められている。

(37)(38) 前掲「从世界文学到世界銀行文学」。

(39) 林慧著『詹姆遜烏托邦思想研究』中国人民大学出版社、二〇〇七年。

(40) 呉琼『走向一種辯証法批評――詹姆遜文化政治詩学研究』上海三聯書店、二〇〇七年六月。

〈ジェイムソン翻訳文献〉

(1) F.R. 詹姆遜　時間的種子　王逢振訳　鳳凰出版伝媒集団　二〇〇六年
(2) F.R. 詹姆遜　后現代主義与文化理論　詹姆遜講演　唐小平訳　北京大学出版社　二〇〇五年
(3) F.R. 詹姆遜　単一的現代性　王逢振、王麗亜訳　天津人民出版社　二〇〇五年
(4) F.R. 詹姆遜　詹姆遜文集　王逢振編　北京：中国人民大学出版社　二〇〇四年
(5) F.R. 詹姆遜、三好将夫編　全球化的文化　馬丁訳　南京　南京大学出版社　二〇〇二年
(6) F.R. 詹姆遜　政治無意識　王逢振他訳　北京　社会科学出版社　二〇〇〇年
(7) F.R. 詹姆遜　文化転向　胡亜敏等訳　北京　社会科学出版社　二〇〇〇年
(8) F.R. 詹姆遜　快感：文化与政治　王逢振等訳　北京中国社会科学出版社　一九九八年

（9）F. R. 詹姆遜　布莱希特与方法　陳永国訳　北京　社会科学出版社　一九九八年
（10）F. R. 詹姆遜　晩期資本主義文化的文化邏輯　張旭東編　陳清僑等訳　北京　三聯書店　一九九七年
（11）F. R. 詹姆遜　語言的牢籠　銭佼汝訳　南昌　百花州文芸出版社　一九九五年
（12）F. R. 詹姆遜　馬克思主義研究　李自修訳　南昌　百花州文芸出版社　一九九五年

四－二　「近代の超克」をめぐる対話
――「後学」論争を超えて――

はじめに

九十年代に中国で「後学」と呼ばれた「ポストモダン」の定義は、中国にその概念を持ち込んだアメリカの理論家フレドリック・ジェイムソンやフランスのリオタールに倣い、主に「後期資本主義社会の文化をどう認識するか」という意味で用いられ、それは今日の「近代化イデオロギー」の根拠となる「モダニティ」の文化価値をめぐる問題と重なっている。八十年代には改革前の中国社会主義の実践を封建的伝統に擬え、民主化運動においては「反封建」が掲げられたように、八十年代の「新啓蒙主義」は西欧の資本主義的モダニティを指していた。ところが九十年代に入ると、逆に知識界では「伝統への回帰」という現象が起き、一連の論争を経て、西欧的価値に対する懐疑と中国の歴史社会的コンテクストに即した近代化が、知識界においては一つの「共通認識」となったが、この価値転換の契機はどこにあるのだろうか。

日本のポストモダンと比較すると、中国でのその展開は、実践的、社会機能的な側面が強く、西欧文化理論の移入にも顕著な特色が見られる。西欧体制内部の批判的知性（ポストモダン）を、中国では新しいナショナリズムの言説として転用した側面から、逆に体制擁護、保守的な色彩を強く持つようになった。その結果、文革や八十年代新啓蒙主義運動について何ら総括がなされないまま、八九年に「歴史が終結」し、九十年代からポスト新時期が始まるとして、（戦後の日本と同じように）高度経済成長への発進を進め、その結果として「モダニティ（現代性）」の内実は封印されたのである。この歴史的経緯は「モダニティ」の封印という意味で、かつて戦時中、一九四二年に京都学派を中心とした文壇の知識人によって議論され、日本のポストモダンの先駆けとされる「近代の超克」論争に似た側面がある。

一方において、八十年代半ば以降、学術界でも、ポストモダンの語彙や観点は幅広く受容され、学術界では日本の「近代の超克」論争への関心も再び浮上して来ている。「後学」論争への省察と、論争に関わった学者、批評家の近年の著作を通して、今後の展開について考えてみたい。

キーワード：「後学」論争　近代化と現代性（モダニティ）　日欧中の対話　京都学派第二世代

序

以下の文は、筆者が二〇〇八年三月、北京の一橋大学如水会講演会で行った講演の要旨である。講演会当時、北京社会科学院文学研究所で研修中であり、研究テーマは改革解放時期の思想動向についてであった。その後数編の学術論文を寄稿し、テーマ自体は深化発展したが、この講演会は、学会では無いため、比較的平易な内容になっている。

一　中国における「後学」

ここでポストモダンと絡んでキータームとなるグローバリゼーションという言葉は、通常の感覚では六十年代の環境保護運動や、カナダの社会学者マクルーハンの電子メディアの技術革新による世界構造と認識の激変を予言した「グローバル・ヴィレッジ」という用語にその起源が求められ、地球保護とテクノロジーの革新に強く結びついていた。実際に「グローバリズム」という言葉が誕生した第二次大戦中の時期に、歴史家トインビーがはじめて「ポストモダン」と言う言葉を使い、事実上今日のグローバリズムの意味内容に近い、「世界の一元化」を展開したことなどから、この二つのタームの歴史的関係と、その本質を伺うことができる。

現代中国におけるポストモダン論争は、中国語では「後学」論争と呼ばれ、今日の「近代化イデオロギー」と「モダニティ」の見直しをめぐるその論争の意義は、九十年代に入りグローバリズムの衝撃に直面した中国の危機感の表現でもあり、比較的長期にわたって議論され、九十年代批評界を席捲する論争となった。中国ではグローバル化が重層的に重なり、ポストモダン状況が進行する現実の中で、「近代化や近代性」を論じるという複雑な展開になっている。

また、九十年代にはアジアが自立した市場としての文化的影響力を見せ、越境文化的な現象によって、八十年代の「近代化（現代化）」という主題が「近代性（現代性）モダニティ」に取って変わったのが九〇年以降の状況であり、その「モダニティ」の中身が、かつては「西欧近代の普遍的諸価値」にあわせて中国の成熟度を測定するようなものであったこと、に対する深い反省が起きて来る。ポストモダン（ポストコロニアル）に関連して中国で最も影響力の大きかった著作を三つに絞るとすれば、まずその概念を中国に導入したフレドリック・ジェイムソンの「当代西方文化理論」エドワード・サイードの「オリエンタリズム」フランクフルト学派の中でも、アドルノ・ホルクハイマーの「啓蒙の弁証法」が挙げられる。それらは、中国で論争の焦点となった「後期資本主義の文化に対する認識」、「民族主義・西欧中心主義批判」、ポスト「新啓蒙主義」に対応し、「文化大衆化」や「民族主義」という、歴史的には危機的な状況が背景にあり、啓蒙主義と文化政策（官製キャンペーン）が複雑に絡む問題として立ち現われてくる。

プレモダン的な現実を多く抱え、不均衡な多層的発展の途上にある中国で、なぜポストモダンなのか、という疑問も出てくる。あるいは狭義での、芸術の分野に限定されたポストモダン、一時期、海外（ビエンナーレなど）で高く評価された中国の前衛芸術（先峰芸術・現代アート）新時期文学のメルクマールとなる先鋒文学などは、官製プロパガンダの規範を崩壊させる役割を果たしてきた。ここでは、主に九十年代の言論・文化状況との関わりに限定するが、それは日本と同じく、時に保守の言説となり、また体制批判の言説となり非常に両義的に機能している。八十年代までは、文学、哲学、美学などで扱われていた自我省察、歴史、文化、社会に関わるテーマが、もともとは中国で未発達であった「社会学」（社会理論）にシフトしつつある。中国の学者がアメリカ社会科学全般のイデオロギー性に強い関心を持っていること、それは学問研究の域を超えた影響力を中国にもたらし、その語彙と観点が豊富に取り込まれて、新しい規範になって来ている。

日本のポストモダンに関する関心も、柄谷行人、子安宣邦、高橋哲也等の紹介、西欧の思潮をいかにして、日本的コンテクストの中に取り込んだのか、という中国で言う西欧思潮の「本土化」の問題として関心を持たれている。

二　八十年代の文化状況・知識界の動向

中国では、民主主義に対する理解は主として「形式民主」とりわけ法律制度の建設に集中し、毛沢東時代の大衆運動に対する経験から民衆の広範な参加を専制主義の温床と見なしている。

八十年代の啓蒙主義と文化熱の雰囲気をよく伝えているのは、社会現象になったといわれた『河殤』（黄河文明への挽歌・沈魂歌）で、竜、長城、黄河など中国の民族統合のシンボルを抑圧、保守性、停滞という角度から主体的に読み替え、さらに科学技術上の発明を断続させ、中国が資本主義を発達させなかった歴史を憂い、歴史的停滞の原因を進取の気性に富む海洋文明（＝青い文明）と対極にある閉鎖的な内陸文明（＝黄色い文明）に帰し、その支柱である儒教を批判したものである。社会主義は封建社会（＝停滞）であり、西欧国家は近代社会そのものと見なされている。ここに象徴的に示されるように、「新啓蒙主義」は西欧の資本主義的モダニティを指し、それは改革前の中国社会主義の実践を封建的伝統に擬えるというメタファー（比喩）の手法を採用していた。そしてこの「新啓蒙主義」は、中国における最も影響力のある「近代化イデオロギー」となり、やがて、社会状況の変化、八十年代後半からの商業化、世俗化の進展によって知識人の間に亀裂を生じさせ、その保守的な部分は体制内の改革派、テクノクラート、新保守主義の御用理論家となり、ラディカルな部分は政治的反対派を形成して、西欧流の民主化改革を要求し、知識階層の価値の分化が起こってくる。

「中国のポストモダニズムは希望を市場化に託している。[1]」――と言われるように、九十年代、事実上中国は、「市場社会」つまり全ての運営ルールを市場の軌道に合わせることによって、「新しい統治イデオロギー」の再建を完成させる。新しい社会形態を中立的でイデオロギーに支配されない「新状態」と解釈し、八十年代文化運動の主力を担った青年知識人は多くは商業化、消費主義、俗文化主流を容認する集団利益傾向が見られた。このような知識界の「言説の転換」については、(「世俗化」の対立項は「人文精神」)抽象的な「人文精神の失墜」という統括がなされ、一部は国学研究など純学術研究、伝統文化へ回帰する文化保守主義的傾向が見られ、様々に分岐した。

三　「後学」の歴史認識

「後学」という造語は、中国語圏だけで見られる、思潮としての西欧の現代思想の総称で、ポスティズムは、欧米諸国では体制批判などに用いられる最も先進的な思潮・言説群が、中国大陸では逆に、新しいナショナリズムの言説と理解され、九十年代以降の中国の政治的「保守主義」の旗振り役を果たしている、世俗化が進み矛盾を露呈しはじめた社会状況を合理化するために利用されているとして、内外から批判されたのが、いわゆる九十年代「後学」論争である。ポストという言葉は北京の学術界で流行し、ポスト工業化社会、ポスト冷戦、ポスト革命、ポストエリート、ポスト啓蒙など、やや自嘲ぎみに用いられた。これと連動するように「歴史のおわり」「近代文学の終焉」「民族主義の神話」といった認識が見られ、ポストという接頭辞は、線形の歴史段階論を踏まえた、西欧歴史観の一元的決定論を内に孕んでいた。かつてアメリカの新保守主義の基本的イデオロギーは、資本主義社会におけるモラルの再建であり、消費主義による道徳崩壊をプロテスタンティズムの原点から批判してきた。八十年代には批判をやめ、九十年代には、資本主義こそが人類唯一の発展目標であるとして熱烈にそれを支持、擁護する立場を取り、アメリカでダニエル・ベルが「イデオロギーの終焉」、ソ連崩壊を受けてフランシス・福山が「歴史の終結」を唱えたのもこのような背景がある。

八九年を一つの区切りとする「ポスト新時期」という文学史上の区分は、八九年で「歴史がおわり」、九〇年からポスト新時期が始まるとして、高度経済成長への発進を進めるための歴史観と不可分となる。またその結果、近代における社会主義の伝統やその内部改革である八十年代の民主化運動（新啓蒙運動）、同時期に提示された「モダニティ」の意味は封印され、ポストモダン批判者は、これを「モダニティ」の危機ととらえ、中国側の現状肯定のための、歴史認識がそれを隠滅していると指摘する。「モダニティ」という概念は、欧米、中国の研究者により、「伝統」と対峙して用いられ、近代思想史の領域では、ベンジャミン・シュウルツが「伝統」と「近代」の「二項」対立について、示唆に富んだ分析を行っており、またアメリカの中国研究を包括的に批判したポール・コーエンの「知の帝国主義」ではジョゼフ・レベンソンの『儒教的中国とその運命』における「伝統」と「近代性」の二項対立が、批判の俎上に載せられる。中国の近代は、「伝統」がモダニティによって一方的に侵食されていく過程と見ることは出来ないという含意があり、新左派は改革前の社会主義の実践の中に、保守派は伝統文化の中に固有の原理を求め、いずれも「西欧的モダニティ」を普遍的価値とすることを否定する方向に向かう。

「後学」論争は香港の『二十一世紀』という批評媒体を中心に展開され、中国でも総括がなされていない。なぜ中国の知識界は保守化したのか、ナショナリズム、そして排外的な民族主義も、近代史における伝統的なそれとは違って、いわばグローバル化の副産物として新たに生じてきた。中国においてサイード、ホミ・バーバ、スピヴァクなどのポストコロニアル理論のもとで結果として孵化したのは「第三世界批評」であり、「本土文化建設」、即ち、中国の第三世界理論にはフーコーの「知識―権力関係」グラムシの「覇権」のタームも影響を与えていると言われる。外来的な原理、文化は、中国の文脈にあわせて意味転換が行われるが、晦渋で難解なポストコロニアル理論は、「本土化」の過程で、むしろ単純化されており、原著が刊行されてから二十年遅れて中国で紹介されたエドワード・サイードの「オリエンタリズム」は特に反響が大きく、西洋中心主義、文化帝国主義などが知識界で広く認知されるようになった。また八十年代には普遍的に西欧流の近代化の道を信じていたのが、ウェーバーの「プロテスタンティズムと資本主義の精神」が紹介されたことで、中国においても近代化には文化面での徹底した変革が必要だと認識され、儒教資本主義など文化相対主義から、「普遍主義」そのものに対する懐疑が芽生えて来る。また新左派の論客である汪暉は香港でアジア金融危機を体験したことが、自分の転換、新しい出発点になったと述懐している。

「後学論争」の中で、真剣に論議されたのは、「新啓蒙主義」の是非であった。またポストモダンと言う語彙は、北京大学で八五年に、アメリカのマルクス主義批評家、理論家であるフレドリック・ジェイムソンが「当代西方文化理論」という集中講義を行い、当初から文化を解釈する新しい理論として受け入れられた。九十年代、従来とは次元の異なる文化・社会状況を読み解くための系統的知識としてポストモダンが急速に浸透し、系統的でなく、一つの著作や語彙が突出し、（東方主義）諸子百家などと言われるように、多くの学説が乱立する。

かつて伝統文化を否定して全面西洋化を謳った五四文化運動が改めて激しい批判にさらされ、共産党の文化（官製文化）が凋落した後、アメリカ式俗文化がその空白を埋めていることについての批判などが噴出し、また文革の時のような文化による政治支配への反省から、文化多元化が提唱されたのに、グローバル化は市場万能という市場原理による価値の一元化、文化一元化を生んだという認識も出て来る。経済的な豊かさの代償としての文化的道徳的頽廃、支配的なシニシズムの批判や、一元化支配としてのグローバリズムの本質主義への強い危機意識が見られる。

アメリカのアカデミーにおける、知識構造、ディシプリンについて、アメリカでは国策と関わりの深い、地域研究的な枠組みの中で、アジアの近代文学は歴史資料か政治事情とされ、「中国学」における近代文学は周縁化され、全て中国特殊論として扱われ、普遍化されることがない。アジアの「近代経験」が持つ普遍性の省察は行われず、「主題先行」で政治社会学的に批評され、中国の現代文学は共産党のイデオロギーに服従するものとされ、その芸術的価値は正当に評価されない。一方で到底現代中国文学を代表するとは思われない芸術性の低い作品も、反体制的なもの、センセーショナルな内容は評価され、中国図像の俗流化の問題点は、西欧白人中産階級の主流イデオロギーによって、グローバル化文化権力の創造した「中国」に関わる「知識」が、中国政治を再生可能な文化商品に変えたことである。文化資源としての「中国政治」、中国の特殊な政治境遇に関わる大規模な文化生産が、すでにグローバル資本の運営にとって必要不可欠な資源になっており、外国資本が導入されてから、西側の東洋趣味に合わせて作られた第五世代監督の「オリエンタリズムの意識的構築」などが事例として挙げられる。エギゾチズムや民族情緒は商品価値を高めるため評価される一方、知的従属と、中国イメージの倒錯が進行している。

四　植民主義とは何か

ポストコロニアルとは、過去の植民地時代の痕跡ばかりでなく、西欧が後期資本主義に入り、非西欧を支配するための特殊な文化コントロールについて分析する理論でもあり、「文化の属領化」とも呼ばれる。張頤武は、中国本土知識人は、西欧アカデミーに身を置く、趙毅衡ら(2)の「訓導」と、第三世界理論は、「新保守主義」「民族主義」であり、それらは理論価値の欠如した二流の作法で、まじめに対応する価値もないとする態度に、十分に「ポストコロニアル性」が表現されていると批判している。西欧イデオロギー合法化の基本戦略が、「普遍性」であること、自由化と市場化は近代化という「価値優先」の言説欲望であり、一方的な「中国イメージ」の構築は「政治優先」の言説欲望である。

中国知識人が「ポストモダン」のコンテクストの中で「ポストコロニアル」問題の処理に専心しており、「中国を解釈する」手段として用い、「実践意識」を確立するとともに、「後学」は具体的な社会現象、文化状況の解釈に終始し、文化解釈の進行を堅持し、テクスト分析と思潮の方向性に着目してきた。中国では「ポストモダン」理論が八十年代に起こったときから、常に解釈活動に身を置いた結果、それが抽象、虚幻の学に化すことがなかったし、不断に「中国を解釈する」可能性を探し求めてきたことに意義がある。解釈に有用な方法論や概念を移入しているのは、実用主義であり、インドなどで進行中のポストコロニアル批判と同じく西側への「対抗性」を自負するものである。

ポストコロニアリズムは、旧植民地独立後、文学をはじめとする表象芸術の研究領域において、かつて植民地支配を受けていた地域と共同体社会の中で生み出された様々な表象に着目し、植民地時代の傷痕や遺制がどのように刻印されているか研究する学問であり、西欧の非西欧に対する覇権における、三つの歴史的段階の最後の局面を現している。最も早くは領土侵略と移民政策の採用、これは「殖民主義」と呼ばれ、第二次大戦後、民族独立が勃興し、西欧は政治コントロールを転用して経済的搾取と結合させたが、これは「新殖民主義」と呼ばれた。西欧がポスト工業時期に入ると、市場に対する需要は、原料の需用をはるかにしのぎ、非西欧諸国は、あるものは西欧に追いつき、あるものは富裕レベルにおいて西欧を追い抜き、最終的に西欧が非西欧をコントロールする手段は文化的優勢（優位）となり、地政学（ゲオポリティック）は、地政文化学に取って変わるようになった。この新しい西欧の覇権が「ポストコロニアリズム」と呼ばれ、これに対する分析もポストコロニアリズムと呼ばれる。

この歴史的な三段階において、殖民時代は、武装抵抗、新殖民主義に対しては民族経済の振興、第三世界の政治・経済的連繋をすすめ、今日のポストコロニアリズム（文化覇権）に対しては、全力で「本土文化」の発達を提唱している。しかし、ポストモダンとポストコロニアリズム導入の危険な側面は、ポスト構造主義によって、自国の薄弱な人文伝統を崩壊させ、ポストモダニズムによって俗文化による統括の合理性を認め、民族主義的な「本土化」の宣揚がエスカレートすることにある。たとえば、いまの中国は、「全地球的なポストコロニアル・コンテクストの構成する権力関係」と「西欧モダニティ言説の文化覇権」について語り、それを中国統一思想に変え、中心主義と体制維持を強化していると批判されている。

また国策としての民族主義によって、人為的な政治と商品経済のもとで、民族情緒、民族の特色、民族の伝統など全てが道具化され、本来強烈な政治情緒であるべき民族情緒が、今日の中国では普遍的な政治的無関心と共生している。また中国側がポスト新時期文化発展の根拠としている「民間文化」と官製イデオロギーとは緊密に結ばれていて、強い反知性的色彩を持つと危惧している。

「第三世界批評」「第三世界文学」という概念は、主に北京大学の張頤武やフレドリック・ジェイムソンが提唱している理論で、被侵略経験と長期にわたって「半植民地」状況にあったと歴史を総括し、第三世界から第一世界を乗り越える理論として提唱されている。フレドリック・ジェイムソンは「多国籍資本主義時代における第三世界文学」と題した公演の中で、多国籍資本主義というカテゴリーを文化や文学の研究に導入した。ポストモダンは批評目的のために奉仕する概念で、文化・芸術と社会制度との深層ロジックに着目したとき、そこに「後期資本主義」の特殊な文化コントロールが明らかにされる。それは、多国籍資本主義の経済活動の、文化上における表現であり、「外延」「外側」としての第三世界が第一世界に対するところの特殊な修辞法（レトリック）として存在し、そのために中国が自己のポジションを示す国家言説ともなっている。

五　グローバリズム批判

張頤武[3]によれば、グローバル化は単に「市場万能のイデオロギー」ではなく、この市場が完全に西欧式のゲーム・ルールに則って運ばれ、その価値観と認識論が完全に西欧資本主義の「自由・民主・人権」の主流イデオロギーに則って、コーディングされることを要求している。また中国は確かに未発達で貧しく、今尚複雑な経済問題を抱えている。しかしこれらの問題は単に「時間上の停滞」の結果ではなく、当代の「グローバル化」自身の災禍でもあると述べている。汪暉は、経済グローバル化が進展しても、依然として国民―国家システムがその政治的保障となっていることは変わらず、逆にグローバル化の中の利益単位として、国民―国家の存在が一層際立つことになったが、資本の活動過程の分析、文化のグローバル化への対応など、様々な問題が山積してきている。計画経済／市場経済の二元論では、「市場」概念は「自由」の源泉と想定されているが、この概念は、市場と市場社会との区別を曖昧にしており、もし市場が価値法則通りに作動する透明な交換の場であるなら、市場社会の運営は生活の全てを支配し、独占的な上部構造と不可分のものとなることは明らかで、「市場＝自由」という現代中国知識界の政治的想像力（イマジネーション）を支配する経済的自由については、あらためて定義し直すべきではないだろうか、と述べ、果たして市場は自由の源泉かと疑問を呈している。

六　モダニティと歴史批判について

「西欧的モダニティ」とは何かという議論では、中国の八九年の事件について、それは政治的危機であり、「モダニティの危機」であったが、モダニティは瓦解したわけではない。またポストモダンとは、ある時期におけるモダニティの自己調整である。また歴史区分については文革を歴史的にどう位置づけるのか、という議論がなされ、九二年にポスト新時期が一つの概念として検討されたとき、それは八九年以後の文学の転型を意味した。ポスト新時期理論家が「新時期」の歴史的特殊性を確定するとき、発生時期は七六年十月の四人組打倒の闘争であるとしている。（文革の終焉）新時期の第二段階は八九年に終わり、ポスト新時期は九〇年にはじまるとされ、八九年の事件の発生との関係は覆い隠されている。社会とモダニティの性質、任務、条件等の問題が認識されないのであれば、中国が九十年代にポスト新時期に入ったというのは、それはすでに近代化の目標をすり替えたことを意味しないか。(4)

これに対し、張頤武は、グローバル化文化想像において、モダニティが他を圧倒するテーマとなり、その価値優先のため、中国の近代史における伝統（革命）が全て否定されたが、純粋な「西欧」が存在しないように、純粋な「中国」もまた存在せず、中国と西欧の間にも複雑な「異種混交」が存在する。「中国」を解釈する努力の中で、いかなる理論言説も優先権を保持すべきでなく、「モダニティの価値優先」それを人類共通の準則、永遠の真理とし、「モダニティ」が唯一の絶対的な最終目標で、「グローバル化」も「西欧化」でしかあり得ないというのは、非常に単純な思考回路であり、「西欧的モダニティ」を選ばなければ、再び「文革」の悲劇に陥るという二元対立のロジックは許容できないとしている。

七 今後の展開

「後学」論争についての総括はなされていないが、基本的には議論の流れは現在も進行中といえる。この在米の学者との間に交わされた文化価値をめぐる論争を通じて、中国の認識は西欧中心主義を批判するあまり、第三世界理論の中で中国像の意識的構築をはかるという方向に進んで行く。またそのような側面から、九十年代、事実上解体された「モダニティ」の見直しが進み様々な領域で議論が進められ、知の「従属化」と「アジア」の実体化の間を縫って、「近代化イデオロギー」論争の焦点は今後も、転変を続けると思われる。

張頤武によれば、「後学」への批判は主に三点あり、⑴圧迫的な官方権力利益（中国政府の権力と利益）に順応している。⑵エリート知識人の立場（啓蒙）を放棄している。⑶経済的にまだ「近代化」を実現していないのに、なぜポストモダンを問題にするのか。に集約されるとしており、また張隆渓は中国「後学」言説の修辞手法を批判（章太炎の言う政論を飾る文飾）して、伝統的な「政治論文を飾る新しい文飾」となっていると指摘している。保守の言説として、現実の合法性の基礎を提供するために「転用」された側面は大きく、状況によっては、排他的、拡張的な論理を形成していく。また論争の中によく出てくる「学院批評」という言葉は、社会に開かれていない、学界にしか通用しないような純学術批評を指し、その議論の「公共性の欠如」に対する批判もある。

日本のポストモダンの状況は、二十一世紀に入って、急激な左旋回ということが言われている。九十年代はじめに出版された溝口雄三『方法としての中国』は、中国ではサイードの「オリエンタリズム」と並んで、西欧中心主義批判の方法論を提示する重要文献として扱われている。文化多元論の立場から、普遍性を論じ、西欧中心主義の「普遍性」ではなく、異なる民族の言説間の多元的な視野が融合する中での、特殊性の中の普遍性であり、「モダニティ」についてはアジア自身の内部にアジア自身の近代をもとめ、中国の歴史の中に中国固有の原理を求めている。

西欧現代思潮の特徴は「後」と「新」が多用されることが特徴で、「新」がつくのは、新儒学とか新保守主義、新自由主義、新左派もあるが、ほとんどが保守に関わることば、であるのに対して、「後学」は本来、西欧においては左翼傾向が鮮明な西欧内部の「非主流イデオロギー」を代表している。中国では、この二つのターム（接頭辞）が複雑に交錯する中で、「後」（ポスト）も「新」何々主義、に回収され、西欧の非主流イデオロギーが中国独自の理論構築のための主流イデオロギーになっている。ただし接頭辞のほうはともかく、—イズムというのは西欧ではあくまで思潮を指すので、「主義」という言葉と対応関係にない、という指摘も見られた。

出版物の傾向などから見て、今後中国では、七十年代生まれは消費社会の成熟に対応して、ベンヤミン、ボードリアールなど、政治方面ではハンナ・アーレントが解禁され、これまでのフランクフルト学派などの形而上学的な傾向への批判として、アメリカで主流のプラグマティズムの流れを汲むローティなどが新しく関心を持たれており、ヨーロッパよりアメリカ主流になって来ている現代思想を、より共時的に受容する傾向が見られる。同時に、日中の対話という潮流も、人民大学哲学院では、京都学派の哲学、及び竹内好についての研究が進展しており、博士生が来日して本学中国研究科での学術交流も行われている。哲学のみならず、京都学派第二世代が仏文学者や文学評論家であったことに鑑み、今後は文学領域でも、欧亜モダニティの相剋、日本浪漫派と、日中の抒情伝統などに着目して、比較文学的研究が進められることを期待したい。

註

（1）汪暉『九十年代後学論争』の編者。

（2）趙毅衡：記号学者、米国カリフォルニア大学バークレー校教授。四川大学新聞学院教授。主要著作に『遠遊的詩神』『新批評』『文学符号学』『苦悩的叙述者』『当説著被説的時候』『礼教下延之後』『対岸的誘惑』『意不尽言』『符号学：原理与推演』など。

（3）張頤武：浙江温州人。北京大学中文系教授中国当代文学批評理論、大衆文化及び文化理論。著作に、『在辺処追索』『従現代性到后現代性』『思想的蹤跡』など多数。グローバル下での中国内部における文化分化問題、当代文化のアイデンティティについての研究。

（4）徐賁：マサチューセッツ州立大学英語博士、カリフォルニア州聖マリア学院英文教授、著作に『知識分子：我的思想和我們的行為』（二〇〇五）『人以什麼理由来記憶（二〇〇八）』『通往尊厳的公共生活』（二〇〇九）『在傻子和英雄之間』（二〇一〇）『什麼是好的公共生活』（二〇一一）など。

結語

文学研究との関連で言えば、第三章で展開した「審美モダニティ」という概念は、当代文学理論の要であり、文学理論に於ける「モダニティ」と直結し、二十一世紀の新世代作家の創作にも幅広く継承され、影響を及ぼしている。文化批評に於いては、八十年代からの美学熱、文化熱が文芸復興を大きく後押しすると同時に、「審美モダニティ」の潮流は、当代文学史の新しい景観を形成した。

九十年代文化批評では、西欧マルクス主義の立場から、李沢厚以来の「審美価値」の視点からの文学テキスト分析、文化美学の課題が呈示されているが、今日思想研究ではリベラリズムの潮流も等閑視するわけにはいかない。二十世紀に於ける美学研究の足跡について触れて、今後の展望を模索してみたい。

自由主義美学の先蹤としては、朱光潜に於けるリベラリズムとマルクス主義美学の融合について触れておきたい。朱光潜は京派を代表する文学理論家として、独自の審美的追求を行い、三十年代を彩った美学者として夙に著名である。建国後も西洋美学の碩学として北京大学に奉職し、人道主義思潮が湧きあがった八十年代の、李沢厚による〝実践論美学〟に到るまで、美学界の論争を先導していった。

王国維に始まる近代中国美学は、主にカントの流れを継承しており、二十世紀末には自由主義文芸は中国に根付き開花していた。「新月派」「現代評論派」「論語派」と所謂「京派文人」にそれが見られる。一九三二年にヨーロッパから帰国して以来、朱光潜はカントとクローチェを基礎として、「直覚」「距離」「移情」などの概念を道具として、文芸と人生の関係を中心とし、自由主義の立場から完成度の高い美学理論を構築した。朱光潜の立場は、形式主義を偏重して、文芸と道徳との関係を否認するものであるが、朱光潜は形式派美学に対して、「審美は人生から独立し得ない。」と指摘し、修正を加えた。審美の独立は西欧では目新しい議論では無いが、朱光潜美学の中国に於ける意義は、率先して審美独立論を提唱し、中国文化現代性を賞揚し、審美の独立から文芸の自由を要求した事にある。その思想は、美学、人生観、政治的立場の三つの側面を内包していた。

マルクス主義美学の受容を通して、朱光潜は尚も一貫して審美と文芸の特殊性、創作と鑑賞に於ける主観能動性を擁護し、六十年代には実践論を根拠に芸術と生産労働を関係づけ、中国美学を受動的反映論の制約から脱却させた。このため中国のマルクス主義美学は相当な理論的活力と、創新の品格と学術性を具えることになる。

彼自身は、カント・クローチェ美学の狭隘な空間から脱却し、朱光潜の後期美学における審美と芸術の経験・心理に対してその歴史的形成と曲折的な発展を遡及し、「ポストカント」の美学理論を構築するに至る。

彼自身が意識せずとも、二十世紀美学の重用な趨勢として、審美の独立、モダニティ構築のための芸術の自律が、市場原理に基づく新興資産階級の虚構のイデオロギーであることを認識することであった。

改革開放時期の文化批評の背景に在る学術界の動向及び論争問題について、多くの紙面を割く事は出来なかったが、過去の学術論争との延続性に着目して更に認識を深めていくことが必要であろう。

とりわけ西洋哲学研究の中でのポストモダン研究は七十年代から散見され、日本におけるポストモダン受容との比較も今後の課題として残されている。二十一世紀に入り、中国におけるポストモダン学術研究は、成熟し、思想と学術の分化を経て、一時期のイデオロギー論争から理性的段階に入り、とりわけ文化美学の中で「審美モダニティ」が焦点化されるようになって来ている。初期に於いては、文化人類学、歴史学、言語学などで注目された分析理論が、文学研究に広範に流入し、その視野を更に押し広げている。

最後にこの論著の構想の契機となった汪暉・余国良編『九十年代「後学」論争』に収められた批評論文を資料として、呈示したい。

汪暉の言うように、今日から九十年代を顧みれば、中国文化批評は、既に「真実の、そして虚構の「解釋の焦慮」」からは脱却している。『九十年代「後学」論争』では、文化批評のみならず、「後学」の政治性と歴史意識、先鋒文学の問題などが包括的に論じられている。今後の課題としては、更に九十年代の代表的な批評論著、学術論著を精査し、テキストとの対話を通して九十年代思想界の一つの構図を呈示し、「モダニティ」探索の歴程を審視すると同時に、その将来像を模索してみたい。

参考資料篇

第一部 「後学」の文化批評

1 中国現代文学研究の欧米における転換
――あわせて林培瑞、杜遇可、張隆渓教授に答える――

劉　康

一、大陸における文学研究の学術的自覚

欧米（主にアメリカ）では数十年の紆余曲折を経て中国現代文学研究は徐々に歴史学、社会学さらには政治学の端女としての地位から脱却し、緩慢ながら古典文学研究の「漢学正宗」の陰影からも遠ざかり、学術の殿堂に歩を進めた。六十年代に香港・台湾からアメリカに渡った中国系学者を含む漢学者たちは、創業の苦労を厭わず、現代中国文学研究の道程を模索し、一連の影響力が高い学術論著を世に送った。アメリカの名だたる大学の中国文学系、あるいは東アジア研究系、および一部の比較文学系では、今では殆どが中国現代文学研究者を招聘している。現代文学を課題とした博士論文は、近年伝統的漢学の古典文学の題目を大きく上回るようになった。八十年代末、中国大陸から来て、主に比較文学を専攻する青年学者たちは、アメリカの学術界で頭角を現しはじめ、欧米の中国現代文学研究とその他の漢学の領域に衝撃と影響をもたらした。

アメリカを主導とする欧米の漢学界は、中国と世界文化の変遷の局面から、大きな圧力と挑戦を受けた。このような圧力と挑戦は、大方三つの方面から来た。ひとつは欧米のポストモダン文化理論と論争からの挑戦である。海外の漢学者たちはこのような論争の渦中にある文化環境に身を置きながら、自らに内在する挑戦にも対峙していた。すなわち欧米の学術界にあっては長い間「周縁的な学科」（現代中国語のコンテクストで指すところの先端的な学科とは正反対の意味で、その意味するところは主流に入らない末端、文字通りの「周縁」margin）であるところの漢学界はどのようにヨーロッパ中心論の批判と多元文化の呼びかけに呼応すべきか、という挑戦である。二つ目は欧米の漢学の学術伝統と形式における変化の希求という要請である。漢学研究は欧米の「地域研究」（area studies）の一支流であり、もとより歴史学、社会学、政治学の支配するところであった。また文学研究の領域は、伝統的に古典文学が壟断していた。このような状況下で現代文学はようやく危うい足取りで困難に立ち向かい始めた。こういった局面はどうしたら打破できるか。いかにしてそれを変革するか。三つ目は中国の近年の発展である。中国当代文学の十年来の変化は傍目にも挑戦的で、海外の漢学者に与えた衝撃は大きく、長年にわたって形成された中国現代文学に関する先入観は「誤り」であると証明された。長年にわたり、欧米の漢学者は不肖にも、また不都合にも中国大陸の学術と同時並行に平等な対話と交流を進めてきた。そして八十年代中国の五十～六十年代美学論争を継続しての美学熱、「主体性」論争、「方法論」熱等々、が文学研究の「思惟空間」（劉再復の言葉）を切り拓き、一群の創見あり、洞察力に富む中青年批評家を生み出した。(1) たとえば欧米の漢学者たちはイデオロギーの先入観と学術のわだかまりからマルクス主義こそが主導と見て、ドイツ古典哲学と美学、ロシアとソ連の文学理論、毛沢東の延安「講話」および、魯迅、瞿秋白、胡風など左翼文芸思潮などまでを含む複雑な中国現代文学には否定的でこれを顧みない。それでは「人道主義」「人性」「主体論」の高揚、および官式マルクス主義の批判を特徴とする八十年代の中国現代文学研究に対して、いかに対処できるであろうか。

ポストモダン文化論争の鋒先が向かう先は、学術研究自身をも含む「ディスクール」モデル（discourse）の政治とイデオロギーの内涵に照準が定められている。[2] 歴史的自省と反思と社会的関与が相互補完的に形成される、高度な学術自覚が要請される。おおかた、八十年代の中国大陸の文学研究は、まさにこのような学術的自覚を旗幟としていた。この点においては西欧のポストモダン文化論争と、奇しくも気脈を通じる様相を呈している。

しかしながら、西欧の漢学界には、近年このような学術的自覚と再考の呼び声が絶えて聞こえず、異なる学術観点の正面切っての論争も見当たらないことは、誠に以て皮肉なことである。筆者はこれに鑑み、欧米と中国大陸現代文学研究の幾つかの学術傾向、ディスクールおよび歴史的背景の要所に分析を加え、この学科（現代中国文学）が西欧の転換期に遭遇した問題と応対について発言した。筆者はアメリカの『近代中国』（Modern China）雑誌に一九九三年第一期に英語論文を発表している。[3] 同期の雑誌上には、他にプリンストン大学のペリー・リンク（Perry Link）教授、加えてブリティッシュ・コロンビア大学のミハエル・デューク教授、カリフォルニア大学ピッツバーグ分校の張隆渓教授の論文も掲載され、拙文の提起した論点と問題点、および関連する問題に各自異なる批評と論述が示され、「現代中国文学研究のイデオロギーと理論：中国学の典範問題論壇」となっている。本論は中国語圏の読者に、西欧における現代中国文学研究の評述をかいつまんで紹介するとともに、三名の学者の批評に対する返答としたい。

二、政治社会学式批評の苦境

西欧漢学界の中国現代文学に対する研究は、冷戦時期に中国の政治と社会を理解する必要から起こった。[4] 研究に従事するのは、おおかた歴史学者、政治学者、社会学者である。彼らはほとんど文学批評や理論の専門的訓練を受けた経験がなく、彼らの目に映じる文学作品は、主に中国の歴史や現実の政治を観察するための文献に過ぎない。学術研究が極めて政治性を体現していることと、中国現代文学自身が政治や社会と密接な関係を持っているという二つの原因によって、この学科は最初から濃厚な冷戦イデオロギーの色彩を帯びていた。一方ではソ連・東欧国家の現代中国文学研究はまた、十分に「政治が優先」していた。チェコの学者プルーセク（Jaroslav Purusek）に代表される「チェコ学派」は、比較的文学自身の規律を重視していたけれども、文学作品の文学史上における主な判断基準を、相変わらず政治とイデオロギーに委ねていた。一九六一年、アメリカの中国系学者夏志清とプルーセクとの間に激烈な論争が展開された。双方は互いの政治的偏見について非難し、自らの「科学的態度」と「客観的立場」を強調した。しかし彼らの論争の実質は、それぞれの中国現代文学左派主流、左派と非左派作家の政治観点に対する分水嶺に過ぎなかった。ここからわかるように、西側の漢学界の長期にわたる政治イデオロギー主導とは、中国の一九四九年から一九八〇年代初めに至る状況と何ら異なることなく、区別も無く、ただ対立する政治イデオロギーの立場のみであった。(5)

しかし、西欧漢学界は一再ならず中国現代文学の強烈な政治意識性を非難し続けてきた。これまで長いこと、現代中国文学と言えばすぐ、西欧漢学者は中国の社会政治運動と関連づけ、文学作品は社会政治運動の先蹤に過ぎず、イデオロギーの道具であって、それに内在する芸術的価値は乏しく、よって文学として鑑賞、研究するに当たらないと認識してきた。これは西欧では支配的な観点である。このような観点は根本的には正鵠を得ている。社会問題に対する強い思い入れはまさに中国文学の基本的特徴の一つである。しかしながら、現代文学の政治社会性をもってその芸術的価値を否定する背後には、政治／審美二元対立のロジックの含意がある。香港から来た学者周蕾はその中に「東洋（中国を含む）が単なる現実の政治であってこそ、西欧のみが審美と想像（イメージ）を獲得する」という抜き差し難い偏見を見るのである。(6)

実際上、中国現代文学の政治意識性に対する非難は往々にして自己弁護の効用を引き起こす。もし現代文学作品が、基本的に政治学、社会学的文献の価値を持つとすれば、それで政治学と社会学の研究方法が理にかなっているということなのだろう。学術研究上、西欧の学者は繰り返し、中国学術界の「マルクス主義教条と偏見」および「政治が全てを凌駕する。」イデオロギー的立場について批判してきた。同時に彼らは自らの公正・中立・客観的科学的態度を強調し、以て研究の対象と中国のそれと対照を為すものとした。公正・客観・中立の科学的態度となれば、当然その背後にも同様にある種の政治イデオロギーの色彩があるのではないかと思われるが西欧の学者は一般に口をつぐんで語らない。西欧の文化界、学術界を席捲したポストモダニズム文化論争と理論闘争は、漢学界の囲い込まれた枠の中で、結局波瀾を生ずることもなく、学術界の反省と省察も究極的には、時流と成り得なかったことは、恐らくここに起因するのであろう。

ここ十数年来、西欧で出版された漢学出版史上、稀に見る数の中国近現代文学の翻訳紹介、および専著を詳細に一読するなら、以下のような疑問が起こって来よう。すなわち多くの専著は、倦むことなく政治社会的背景や作品の政治的含意を討論しているが、一体そのうちの、どの部分が作品の言語・構造・形式の分析を通して得られた洞察なのか。多くの翻訳書の選定と範囲が、なぜ政治的にセンセーショナルなもの、そして中国の作家や批評界が、文学的価値があまり高くないと認める作品、たとえば『苦恋』や『ああ人間、人間』などに集中するのだろうか。なぜこれらの文学研究の専著は、作家や作品の勇気ある「政治的反対意見」、そして政治上、当局と対抗する立場に飽くことなく興味を寄せ続けるのだろうか。少なからぬ専著と論文が、文学作品の言語・形式の「テクスト」の詳細な解読に向かわず、そのうえ、「テクスト」の含意する歴史、文化、社会の重層的な意味を解釈するに際しては、往々に「主題先行」に陥り、先験的な思維や言説の習慣から出発して左翼的、マルクス主義的な文学と批評はすべて党の路線と政策に奉仕するものであるから、芸術的に見ても粗糙であり、芸術作品として議論するに値しないと見做している。

サイード（Edward W. Said）の西欧アラブ学に対する「オリエンタリズム」偏見の批評が漢学の領域に敷衍される時期には、学者の中からは次のような意見が噴出したのである。漢学界の「オリエンタリズム偏見」などは架空の言説で、すでに収束している。(7)ご覧のとおり、漢学正宗の古典文学界は、中国古典文化の燦然とした輝きを強調し、中国文化の独異性、差異性と文化相対主義の擁護者を自ら任じたのである。近現代中国文学については、西欧の普遍的人性論の原則を文化相対主義に代え、即ち歴史的事実に合致すれば、道理に適い、完全に中国の現実生活の経験に根差すものにした。しかしこの様に中国の経験に立脚し、西欧の理性主義と実証主義を基礎とした社会学・政治学的観点は、却って中国近現代文学研究に学理とロジックの両面での困難を醸成した。ここには西欧漢学界に包含される致命傷が見て取れる。一方では西欧の学者は不断に中国近現代文学の政治的意義が大いにその審美的価値にあると強調しながら、もう一方では彼らは、専らイデオロギーと政治の先端的な方法による近現代文学研究を堅持してきた。かくして価値の上では自らの学術研究の対象を不当に貶め、方法論は杳として定まらず、「外在」する政治学、社会学の方法によって「内在」する文学作品を研究するのであれば、これこそ長い間、厳謹にして規範的とされた西欧学術界の忌諱に触れるのではなかろうか。

三、「新批評」文学史観の二律背反

西欧漢学界において、社会学、政治学が文学研究の領域でも支配的な地位を占める現象については、深い考察が為されてきた。一九六一年、夏志清教授の英文著作『中国現代文学史』が出版された。この著作の出版は政治学、社会学の壟断を打破し、はじめて文学の内部的規律、文学作品に対する内在的規律の角度から西欧学術界における中国近現代文学の合法的地位を確定した。

西欧の少なからぬ学者が夏志清の著作が反共イデオロギーに偏り、政治的立場から作品の優劣を判断していることを批判したにも拘わらず、夏の著作は実際には芸術的な基準を第一義とし、その批評観点、興趣、規範（模式）は、基本的に英米の新批評派とリーヴィスの文学史観を脱胎している。概ね、夏の著作は芸術至上の形式主義批評を標榜し、同時にまた文学作品の道徳倫理性を十分に重視している。こういった芸術至上と、近代化のモダニズム的観点への異議申し立てが、基本的に夏志清の『中国現代小説史』を貫くライトモチーフになっている。

しかしモダニズムの審美趣味と芸術観から中国新文学史を見るなら、木を見て森を見ずとならざるを得ないだろう、また一連の事実と論理の上での、二律背反を惹起せざるを得ないだろう。先ず、夏の著作は、作品のシンボリズム的な想像力と吸引力を以て芸術の基準とし、何人かの左翼作家文学の主流から遊離した「経典作家」を大いに推奨したが、彼らに共通する特徴は文学言語の象徴性と詩的イメージの豊かさ、風刺の牽引力と有機的言語構造である。張愛玲は絶賛された、なぜなら彼女の「文学意象の豊かさにおいて、他の中国現代作家を遥かに凌駕している。[8]」からである。沈従文は英国ロマン派詩人のキーツとコールリッジの推奨する「否定的想像力」を具有し、文学で田園牧歌、異郷情緒の境地を儘にする、「中国近現代文学最大の印象主義者[9]」とされた。銭鐘書は彼の「優雅な文学の中にも、微に入り細をうがち、丹念な描写と稠密なレリーフが全編に施されている。」ために「偉大な象徴主義者」として世界の一流作家に仲間入りした。[10]これと対照的に、多くの左翼作家の作品が夏の著作では批判に晒され、これらの作品は左翼政治イデオロギーの説教にすぎず、芸術的な象徴性とイメージに欠けるとされた。しかしながら、中国近現代文学の主流は左翼文学であり、主要な形式はリアリズムである。リアリズムの形式と中国の文学伝統、社会現実、イデオロギーの間には極めて複雑で多種多彩な論争・衝突・矛盾がある。しかし夏の著作の新批評の観点と、欧米モダニズムの審美趣味は左翼文学思潮とリアリズム言語形式の分析に立ち入ることを妨げている。

次に、夏著作の中国近現代文学の「現代性」問題に対する見方は文化史・思想史に対する誤読である。夏志清の有名な論点は、中国現代作家の「時に感じ国を憂う」精神が彼らをして道徳や芸術を超越した真の「現代性」に到達することを妨げているというものである。彼は専ら現代主義批評家トリリング（Lionel Trilling）の「現代性」「現代主義」定義を引用している。「現代（西欧）文学の特色は文明自身に対して抱く沈痛と敵意の態度である。」夏は即刻指摘している。「近現代の中国文学はすでに民主政治制度と科学への憧憬を内に孕んでいる、故にトリリングの解釈する現代西欧文学とは似通ったところが無い。[11]」夏志清の「現代性」に関する見方は、顕著に西欧モダニズム文化思潮を以て現代化と工業化に反対する傾向を出発点としている。問題の所在は中国現代文学が西欧現代主義文学とは異なる「現代性」を有しているということで、それは正に中国現代文化と思想史が西欧とは異なる「現代性」を持つというのと同じである。いわゆる「近代と伝統の衝突」というディスクールの典範を以て、中国の近現代文化問題を解釈するもので中国の問題について歴史的包括的に理解することを困難にしている。夏志清が中国近現代作家が中国民族の存亡に心を奪われ、宗教的原罪と贖罪意識が欠如していると指斥するに至っては、中国ばかりでなく、西欧文化の複雑な歴史的発展とも合致しない一面的な見方であろう。[12]

もし私たちが夏志清の学術観点が西欧漢学界で徐々に形成され影響力を持った歴史的プロセスとその背景を振り返るならば、その「典範性」（カノン）を理解する助けになり得るかも知れない。夏の著作は六十年代初期に世に出たが、まさに欧米モダニズム文芸が次々とアカデミー、博物館の奥まで浸透し、主流に背理したとされる牛鬼蛇神が、身を翻すや、文壇の新勢力として君臨するようになった時期である。モダニズム作品は経典となり、西欧商品市場の有力商品となり、新批評派はモダニズム文芸を鼓吹、推奨し、遂には学術界を席巻することとなる。加えて当時は西欧において冷戦意識が圧倒的に優勢な時代であったが、新批評派の文芸観は冷戦イデオロギーと対立するものではなく、相互に呼応するものであった。このような背景のもと、夏の著作は新批評派のモダニズム審美主義と反共イデオロギー観念を巧妙に結合させることにより、西欧における中国近現代文学研究に合法性を付与するものであった。夏の著作は社会学、政治学が根っから文学「テクスト」を等閑にしてきた慣習を改め、「テクスト」細読の気風を拓いた。しかし夏志清の「テクスト分析」は却って「テクスト」の背後にある複雑に錯綜した歴史的社会的コンテクストを見落とすことになった。このような歴史的限界は、七十年代、八十年代に、明らかに露呈するに至る。

四、歴史主義から文化批評への転換

中国近現代文学研究の歴史主義的方法は、西欧においてはプルーセクを代表とする。プルーセクは左翼文学主流とリアリズム文学の変遷に重きを置き、西欧漢学界で非常に大きな影響力を持っていた。

プルーセク、フェアバンク（John K Fairbank）、シュウォルツ（Benjamin I. Schwartz）ら歴史主義観点の影響と啓発を受けて、アメリカの中国系学者、李欧梵は中国近現代文学史上における一群のロマン主義作家についてマクロ的な歴史研究を試み、一九七三年にハーバード大学出版社から専著『中国近現代作家のロマン派世代』（*The Romantic Generation of Modern Chinese Writers*）を世に出した。李欧梵の著作は、五四新文学のロマン主義流派が表現した「時代精神」即ちロマン主義思潮を捉えた力作で、郭沫若、郁達夫ら中国の有名作家の作品、伝記、歴史的事件などに緻密な分析を加えている。彼の専著は歴史のマクロ的発展の角度から文学現象に対して概括を加え、文学とその時代の様相、精神発展との密接不可分な関係を強調している。李欧梵の研究方法は実証主義の社会学、政治学的観点、芸術至上の新批評とは一線を画するもので、西欧漢学界における歴史主義の典範を代表するものである。(13)

七十年代後期、西欧における中国近現代文学研究の論著は質量ともに著しく向上した。とくに八十年代に至り、益々多くの学者たちが比較、文化批評的角度からの文学研究を重視するようになった。構造主義・ポスト構造主義・精神分析学・西欧新マルクス主義などが西欧学術界で広範な影響を持つようになり、中国近現代文学研究の中にも反映されるようになった。歴史主義の研究視角は日増しに重視され、同時にポスト構造主義・ディコンストラクションの「テクスト分析」の挑戦に直面することとなった。李欧梵の歴史主義的解読法は、明らかに文学に内在する分析あるいは「テクスト分析」において不十分であった。それ以上に問題なのは、彼が依拠していた歴史主義の基本分析フレーム、および「時代精神」の歴史主義の系統だったディスクールモデルに関しては、歴史の推敲さらには「脱構築」を経る必要もあった。五四「ロマン主義世代」という言い回しは、果たして「近代と伝統の相克」「西洋の影響／中国の対応」という基本フレームの域を出るものであったろうか。

ヨーロッパ中心論と多元文化論推進の声が日ごと高揚する状況の中、西欧の漢学界には新しい勢力が出現する。再び、中国近現代文学の左翼主流とリアリズムが再現した形式や言語について、歴史的コンテクストと社会テクストとしての包括的分析と批評を行おうとするものである。一九九〇年、アメリカのカリフォルニア大学出版社が青年漢学者で比較文学研究者のアンダーソン（Marston Anderson）の著作『リアリズムの局限——中国革命時代の小説』（*The Limits of Realism : Fiction in the Revolutionary Period*）[14]を出版した。アンダーソンは「文化批判」の角度から中国近現代文学の理論、批評、創作、を分析し、中国新文学のリアリズム形式の礎石を据えた魯迅、葉紹鈞、茅盾、張天翼等の作品を細読している。アンダーソンの著作の主な特徴はリアリズムの言語と形式が、中国の定められた歴史社会環境において辿った変遷を、中国現代文化転形期のフレームに位置づけてマクロ的な考察を行うものである。彼は現代中国に関わる様々なディスクールのフレームを突破して、つとめてリアリズムの再現形式が内包する西欧から中国に伝播した豊富な政治、イデオロギー、文化の含蓄によって近現代中国文学の左翼主流が孕む動態について探求した。アンダーソンの立場、分析、観点は李沢厚が中国現代文化の「啓蒙と救亡」に関わる論点に接近しており、銭理群、黄子平、陳平原らの世界文学の大枠に二十世紀中国文学を位置づける構想とも相通ずる。

台湾からやって来た王徳威、香港から来た周蕾ら青年学者、李欧梵、胡志徳（Theodore Huters）ら有名な漢学者は、最近リアリズム形式と中国の現実、伝統文化、女性言説のリプリゼンテーション、通俗文化などから、また魯迅ら経典作家の複雑な民族、道徳、イデオロギー、審美意識が輻輳する言説構造、など多様な角度から近現代文学を再読している[15]。中国大陸から来た比較文学を研究する青年学者グループ、唐小兵、劉禾、張英進、呂彤鄰、陳小眉および筆者は、最近中国近現代文学を重視し、中国文学批評と文化思想界、西欧漢学界と西欧当代文化理論界、学術界との間に様々なレベル、角度からの対話、交流、相互の疎通を図ってきた。この疎通の目的は中国近現代文学の学術研究を世界的な文化、社会の変遷という現実世界に引き入れ、モダニズムとポストモダニズムの大論戦に引き入れ、そのことによって改めてわれわれの立場を明らかにし、新しい文化境域（re-territorization）を拓こうとするものである。

五、林、杜、張教授との対話と幾つかの思案

筆者は『近代中国』に発表した論文で林培瑞、杜邁可、という二人の漢学者と筆者と同じく中国大陸から来た張隆渓教授の批判を受け、相互対話への契機を得られた。三名の学者は多くの問題について述べられ、筆者と同調者はしばしば困惑し、時に思索を深めた。杜邁可の文章は多くの豊富な史料と論拠を提示し、筆者の論点を一字一句丹念に緻密な分析批評を加え、先輩学者の学術研究に対する真摯な拘りと青年学者に対する配慮を示し、私を大いに感動させた。しかし紙面も限られているので、本稿では三名の学者の批判に共通する関心と幾つかの問題について意見を述

べ、検討するに留めたい。

まず研究対象であるが、左翼文学と革命文学の歴史をどのように認識するかという問題である。五四新文学は基本的に左翼リアリズムの文学伝統であり、一九四九年以後の文学はソビエト文学と毛の『講話』の影響を深く受けた革命文学伝統である。筆者は、西欧の学者は政治学、社会学の角度、あるいは「新批評」の形式主義の角度から出発するにせよ、左翼文学と革命文学伝統に対する認識については、悉く偏向と盲点に満ちていると考える。大陸の学者王暁明、陳思和は中国共産党の官製近現代文学史に対して「文学史の再考」の問題を突きつけたが、筆者は西欧漢学者もまた、同様に文学史と文学批評について自省すべきであると考える。アンダーソンの著作はその格好の端緒となろう。しかし杜邁可は、頑なに、西欧漢学者の中国近現代文学に対する認識は正しく、夏志清の文学史は「大いに意にかなうもの」であると主張し、左翼文学批評の土壌について繰り返し述べている。[16]張隆渓は義憤が治まらぬように中国近現代文学は「党の路線と政策を推進するために」作り上げた「極めて無味乾燥な宣伝品」[17]だと批判している。張の文は近現代文学の時代区分の常識について誤認している。共産党が政権を掌握する以前に創作された一九四九年以前の文学が、どうして一括りに「党の路線と政策を推進する」宣伝品に帰着できようか。仮に一九四九年以後の中国文学にしても、中国共産党の政権掌握後の作品という理由で、張の文が言うような嫌悪すべき読むに耐えぬ代物だろうか。李欧梵は鋭く指摘している。「革命文学」の目下中国近現代文学における空白は、ある種の「奇特な記憶喪失」「歴史の忘却」[18]を表現している。筆者はこのような「忘却」空白および全面否定は、一種の「政治的無意識」の反映、実質的には依然として政治的基準が文学作品を判定する問題と考える。これは、奇しくも筆者が人々に反省と思索を促そうとしている提言と符合する。

しかし更に注意すべきは、問題の別の一面である。張隆渓は、アメリカの新マルクス主義理論家ジェイムスン

(Fredric Jameson）と筆者が「第一世界理論」を用いて「第三世界経験」を描いている、とし筆者が提言した理論的反省と政治イデオロギーの問題は「西欧の当代理論や政治的技巧を、文学と文化研究の絶対的価値基準と見なす。」という認識である。(19) 張文が反復強調しているのは彼の言うところの「第三世界経験」と「西欧理論」との根本的な差異性、周縁性であり、「経験」を用いて「理論を検証する」ことを提唱している。（これは「実践は真理を検証する唯一の基準である。」という言説の翻刻だろうか。(20)）しかしながら、張の「第三世界経験」は筆者の理論に対する反省、批判ならびに「経験」の政治性が「第一世界の理論的偏見」に本当に反駁し得ているだろうか。張の文が彼の経験を描くとき、豪も言葉を濁すことは無い。彼が中国共産党の「極権主義政治の指揮」下に創作された作品を閲読した経験は、「厭わしく沈鬱なもの」だった。(21) しかし、張が彼の「第三世界経験」理論そのものを形容するために用いるのは、正真正銘「第一世界」のそれである。彼が中国文学（主に古典文学）を分析研究する西欧理論の枠組みは、主にガーダマー（Hans-Georg Gardamer）の解釈学から来ている。筆者に反駁するに際しても、張文は特にガーダマーの言葉を引いて「経験」の重要さを論証している。だがガーダマーの解釈学は一つの重要な論点を孕んでいる、即ち全ての理解と経験は不可避的にその歴史的「偏見」を離脱することが出来ない。(22)「偏見」は恐れるに足らず、恐るべきは自己の偏見に無自覚で、至宝の如く周囲に誇示することである。

三番目の問題は、マルクス主義理論と中国近現代文学研究との関係についてである。張隆渓の論文はポスト構造主義の反全体論、経験論の観点と融和し、複雑巧妙にマルクス主義（ジェイムソンの新マルクス主義を含む）文化理論研究を否認し、中国問題の価値について考察している。林培瑞は、新マルクス主義は中国問題に対してなんら付与するところが無く、全く前途が無いと言い切っている。(23) しかしながら、われわれは中国と西欧社会の文化歴史的差異によって、中国近現代文学研究の意義におけるマルクス主義の観点を否定するだろうか。われわれは中国共産党の官製マルクス主義が中国近現代文学創作と研究に醸成した結末を理由に、マルクス主義的歴史観と文化観が中国に与えた影響を抹殺するであろうか。

マルクス主義文化思潮と左翼文学運動は中国近現代史上の重要な伝統である。このきわめて重要な伝統に対して、われわれはそこに内在する発展と変遷、内在する矛盾と衝突を研究すべきではないだろうか。世界各地、各民族の歴史的発展のマクロ的角度におけるマルクス主義の文化思潮から、重ねて瞿秋白、魯迅から胡風、周楊から王若水、朱光潜から李沢厚、劉再復、かくも豊かにして複雑なマルクス主義文化思想と美学理論の伝統を認識すべきではなかろうか。中国八十年代の文化省察運動においては各種の学説、思潮、流派が殺到した。しかし影響が最も大きく、官製イデオロギーに対する脅威と挑発が、最も鮮明であったのは、李沢厚、劉再復、金観濤らの思想理論であった。彼らの理論は極力、中国の経験、人の主体の高揚、文化批判と文化啓蒙を通して文化再建の目標に達しようとするものであり、既に深遠なる歴史観を有し、人類の命運という広大な胸襟に視野を向けるものであった。李沢厚らの人々は、八十年代基本的に一種の中国の新マルクス主義文化理論を形成したと言えるかも知れない。彼らの思想に対する研究は緒に就いたばかりであり、筆者は、関心を分かつ全ての同志と手を携え、この領域において研究を進化させていきたいと願うものである。[24]

最後に、筆者は、目下の文化多元、解放の呼び声が高まる状況下で、われわれは依然として自身のスタンスの確定、われわれの学術研究における「文化的政治的隷属と参与[25]」を見きわめる問題に直面している。冷戦収束後の世界政治と文化構造の中で、ある種の新しい冷戦意識が台頭してきている。中国問題の研究と討論においては、このことについて冷静な認識を持たねばならない。甘陽は八十年代の文化省察を回顧する中で、われわれは伝統社会に対する批判と同時に現代社会を審視する「両面作戦」の態度を採用せざるを得ないと述べている。筆者のいう「隷属と参与」とはこれに近い意味である。[26]

註

（1）劉再復などの中年学者を除き、八十年代の中国批評、学術界で活躍した青年学者には、銭理群、黄子平、陳平原、王暁明、陳思和らがいる。李陀、程徳培、呉亮らは「アカデミー」の外に、実験小説を主要な対象とする批評家群を形成する。

（2）Steven, Connor. *Postmoderninst Culture* (New York: Blackwell, 1989) ; Linda Hutcheon, *Politics of Postmodernism* (New York: Rowtledge, 1989).

（3）筆者の論文の題は、"Politics, Critical Paradigms:Reflection on Modern Chinese Literature Studies": その他の論文は、Perry Link "Ideorogy and Theory in the Study of Modern Chinese Literature : An Introduction": Michael S. Duke "Thougts on Politics and Critical Paradigms in Modern Chinese Literature Studies": Zhang LongXi. "Out of the Cultural Ghetto : Theory, Politics, and the Study of Chinese Literature" 張の論文の中文訳は、『今天』一九九二年、第四期に発表された。張隆渓は、彼の文を中国語に訳す時に、題目を改めた。もとは「文化のゲットーを出て」であり、「文化の閉鎖空間を出て」に改めた。これは賞賛すべき訂正である。原文では、中国文化、あるいは中国文化・文学研究をゲットーと称したことを妥当で無いと感じたのだろう。本文の引用は張論文の『今天』中文を基準としている。他の引用文には、*Modern China* 19. No.1 (1993) がある。

（4）林培端は、彼の論文の中で指摘している。早期の現代中国研究は、福特基金会とアメリカ政府の国防外国語予算の資金供与が後押ししており、これにより「敵を理解する」己を知り、相手方を知る。註（3）Perry Link, 4 を参照。

（5）夏とプルーセクの論争文章は、Jeroslav Prusek, *The Lyrical and the Epic : Studies of Modern Chinese Literature*, ed. Leo Ou-fan Lee (Bloomington: Indiana University press, 1980)。

（6）Rey Chow, *Woman and Chinese Modernity: The Politics of Reading between West and East* (Minneapolis: University of

Minesota Press, 1991), xiii.

（7） Michael Duke, 55。サイードの「オリエンタリズム」に対する批判は、Edward W. Said, *Orientalism* (New York: Pantheon Book, 1978)。

（8）・（9）・（10）・（11） C. T. Hsia, *A History of Modern Chinese Fiction* (New Haven: Yale University Press, 1971), 393–96; 207–208; 459; 536.

（12） 西方の非宗教世俗文化が、現代西方社会において形成される中での影響については、Antonio Gramsci, *Selections form the Prison Notebooks* (London: Lawerence & Wishart, 1791)。

（13） Leo Ou-fan Lee, *The Romantic Generetion of Modern Chinese Writers* (Cambridge, Mass.: Harvard University Press, 1973).

（14） Marston Anderson, *The Limits of Realism: Chinese Fiction in the Revolutionary Period* (Berkeley: University of California Press, 1990).

（15） David D. Wang, *Fictional Realism in Twentieth-Century China: Mao Dun, Lao She, Shen Congwen* (New York: Columbia University Press, 1992); Leo Ou-fan Lee, *Voice from Iron House: A Study of Lu Xun* (Bloomington: Indiana University Press, 1987); Theodore Huters, ed. *Reading the Modern Chinese Short Story* (Armonk, N.Y.: M. E. Sharpe, 1990). 周蕾的著作註（6）を参照。

（16） 註（3）Michael Duke, 47を参照。

（17）・（19）・（20）・（21） 註（3）張隆渓、二一九、二一七、二一八、二一九頁を参照。

（18） Leo Ou-fan Lee, "Postscripts," in *Politics, Ideology, and Literary Discourse in Modern China*, ed. Liu Kang and Tang Xiaobing (Durham: Duke University Press, 1993).

（22） Hans-Georg Gadamer, *Truth and Method* (New York: Crossroad, 1986), 238.

（23） 註（3）Perry Link, 9。

（24） 筆者は、現代中国のマルクス主義文化思潮と、美学理論の問題について目下研究中である。参見 Liu Kang, "Subjectivity,

Marxism, and Cultural Theory in China," Social Text, nos. 31/32 (1992)；劉康「主体性論争之浅析」、『知識份子』、一九九二年夏季号。

（25）註（3）Liu Kang, 38。

（26）甘陽編『中国当代文化意識』（香港、三聯書店、一九八九年）、iii頁。

2　批評理論と中国当代文化思潮

劉　康

一、批評理論の新課題

アメリカの『近代中国』（*Modern China*）一九九三年第一期に端を発した中国近現代文学研究、イデオロギーと批評理論に関する論争は、その後『二十一世紀』『今天』等中文雑誌紙上で引き続き展開され、主に張隆渓先生の筆者に対する回答と反論である。(1)当事者としては、双方がそれぞれ三編の文章で自己の観点を明らかにし、ここで一段落しても良いかもしれない。しかし、討論の中で生じた問題は、一歩進めて詳細に研究する価値のあるものである。筆者は『今天』で発表した文章、すなわち論争上の重要問題――中国現代マルクス主義文化伝統の評価問題――を継続論争すべきテーマおよび批判に対する回答としている。私の前提は理論と学術研究に対して、歴史的反省と省察を加えること、この点において私と張隆渓先生の間になんら相違はない。『二十一世紀』に発表された張文は「もし批評理論が文学と文化に対して批判的思考の作用を持つと言うなら、真に理論性を備えた立場を取るべきで、先ずは理論そのものを批判的に検討し、自己の採用した理論的立場に自覚的意識を持つべきである。(2)」張隆渓先生と筆者を含む多くの人々はみな、このような文化的批判と理論的批判を実践し、一定の成果をあげていることは、喜びまた安堵するところである。(3)筆者は『二十一世紀』の先の一編の文章において、中国文学研究の「歴史主義から文化批評への転換」について述べた。今見ると、変化は一層深化し多元化し、人々を鼓舞するような新局面を呈している。歴史的発展や巡り合わせ、といった要因以外にも目の当たりにする学術局面の成果における、「批評理論」の功績を埋没させてはいけない。

批評理論（critical theory）は八十年代から今日に至る西欧文化界・学術界で流行した様々な文学、言語学、心理学、歴史と哲学理論などを指して言う。近年、理論の焦点はいわゆるポストモダン文化現象であり、それは発端から西欧の文化的伝統に対する批判にはじまり、世界文化の差異、流動的情勢、対話と転形の問題の思索に転じていった。八十年代末から九十年代初めに至ってポストモダン文化論争の視角と範囲は日増しに拡張し、「テクスト」「ディスクール」の解読、解釈からさらに性別、種族、経済、権力、政治とイデオロギー批判の介入にまで、深く潜入していった。要約するならば、目下西欧の批評理論は鮮明な政治とイデオロギー批判の色彩を具えている。それは世界の新しい構造の下で、社会と文化の転形という現実に直面した、西欧人文学術界の作り出した選択と反響を現している。批評理論の政治とイデオロギー批判性に対する異なる立場は、筆者と張隆渓先生の基本的な相違に相当する。私たちはすでに批評理論と中国近現代文学研究の関係について討論してきた。討論の中では、西欧マルクス主義、中国マルクス主義文化伝統および中国の八十年代文学創作、批評と理論潮流の関係問題にも言及された。筆者は張先生の批判と再批判に対して、さらに一歩進んで私の上述の問題に対する見解を披瀝するつもりである。わたしの見解は粗浅疎漏を免れないであろうが、張先生やほかの学者の方たちの批判を歓迎する。だが、張先生のように一再ならず筆者を「基本的な言葉の常識に欠ける。」「ガーダマーの哲学の初歩に至らない。」「英語を理解すべき。」「平易な英語をなぜ誤読するのかわからないが」、などと非難することは全く必要無い。筆者を「新マルクス主義の信徒」と断定し、また私の政治的神経が「極度にナーバスで」「一人の新マルクス主義者にとっては、階級闘争も依然として職務」などと述べるに至っては、おそらく十分に理性的で平等に問題を討論する態度でなければ、必ずしも「一層高いレベルで」討論

を展開するのに有益とは思えないのである。(4)

いま私たちが直面している重要な課題は、中国の現実に基づいてわたしたちの立場を確定し、批評理論に深い反省を加えることである。張隆渓先生とわたしの立場とスタンスの相違は、わたしたちがともに理論探索を行うことを妨げず、過度に感情的な非難は、見たところ不要である。ひとつの小さな例を挙げて問題を説明しよう。私が『二十一世紀』の先の文の注釈で、婉曲に張先生が〝ghetto〟ということばで中国文化／中国研究を形容しているのは妥当でないと提言しておいた。この言葉は辞書的な意味でも、現代英語の用法においても、すべからく西欧都市における人種隔離、社会的圧迫、経済的貧困の「貧民窟」を意味し、〝slum〟が同義語として常用されるが、はからずも張先生の憤りに触れ、私が彼の原義を「改竄歪曲」した重要な証拠とされたのである。(5) このような例は張文には枚挙にいとまなく、一々例を挙げることはないが、ご寛恕いただきたい。

二、批評理論とマルクス主義の関係

西欧当代批評理論の主な哲学と思想の来源の一つは、二十世紀に華々しく発展した西欧マルクス主義である。マルクス主義は、十九世紀の経典マルクス主義、統治階級イデオロギーとしての官製レーニン主義、スターリン主義を問わず、一貫して政治とイデオロギーの問題に関心を注いできた。今世紀、西欧資本主義社会で変遷発展を遂げた西欧マルクスはもっとも政治とイデオロギー問題、とくに文化領域内の政治的衝突と矛盾について強調してきた。ルカーチ（Georg Lukacs）、グラムシ（Antonio Gramsci）、フランクフルト学派およびハーバーマス（Jurgen Habermas）、英国の「文化唯物主義」（cultural materialism）ジェイムソン（Fredric Jameson）らは、主な精力を文化、思想、心理およびイデオロギーの領域に置き、近代資本主義文明が作り出した人類主体、存在、自然と文化、意識と潜在意識の様々な危機について批判と省察を加えた。西欧マルクス主義が西欧文化界で広範な影響力を持つ思潮となり得、学術界の「顕学」の一つとなり得たわけは、六十年代末から七十年代初め、欧米の政治、文化騒乱と直接的な連携を持ったことにある。

七十年代はじめフランスの社会と人文学術界には批評理論が勃興した。——構造主義、ポスト構造主義、女権主義、脱構築主義、受容美学……基本的には六十年代末の政治動乱後の文化知識界の余波と堆積である。この点は批評理論の政治とイデオロギー批判の鉾先に見出せるばかりでなく、フーコー（Michel Foucalt）、デリダ（Jacques Derrida）、クリステヴァ（Julia Kristeva）、バルト（Roland Barthes）、リオタール（Jean F. Lyotard）、およびジェイムソンらの人々の学術生涯と思想の変遷の中にも一目瞭然である。西欧マルクス主義は「文化批判」（kulturkritik）を強調し「文化覇権」（cultural hegemony）と大衆文化の商品性「文化産業」に反対し、「否定的弁証法」を主張した。これらは一九六八年の「五月革命」の思想的武器となったばかりでなく、当代批評理論とポストモダン文化論争の主要な来源となった。もう一方で西欧マルクス主義は両面戦争であり、ソ連東欧の官製イデオロギーのレーニン・スターリン主義およびソ連の全体主義政治に対して痛烈な批判を浴びせた。当代批評理論は資本主義とソ連官製マルクス主義の二つのイデオロギーに対して批判的、否定的態度を取ったが、この点で西欧マルクス主義とも一致している。六十年代末の政治、文化騒乱は実際上全世界規模で起きた。一九六八年の「プラハの春」はソ連東欧社会内部での衝突と爆発であり、パリ街頭の「五月革命」やアメリカのベトナム反戦の学園紛争等と、等しく深いつながりがある。歴史的現実の内在的連繋を理解することは、当代批評理論の政治批判が向かう鉾先を知る要である。(6)

六十年代から七十年代中国のあの「史上空前の無産階級文化大革命」が、社会史、思想史上、西欧マルクス主義と当代批評に対して与えた影響と意義は、看過することはできない。毛沢東の中国式マルクス主義の強烈な「文化決定論」「イデオロギー決定論」の品格、毛主義の過激な反官僚、継続革命の理論と造反精神は、マルクーゼ（Herbert Marcuse）、アルチュセール（Louis Althusser）など西欧マルクス主義者に少なからぬ影響を与えた。わたしは英文の論文の中で、フーコーの権力と知識の関係理論および、その毛沢東思想との連繋について論じたが、その主旨は毛式マルクス主義と西欧マルクス主義、当代批評理論の複雑に絡んだ、錯綜し迷走する関係をひとつの重要な問題として提起した。これは私たちが西欧マルクス主義と当代批評理論を批判、思考する上で、また中国現代、当代文化を分析、思考する上でも大いに有意義である。マルクス主義は中国現代文化の重要な伝統であり、中国の「現代性」（modernity）問題を、根本から揺さぶるような影響を持ち、中国の問題を討論する上で避けて通ることは出来ない。八十年代の文化省察においてこの問題についてすでに大胆かつ深刻な研究と討議があった。（指摘しておかなければならないのは、この討議の中でもっとも重要なものは、マルクス主義内部の「異端」から来たもので、李沢厚、金観濤らの理論批判と探索であった。）しかし、当時の学術討論は主に五四文化伝統の「啓蒙」と「救亡」に、および中国古代の儒家文化伝統に対する批判の問題などに集中していた。毛主義の問題については、政治的に微妙であり、文革が終わったばかりで距離を置いて見ることが出来ないといった複雑な原因により、全面的な展開はなかった。毛と西欧マルクス主義の関係という問題については、さらに言及されることはなかった。

総じて言うなら、批評理論とマルクス主義の各種思潮（西欧マルクス主義と毛主義を含む）との関係を研究することは重要な課題であり、世界文化の転換、差異、対話の視界において、より一層詳細に討議する必要がある。張隆渓先生はおそらくこの点においては反対されないだろう、彼もジェイムソンの新マルクス主義の挑戦は、中国文学研究者が自己の閉ざされた空間から抜け出すのに有益だと認めている。しかしもう一方で、張は筆者の文化的政治性に対するフーコーと毛の関係についての見解を、「フーコーを以て毛を正当化する」と決め付けている。[7] 彼は以前の文章では、ややもすると、穏やかな口調で「わたしはジェイムソンが第三世界文学を『民族の風諭』とする見方、および劉康が提起した政治参与と関連の主張には懐疑を表明するものである。[8]」と述べられ、後には憤りの口吻で、筆者のことを、階級闘争を鼓吹する闘士と形容したのである。このようにして、実際上筆者の提起した問題はマルクス主義に対する「極権政治の災難」という批判に逆戻りし、強調されたのは「マルクス主義＝階級闘争＝自由主義と多元への反対」というロジックであった。これは紛れも無く筆者が文章において幾度と無く指摘してきた、長く西欧漢学界を支配してきた一種の偏見であり、単純化された二元対立のロジックである。当然、このようなロジックは長年「階級闘争を大綱とする」中国にとって深く影響を持ち続けて来たし、われわれの文化批判と理論的省察の主要な対象である。

このほかに、私が確信するところは、まさに「われわれが幸いにも毛の中国で育った」がゆえに、必然的に中国の「階級闘争」と西欧の反共冷戦イデオロギーの両方に深刻な認識と批判を持ち得たということである。これが私の理論的立場である。思想の自由と学術の多元の雰囲気の中で、私の立場もその一席を占める。立場は異なれ、反共を堅持することはひとつの立場であり、自由主義もまた一つの立場である。しかし私は自由主義の立場と、思想の自由、学術多元の雰囲気とは決して一つの事柄ではないと思う。この点において、当代批評理論の中で大きな影響を持ったバフチンの「語言雑多」(heteroglossia) 理論が私たちにとって大きな啓発になる。バフチン (Mikhail Bakhtin) は、語言雑多とは文化転換の時期には単一の音声中心とイデオロギー覇権が解体し、各種言語と価値体系が相互に衝突し、ぶつかりあい、対話し、交流する歴史的現象であり、百家争鳴、意見が入り乱れる局面であると主張する。しかし語言雑多は自由主義の立場の勝利を意味するのではなく、異なる観点、立場の対話と交友、立場とスタンスを異にするものが同時に共存することが、語言雑多の要である。[9] ブッシュがアメリカ大統領選挙で得意気にソ連東欧の解体は

「自由民主」の最終的勝利だと宣言したのは一種の価値体系の立場に過ぎない。もしこのようなやり方で、新しい言説中心とイデオロギー覇権を打ち立てるなら、それは歴史に逆流するものである。最近ハンチントン（Samuel P. Huntington）がヨーロッパ中心の「文化衝突論」を持ち出したことは、新しい冷戦イデオロギーを孕んでいるとは言えないだろうか。私のこのような理論的思考を無理やり「階級闘争、生きるか死ぬか。」という観点として、「思想自由、学術多元」と対立させるならば、それはある種イデオロギー的立場の古い調べか、あるいは理論それ自体に対する「批判的思考」だろうか。

三、批評理論と中国八十年代文化思潮

わたしは『今天』の文章の中で、八十年代に誕生した中国新マルクス主義の問題を提起している。わたしが指摘したのは七十年代末に始まった疎外と「人道主義的マルクス主義」の討論、金観濤のマルクス主義史学に対する科学主義的修正、李沢厚の美学、哲学から中国思想史の領域におよぶ理論的開拓、劉再復の「文学主体性」観点、厳家其の文化大革命に対する批判などである。彼らは均しく、中国の文化実践とマルクス主義体系内部から出発して、中国と世界の問題を再考している。甘陽らが『文化：中国と世界』と「現代西欧学術文庫」で翻訳紹介した西欧現代人文思想の名著は、若手研究者に集中し、彼らは西欧マルクス主義と当代批評理論に非常な興味を示し、「モダン」と「ポストモダン」問題の論争に介入していった。湯一介、龐樸らの「中国文化書院」には、マルクス主義哲学に造詣が深く、長期にわたり中国思想史、哲学史を修めた学者が集った。八十年代の中国には未だフランクフルト学派のような組織、系統だった学派は無かったけれども各観点の理論傾向と重点、学術レベルと範疇は異なっていても、すでに中国官製マルクス主義、経典マルクス主義、西欧マルクス主義とも異なる重要な思潮を形成していた。

中国新マルクス主義思潮の中で最も影響力が強かったのは、李沢厚の美学——史学思想である。李沢厚はカント主体哲学とマルクス一八四四年『経済学——哲学手稿』を起点として、先ず美学主体観を詳述した。（李の主体論は劉再復の「文学主体論」に直接影響を及ぼした。）引き続いて李沢厚は美学から思想史に転じ、八十年代初めの「美学熱」は、八十年代中期の歴史的省察を中核とする「文化熱」の高潮を引き起こした。文化熱はこの時期、中国の文芸創作と批評に空前の活況をもたらした。文化熱は審美意識において際立っており、美学が史学を引導し、文化を以て政治を論じ、「美学——史学」の言説形式を形成し、李沢厚はその気風を拓いたと言える。李沢厚らの文芸、美学、意識、心理の領域での探索は、西欧マルクス主義文化思想の軌跡と驚くほどの相似性を見せるが、中国の新マルクス主義はまた独自の特徴を持つ。李沢厚らのマルクス主義主体美学は批判と建設の二面的意義を持ち、それは毛沢東の文化政策を批判するばかりでなく、西欧マルクス主義の弁証法を批判するもので、歴史的唯物主義から出発して主体と中国文化を再建することを主張していた。八十年代文化省察の主導な思潮として、李沢厚らの思想は鮮明な啓蒙的色彩を持ち、五四以来の新文化運動の啓蒙と反封建を強調していた。もう一面で、彼らは努めて中国の文化伝統の中に、ある種の理性的構造を探し求め、それによって伝統の「創造的転換」を実現しようとした。中国新マルクス主義者たちは西欧思潮の「工程表」に追従しようとはしなかった。反主体、反全体論の喧騒の中でも歴史の統一観、批判と建設を平行して進める弁証法を堅持し続けた。マルクス主義を官製イデオロギーとした社会主義国家内部の理論的異端として、中国新マルクス主義が提唱した問題と思考の角度、立場は、西欧マルクス主義、当代批評理論とは異なり、独特の変えがたい意義を持つ。

八十年代の中国文化界が、直面したのは文革後の社会イデオロギーの危機と近代化建設の転換時期であった。この時期、文化思想界の特徴は「語言雑多」である。異なる価値体系と観念、「新儒家」から「ポストモダニズム」まで、サルトル（Jean-Paul Sartre）からデリダまで、各種学派、観点、言語をめぐる「伝統」「モダン」「ポストモダン」の話題が、諸説入り乱れていた。しかし、この時代の主導的言説はすなわちマルクス主義の言説であった。それは官製イデオロギーの文化へゲモニーのコントロールと影響のみならず、中国二十世紀の七八十年以来形成されたマルクス主義の文化伝統のためである。この意味で中国新マルクス主義者たちはマルクス主義伝統内部から自省するかたちで理論批判と省察を試み、その対象と歴史的コンテクストは西欧とは異なるにせよ、西欧批評理論とポストモダン文化論争とは熟考に値する相似性を見せる。両者は少なくとも理論的自覚と政治的干与の二点において顕著に見て取れる相互呼応と照応を見せる。しかし文化省察の中で、美学を以て史学を引導し、文化を以て政治を論ずる方法は、ついには政治的原因によって一九八九年以降大陸の思想舞台から追放されるのである。新マルクス主義の異端は官方の強烈な非難を受けたのである。

四、九十年代文化思潮の新しい景観

皮肉なことに、九十年代に入ってからの中国文化界は「ポストモダニズム」、西欧が導入した思想と文芸思潮が次第にホットな話題になっていった。しかしこれは学術文化界が「商品熱」の大きな衝撃を受けて、日増しに周縁化され物寂しく零落した雰囲気の中での「沸騰」である。往年の「文化熱」の「啓蒙」「理性」のディスクールが大きな反響を呼んだ雰囲気とは同列に語れない。しかし、たとえそれに熱中する学者たち（北京の中青年学者を主とする）が実際には「ポストモダン」の西欧テクスト、コンテクストをあまり意に介さなかったとしても、[10]遅れてやってきた「ポストモダニズム」は畢竟中国文化界が創造した、ある新しい景観であった。注意に値するのは、新しい「ポストモダン文化思潮」が一面で「ポストモダン」から遊離し、脱構築、「模倣（パスティーシュ）」（pastiche）と「先鋒派文芸」（主に蘇童、余華等の「実験小説」新潮美術、実験映画等の「エリート文化」を指す）文化のシフトと無秩序の時代をさらに一歩「権威イデオロギーから遠く引き離した」[11]ことを認め、もう一方ではリオタールの「現代性」神話と「啓蒙言説」の批判の助けを借りて、八十年代の新マルクス主義文化思潮を「救済意識」と「啓蒙言説」とし、これによって八十年代と九十年代とに一線を画したのである。[12]

八十年代と比べ、当代西欧批評理論は中国文化界で直接的な影響を及ぼすようになったようで、「文化熱」が突然途切れた後の空白をある程度は埋めあわせることになった。西欧ポストモダン文化論争の中の政治イデオロギー批判の鋒先は、中国では意図するとせざるとトーンダウンしていった。これは決して単純に、官製イデオロギーのコントロールが誘導した結果とは言い切れない。実際のところ官製のイデオロギー政策決定機関の立場は相当混乱、混沌としていて西側メディアが描き出したように不断にイデオロギー制御を強化していたわけでないのである。もう一方で市場経済がもたらした大衆文化の波に直面して、西欧批評理論、特にフランクフルト学派の「文化産業」と大衆文化に対する論難は、中国文化学術界にすこぶる有効な批判的武器を与えた。指摘すべきは、国が大衆文化に対する西欧マルクス主義的批判をいまだ奨励しない時、官製の色彩が強い学者たちと刊行物（『文芸理論と批評』『当代思潮』等）は一貫して西欧マルクス主義に対して敵意ある冷淡な態度で臨んだ。批評理論とポストモダン文化論争は九十年代中国に新しい傾向を促進した、この傾向自身は不確定で、曖昧、多義的な特徴を持ち、意匠をこらした「ポストモダン」的色彩を帯びていた。大衆文化が（香港台湾の流行歌、ＭＴＶ、西欧映画、広告、ファッション、通俗文学など）日増しに当代中国文化の主導になる状況下で、「エリート文化」と「大衆文化」の二元対立が、次第に理論言説の主要な話題となっていった。

総括すれば、七十年代末中国社会と文化が全面的転換期に突入してから、時に激しく変動し、近代史上最も思想の交錯する様相を呈した。西欧の文化潮流、とりわけ批評理論は中国の当代文化思潮との間に複雑で密接な連繫を生じ、マルクス主義や政治イデオロギーの問題では特に突出していた。わたしは、これは特に重視すべき課題であり、また困難な課題であると考える。自己が自らを研究対象とし、当代にあって当代を観るというのは、真に口で言うほど容易くは無い。しかし、目の前にあるのは文化転換の時代であり、他者、差異を通した理解と対話を通して認識を改め、自己を確定する時代である。対話は拓かれたとはいえ、まだ未完成である。世紀の交替の時代は、まさに私たちは新しい段階で展開される対話のための契機となるであろう。

註

（1）Modern China に掲載された拙文「中国現代文学研究在西方的転型——兼答林培瑞・杜邁可・張隆渓教授」、『二十一世紀』（香港中文大学・中国文化研究所）、一九九三年十月号一二七頁註3：他に拙文「理論与現実——中国新馬克思主義文化思潮的嬗変」、『今天』、一九九三年第二期：張隆渓「再論政治・理論与中国文学研究——答劉康」、『二十一世紀』（香港中文大学・中国文化研究所）、一九九三年十二月号（以下簡称「答劉康」）。又見潘少梅「一種新的批判傾向」、『読書』、一九九三年九月を参照。

（2）・（4）・（5）・（7）「答劉康」、一四〇、一四三、一四三、一四一頁。"Ghetto"的定義、可参見 Webster's Third New International Dictionary 条文。

（3）アメリカの中国学者について言えば、すでに張隆渓の中西比較詩学があり、筆者と唐小兵の共編で、デューク大学出版社から中国現代文学論集が出ている。陳小眉、魯暁鵬、張英進、劉禾、呂彤鄰等の中国現代文学と、古典文学の論著であり、近く各々ケンブリッジ大学とスタンフォード大学から出版される予定である。

（6）Frederic Jameson, "Periodizing the 60s," in *The Ideologies of Theory*, vol. 2, *The Syntax of History* (Minneapolis: University of Minnesota Press, 1988), 178–208.

（8）張隆渓「走出文化的対閉圏」、『今天』、一九九二年第四期、二二五頁。

（9）Mikhai Bakhtin, *The Dialogic Imagination: Four Esseys*, trans. C. Emerson and Michael Holquist (Austin: University of Texas Press, 1981), 366-75.：又見拙文「一種転型期的文化理論――論巴赫金対話主義在当代文化論中的命運」、『中国社会科学』、一九九四年第二期：拙著『対話的喧声――巴赫金文化理論述評』（即将由中国人民大学出版出版）を参照。

（10）西方ポストモダニズム理論の中国における影響で、最も大きかったのは、ジェイムソンが、一九八五年に北京大学で行った講演録である。
北大講演録。傑姆遜著、唐小兵訳『後現代主義与文化理論』（安西：陝西師範大学出版社、一九八七年）を参照。関於九〇年代以来的中国「後現代主義」、Wang Ning, "Constructing Postmodernism: The Chinese Case and Its Different Versions," *Canadian Review of Comparative Literature* 20 (March/June 1993)：49-61 を参照。その他関係する論者として王寧「現代主義・後現代主義与中国現当代文学」、『中国社会科学』、一九八九年第五期：王寧「接受与変形：中国当代先鋒小説中的後現代性」、『中国社会科学』、一九九二年第一期：王岳川『後現代主義文化研究』（北京：北京大学出版社、一九九二年）を参照。

（11）陳暁明「文化拼貼的時代――対当代文化的一種読解和批判」、『文明争鳴』、一九九三年第五期、五～一二頁：以及陳暁明『無辺的挑戦――中国先鋒文学的後現代性』（長春：時代文芸出版社、一九九三年）。

（12）張頤武「対「現代性」的追問――九〇年代的文学的一個趨向」、『天津社会科学』、一九九三年第四期、七四～八〇頁。

（13）張頤武『在辺縁所追索：第三世界文化与当代中国文学』（長春：時代文芸出版社、一九九三年）：陶東風「欲望与沉論――当代大衆文化批判」、『文芸争鳴』、一九九三年第六期、一〇～二二頁。「新潮」批評家達の賈平凹新著『廃都』の大衆文化「商品性」に対する攻撃の例としては、多維編『「廃都」滋味』（鄭州：河南人民出版社、一九九三年）、以及蕭夏林主編『「廃都」廃誰』（北京：学苑出版社、一九九三年）等々がある。

（14）陳平原「近百年中国精英文化的失落」、『二十一世紀』（香港中文大学・中国文化研究所）、一九九三年六月号、一一～二二頁：許紀霖「精英文化的自我拯救」、『二十一世紀』（香港中文大学・中国文化研究所）、一九九三年十月号、一三七～四二頁を参照。

3　グローバル化と中国現代化の二つの選択

劉　康

一、当代中国のグローバル化文化想像

『二十一世紀』はこのところ数期にわたって九十年代中国文化批評の問題について討論している。討論の中では「新保守主義」「新左派」という表現が、最近では「ピジン学風」「多元社会の中での批評」という二つの表現が用いられている。前者は国内の学者の海外の学者に対する微妙な感情を表し、後者は、上辺は公正中庸で偏りがないが、それぞれの「世俗的配慮」と政治的立場を容易に見出せる(1)。

このような配慮の最も直接的なコンテクストは、当然ながら当代中国と社会の転換にある。そしてこのコンテクストは更に大きなコンテクストと互いに密接な関係にあるが、すなわちそれはグローバル化とその文化想像である。このところ討論の直接的関心のテーマは中国文化であるけれども、当代中国文化の核心問題は、中国の目の前にあるグローバル化転換の位置づけの問題、すなわち現代化の二つの選択の問題でなければならない。

今日中国と世界との関連は七十年代末の改革開放以来最も緊密となっている。世界の中国に対する関心も有史以来もっとも大きくなっている。中国はどこに向かうのであろうか。中国と世界はどのように連動するのか。この二つの問題は現在、実際のところ一つの問題である、因って文化討論の中の様々な角度と観点は、世界と、グローバル化のコンテクストを切り離すことができない。

中国の問題を討論する中、またしばしば中国特殊論を強調する傾向があり、意識するとせざると、中国の問題を単独で語ろうとするのは、中国の学界でも西欧の学界でも同じである。『二十一世紀』の討論の中でも、多くの学者が中国を片側に押しやり、西欧と世界のその他の部分をもう片側に置き、常に中国の特殊性と差異を強調し、多くの論争はここから始まっている。研究方法、観点における「中国特殊論」コンプレックスは由来が久しい。中国は当然特殊な立場にある、問題は特殊かどうかにあるのではなく、どのような観点、立場からその特殊性と差異を見るかである。よって、私は中国の問題を討論するにあたって、討論の方式、視野と観点の問題、特殊性と差異の問題を今一度提起し、グローバル化のコンテクストの中に置いて思考することで、われわれの討論の幅を拡大したいと思うのである。

わたしは既に中国メディアでグローバル化の問題について提起したが、目下のところ中国学術界で重視されず、文化批評界でもさほど注目を集めていない。わたしの言うグローバル化は、冷戦終結後、グローバル資本が構築した所謂「新秩序」と「世界システム」を指し、同時に通信技術革命、および「情報高速ハイウェイ」がもたらした文化グローバル化のマスメディアの状況について指摘した。グローバル化過程でもっとも重要な特徴の一つは、文化生産と商品生産の関係が日増しに緊密になっていることである。大衆文化と日常生活、イデオロギーと学術思潮などの各領域において、文化と商品は緊密に結びつき、徐々に内部的な衝突と矛盾に満ちた「グローバル化文化想像」を形成する。グローバル化文化想像は当然のことながら中国に関わる様々な光景を包括する。九十年代の中国文化想像はある一点で特に重要である。それは「現代化」が全てを圧倒する中心テーマになったことである。

最近、中国文化討論の中で一つの言わずと知れた共通認識があるが、それは中国は未だ近代化されず、西欧はとうに近代化されている、だから中国の近代化問題における特殊性を強調しなければならないというものである。言い換えるなら、（西欧）近代化は不問に付されたかたちで普遍的基準と見なされているのである。このような特殊論は依然として一元的決定論の傾向を表出している。しかし歴史は多重の矛盾に満ち、多元決定的なものであることは、近代化についても言える。一つの歴史的段階としての近代化は、悠久の人類史上における一つの特殊な現象である。

現在の問題は、近代化は当然中国が直面した最重要課題であるが、私たちは何が近代化であり、どのような近代化の道を辿るのかという問題について、繰り返し考えないわけにはいかない。グローバル化の今日、わたしたちは近代化の二つの選択の問題を不断に追及せざるを得ないし、西欧資本主義近代化を絶対的、普遍的基準とすることに批判的にならざるを得ない。

二、中国近代化の異なる選択問題

一九九二年、『二十一世紀』上で姜義華と余英時が「急進／保守」の二元対立問題を論議している。姜は旧生産方式と社会観念の強大な勢力に直面して、急進（あるいは革命）の力を「誇張すべきでない。」と考える。余は、中共は「急進理論」と「極権組織」で「徹底して中国の伝統と社会構造を破壊した。」[2]と真っ向から対決する。余英時の「急進」に対する反対、「保守」提唱の観点は、現在海内外でかなり流行している。

「急進／保守」の問題については、最近の議論でも提起されているが、そのしかしその含みは完全に変わり、非難の対象も完全に顚倒した。『二十一世紀』の討論では、趙毅衡が「新保守主義」という表現をしており、カバーする範囲は広いが主にいわゆる「後学」に焦点をあわせており、彼は私も新保守主義の陣営に含めている。近頃卞悟の専文もいわゆる「新左派」に批判を加えている。趙毅衡、卞悟等はなぜ私と崔之元の資本主義一元決定論の批評を一切合才「新保守主義」と言うのだろう。趙文は「劉康は官製言説に美学、あるいは理論的価値がある」と指摘している。

卞文は崔之元らは人を「専ら……毛沢東に学ばせる」(3)としている。このように、「新保守主義」の意味は明らかである。新保守主義は「官製と共謀する。」基本的には官製／反官製の二元対立に依拠している。

前後二度にわたる「保守」に関わる論争は、わたしの見たところ内在的関係があると思う。余英時は保守主義を提唱するが、それは中共の革命伝統対立のためである。趙毅衡は「新保守主義」に反対するが、それはそれが「中共官製と共謀する」からである。このような見解は、一つの政治的立場として見ることもできるが、「事実」の叙述として見るなら議論に値する。わたしは趙先生に一言お伺いしたいが、あなたのこの二元対立論は九十年代の中国の複雑な国情にどの程度合致するであろうか。わたしは趙毅衡が多元と民主建設に害ある傾向を持つ立場への反対に賛成するが、彼の二元対立論には同意できない。

なぜならこのような二元対立のロジックに立てば、わたしたちは中国近代化の二つの選択問題を省察することもできなければ、する必要もなくなるからである。あるいは、「淮南の橘を淮北に移せば枳(カラタチ)となる。(ところ変われば品変わる。)」「官製に迎合」であり、あるいはためらい無く「中共外交部スポークスマン」とされる。ある先生は義憤に耐えず、「西欧マルクス主義」と「ポストコロニアリズム」理論を日本の漢奸と同列に論じて、大いに征伐を加えていた。彼らはややもすれば専制主義に対する義憤から出ているのかも知れない。しかし彼らのこのような文革「大批判」式の他人の罪状暴露には、あえて同意しない。このような空気の中では、落ち着いた気持ちで近代化の二つの選択の問題を討論できないからである。

わたしの認識では、いま近代化の二つの選択の問題を提起するのは、大変意義があると思う。理論上の意義は、グローバル化文化想像の様々な「歴史の終焉」と資本主義近代化の一元決定論に焦点をあわせていることで、実践的な意味は言うまでもない。私がすでに述べたように、中国近代化の二つの選択の一つの核心問題は、「革命」と「建国」の関係である。この問題は単純に本土／外国、東方／西方、伝統／現代、専制／民主の二元対立で解釈、包含できるものではない。「革命」は中国現代史近百年の伝統を形成し、複雑にして影響深遠な文化覇権（あるいは指導権）と言説系統を持つ。この伝統を考える時、この伝統は、このコンテクストと切り離すことはできない。かつ、今日の中国におけるこの伝統はまだ歴史の範疇に入っていない。依然として文化ヘゲモニーを有し、私たちの日常生活や学術思考に影響を及ぼしている。

わたしがここで言う「文化ヘゲモニー」は主導的地位を占める社会イデオロギーであり、上層から下層、下層から上層まで広範に動員、発動、宣伝活動を通して、社会の異なる階層、とくに被統治、被指導階層の支持、賛同と参与を獲得する。この見方は主にグラムシ（Antonio Gramsci）から来ている。(4) 文化覇権の特徴はまぎれもなく中国革命の重要な特徴である。中共建国後も、堅持されたイデオロギー化と軍事化の「宝刀」は、文革がイデオロギーによる統治のきわみに至った結果である。文革後の近二十年来、中共の文化覇権はその広範な群集基盤と合法性を次第に喪失した。八十年代の文化省察は、すなわちこの文化覇権に対する批判と省察であった。

今日私たちはグローバル化と社会転換の情勢に直面して、制度問題に対する討論もあった、これはさらに今日の中国現代化の二つの異なる選択の具体的実践に直接言及している。中国近代化の異なる選択を思考するとき、絶対的反全体論（たとえば何年か前に流行った中国五四運動の「総体論的反伝統」説）と徹底した一元決定論（たとえば中国史の「歴史唯物主義教科書」等）は取り上げられない。われわれは歴史的発展の輻輳し矛盾する多元決定の角度から、異なる歴史の路線の選択の「二つの選択の思考方式」（alternative thinking）を捜し求めるべきである。もし中国現代化に対する異なる選択の思考が、主に歴史、経済、政治と社会の角度から出発すると言うなら、文化批評の直面するもう一つのテーマは、グローバル化の挑戦である。文化領域では、グローバル化の問題は主に「グローバル化文化想像」にある。前に述べたように、ここには商品化の「市場万能」イデオロギーの問題もあり、中国本土が作り出した中国の民族伝統に関する「中国文化想像」もある。九十年代の文化批評は当然この両者に対する批判を含んでおり、このような批判自身は当代知識分子の陥った苦境（ジレンマ）を反映している。甘陽は八十年代末、「政治勢力の交錯する形成」という状況のもと、「両面作戦」を取るしかなかった。伝統批判（旧伝統と五四以来の新伝統を含む）もあれば（資本主義）現代性批判もある。[5] しかし、八十年代の文化批判は終には革命伝統と覇権に対する政治的糾弾となった。そしてこのような糾弾は、欧化コンプレックスと複雑に縺れてくる。

三、当代知識分子の陥った苦境

最近上海の中青年学者が「人文精神」の討論を提起した。[6] この討論の関心は主に「人文精神」の「失落」と「遮断」にあり、「人文精神」の実質的な内容にはない。そして「失落」「遮断」のような言い方が、そもそも中国文化批評家の陥った抜き差しならない苦境を物語っている。かつて中共の政治文化は、中国知識人に対して社会生活の中心で時に英雄、時に悪人の役回りを演じさせてきたが、「六四」後の国家政策は無情にも知識人の「社会的良心」の発話権を剝奪した。その中心的位置も九十年代商品化の大きな潮流につれて不可逆的に周縁へと向かっていった。

このような両面での苦境をもっともよく現しているのが、中国の「ポストモダニズム」「ポストコロニアリズム」の討論である。中国の「ポストモダニズム」「ポストコロニアリズム」はすでに西欧の「ポスト学」とは同じでなく、また「新保守主義」でもない。彼らの同時代西欧「ポスト学」理論への注目は、グローバル化に対する問題から端を発している。彼らは決して単純に西欧の流行理論を借りて同時代中国を解読しようとしているわけではなく、逆に再度、中国的実践によって、理論の普遍有効性と合理性を追求しようとしているのである。換言するなら、中国「ポスト学」の焦点は、中国近現代史の「西欧君臨」や「ポストコロニアル」ではなく、同時代のグローバル文化想像の巨大な磁場における位置づけである。張頤武の話では「今日われわれはいかにして中国を解読するか。」陳暁明は更に一歩突き詰めて「『文化中国』は間違いなく第三世界テキストとなり得るか。[7]」

しかし、中国「ポスト学」の苦境は彼らのグローバル化文化討論の探求に対する敢然とした、意識の高い参与においても存在している。彼らは西欧漢学の冷戦モデルを踏襲して中国を分析、解釈せよと主張しているわけではないし、努めて官方と非官方、独裁と民主、反共と親共の二元対立を打破し、「文化覇権」「文化場」「象徴（あるいは記号）資本」の生産、伝播等の概念を運用して中国現代化の二つの選択肢の歴史と現実を理解しようとしている。海外にはすでに彼らを厳しく叱責する人々もいる、今のところ公正を装ってはいるが、その実政治的偏見に満ちた攻撃であり、その認識は中国「ポスト学」は「現存の文化秩序」（意味するところは「（中共）政治専制主義」）を合理化する、「（中国）外交スポークスマン」式の「政府声明」である。中には自分を「多元」「自由」の唱導者、誰よりも卓越した仲裁者として演出したがる者もいるが、実は骨の髄まで反中国反共の冷戦的偏見に満ちている。こういった豪も学術的誠意がなく、この上なく傲慢な人々には、とくに反駁するまでもない。しかし、ひとつ誤解があるのは正しておかねばならない。張頤武が「官方／非官方」といった類の二元対立と海外漢学の中国に対する解読に疑義を呈したのは、決して官方との「共謀」「合意」に当たるものではない。西欧の様々な「ポストコロニアリズム」「オリエンタリズム」の言説を批判すると同時に、国内でも多くの批評家が民族と本土文化の新潮流に批判的態度を以て対し、このような潮流は「中国」を「揺ぎ無い第三世界テキスト」に仕立て上げる危険性について指摘している。[8]このような批評態度は本土と民族文化の光輝を主張する官方機構をすこぶる不機嫌にさせている。中国の「ポスト学」は流行の市場万能イデオロギーモデルに照らして中国を解読することではない、そのために海外の一部の人々により恣に攻撃されているのである。張頤武はこの点に関して非常に鋭い分析をしている。「目下、中国の特殊な政治的境遇に関する大規模な文化生産は、グローバル資本が運営する欠かすことの出来ない資源となっている。[9]」「『中国政治』はすでに、……中国の民俗、神秘的な風光と同じように『冷戦後』グローバル化の体系の中に組み入れられ、中国の『他者性』を表現する特殊な商品になっている。」顕かに、張頤武の言葉は先に挙げた人々の心中の苦慮を深く突いている。彼らから見れば、同時代中国には、反官方、官方イデオロギーとの徹底した決裂、中国の現代革命伝統の全面否定、全面的な市場万能化イデオロギーの擁護、のみが存在し、それこそが唯一の選択であるかのようである。彼らは中国の多元、多極の局面を見ようともせず、一面では「多元」「民主」と「反極権主義」の論調を掲げ、市場万能、資本主義万能の一元決定論を堅持するのである。彼らはグローバル化文化想像の中でしばらくは優位に立つとしても、私の見たところ、ただ歴史の逆流を代表するに過ぎない。今日世界が経験した歴史的転換は、すでに資本主義近代化の中心的覇権の地位を失わせたので、真の多元、多極の現代化二つの選択の多くの実践が、日に日にその生命力を明らかにしつつあるのだ。中国の「ポスト学」（ここでは主に張頤武、陳暁明の観点を指す）の鉾先は、各種の現代化とグローバル化の文化想像に向けられ、その中でもとりわけ現代化の普遍的ディスクールと一元的決定論に向けられる。張頤武が最近指摘したように、遠からず文化批評中の「政治優先」とモダニティの「価値優先」の傾向を指摘するであろう。この二つの傾向は密接な関係にある。[10] 中国の政治性批判に対して、（「新保守主義」「新左派」批判のような）均しく西欧資本主義現代化の普遍性を標準とすることに対して、中国の「ポスト学」の主張は中国と西欧の各種政治、現代化のモデルとディスクールに挑戦を挑む。このような挑戦は決して「無価値」と相対主義ではなく、中国本土の「現存秩序」を肯定するものでもない。それはあらゆる一元論（西欧や東洋資本主義の一元論、毛沢東の一元論を含む）に対する批判を通して、新しい理論と実践の空間を探索するものである。わたしはこれこそが多元決定と二つの選択の真摯で着実な追求であり、表面上は「民主・自由」を掲げながら、実は西欧資本主義イデオロギーを賛美するばかりで、批判的意見を受け入れない人々とは根本的に異なるのである。

当然、批評概念と語句の選択上、「ポスト学」は依然として一元論の危険に面している。いわゆる「ポスト」という要となる接頭辞は、西欧理論の中で歴史的な一元決定論を孕んでおり、それは西欧史観の「プレモダン」「モダン」「ポストモダン」という一直線の歴史段階論を指す。そのため私はいわゆる「中国のポストモダン」という言い方にはとりわけ強い保留的態度をとるのである、そして「近代化の異なる選択」という概念を用いて中国問題を討論することが、「ポスト」理論の中の一元決定論を克服するのに有益ではないかと主張するのである。西欧「ポスト学」の主旨の一つは即ち「線形史観」の打破であるが、しかし西欧学者自身の文化と歴史的限界は、彼らを真に西欧中主義の誤謬から救い出すことを困難にしているので、われわれ非西欧学者が、ある種の観念上の超越を実現する機会を得るべきである。この超越とは新しい文化中心論（たとえば華夏中心論のような）を打ちたて、本質主義を目標とすることであってはならない、さもなければ、一つの決定論がまた一つの決定論を生むことになる。（これは毛沢東の理論と実践の深い教訓である。）

四、批評理論と文革の関係

中国の「後学」が多くの非難を引き起こしたいま一つの問題は、文化批判理論と中国文革の関係である。私が説明したいのは、私はかつて両者の関係を一つの歴史問題として提出した、しかしそれは張頤武らの観点とは異なり、いわゆる「後学」と同列に論じることとは呼応しない。（私は趙毅衡が私を「後学」のやり方と決め付けることに賛成しない。）また当面の討論で「後学」といった類のラベルを用いるのが有益とは思わない。私は本文においても「後学」という言葉をそのまま踏襲しているが、それは目下流行している言い方を認めることを意味しない。）中国の学者たち、張頤武、陳暁明らは西欧の批判理論から（ポストモダニズムを含む）多くの啓発を得ているが、それは私が歴史的角度から批判理論と中国文革の関係を見るのと、似ているところもあり、異なるところもある。重なる点は、私達が批評理論の価値を信じているところであり、異なる点は張頤武等の人々の主な関心が、九十年代の同時代の問題にあり、私が歴史に重きを置いていることである。中国の「後学」がフーコー（Michel Foucault）を引用するのは確かに文革と根源的に切り離せない理論であるからだけれども、しかし我々はここから、彼らの意図がフーコーと文革を「待購の商品」[11]とすることにあると、推論することは出来ない。私がアルチュセール、フーコー、毛沢東の理論系譜学の関係を提唱するに至っては、一つには歴史（とりわけ六十年代の歴史）に対する強調であり、中国文革中の世界性の視点の強調であり、二つには、中国と世界が当時近代化の二つの選択の様々な理論と実践について再び深く検討を加え、目下進行中のグローバル化情勢下での様々な挑戦に応えることを希望する。ここで言及した問題は非常に複雑であり、私は未だ中国語の文章で私の観点を詳述し展開する機会に恵まれないが、英文の専著では比較的詳細に討論されている。[12]私の見方に対する様々な批評に対して、私としては近代化、グローバル文化討論と文化想像の大きな背景の中に置いて見なければならないと考えた。私の構想は理論と実践の試行錯誤の中で、一元決定論と多元決定論の輻輳し矛盾する、複雑な連動関係について理解を深めることにあった。しかし私の批判者の中には、中国の歴史的悲劇の糾弾を理由に「新マルクス主義」に対しても、近代化の二つの選択についても徹底的に否定する者もいた。この種の二元対立的に批判論理は、最初から私の構想と相容れないものである。それに加えて、多くの知識人たちは大量の扇情的文章に共鳴してアメリカなど西欧の「多元・自由」社会への衷心からの賛美を引き起こし、私の見識の狭さとあいまって、正鵠を得た討論と批評をなおさら困難にした。ある人が私は「フーコーを以て毛沢東を正当化する」と言うに至っては、更に牽強付会と言うべきである。毛に関わる様々な神話が打破されたあと、毛批判、反毛をもって資本主義の「民主」神話を証明し、あるいはかつて毛の保健医師を務めた李志綏のようなアメリカのベストセラー市場の趣味に合わせて描かれた毛の「反神話」がひとつの流行となるのも無理からぬところである。われわれは当然毛沢東の神話、とりわけ毛のイデオロギー一元決定論と毛が文革中に行った文化恐怖主義を深く批判し、省察しなければならない。しかしわれわれは厳粛に学術的検討を行っている最中であり、市場の趣味に左右され、毛沢東神話という極めて複雑な問題を批判、清算するにあたり卑俗に流れてはならない。

五、結　論

真に多元で開放された社会は異なる意見や立場を許容すべきであり、私はこれは趙毅衡、張頤武、崔之元、卞悟と私自身を含め、多くの人の共通認識、問題を討論する上での基本的前提であると思う。しかし「多元、開放」それ自体もある種の絶対的な価値ではなく、異なる社会の実践、思想、イデオロギーの衝突、相互作用の結果である。ここで私は再度強調したい。九十年代中国文化批評の百家争鳴、衆声入り乱れる中、一元決定論と多元論、近代化の二つの異なる選択の論争は重要な問題である。グローバル化の情勢下で、多元選択の機会は前例のないことである、しかしそれと同時にグローバル化文化想像が喧伝する資本主義近代化一元決定論は、中国文化界、知識界において主流思潮を形成し、中共文化へゲモニーが日を追って失落していった後の、イデオロギーの空白を埋めることになった。しかしわれわれは、それでもなお、歴史発展の輻輳矛盾、多元決定の角度から「多元・多極」の言説で市場万能、資本主義万能を覆い隠す一元決定論の、深く混迷した霧を払いのけ、近代化の二つの選択を尋求、創造する必要があるのだ。

註

（1）ここで引用された文章については『二十一世紀』（香港中文大学・中国文化研究所）、一九九五年二月号、「二十一世紀評論・評九十年代中国文学批評」；一九九五年十二月号、「二十一世紀評論・『洋涇浜学風』還是『認識論特権』?」；一九九六年二月号、「二十一世紀評論・評中国式的『新左派』与『後学』」を参照。

（2）姜義華「激進与保守：与余英時先生商榷」及び余英時「再論中国現代思想中的激進与保守：答姜義華先生」、参見『二十一世紀』（香港中文大学・中国文化研究所）、一九九二年四月号、一三四〜一四二頁・一四三〜一四九頁を参照。

（3）趙毅衡「「後学」与中国新保守主義」、『二十一世紀』（香港中文大学・中国文化研究所）、一九九五年二月号、一一頁；卞悟「准橘為枳　出局者迷」、『二十一世紀』（香港中文大学・中国文化研究所）、一九九六年二月号、五頁。

（4）文化覇権の概念は、主にグラムシの文化理論から来ている。Antonio Gramsci, *Selections from the Prison Notebooks* (New York: International Publishers, 1978)。を参照のこと。

（5）甘陽編『中国当代文化意識』（香港：三聯書店、一九八九年）、「前言」、iii頁。

（6）王暁明等「文学与人文精神的危機」、『上海文学』、一九九三年第六期；張汝倫・王暁明・陳思和等「人文精神尋思録」、『読書』、一九九四年第三期至第八期以及一九九五年第六・七期。上海『文匯報』、『東方』・『戦略与管理』等にも「人文精神と文人の節度」に関する討論がある。

（7）張頤武「闡釈「中国」的焦慮」、『二十一世紀』（香港中文大学・中国文化研究所）、一九九五年四月号；陳暁明「感性的解放——中国大衆文化表徴的変化和危機」（荷蘭萊頓国際亜州研究所演講稿、一九九六年四月）を参照。
中国のポストモダニズム、ポストコロニアリズム批評については、張頤武、陳暁明、王寧が、近年中国大陸の多くの刊行物、『鐘山』『花城』『文芸争鳴』『当代電影』等に発表している多くの文章、及び王寧がアメリカ、カナダ、ヨーロッパで（New Literary History など）学術刊行物に発表した英語の論文を参照。

（8）張頤武、陳暁明等の他に、近年中国大陸の多くの青年学者たちは、所謂「オリエンタリズム」、ポストコロニアリズム、中国の歴史と近代化の関係問題について、多くの検討を重ねて来ている。汪暉、張寛、王一川、張法、陶東風、陳燕谷等は、

『読書』及びその他の雑誌上で、鋭利な視点で深刻な文章を発表しており、筆者は多くの啓発を受けた。私は中国の所謂「後学」に対して如何なる批判を行うにせよ、その前に、真摯にこれら国内学者たちの論著を読むべきだと考える。海外のある人々の、傲慢で威圧的な「判定」は、取り上げるに値しない。これは単に西洋人を意識して「市場万能主義」を鼓吹するような奴隷根性に満ち、同胞の面前では、派手なジェスチャーを演じる「ピジン」である。当然この様な「ピジン」は海外に限らない。国内の学会でも市場万能を鼓吹し、当代西方の資産階級経済学と社会学を掲げ、追従する人々がいる。劉東先生は彼らもまた「ピジン」であると思わないだろうか。

（9）　同註（7）張頤武、一三一頁。
（10）　張頤武「再説「闡釈中国」的焦慮」、『二十一世紀』（香港中文大学・中国文化研究所）、一九九六年四月号、一二五頁。
（11）　郭建「文革思潮与「後学」」、『二十一世紀』（香港中文大学・中国文化研究所）、一九九六年六月号、一二二頁。
（12）　Liu Kang, Aesthetics and Marxism : *Chinese Marxists and Their Western Contemporaries* (Durham: Duke University Press, 1996)；Liu Kang, "The Problematics of Mao and Althusser : Alternative Modernity and Cultural Revolution," *Rethinking Marxism*, vol. 8, no. 3 (1996).

4 「中国」を解釈することの焦慮

張頤武

一、

九十年代以来、中国大陸の経済と社会の発展は人々の予測に反して、目覚しい繁栄の局面を迎えた。グローバル化の進展と中国の市場化への転形につれて、中国大陸文化の発展も、即刻人々が想像もしなかったような軌道に乗った。ポスト新時期と新時期の間の断裂はすでに十分明らかなように思える。(1)旧い言説方式で中国大陸の文化を解釈するやり方は、新しい文化実践において、直ちに放棄された。九十年代初頭、少なからぬ海外の研究者たちが中国大陸の文化について陰鬱で暗澹たる光景を描いていたが、それもこの文化的活力とその豊かさにより無情に否定された。眼前に出現した最も辛辣な「歴史の皮肉」は、中国の政治/文化/経済の進展において、以前なら言説の中心であった「知識分子」の理解から完全に離脱し、また海外、中国本土が生んだ規定の言説および解釈モデルの理解からも完全に離脱したことである。中国は否応なく、飼い馴らされたあげく一つの「他者」に成り変わるしなかった。この空間で発生した全ては、あたかも非常に研ぎ澄まされた挑戦のようであり、それは私たちがすでに形成した「知識」を嘲弄した。(2)それは「中国」に関わる極めて大きな解釈の焦慮を形成した。如何に「中国」を描くべきか、いまの中国に固定した「形象（イメージ）」に何を付与すべきか、それはすでに西欧文化へゲモニーの支配するところとなった「知識」生産の肝心な構成部分のようでもあった。徐賁先生の「第三世界批評の現在中国における境遇」および趙毅衡先生の「「後学」と中国新保守主義」の二つの文章[3]はこのような解釈上の焦慮を超越、克服を企図した重要な試みである。

この二人は中国大陸から西欧アカデミー体制の中で教鞭を取るようになった学者であり、中国大陸に対して、最新の理論批評発展の経緯を提供している。二人の学者は均しく中国大陸に出現した理論批評の新しい趨勢について注意を向け、これらの新しい趨勢が完全に八十年代の既成の言説から離脱したことを鋭く看取した。かれらがこれらの新しい趨勢に理論的検討を加えたことは、疑いなくわれわれに新しい思考と探索の視界を与え、新しい「知識」を与えた。

この二編の文章の言及する論題には些か差異があり、提出された論点も全く同じというわけではないが、基本的な観点は一致している。彼らはいずれも中国大陸の理論批評についてその戯画的な情景を描写している。一方で彼らは近年の中国大陸の理論批評の若干の趨勢を、まるで「第三世界文化」研究、「ポストコロニアル」「ポストモダン」理論の発展のように、一種の「民族主義」あるいは「新保守主義」とみなし、婉曲な言い回しながら、これらの発展が中国の主流イデオロギーに対する同意、もしくは逃避の策略の様に述べている。もう一方では、彼らはこれらの発展に対して非常に厳格な価値判断を保持しており、これらの思潮の中に内包された西欧文化へゲモニーに対する批判として「現実を逃避し虚につき、近きを捨て、遠きに求める」（徐賁の言葉）「文化的保守の遺伝子がまさに作動した」（趙毅衡の言葉）などを明確に指摘している。ここでは二つの相互に関連する問題について言及されている。一つは九十年代以来の中国批評理論の発展をいかに評価、処遇するか、二つに目には西欧／中国の関係をいかに処遇、評価するか、西欧言説の影響と作用についていかに見積もるか、ということである。

この二編の文章で詳述され概括された理論批評発展の一人の参与者として、私はこの二編の文章で提出された諸論点に一々回答するつもりはない、ただこの二つの文章の表意戦略の分析において、「第三世界文化」あるいは「ポストコロニアル」理論の当面中国にもたらす意義について、再び鮮明にしたいと考えるだけである。私の見たところ、中国の批評理論発展について厳粛かつ真摯に検討したこの二編の文章は、私たちが想像したような単純なものとはかけ離れ、グローバル化ポストコロニアルのコンテクストが構成した権力関係の渦の中に深く巻き込まれている。この二つの文章はまぎれもなく、西欧中心の文化へゲモニーが生産した「知識」の一部分であり、彼らの中国批評理論に対する詳述は、まぎれもなく「中国」を再度従順な「他者」として手懐けようとする卓越した努力である。

二、

この二編の文章中、一つの極めてはっきりとした共通の特徴は、それらが強烈にホミ・バーバ（Homi K.Bhabba）の言うところの「訓導」（pedagogical）の色彩を具えていることである。(4) この種の「訓導」は、ひとつの思想を体言しているのみならず、レトリカルな策略である。この高みから見下ろすような、同情と憐憫に満ちた理解は、あたかも歴史の青写真を掌握した先覚者が、困難な状況にある本土の批評家を「屋上から水瓶を傾ける」かのように観察し、「観察者」の立場に身を置く作者が「被観察者」のあがきと追尋を認知するかのようである。徐賁が述べるように「海外の人が指摘するように、いま中国の第三世界批評が現実から遊離して虚につき、近きを捨て、遠きを求める傾向は、何か並外れた知識的勇気を示したいのでもなく、敢えて危険を冒していることを自ら誇りたいのでもない。彼らがこのように振る舞う理由は、彼らが幸いにして官方イデオロギーの検閲による弾圧を顧慮する必要が無く、幸いにして一つの『公民領域』の中で自分の思うところを述べられるからに他ならない。」ここに十分鮮明に見て取れるのは、海外／本土の二元対立である。海外は取りも直さず、超越した自由空間であり、本土はと言えば抑圧に満ちているので、前者の「幸い」は後者の「不幸」と鮮明かつ先鋭な対照を成している。「幸い」なる者は欺かれることはなく、何ものにも拘束されることなく、「真理」を発見して陳述することができる、「不幸」なるものは「現実から遊離して虚につき、近きを捨て遠きを求める」しかないのである。「海外」は拘束を受けない、自由な「知識」、全てが「真理」である天然条件を保証されたものと成る。ここにおいて「訓導」は自然に合理的な合法性を得る。趙毅衡はわれわれの景観に更なる薄暗さを付与し、いまの中国は「方向性も、深度も、歴史感もない文化であり、俗文化のカーニバル（交歓会・お祭り騒ぎ）である。」このような「海外」からの優越感によって表術されていることはかくのごとく明晰である。彼はさらに「大衆文化」への賛同は「全中国の知識界を媚俗の自殺の道へ導く。」ことを明らかにする。これは非常に明確な「訓導」である。すなわち自分の超越的位置を意識し、自分の言説の強大な権力の宣諭を意識したもので、すなわち遙かなる「自由」の空間から高らかに高慢な言葉を発しているのである。

このような「訓導」中、作者は実際二つの明らかな傾向を読み取っている。一つは西欧主流言説とイデオロギーへの強烈な賛同であり、二つ目は中国大陸の特殊な政治生活とイデオロギーに対する性急かつ手厳しい批判である。しかしながら、この二つの傾向自身がまぎれもなく「ポストコロニアル」性の最も顕著な表徴である。

この二編の文章における「海外」は、実際上はすでに「西欧」と同義語である。趙毅衡は明確に指摘している。「西欧文化は、三千年は言うまでもなく、近五百年の蓄積を見る限りにおいても、すでにきわめて富厚で、体制化され、根本的なイデオロギーは、蜂の巣をつつくような騒ぎが起こったとしても、危機に陥ることはない。」西欧白人中産階級の主流イデオロギーに対する強烈な賛同が、紙面に躍動しているかのようである。この「文化」はすなわち揺ぎ無い堅固な永遠性を具えているのであり、「解析」や「批判」も「蜂の巣」式の騒動や、小競り合いにすぎない。趙毅衡の言う「五百年」の蓄積は、明らかに西欧自身の発展の歴程にとどまらず、資本主義のグローバル体系の構築過程であり、第三世界社会と民族に対する植民化過程でもある。(5) 趙毅衡の中国批評の発展に対する「訓導」中では、かえって故意に西欧「モダニティ」言説の文化覇権の特徴が「忘れ去られ」「抹殺」され、また最近の「エスニシティ」「ジェンダー」「階層」に関わるその批判や疑義も「蜂の巣」のような無意味な努力と決め付けている。これは顕かに、イデオロギー的な学術研究とは遙かに隔たりがあり、極めて鮮明なイデオロギー的目標を具えている。徐賁は、性急に民族／外来、東／西の二元対立に「抹殺」と「忘却」を加えており、このような空間上の対立を時間上の対立に転換している。彼は指摘している。「事実上、近代化の文化批評に着目するなら、特に民族／外来、あるいは東／西という対立区分に依存する必要はない。その目的が両者を内包する近代化を推し進めることにあるがゆえに、近代と前近代（もしくはモダンとプレモダン）の区別こそが却って重要であるように思える。」ここで言う「近代化」は歴史的なものでなく、絶対的なものであり、人類の共同目標であり、疑いを入れない「究極の価値」に変わっており、それは東／西あるいは民族／外来の二元対立を隠滅、もしくは取り消している。しかし疑う余地がないのは、「近代化」もしくは「近代性」は決して歴史と文化の制約を超越した絶対的真理ではなく、イデオロギーの枠外にある穢れ無きユートピアの類でもなく、世界的な規模の権力言説の抑圧された関係に深く巻き込まれる類のものなのだ。わたしは「近代化」と「近代性」の中国発展における意義と価値を否認するつもりは少しもない。しかしまさにあるインドの学者が言うように「近代化を論述するとき、習慣的な言い方とイデオロギー的趣向の表現が突出している。『この点において、最も明らかな傾向はこのような暗示であることに注意すべきである。――ある時は包み隠され、ある時はあからさまに――近代性の典型条件は西欧民主国家の社会、政治、経済の特徴に従属するものだ。』」「これと近いイデオロギー的偏見は近代性を唯一の最終状態を代表する事物と見做すもので、すなわち西欧社会中に見られるものはこのような『事物の状態』なのであって、全ての人は模倣すべきであり、それでこそ最大の成功を獲得できることが約束されるのだ。(6)」徐賁の「海外」の「幸いなる」という叙述の中には、私たちが見出し難い、このような永遠の絶対的目標を含んだ、きわめて明晰な西欧中心の立場が隠されているのだ。趙毅衡が中国本土の理論批評家たちに放ったきわめて明確な忠告は「中国文化批判の主体性の確立は、決して西欧を他者と決め付けることにはない。」この勧告の戯劇化された価値は「冷戦後」西欧のグローバル覇権がかくも明晰に露呈した今日において、その覇権に対するところの批判と疑義の抑圧であり、疑いなくきわめて強烈な「隷属」の特徴を具えている。それは第三世界の受動と無為無力さを強固にし、完成させ、それが賛同するのも西欧が全てに君臨するイデオロギーであり、一種の抑圧的な文化実践である。

西欧の主流イデオロギーに対する強烈な賛同と相関連して、すなわち特殊中国的な政治生活とイデオロギーの批評理論発展に対する影響に対するきわめて微妙な解釈である。このような主流イデオロギーの影響に関して、趙毅衡の表述はある種隠喩としての特徴を具えている。彼が劉康の「新しい冷戦意識がまさに台頭している。」という論点について評述するとき、きわめて意味深長に指摘しているのは「このような言い方は、西欧が急進的で、『ポストコロニアル』式だということだ。中国はどうなのだ。」徐賁の非難は更に明確であり、「それは官方民族主義言説と相共存するばかりでなく、近きを捨て、遠きを求め、現実を避け虚につく、やり方は後者の利益に順応し、官方イデオロギーのコントロールと、解消されたいわゆる『対抗的』な人文批判模式に有利である。」

これらの評述の中に含まれているのは、まぎれもなく同様にグローバル化文化権力の創造した「中国」に関わる「知識」である。目下、中国の特殊な政治的境遇に関わる大規模な文化生産は、とうにグローバル資本の運営にとって必要不可欠な資源となっている。西欧政府の「人権」言説から張芸謀、陳凱歌の映画に至るまで、中国政治に対する意を凝らした調用は、すでに中国政治を利用可能な資料として、文化再生産の商品に帰している。「人権」は早くに中国に対して、制御を行い、貿易をコントロールする手段（道具）に変わっており、「中国」の他者性に対してそれを位置づける最後の幻影に成り変っている。まさに周蕾が言うように、自由の女神が代表する民主は、ただ「白人女性をアメリカ式民主の理想とする無邪気な騒々しさ」[7]である。目下中国の政治抑圧に対する大規模な符号生産（このような生産はすでに巫寧坤の『一滴の涙』や張戎の『ワイルドスワン』などの流行小説の作品に表現されており、陳凱歌の『覇王別姫』や、張芸謀の『生きる』などのグローバル映画産業制作の成功した映画にも表現されている。）まさにこのような「喧噪」化が一攫千金の商品を作っているのである。「中国政治」はすでにグローバル水準で運用される文化資源となっており、それは中国の民俗や神秘的な風光と同様に「冷戦後」のグローバル化された体系の中に納められ、中国の「他者性」を表現する特殊な商品となっている。これらの商品の特性は精妙に「中国政治」を利用して文化消費の商品化レベルを促進していることで、それは僅かにテキスト中の表意戦略であるばかりでなく、テキストの外の「事件」であり、グローバルメディアに広く調用されている。中国政治はすでにボードリヤール（Jean Baudrillard）の言う「超真実」（hyperreal）の比類なき表徴となっている。ここから見れば、この二編の文章の中国大陸理論の最新の発展に対する政治論述態度は、これらの発展が一種のグローバル化を背景とした場面に置かれ、戯劇化された表述戦略を加えられていることである。それはまぎれもなくこの二編の文章が、西欧の文化覇権の狭間で、不可分の同じ構造と共生関係にあることを明示している。ここに覆い隠されたイデオロギー的目標は、これらの理論が「新保守主義」あるいは「民族主義」である以上、それはまじめに応対する価値もない、なぜならそれらは理論価値の欠如した二流の作法だからである。徐賁と趙毅衡のこれらの叙述はまぎれもなく、目下の「ポストコロニアル」「第三世界」の視点で理論工作に従事してきた大陸知識分子が、八十年代「啓蒙」言説に耽溺して西欧言説に無条件に「隷属」し、「近代性」に熱狂的に心酔していたことを完全に改め、昔日の「位置」を拒絶、反省し始め、新しい可能性を追求し始めたことを、反面的に物語っている。

総括するなら、ここで進行している「訓導」式の叙述は、きわめて明白に西欧言説とイデオロギーが「中国」に対して表述し顕示するところの作用と影響を現している。スピヴァク（Gayatri C. Spivak）がかつて指摘したように西欧知識分子の体制的任務とその効能は、知識生産と権力構造の中において無情にヨーロッパに相対するところの他者という無名の主体を、いかにして制圧、抹殺するかということである(8)。この二編の文章の中国の、今の理論批評の叙述の中に、まさにこのような本土知識分子に対する意を凝らした軽蔑と、拭い去り難い西欧中心主義の文化的優越感を見ることができる。この二編の「ポストコロニアル」性の存在を否認する文章の中に、まぎれもなく、十分すぎるほどの「ポストコロニアル」性が表現されている。

三、

注目に値するのは、この二編の文章がいずれも文化「普遍性」に対する強い賛同を論述の出発点にしていることである。それは西欧イデオロギー合法化の基本戦略であり、それはあくまで西欧イデオロギーのエクリチュールを人類共同の価値と為すものである。趙毅衡が指摘するように「理論の理論である所以は、その抽象性が個別案の束縛から解放され、その他の場面に重ねて適用できることである。普遍性は永遠にその限界があり、理論家はその限界があることを自覚し、再認識しなければならない。逆に言えば、ひとつの理論はその限界を誇るべきでなく、自分の理論が精彩を放っている理由が、特定の集団の利益に貢献するからと言うのでは、筋が通らない。」このような普遍永遠の価値の賛同が直面する困難は、拘束されることはなく、超越的な「知識」は決して存在しないし、本来存在し得ない。普遍性いかなる知識もすでに深く言語と権力の網の中に陥っていて、特定の言語コンテクストの手中に落ちている。

を追求する衝動の背後には、その実特定のイデオロギーが悄然として作用を発揮するのである。趙毅衡と徐賁は「普遍性」の立場を表述の前提とすることに性急であり、理論の普遍適用を以ていまの中国大陸の批評理論の「特殊な」追求に対して省察と疑義を加える。ここにおいて趙、徐の立場には、それなりの相違がある。趙毅衡は根本的に「ポストコロニアル」等の新理論の価値を否認し、徐賁は中国理論批評の中で「ポストコロニアル」理論が未だ真諦を得ていないことを認めながらも、非中国における「ポストコロニアル」と「第三世界」理論の価値を肯定している。しかし両者の結論は驚くほど一致しており、中国において出現した「ポストコロニアル」や「第三世界」等の理論が「特殊性」に対する同意、すなわち五四以来の文化保守主義の重複であることを認めている。ここにおいて彼らは均しく普遍性／特殊性の二元対立を立論の基礎として打ち立てている。この二元対立の中では、「普遍性」を代表する永遠の法則が「中国」を時間的に遅滞した場、それは未だに近代化において落伍した地点に位置づけているのである。徐賁の提出した「市民社会」「現代民主理想」にしても、趙毅衡の「エリート主義の立場」にしてもいずれも中国を「時間的に停滞した」標識に確定している。それらが中国では実現の見込みが無いということを承知で、それによって中国が「落伍」していることを際立たせる対比的手法である。ここにおいて「中国」は西欧に向けて無限に迎合してこそはじめて、自己の「主体」を実現できるのである。ここにおいて、中国大陸の理論批評は、「民族情緒」「新保守主義」などと見なされ、そこに帰納されている。それは「中国」という空間の特異な批評、伝統に回帰し、中国の「本質」を探求する試み、と強調して、説明されている。海外／本土理論批評間の差異は、普遍性／特殊性、時間上の停滞／空間上の差異、西欧との同質／異質など十分に単純明快な二元対立に凍結され、中国大陸の九十年代以来の理論批評は二元対立上の一項としてきわめて単純に説明され、それ故かつて無いほどにステロタイプ化された。趙毅衡の言う「新保守主義」の如きは、意外にも鄭敏先生の漢語特徴研究、陳思和等の「人文精神」論および「ポストモダン」と「ポストコロニアル」など顕かに異なる理論言説を含む膨大な混合体である。その中の「新保守主義」論者の論点、人文精神／究極の価値の主張のごときは、実際には趙毅衡の立場と非常に接近している。そして徐賁は「第三世界文化」批評をストレートに一種の「民族情緒」と同列に論じているが、未だ中国の目下のきわめて複雑な理論、および文化情勢に適切な評価を与えているとは言い難い。

中国大陸文化理論発展の複雑性は、まさに知識分子が八十年代「啓蒙」「代言」の偉大な叙事の解釈能力を喪失し崩壊したあと、グローバル化と市場化の進展の中での新しい文化選択である。ここにおいて、二つの大きな背景を避けて通れないだろう。一つはグローバル化の進展が、グローバル空間の中での「中国」の位置付けを変えたことであり、中国は一方では、グローバル資本投資の焦点、国際貿易の新しい中心となり、もう一方では情報のグローバル伝播の中で世界体系の中に加わり、衛星テレビの普及などが「西欧」を非常に具体的な存在に変えた。『ニューヨークの北京人』のように中国大陸のテレビ局が放送するためにニューヨークで制作されたソープ・オペラなどが、グローバル文化生産の影響を顕かに物語っているし、陳凱歌や張芸謀の映画もグローバル化された。[9] これが顕かに語るように徐賁の「新写実小説」に対する討論を通じて、国際間の文化問題は「中国」にとってあまり問題でないとするような論点は、もはや成立し得ない。二つ目に市場化の進展に伴って誘発された中国自身の大衆文化が旧来の知識分子に対して、構築した言説の衝撃である。この衝撃のプロセスにしても、趙毅衡の想定したものよりははるかに複雑なものである。このところの「ホワイトカラー」文化消費勃興のもたらした「高雅」な文化の蘇生と流行は、ここに出現した「高雅」と「エリート」を、極めて高い市場価値を具えたトレンドと流行に変えるという新しい発展を見た。このような大きな背景は八十年代の急進的言説を追憶の旧い夢、歴史の谷間の彼方に消え行くものに変えた。言説の転換はもはや避けようもなかった。このような転換は、中国の文化実践の巨大な挑戦が造り出したのであり、知識分子の精神的萎縮や道徳的喪失がもたらした結果では無い。目前の中国大陸で進行しているこのような文化と理論批評の転換には、三つの異なる言説模式が顕著に見られる。この三つの言説模式の間には複雑な連動、すなわち目前の理論批評情勢のキーポイントに対する理解がある。

目下相当に流行している知識分子の一つの選択は、「人文精神」の熱狂的な追及である。「人文精神」とは「究極の価値に対する内的な欲求であり、ここから究極の価値を把握しようとする弛まぬ努力である。[10]」こういった究極の価値は内面的な修養を経て到達する超越的な境地であり、詩趣に富み、幻想化された叙述である。一部の知識人の中には、これらの幻想的な、神秘的な言語を通して、目下文化が直面している多くの挑戦を乗り越えようと試みる者も出てきた。それは八十年代に「啓蒙」と「代言」を目標とし、「主体」と「人の本質力」を前提とした言説が失敗した後、喚起されたところの超経験的な、幻想的な、神学的な色彩を帯びた目標である。これもまた一種の強烈な、「普遍性」の超経験的な尋求であり、それ故に「人文精神の失落は今日人類の直面する共通の問題であり、対話を通して一定の共通認識に到達することは、不可能では無い。[11]」と強調している。このような考えは、西欧と同質の空間を設定し、これを以て市場化の挑戦がもたらした様々な問題を超越したのである。

また別の知識分子の選択は、「ポスト国学」の決起である。「後国学」は学術の「経験」性を強化し、学術規範を強調して、「学術史」の実証研究を以て、「思想史」という空疎の学に替える。それは「実証」研究を中心とした「学統」の再建に尽力した。章太炎、王国維、陳寅恪の伝統を継承することを強調し、伝統中国文化の整理を中心として、操作可能な学術範型を打ち立てる試みであった。それは十九世紀西欧の時代遅れの実証主義の方法を以て、自身の合法性を確立し、そこに形成されたのは音韻、訓詁、文字、考証などを中心とした伝統的国学では決してなく、（このような具体的な研究方法はさらに衰退の趨勢にある。）「寓言化」の方式で伝統文化に対して比較的平明な紹介と評述を進めることである。それは「中国」の特性を説明し、宣揚することを主旨とし、抽象的な表述と、曖昧かつ即興で補足的な例証に依拠して中国の「文化的特徴」を強化するものである。彼らは章太炎、王国維、陳寅恪の「人格」的威信を賞賛して自身の合法性を確立し、その学術的業績や方法を継承しようとするものではない。それは伝統的国学の継承ではなく、「ポスト国学」の研究気風である。それは文化「特殊性」と「経験」を訴求し、ある種変更不可能な、絶対的な「中国」の本質を目標とし、いまの多重文化の挑戦を乗り越えようとするものである。

この二種の発展はグローバル化／市場化の中国文化情勢に対しての直接の文化反応を構成している。彼らは想像的に中国の直面する文化問題を超越しようと企図し、却って「ポストモダン」と「ポストコロニアル」の当代の歴史情勢の中に組み入れられてしまっている。趙毅衡と徐賁の表述はちょうど正反対で、中国大陸が「普遍性」であろうと「特殊性」な訴求であろうとかまわず、きわめて十分に発展し、五四以来の急進主義／保守主義の二元対立が新しい情勢下で再び出現したかのようである。「普遍性」言説は西欧言説の中心的位置を実証し、「特殊性」言説は西欧の理解し得ない異民族の本質的認知を提供する。国内の文化運営は一面で学術自立性の超越神話を運営し、もう一方で国家機構と歩調をあわせ、方式に呼応し、その言説の生産に参与する。

もう一種のこのような普遍性／特殊性の二元対立の選択と異なるのは、「ポストモダン」と「ポストコロニアル」の探索である。この探索は先ず「他者の他者」の新しい位置付けの探索を試み、旧来の「他者化」の境遇の超克を試み、普遍性／特殊性、古典／現代の二元対立のどちらかを割り振られることを拒絶し、またいまの文化コンテクストの中で二者が省察を進め、新しい参考を供与することを企図している。次に、それはいまの文化の参与を意味し、グラムシ（Antonio Gramsci）式の「有機知識分子」の生成を意味している。それは文化の対立面に立つのではなく、それを超越しようと試みるのではなく、社会および文化転型の弁証法的思考の中で理論の発展を尋求するものである。

それは西欧の文化覇権に対して批判を保持し、ただこのような批判は一種の「保守主義」の絶対化された本土的立場を意味している。この新しい立場は、目下の中国の異種混交（hybridity）のコンテクストの「状態」に対する新しい理解であり、この理解は西欧理論の「流用」を通して獲得されたものだ。しかし、この流用は決して理論を介して中国のコンテクストに解釈を進めるものでは無く、理論の覇権に対する超越を認識した上で理論に対する省察と批判によって生成するものである。理論を以て理論に対する批判を獲得する必要があるということで、中国の今の状態を以て理論を省察し、理論を以て現下の状態に切り込み、これによって双向的な解釈が獲得でき、新しい文化想像力と創造力が獲得できるのである。

これら三種の言説模式の方向性は、中国当代理論批評構造の基本的態勢を構成している。このことは中国批評理論の発展が、一種の「異種混交」の複雑な状態にあることを呈現していることを物語っており、それはまぎれもなく、文化全体の複雑性と同じ構造なのである。それはいかなる単純化された、独り善がりな観察と表述をも嘲弄し、疑うもので、外から押し付けられた「訓導」を拒絶するものである。その未来は不断の文化実践の中から生み出され、中国の歴史情勢の中でのみ発展を獲得できるであろう。

以上進めてきた慌しく散漫な討論は、わたし個人の若干の見方を表現したもので、（これらの観点は他の誰か、あるいはいかなる団体をも代表するものではない。）中国理論批評の発展に注目した二人の討論者、徐賁と趙毅衡に対して私の敬意を表明したものである。まさに二人の厳粛で真摯な仕事があったがゆえに、新しい対話と交流が誘発され、対話と交流の中でこそ、理論批評は自身の活力を保持できるのである。私が伝えたいのはきわめて簡単な見解である。即ち中国文化と理論批評の発展の極度の複雑性によって、それに対する解釈の焦慮は、依然として異なる空間に引き継がれるであろう。そしてその克服と超越の試みに人々を引き付けて止まないであろう。

註

（1）「ポスト新時期」は私と何人かの同じ領域の研究者が、九十年代初めに提出した九十年代文化状況を描述する概念である。この概念について更に詳細に解明するには以下の論文が参考になる。「後新時期：新文化空間」、『文芸争鳴』、一九九二年第六期：「分裂与転移」、『東方』、一九九四年第二期。

（2）この様な既に形成された「知識」の醸成する困難は、九十年代以降、その表現がとりわけ鮮明になってくる。多くの海外メディアが認めるように『渇望』『ニューヨークの北京人』等は均しく官方コントロールの結果であり、明らかに当時の状況とは符合しない。乃ち一面的な理解である。

（3）いずれも『二十一世紀』、一九九五年二月号に発表されている。本文に引用された徐・張両先生の文章はいずれもここから出ており、その他については明示していない。

（4）Homi K. Bhabha, "Dissemi-Nation: Time, Narrative, and the Margins of the Modern Nation," in *Nation and Narration*, ed. Homi K. Bhabha (London: Routledge, 1991), 291–322.

（5）殖民化及びグローバル体系の建立についてはImmanuel Wallerstein, *The Modern World System* (New York: Academic Press, 1974). を参照。

（6）A. R. 徳賽「重新評価「現代化」概念」、羅栄渠主編『現代化：理論与歴史経験的再探討』（上海：上海訳文出版社、一九九三年）、二七頁。

（7）Rey Chow, "Violence in the Other Country: Preliminary Remarks on the 'China Crisis' June 1989," *Radical America* 22. 27.

（8）Gayatri C. Spivak, "Can the Subaltern Speak?", in *Marxism and Interpretation of Culture*, ed. Cary Nelson and Law Grossberg (Urbana: University of Illinois Press, 1988), 271–313.

（9）拙論「後新時期中国電影：分裂的挑戦」、『当代電影』、一九九四年第五期を参照。
（10）・（11）『読書』、一九九四年第三期、一一頁；八頁。

5　再び「中国を解釈する」ことの焦慮について

張頤武

一、

一九九五年、中国大陸あるいは大陸と海外の知識分子の間を問わず、均しく今の中国の文化問題について広範で激烈な論争が展開され、これによって異常なまでに巨大で深刻な分岐が引き起こされた。この論争と分岐は二つの領域で展開され、一つは国内の知識分子が市場化によって進展し誘発された一連の文化問題に直面した時、果たしてどのように対応し選択すべきか、という論争である。「人文精神」という曖昧さを含んだ概念の論争であっても、あるいは「二張」（張承志、張煒）あるいは「二王」（王蒙、王朔）の異なる評価であっても、七十年代末期以来、文化領域で守り継がれた、中国大陸知識分子の若干の基本的「共通認識」が徹底して崩壊したことを示していた。ここでの論争は、十分に濃厚な実践性を持ち、「ポスト新時期」文化転折の瀬戸際で選択した「位置」および「立場」の緊迫性を告げ、「ポストコロニアル」コンテクストで「ポストモダン」問題に直面しての深刻な分裂を表徴している。二つ目は、中国がグローバル化の進展の中で自ら作り出した多くの文化的困惑によって、引き起こされた海外学者間の、あるいは海外学者と大陸学者との間の論争である。それが「ポストコロニアル」「第三世界」理論の中国における意義に関するものでも、あるいは「新左派」の論争に関するものでも、「中国を解釈する」理論的フレームに未曾有の改変が起こっていることを告げないものは無かった。また新しい言説の出現が、海外と中国大陸の中国研究の枠組みと範式に衝撃を与えたことを物語っていた。この論争は比較的多くの理論的色彩を具えており、異なる言説の理論上の「共通認識」の崩壊が突出しているが、それは中国知識分子が「ポストモダン」のコンテクストの中で「ポストコロニアル」の問題の処理を企図している努力と言えるかも知れない。

この二つの互いの交差、絡み合いの領域の中で、知識分子の表現した気概を負った論争及び、その言辞の激烈に情緒化された表述は、私達にかつてない「中国を解釈する」ことの焦慮を感じさせた(1)。これは一面で、中国社会／文化の変化「速度」が把握し難いので、「冷戦後」世界フレームにおける「中国」の位置づけが、複雑で理解し難いものに変わり、「中国」内部の市場化に伴って生まれた問題が、旧い解釈模式に対して提出した巨大な挑戦の致すところである。もう一面では、中国の凄まじい変化によって、中国の命運に深い関心を寄せる知識分子たちは、もはや自己の「スタンス」を詳細に見つめ、問いただす術も無く、眼前に緊迫した厳しい選択を突きつけられた。ここにおいて、それが自己の立場の防衛であれ、「他者」に対する論争、批判であれ、一種強烈な戯劇化の様式で出現したのである。一九九五年の文化論争の意義が、まさに知識分子が現下の中国に相対した時の、二つの異なる立場にあることは明白である。ここで最も重要な分岐は、現下の中国に深い関心を寄せる知識分子として、結局のところ対話方式によって中国の変化に対して、深く詳細な新しい解釈を行うのか、それとも中国の変化によって、すでに否定されたはずの旧いフレームワークに固執するのかという問題である。わたしたちは結局のところ、この過去の二元対立を超越して迅速機敏かつ平和的に「中国」に相対するのか、それともあの過去の二元対立を誇張し、堅持するのか。問題は誰が「権利があり」「幸いに」して「中国を解釈する」かにあるのではなく、この問題に関心を抱き、それを請け負う個々の知識分子は必ず中国に出現した変化と発展に直面せざるを得ないということである。本論稿はこの一連の討論の中で出現した問題に、新しい省察を加えようと企図するものである。この省察は個別論者の論点を焦点としたものではなく、討論の中の盲点と苦境を明示し、更に広く賢明な視野を獲得しようとするものである。

二、

張隆渓先生は「多元社会中の文化批評」という一文で、中国に出現した「ポストコロニアル」と「ポストモダン」に対して強烈な不満を表明している。[2] 当代中国の文化問題に対して、比較的発言の機会が少ない学者の一人として、張隆渓の論点は疑いなく私の興味を呼び起こした。残念なことには、彼は、私の一篇の論争的性格の文章を引いてこの理論を理解するのみで、顕かに大きな限界がある。[3] しかし彼が指摘した中国の「ポストコロニアル」と「ポストモダン」理論の二つの矛盾には代表的な性格があり、分析する価値がある。

張隆渓先生が指摘する第一の矛盾は、私の「「中国」を解釈することの焦慮」の一文は「文章の開口一番、そして大部分が中国全土、あるいは大陸批評界のスポークスマンのような口吻で語られ、末尾では突然一転して、これはただ「個人の若干の見方である」と認め、あわせて「他の誰かあるいは団体を代表する」ものでないとしている。……そして中国のスポークスマンを自認し、それによって一切の批評者を封殺している。[4]」この批評と非難はまさに人を呆れさせるものだ。私と趙毅衡、および徐賁の二人の先生の最大の分岐は中国大陸の批評理論の発展を一枚岩の「新保守主義」と見るか、「近きを捨てて、遠きを求め、実を避けその虚を突く」ものとするかということである。わたしの文章の第三部分はまさに、「中国全土あるいは中国大陸批評界」の「異種混交」の複雑性について討論している。かつまた、私は三種の異なる言説模式の間の「複雑な連動」関係を挙げ、「趙毅衡の立場ときわめて近い」中国大陸の学術潮流について指摘している。[5] 海外／本土の間の二元対立も、まさに徐賁と趙毅衡先生の基本理論が設定しているところで、彼らのこの点に対する表述は非常に明晰であり、私は文中ですでに分析した。ここで「中国のスポークスマンを以て任じ、」という根拠はどこにあるのか、全く以て理解しがたい。逆に却って、徐賁先生は「一九八九年以後の中国文化及び文学理論……張頤武の第三世界理論が最も代表的であるところの。[6]」とはっきりと認めている。私の呼応する文章ではまさにこういった説明が中国の現下の批評理論の複雑な情勢を未だ正確に描き出していないことを明示しており、一部の大陸学者の徐、趙両先生に対する様々な回答は、この点について直接実証している。以上の実証でわかるように、張隆渓先生が私を指して「自己が『中国』と同等である[7]」といった類の批評、およびここから導き出される「矛盾」と「苦境」は、どれも彼の想像の中だけに存在するのである。

わたしが徐、趙両先生の文章中に表現された「西欧の主流言説とイデオロギーに対する強烈な賛同」に対して加えた分析に至っては、それは決して彼らが「西欧のアカデミー体制の中で教鞭を執っている」役柄から推断したものではなく、彼らの論文の中の文化ロジックが表現するところからであり、よって「この二人を宗門から除名した」といった過度に誇張した論説は存在しえない。[8]わたしが言及しているのは彼らが「西欧のアカデミー体制の中で」教鞭を取っている時、わたしたちに「新しい思考と探索の視界を提供した。[9]」ことを正にはっきり指摘したことである。わたしは少しも「西欧のアカデミー体制の中で」教員を務めることを「宗門から除名」の根拠にしたことは無く、もともと、どんな人が「宗門から除名」されるのか考えたこともない。逆に張隆渓先生本人が指摘しているように、私が例証として引いた多くの学者は「却ってみな「西欧アカデミー体制の中で教えている学者」なのである。[10]」ここまで、張隆渓先生はほとんど自家撞着に陥っている。彼は一方で私を「西欧アカデミー体制の中で教えた」者を「宗門から除名された」と見なしていることに依拠して責め、もう一方で私が「西欧アカデミー体制の中で教える」学者の論点を例証に引いて「ピジン」学風としていることを嘲笑している。ここにおいて実際の情況はとても単純であり、「西欧アカデミー体制の中で教えている学者」は未だ分化せず、一枚岩の体制であるわけではなく、彼らの立場と観点はそれぞれ異なり、私たちに必要とされるのは、単純に彼らの役割を認定することではなく、彼らの論点を細心に思考し、体験し観察することである。

ここにおいて、張隆渓先生の指摘した第二の矛盾は、私を「すでに『中国』の代言人を自認し、また当代西欧理論を自説の根拠とする。」[11]と指摘したことである。この「代言人」の身分はもとより虚幻で、この「矛盾」の説明自身がきわめて矛盾しているのは顕かである。張隆渓先生は中国現下の「異種混交」の複雑性を理解する術が無く、彼は依然として中国／西欧の二元対立を絶対視し、よって彼の西欧の「モダニティ」思想の強調する絶対「普遍性」から出発して、わたしたちに西欧の普遍性／中国の特殊性の間の絶対的選択を迫っている。彼が提出した中国では近代以来人々が熟知している、非常に単純明快な問題は、[12]

人権、民主、自由は固より西欧の価値観念から来ており、自動車、飛行機、電灯、電話も西欧の発明であり、なぜ「後学」は後者を取り除いて、木牛流馬の類、第三世界中国本土の発明に代えようとしないのか。なぜ中国人は自動車、飛行機、電灯、電話など西方の「悪質な計略」に由来するものを受け入れ、人権、民主、自由は許容せず受け入れようとしないのか。

もともと誰も中国人が「人権、民主、自由などを許容せず、受け入れない」とは認めないだろう。しかしこのことは「中国人」がこれらの価値観念の背後にあるイデオロギー的権力関係を省察し、突き詰める権利が無いことを意味しない。またこれらの観念が無限に純潔で、すばらしく、絶対的な価値であり「中国人」の思考を経る必要が無いことを意味しない。事実は、まさに張隆渓が認めるように「ポストモダン」と「ポストコロニアル」理論自身も西欧から来たものである。それでは私たちは張隆渓先生にこう尋ねても良かろう。なぜ中国人は「人権、民主、自由」を受け入れた方がよく、「ポストモダン」と「ポストコロニアル」から出発した「人権、民主、自由」に対する省察を

「許容せず、受け入れなくてもよい」のであろうか。張隆渓先生の問題提起が自己撞着としか言いようがないことの表れは張先生が、「自動車、飛行機、電灯、電話」以外に選択される西欧言説とは何かと言うことをきわめて明確にしていることである。凡そ彼のイデオロギーや価値と一致するものは、絶対的な真理なのである。そしてこれと「差異」がありもしくは「周縁」に属する言説は、「中国の歴史と現状から離脱している。」と認定される。[13]彼が賛同するこの種の言説が、確かに今なお「西欧白人中産階級の主流イデオロギー」であることは明確である。ここにおいて「中国の歴史と現状」とは、この種の言説を用いて解釈を加える固定化された「点」として最も適切と言える。一体何の根拠があって、西欧の「旧」理論から来たものが自然に「中国の実際」や「中国生活の経験」に適合すると証明できるのか。私たちは張隆渓先生の文章の中にこういった「中国の実際」や「中国生活の経験」について具体的分析を見ることが出来ないし、ただ彼の「人権、民主、自由」に対する絶対的肯定を見るのみである。ここにおいて「中国の実際」や「中国生活の経験」は、「人権、民主、自由」これらの絶対的価値のもとでの言説覇権の合法性を論証するために潜在的に存在するのみである。

周蕾が「ある一人のハーバードを卒業して今はアメリカの大学で教える人」が、彼女が「香港人」だと知って、軽蔑に満ちた口調で彼女の論文を語り論じたという論及がある。「こういった私の出自や育った場所についての事実に対する陳述に暗に含まれているのは、おおかたこのような疑問である。すでに西欧化された植民地香港からやってきた中国人女性、この文化的雑種がどうして中国と中国知識分子を代表するのに相応しいであろうか」周蕾はこの見方は「執拗にして悪質な中心主義の存在を私たちに知らしめる」とし、「この私を攻撃した人物は、体制化された教育の完全な崩壊、麻痺が中国青年に苦難をもたらした文化大革命時代を経験している。かれは誰よりも敏速に自分の言葉に隠された文化暴力を、身にしみて理解できるはずなのに。[14]」張隆渓先生がいまだ明らかでない「中国の実際」と

「中国生活の経験」を以て熱心に西欧の主流言説を肯定し、中国大陸の「ポストモダン」と「ポストコロニアル」理論を論難しているのは、彼の論述がこの種の「文化暴力」のひとつの表徴であることを説明している。彼と異なる立場の人間は、誰も「中国」の「経験」や「実際」に立ち入る資格がない。こういった独断的な文化ロジックについては、沈思するに値する。

三、

上述の散漫な討論で説明を企図しているのは、実は非常に簡単な道理である。純粋な「西欧」が存在しないように、純粋な「中国」もまた存在しない。中国と西欧の間にも複雑な「異種混交」が存在する。[15]グローバル化と市場化のきわめて複雑な変化の多い情勢に置かれた現下の中国が、この状態を解明するのは更に困難である。私はこういった「中国を解釈する」努力の中で、いかなる理論言説も優先権を保持すべきでないと考える。逆にそれらは必ず「中国の現下の状態を以て理論を省察し、理論を以て中国の現下の状態に切り込む」という「双方向の解釈」の過程を経なければならない。そうしてこそ、理論と現下の情勢の複雑性および「中国を解釈する」焦慮の可能性が明らかにされるのである。私は西欧の「ポストモダン」と「ポストコロニアル」理論が直接現下の中国に適用できるとは決して思わない。しかし、こういった双方向の解釈の中で不断に理論を書き換えていくことで、現下の切り込む解釈力を達成することができる。それは唯一の理論ではなく、「中国を解釈する」多くの理論の一つに過ぎない。しかし張隆渓先生らの文章の中に、私達は彼らが熱心に自己の理論言説の合法「優位性」を肯定するのを、却って明らかに読み取ることができる。しかしながら、このような自我「優先」の盲信は、私達の「中国」に対する学理的認知能力を深める助けにならないし、現下進行中の文化討論の発展と進化にも寄与しない。この「優先」の言説欲望は二種の形態を表現している。

一つには「政治優先」の言説欲望である。張隆渓および趙毅衡諸先生方の論文の中には、並べて均しく論敵を政治上の敵に仕立て、劇画式に描こうとする強烈な欲望がある。張隆渓の文章中には、西欧「モダニティ」に対する疑義と西欧政府の「人権」言説の政治／経済およびイデオロギーの含義についての分析があり、非常に鋭敏な問題が提起されている。「これは文学批評家が語っているのか、それとも外務省スポークスマンが政治声明を述べているのか。[16]」「冷戦後」のグローバル情勢下で、このような提議が含む意義は、非常に明晰である。とりわけ中国政府が、人権、貿易、等多領域の中で西欧と複雑な連動を生じた今日、自己とは選択が異なり、学術的観点も分かれる「他者」を「外務省スポークスマン」と名指しすることの意味は語らずとも明らかである。ここにおいて全ての異なる理論と分析は「順応」「体制」の無聊の声となり、重視する必要も無くなる。ここで理論選択の相違は、道徳上の善／悪の格闘である。張隆渓先生は「外務省スポークスマン」の叱責に対して、自然と崇高な「自由知識分子」として、卑劣な官方代理人が進める戦闘に対し自由、民主、人権を防衛する。「政治優先」が生むところの合法性も道徳優秀の証明に転化する。自由を守る天使と悪魔のような弁護士が一戦を交える００７式の伝奇的な闘争、「是非の明白な」史詩劇が出来上がる。このような「政治優先」はいわゆる「新左派」の討論の中でも非常に明晰に表現された。「政治優先者」の理論はもはや省察も追及もできない、全ての省察と追求は「官方」との合作と名指しされるし、とりわけ中国大陸で進行中の、このような省察と追及は、さらに明確にある種の政治投機あるいは良心の喪失と決め付けられる。このような「非我」の思想および差異の漫画的コーディングに対しては論争さえも、無聊な告発と暴露式の指摘に成り代わるしかない。私は趙毅衡先生と劉東先生の討議における見方に全く同意する。彼は「集団の身分を以て集団の動機を判定する。[17]」ことに反対した。しかし趙毅衡先生本人はいまだにこの原則を尊重しておらず、中国大衆文化に対する如何なる分析、読解も（この種の分析と読解は若干の具体的分析を含むもので、一刀のもとに切り捨てられるものではない。）官方と体制の「順応」を意味すると見なされた。[18]このような「政治優先」の討論は、ただ私たちの「中国を解釈する」ことの焦慮を激化させるだけである。

二つには「価値優先」の言説欲望である。張隆渓、趙毅衡、徐賁の諸先生は均しく「モダニティ」の価値の絶対性と議論の余地の無いことを認めている、それは全人類の共同の準則であり、疑う余地の無い永遠の真理である。それはまた論証の必要もなく、アプリオリに「中国の実際」と符号する。これと異なるいかなる選択も、良からぬ動機の表現と認定される。張隆渓先生はある雑文の見解を引用しているが、「ポストモダン」と「ポストコロニアル」理論を「漢奸文人」「『皇軍』の走狗と奴隷」に対比しており、このような作法は自分と他人に対する尊重に欠けていると思う。これは絶対的、討論の必要の無い「価値優先」論が私たちを如何なる苦境に招き入れるかを語っている。ここで銭鐘書先生の見解を引いてもよかろう。「文人が名声を争って悶着を起こすことは古来物笑いの種になっている。無情、無意義、無恥な軋轢や陥害に発展しない限りにおいて、それは『人間喜劇』の情景の、心和む一場面になり得る。[19]」こういった相当に誇張され筋道にはずれた見解に対しては、このような見方をなさなければならない。

総括するなら、「中国を解釈する」過程の中で、手堅い成果を得るには、先ずは、この種の「政治優先」「価値優先」によって構成される障壁を乗り超え、真摯に、具体的に「中国」の変化と発展に向き合わなければならない。ここにおいて私は完全に張隆渓先生の呼びかけに同意する。「正常な学術論争においては、誰しもが平等な発言権を持つべきであることは、本来問うまでも無いことである。重要なのは、誰が発言するかではなく、発言の内容に道理があるか、みなが討論している問題の認識を深化させることが出来るか否かである。[20]」私達はみなこの理想の境地に達するように真摯な努力をしていこうではないか。

註

（1） 拙論「闡釈「中国」的焦慮」、『二十一世紀』（香港中文大学・中国文化研究所）、一九九五年四月号、一二八～三五頁を参照。
（2） 張隆渓「多元社会中的文化批評」、『二十一世紀』（香港中文大学・中国文化研究所）、一九九六年二月号、一八～二五頁。
（3） 張隆渓先生の国内における「ポストコロニアル」及び「ポストモダン」理論に対する理解は、趙毅衡、徐賁、両先生には及ばないようだ。彼が引用した資料は、国内の一冊の本を除けば、『読書』雑誌中に発表された書評及び随筆によるものであり、彼の出した結論には限界が生じる。私は張隆渓先生の「中国の現実から離脱し、中国の生活経験に背反する。」に対して批評するつもりがない。ただ、彼はこのように広範囲に及び、問題が極めて複雑な論争に足を踏み入れる前に、関係する状況や、更なる認知に対応するべきだと思う。この様な認知は感情的な表現を超えるために重要であり、これに関係する資料を調査、検閲することは難しくない。
（4）・（7）・（8）・（11）・（12）・（13）・（16）・（20） 同註（2）、二〇頁；二〇頁；二一頁；二二頁；二四頁；二四頁；二四頁；二五頁。
（5）・（9）・（10） 同註（1）、一三二～一三五頁；一二八頁；一二八頁。
（6） 徐賁「「第三世界批評」在当今中国的処界」、『二十一世紀』（香港中文大学・中国文化研究所）、一九九五年二月号、一七頁。
（14） 周蕾『写在家国以外』（香港：牛津大学出版社、一九九五年）、三七～三八頁。
（15） このように「ハイブリッド」な状態については、現代中国語の多くの抽象名詞を例に挙げることが出来る。周祖謨は次のように指摘している。「十九世紀以来、西方資本主義国家の社会科学と自然科学が絶え間なく中国に伝えられた。漢語には多くの新しい外来語が加わった。この様な外来語の大半は英語からの借用である。……私たちは直接日本語から改訳することなく取り入れている。」周祖謨『漢語詞匯講話』（北京：人民教育出版社、一九五九年）六五頁を参照。周は同頁に事例として、張隆渓先生の標題にある「文化」を引用している。またこの標題の「批評」、「社会」の二語もまた日本からの外来語である。劉正琰等編『漢語外来詞詞典』（上海：上海辞書出版社、一九八四年）二七二、三一〇頁を参照。この点を明示している。ただ、張隆渓先生が、他人が西洋から「概念と術語」を借用することを批判するのは自信過剰ではないか、と忠告したいためである。そして「きわめて生硬な外来名詞」現象が生成する原因については、王國維「論新学語之輸入」、周錫山編校『王國維文学美学論著集』に掲載。（太原：北嶽文芸出版社、一九八七年）、一一一～一一四頁。

(17) 趙毅衡「「身分論」小議」、『二十一世紀』（香港中文大学・中国文化研究所）、一九九六年二月号、一三三頁。

(18) 趙毅衡「文化批判与後現代主義理論」、『二十一世紀』（香港中文大学・中国文化研究所）、一九九五年十月号、一四七頁。

(19) 銭鍾書「林紓的翻訳」、載舒展選編『銭鍾書論学文選』、第六巻（広州：花城出版社、一九九〇年）、一三一頁。

6　グローバル化に直面しての挑戦

張　頤　武

一、

『二十一世紀』雑誌上で進められた中国大陸の「後学」に関する討論は、すでに二年近く継続している。この二年来参加者は増加を続けており、その及ぶ範囲もますます拡大している。多くの海外の学者たちのこの討論に対する強烈な参与と熱情、この討論が中国大陸内部で引き起こした強烈な興味は「中国」の現下の状況がすでに普遍的関心を引き起こしていることを語っており、「中国を解釈」することの焦慮はこのような発展の中ですでに「グローバル化」された。私たちがこの討論の中で気がつくのは、どのような観点を持った論者であっても、もはや「冷戦後」新世界秩序の中でのグローバル化の衝撃から逃れる術は無いということである。彼らの異なる論点、知識および言説背景は、「グローバル化」の衝撃がもたらした複雑に錯綜した情勢を反映している。討論の発展はまぎれもなく「中国」自身がまさに一つの異種混交の「混淆」のイメージであることを実証し、それは無数の異なるイデオロギーと政治的欲望の寄せ集めである。ここにおいて、「中国を解釈」する焦慮はこの二年間の討論の中で、軽減されることはなく、さらに明晰にその厳粛さが浮き彫りになっている。「中国を解釈する」のは、一連の予め設定された、討論を要さない結論ではなく、避けることのできない、先鋭的な問題である。当面最も必要なのは討論の中で自己の論敵を批判、攻撃することではなく、いかにして真面目に「中国を解釈する」問題意識を確立するかである。自分の既に手中にある、もしくは発見した永遠の、疑いを容れない「真理」を性急に宣言するのでなく、重ねて自身と論敵の論点を点検し、省察し、その差異性を認識する。そうでなければ、討論は沸騰すれども、不断の「同義反復」に陥り、真の進展を見ないであろう。

二年の討論が経過し、分岐は十分に明晰になり、それは二つの領域に集中している。一つはいかにして西欧「モダニティ」の中国に対する影響を認識するか、その言説が絶対的な価値を具えていて、省察と追求を進める必要が無いかどうかということに尽きる。それは生来の「普遍性」を具えているのだろうか。二つ目は、いかにして「グローバル化」の挑戦を理解するかであり、「グローバル化」は必ず西欧の言説を用いて中国を改造しなければならないのか、「グローバル化」とは「西欧化」なのかということに尽きる。実際には具体的な言辞の上での差異はそれほど重要ではなく、重要なのはこの二つの中国文化発展に関わる肝要な問題に存在する「二つの選択[1]」である。

それは単なる理論的な課題ではなく、今日中国に発生している文化実践と互いに密接に関係する問題である。本稿ではこの二つの問題に再度いわゆる「後学」当事者の立場を申し述べ、討論に新しい参考を寄与しようと企図するものである。全ては討論の中で触れられた具体的な意見の分岐なので、正しくこの二つの要となる問題の展開になっている。

二、

中国の「後学[2]」に対して提出された、指摘と批判は三つの方向に集中している。第一の方向は政治論である。それは中国の「ポストモダン」と「ポストコロニアル」理論が、「第三世界の威圧性をともなった官方権力の利益に順応して、官方民族主義と国内政治勢力の文化解釈人になっている。[3]」甚だしきは中国政府の「外務省スポークスマン[4]」

になっていると指摘する。このような説明は均しく、中国のいわゆる「後学」はすなわち、現下における中国政治の合法性の弁護だと認定する。ほとんど全ての海外の「後学」批判者は均しく強烈に政治的判定に訴え、彼らは均しく中国「後学」の西欧「モダニティ」に対する省察と、「冷戦後」グローバル化秩序に対する分析は、すなわち中国大陸官方との「共謀」であると考えている。第二の方向は道徳論である。それは中国「後学」と大衆文化の共謀が、エリート知識分子の立場を喪失させ、啓蒙の神聖な立場を放棄させ、「全中国知識界を媚俗の自殺の道へ導く」[5]というものである。この論点はすなわち「後学」は道徳的な合法性に欠けており、その「モダニティ」に対する問い詰めは社会道徳の堕落に道を拓き、それは「後学」を道徳的マイナス面の位置に押しやった。第三の方向は、経済論である。この論点は中国は未だ「近代化」しておらず、よって「ポストモダン」の問題は語るに及ばずと断定する。中国大陸内部の「ポストモダン」「ポストコロニアル」に関わる問題の討論中、この種の議論は甚だ多い。一九九二年、一人の論者が芝居がかった口調でこの流行を描写して、次のように表現した。「中国にはポストモダンなんてあり得ないと言うのは、社会文明の水準から言っているのであって、まるで西洋人はすでにポスト工業化社会に突入した、中国はまだまだ先のことだ、等々というのと同じことだ。[6]」この論点は中国はいまなお「プレモダン」の時代にあり、もともと「ポストモダン」について語りようがない、と言うのである。以上三種の「後学」に対するそれぞれの批判とも疑義は、互いに矛盾している。前の二つの批判はすなわち一つの価値判断であり、「後学」はただマイナス面の価値だけを持ち、中国の現下の社会状況と関係はあるけれども、価値の上からは「好ましからざる」理論であるとみなす。後の一つの批判は、「後学」は完全に西欧流行理論の機械的模倣であり、実体の無いものに対する虚構の陳述だと断定する。前の二つの批判はこの理論は中国で影響を発揮すると考え、後の一つの理論は根本的にこの点を批判する。それらの間には自己撞着が存在する。多くの人々においては、この三つの反「後学」論は渾然と入り混じって、興味深い景観を成している。

実際には、この三種の反「後学」論の思想背景と言説前提は完全に一致している。それらは私が前節で提出した二つの肝要な問題の絶対化と単純化の選択にその淵源がある。それらは反駁の余地無く、「近代化」の西欧における価値は人類共通の理想目標であると認め、この目標は当然第三世界社会にも適合すると認めている。また「冷戦後」のいわゆる「グローバル化」過程についても、グローバル文化「西欧化」の過程であるとしている。ここにおいて、この種の反「後学」論は単なる劉康の言う「市場万能のイデオロギー」[7]ではなく、この市場が完全に西欧式のゲームのルールに則って運ばれ、その価値観と認識論が完全に西欧資本主義の「自由、民主、人権」の主流イデオロギーに則ってコーディングされることを要求しているのである。これらの論者は単に福山（Francis Fukuama）式の「歴史の終焉」ではなく、甚だしきは異常に明確な説明を以て、この「終焉」を中国のコンテクストの中に移入しようとする。ここにおいて三種の反「後学」論はそれぞれ異なった角度から超経験的、絶対的な「元価値」を提供している。政治論的な反「後学」論にとっては、西欧の「民主、自由」は全ての社会が無限に接近すべき模範的な理想のライフモデルでなければならない。ここにおいて、郭建先生の「文革思潮と「後学」」の一文の構想はきわめて奇特である。[8]彼の論述の中では、西欧理論家の思想が「文革」思潮の影響を受けたことにより当代中国の「後学」は「文化大革命と言う悲痛な歴史的教訓」を承認しない論拠に転じたと言う。ここで彼はこう認定する。「もし「後学」がこの歴史的視角や座標と衝突するのであれば、わたしは経験と理論の『二元対立』を鼓吹する危険をあえて犯して、『絶対』の価値判断を成さざるを得ない。[9]」ここにおいて、あたかも中国人は「文革」を選択する以外には西欧主流イデオロギーを選択する道しか残されていないかのようである。この笑止千万なロジックについては、劉康がすでに深く分析しているので、ここで再び討論を展開する必要は無い。[10]しかしここで「『絶対』の価値判断」は非常にはっきりと明快である。つまり西欧主流思想の「隷属」者にならないかぎり、私たちは「文革」の苦難の中に陥るしかない、のである。わたしは、今日の中国に対してわずかでも理解を持つ人であれば、誰しもこのようなロジックは認めようが無いと信じる。「道徳論」的反「後学」論にしてみれば、西欧の啓蒙思想、および個人主義の価値観も当然合理的であり、それらは全て絶対的普遍性を具えている。彼らはこれによって啓蒙思想と殖民主義の間の複雑に錯綜した関係を隠滅し、啓蒙の歴史性を抹殺することに性急であり、あたかもいかなる中国人も無条件に西欧の「人性」観に「隷属」してはじめて「人」となるかのようである。このような極めて単純なロジックによって構築される二元対立論は人を驚愕させるものである。「経済論」の反「後学」に至っては、中国経済と社会プロセスを全く理解していない。中国がかくも迅速に世界システムの中に進入し、グローバル資本が大量に流入して高度経済成長が実現した今日、「中国」を張芸謀、陳凱歌の映画中のように未開の地と見なすのなら失笑を禁じ得ない。中国は確かに未発達で貧しく、今尚複雑な経済問題を抱えている、しかしこれらの問題は単に「時間上の停滞」の結果ではなく、当代の「グローバル化」自身の災禍でもある。経済論者の無邪気な論調は、実際には世界と、中国の経済及び社会の進展と遊離している。

ここでの重要な問題は、正に福山式の歴史観に於ては、現下の中国のいかなる具体的な状況の思考に対しても、それを拒絶しているということだ。ここで、二つの疑問の余地の無い省察と言う神聖な幻想が、すべての「中国」が直面する「問題意識」を覆い隠している。ここにおいては、「モダニティ」が唯一の、絶対的な最終目標で、「グローバル化」も「西欧化」でしかあり得ない。このような単純な思考回路は少しも私たちの覚醒の役に立たず、具体的に「中国を解釈」する上では、現下の中国において出現した深刻な変化に対してきわめて粗暴な対処しか出来ない。

ここで徐賁先生の二つの重複が多く、内容が似たり寄ったりの文章について言及する必要があるだろう。一つは彼が『二十一世紀』一九九六年八月号に発表した「何が中国の「ポスト新時期」か」であり、二つ目は彼が中国大陸『文学評論』一九九六年第五期に発表した「「ポスト新時期」概念から文学討論の歴史意識を語る」である。この二編の文章は最も良く反「後学」論の若干の難解な矛盾と苦境について説明している。この二編の文章は三分の二以上が完全に重複しているけれども、重点は大きく異なる。徐賁が『二十一世紀』に発表した文章で強調されているのは、一種の「政治論」の表述である。彼は文章の末尾でこの文章がほかでもなく「中国の『後学』を批評するのに消極的な政治傾向[11]」とはっきり指摘している。文中では繰り返し「後学」の「ポスト新時期」概念が未だ一九八九年の特殊な影響を指摘していないと非難している。[12]しかし『文学評論』で発表した文章では「消極的政治傾向」に関する若干の段落が均しく削除され、「文学史」及び文化史発展段階に関する討論が付け加えられている。本文が註（3）で引用した極めて重要な段落がすべて削除され、「後学」の問題は「歴史意識の欠如」と見なされている。この内容のうえで大幅に重複する両篇の文章の変動は、確かに人に思考を促す。海外の刊物で強調された「消極政治傾向」はなぜ大陸では消失したのだろうか。大陸で強調された「歴史意識」は、なぜ海外では政治問題になったのだろうか、私は徐賁先生の「知識勇気」を少しも疑うものではないが、彼が決して「迂遠な手段を取り、実を避けその虚を突く」という考え方に陥らないことを願ってもいる。しかしこの意味深長な変動は明らかに顕著に、彼が異なる読者、異なる空間での「商業価値」の争奪に迎合して、非常に苦心惨憺したことを顕している。「作為的な政治及び商品経済の利用の下で」、「政治傾向」あるいは「歴史意識」はあたかも徐賁先生が最初の文章における討論での引用が明らかにするように「道具化された。[13]」それらは異なるコンテクストの中で異なる読者に消費され、中国の「後学」のイメージも海外／本土の異なる面貌で戯画化された。

この二つの文章の矛盾点はさらにこれに留まらない。徐賁先生が張隆渓、趙毅衡諸先生と異なる点は、西欧「ポストモダン」理論の価値の否定にあるのではなく、「『ポストモダン』理論が真に私たちを啓発するのは、『モダニティ』の硬直化した観念の批判であって、『モダニティ』自身の否定ではないことである。」彼が指摘した硬直化した観念は「個人が自我充足の主体であり、科学理論は批判理論を凌駕し、歴史と社会発展の鉄の法則は、西欧近代がグローバル普遍性モデルであるから等々[14]」といったことを含む。中国「後学」は未だかつて「モダニティ」を単純に否定したことはなく、同様に「硬直化した観念」を省察している。しかしもしこれらの「硬直化した観念」が無ければ、「モダニティ」は結局のところ形態を取って現れて来るのだろうか。徐賁先生の論述は顕かに理論上の根拠に欠けている。彼が列挙したこれらの所謂「硬直化した観念」は、まぎれもなく中国社会における「モダニティ」の最も明晰な表徴であり、中国の「後学」が不断に分析を加えなければならない重要な内容である[15]。ここで最も皮肉な意味を持っているのは、徐賁先生は単に「モダニティ」という空疎な能記を果敢に擁護するにとどまらず、その内容を「硬直化した概念」の中に分け入れていることだ。これは盲信や幻想が一旦打ち立てられると、再び問題意識を確立するすべが無く、冷静に平穏に物事に相対することができなくなることを語っている。

総括するなら、まさに「モダニティ」と「グローバル化」の二つの領域における単純で紋切り型の二元対立によって、これらの省察に値する思考方式及び文化的立場が惹起される。目下、私たちは新しい「中国を解釈する」願望と忍耐心が必要であり、紋切り型の、機械的なモデルではない。このようなモデルの中で、失われたものは、まさに「中国」に対する真摯な探索である。

三、

中国の「後学」は「ポスト新時期」の文化発展中においてすでにその活力と可能性を顕示しており、それはそれが絶対的な、省察を容れない理論であることを意味せず、それがすでに不断に進行している「双方向的な解釈」の中で自身の理論の特色を形成したことを意味する。一人の関係者としてわたしはこれに対して、これ以上分析を進める気は無く、またその手立てもない。わたしはただ二つの努力の方向を提示するのみだが、わたしはこのような努力と試みが単純化と定型化を、慎重に避けるために必要な道程だと思うからに他ならない。

一つはこの種の「実践意識」を確立することである。目下グローバル化と市場化の複雑で変化の多い文化情勢下で、理論の「実践意識」を堅持し、不断に現実の文化状態に関心を寄せることは、理論的活力の前提を保持することにほかならない。「後学」の任務が終始文化解釈の進行を堅持し、具体的なテクストと潮流の方向性の分析に着目するのは、主な原因は中国「ポストモダン」理論が八十年代に起こった時期から、それが解釈活動に身を置いていて、抽象、幻虚の理論に化すことがなかったためである。実験小説、写実小説の分析であれ、中国大衆化に対する解釈であれ、最近提出された「新状態」「社群文学」に対する概念であれ、すべて理論の「ミクロ」化を企図し、不断に中国文化自身の発展と符合する試みである。理論は決して万病に効く霊薬では無いし、文化現象を無理やり収め入れる箱でもない、それはひとつの能動的な力であり、質の存在である。それはいつも「旅の途上」に在り、変化、転換の中にあり、それは実践的であり、永久に間断なき省察である。

二つには「問題意識」の確立である。ここでは、理論実践はすべて思考を待たれる問題であり、確定した結果ではない。普段に自身を「問題化」してこそ、理論は不断に改変され、解釈もここから始まるのである。問題の提出は結論を焦るのではなく、批評理論工作者に必要な工作前提である。知識、言説、テクストであれ、すべて先験的に『絶対』的な価値判断」を付与されてはいない、いかなるこのような判断も盲信に陥るからである。

よって、「グローバル化」の挑戦に直面した時、理論批評が実践意識／問題意識の狭間で新しい空間を見出せるか否かは、すなわち興味のある問題である。いわゆる中国「後学」の存在は決して完全な理論の生産ではなく、不断に新しい「中国を解釈する」可能性を探し求めることである。わたしはそのイメージは戯画式の論者が描き出すようなものとは異なり、ソジャ（Edward W. Soja）が語るようなものだと思う。[16]

モダニティの最も進歩的な意図を維持するよう努力すること、しかしこれらの思惑が達せられるのは、ただ条理にかなった策略を通じ、擬像物の浮現を受け入れ、全体的な視野を拒絶し、新しい結合と連盟を捜し求め、かつ直接過度にリアルな工具的生産と関係を維持することであると認識した上で、日に日にポストモダン化する世界、すでに劇的に変化した状況に身を投じてこそ、はじめて成功を得るのである。

註

（1）劉康はすでにこの問題に言及している。劉康「全球化與中国現代化的不同選擇」、『二十一世紀』（香港中文大学・中国文化研究所）、一九九六年十月号、一四〇～一四六頁を参照せよ。私が見たところ、劉康の「中国現代化的不同選擇」と中国「ポストモダン」、「ポストコロニアル」の間には、越えられない境界線は存在しない。この二つはかなりの程度において、同様の問題を指摘している。そして「現代化不同選擇」が既に瓦解と失効を宣告された時、「現代化不同選擇」が「ポストモダン」「ポストコロニアル」との間に有効な区別が生じたとも考えられない。劉康の啓発性に富んだ論点は、事実上、中国の「ポストモダン」「ポストコロニアル」理論と極めて相似性を具有している。

（2）「後学」は決して明確に規定された表述の概念ではない。最も早くこの概念を用いた趙毅衡は、実際には殆ど全ての九十年代大陸に出現した文化現象をその中に押し込めた。しかしこの二年の討論において、所謂「後学」は日増しに、私や何人かの「ポストモダン」「ポストコロニアル」理論を運用する人々の観点を指すようになった。私はこの概念が私たちの仕事を適切に表現しているとは思わない。しかし一つの慣用的な通念として、概念を「援用」しているのは、すなわち便宜上の策である。ここでの使用も完全に文意の流れによるものである。

（3）・（11）　徐賁「甚麼是中国的「後新時期」？」、『二十一世紀』（香港中文大学・中国文化研究所）、一九九六年八月号、八二頁。

（4）　張隆渓「多元社会中的文化批評」、甚麼一九九六年二月号、二四頁。

（5）　趙毅衡「「後学」与中国新保守主義」、『二十一世紀』（香港中文大学・中国文化研究所）、一九九五年二月号、一三～一四頁。

（6）　孫津「後甚麼現代、而且主義」、『読書』、一九九二年第四期、一九頁：このような論点からの表述は極めて多く、列挙しないが、『文芸研究』一九九三年第一期的1組討論文章が参考になる。

（7）・（10）　同註（1）、一四三頁：一四五頁。

（8）・（9）　郭建「文革思潮与「後学」」、『二十一世紀』（香港中文大学・中国文化研究所）、一九九六年六月号、一一六～一二二頁：一二二頁。

（12）　現実的には、一九八九年は一貫して「ポスト新時期」概念の重要な標識である。私は曾て多くの文章において、一九八九年の文化転変中の特殊な意義について、分析してきた。謝冕、張頤武箸『大転換――後新時期文化研究』（ハルビン：黒竜江教育出版社、一九九五年）この中の一〇頁に十分明確に提起されている。すなわち一九八九年とは「一度の告別、一度の洗礼、一度の突発的な断裂、一つの象徴的な標識」である。そうだとしても、私は九十年代を「ポスト新時期の発端」とすることと、一九八九年を発端とすることにそれほど大きな区別を認めない。徐賁のこの問題の討論には欠落点が多く、未だ完全に関連資料を掌握していない。

（13）　徐賁「「第三世界批評」在当今中国的処界」、『二十一世紀』（香港中文大学・中国文化研究所）、一九九五年二月号、一六～一七頁。

（14）　徐賁「従「後新時期」概念談文学討論的歴史意識」、『文学評論』、一九九六年第五期、六三頁・他に註（3）、七九頁を参照。

(15) これらの分析については註(11)謝晃、張頤武の著書を参考のこと。

(16) 『台湾社会研究季刊』、一九九五年六月号、一三頁。

7　文化、政治、言語三者の関係についての私見

鄭　敏

一、「革新」か、それとも「保守」か

『二十一世紀』一九九五年二月号趙毅衡先生の大作「〈後学〉と中国保守主義」は筆者の〈世紀末の回顧：漢語語言の変革と中国新詩創作〉の観点に言及しており[1]、あわせてそれを「新保守主義」と名づけている。趙先生は大陸を遠く離れ、自然大陸の近年の文化思考の焦点や現象とは迂遠であり、顕かに正統派の立場に立ち、白話運動の「政治革命性」を防衛している。とりわけ私の「回顧」がまぎれもなくこのような文化を政治運動の付帯物とみなす伝統的観念からの脱却にあり、また当代の言語観、文化観を以て文化大革命運動中、中華文化特に詩歌創作に与えた負の影響を凝視していることを知らない。わたしは趙先生とは背景の出発点、生存空間が異なるために、彼のようないわゆる「保守」主義者も私から見れば、まさに「革新」なのである。

私の知る限り、国内の民族文化伝統に対する継承と革新の討論には、実に多くの異なった見方がある。しかし絶対多数が同意しているのは、白話文、新文化運動の中華文化伝統に対する態度は妥当性を欠いており、自己の古い文化伝統の生命力を大いに損なっている、というものである。だから今日中華文化伝統を発揚、珍重するためにその危機に瀕した思考から救うために呼びかけているのは「革新」か「保守」か、当然はっきりしているのだ。伝統への「回帰」の提言はすでに廃れて、硬直化している、どこに民族の回帰を待っている不変の伝統があるものなのか。昨日、

今日、明日すでに連綿とまた流動しており、エリオット（T. S. Elioto）は三十年代にすでにこのような見方を意識するに至っているのだから、九十年代の今は言うまでもないだろう。伝統は今日も生まれ、今日は豊富な更に新しい伝統となり、また明日を生む、「回帰」の二文字は虚妄の語ではないか。更に言えば、大陸文化学術の思考動向解釈は海外保守主義の入り口となっている、このような見方はおそらく趙先生が西欧に長く居ることから、大陸の思潮との合弁を許さないであろう。私の知るところでは、近年の文化伝統に関する討論は、その動力は世紀末の自我凝視から来ており、中国当代文化の形成に対する、原因と結果のなせる焦点の論談であり、純本土的なのである。

わたしたちは未知数に満ちた多元宇宙に生きており、一つの物事に異なった見方があるのは正常だ。よって真っ向から対立する必要はない。このような二元対抗の論争は往々にして学術交流を袋小路に追いやる、よって私はこの回答の文章の中で実際にはこの良い機会を借りて自己の言語、文化、政治の関係に関する観点を一層明らかにしたい。なぜならこれは少なからぬ論争でほとんど難問となっている点だからである。

二、当代構造――脱構築の言語観

文化、言語、政治三者の本性と相互の関係は、ほとんど二十世紀後半、東西知識界で共通に注目を集めた焦点であった。大陸でのこの三方面に対する討論は八十年代に始まり、九十年代最もヒートした。しかし問題が深く検討されたかどうかであり、この討論の意義と認識について新しい突破口があるのか、特に言語、文化上自己の独立性はあるのか、伝統継承と創新の関係についてどのように取り扱うか等について見ることである。目下、もしこれら形而上教条的思想の遺跡を一掃することが出来なければ、討論に深く進入しようとすることは非常に困難である。これらの遺跡がもたらした困惑は以下の項目に列挙できる。

一、長年にわたる政治を中心とし、文化はそれに付き従うという立場を継続すべきか否か。[2] 人類の歴史を見渡すならば、政治と文化はその内包、影響、どちらの包容性が大きいであろうか。中華の歴史上、春秋戦国時代諸子百家は自分で、自分の宣伝、論説の対象を選んだ。政権との関係が合えば留まり、合わなければ立ち去った。気概の大きかった盛唐時代、漢、夷、匈奴，鮮卑の文化は政権の唱導を得、政権と文化の調和は更に顕著になったと言えよう。秦始皇帝は政治中心論を最初に高く掲げ、文化伝統を削り、政権の需要に合わせた皇帝である。彼の焚書坑儒は、文化は政治に服従すべしという気風を拓いた。これによって、文化伝統の改造がそれ自身の歴史的必要性を離れ、政権の共時性の利益に服従するようになった。

二、言語と人の関係の問題から言うと、大陸学界は今でも二十世紀以前の古典的見方に留まっている。すなわち言語は人々がそれを用いて人と交流する道具であり、それ自身は何も自分で選択しない中性的媒体であり、よってただ語法、修辞、思惟のロジック等でそれを制御することで、それを表現の従順な道具として、言語の単一性と「正確な」意味を深く確信できる、という認識である。これは二十世紀後半に西欧から受容し、普遍的になった言語記号学や脱構築言語学とは大いに異なる。言語と使用者の関係は、言語の機能などの異なる見方は、文史哲テクストに対する解読に大きな差異を惹起し、解釈学の革命と論争を触発した。これは大いに大陸と西欧の間の学術界に隔たりを生じ、さらには中西文化対話に影響を及ぼした。大陸は言語の伝統古典観念から抜け出す前に、即ち「言語転折」(linguistic turn)を経る前に中西文史哲の対話は開通し難くなった。[3]

三、西欧の現代言語観は人の自身に対する、真理、歴史に対する新たな解釈と評価を惹起し、よって認識論美学の方面では天地を覆すかのような再評定が起こった。中でも脱構築理論、脱構築言語観は最も重要な役割を果たし、各種人文学科の哲学思潮に密かに影響を与えた。大陸は伝統的な言語工具観に囚われており、言語の根本的問題に対しては西欧学術界と共通認識を獲得しようもなく、当然以下のような当代言語観は受け入れ難いものであった。言語は個体の主体性を成すが、個体の主体性は言語を創造しない。ハイデガー（Martin Heidegger）が明らかに述べているように、言語が人に向かって語りかけるのであり、人が言語を語るのではない。そこで彼は詩人たちが詩作に際して、静かに言葉が語るところに耳を澄ませ、自ら騒ぎ立てぬよう戒めている。(4) ここには構造と脱構築の共同に認める、言語は一つの独立した記号系統であるという言語観、が含まれており人の心と個性の全ては全て言語によって構成されるのであるから、人はせいぜい、このシステムの中で思考し、感受し、表現することしかできない。脱構築の学者デリダ（Jacques Derrida）によれば、言語は広義の書記言語であり、無限の「差異」（différance）が構成するシステムであり、それは無形、無限、不在、無定形で無名であり、無形の痕跡（trace）を経て運動を進める。言語の根本は無意識にある。言語が外在化するとき（口語もしくは書面語）無数の歴史的、文化的、伝統的、民俗的、痕跡を帯びる。よって、語義の多元は必然であり、確定したテクスト解読はあり得ない。(5)

上述のような当代構造―脱構築言語観は以下のような理論を生み出した。読解の権威はもはや存在しない。痕跡系統の無限で尽きることの無い変化によって、伝統はもはや権威となりえず、いかなる革新潮流によって打倒されることもない。それは「場を持たない」系統であり、その場における革新の不断の摩擦を経て、それゆえに引き続き新しい伝統を煥発し得る。「差異」と「無形の痕跡」の理論を拠り所として、伝統は消滅しえず、不変に存続しえず、ただ「転型」（transformation）において継続発展するのである。(6)

よって政治制度の革命のために、一民族の言語伝統を強制的に改変することは、それが負うところの豊富な文化的痕跡を大いに傷つけ損なうので、それは疑いなく一つの民族に対する暴力行為である。これは新旧文化交代の行為に似たものであり、よって、外来異民族の征服者は通常被征服者に対して民族言語の使用を禁じ、征服者の言語の使用を命じるのである。世界の文化交流にあっては、各語系は翻訳の手続きを踏んで相互に理解できる。

三、白話運動における「五四」の破壊性

上述三点の考慮に基づくならば、私は五四運動が政治上表現した進歩性の（それはむしろ神聖と見なすべきものである。）白話運動の中におけるその破壊性は覆うべくもないと思う。それは古典文学を、哲学上の尊い遺産を激しく排斥する行為であり、陳独秀によって「反対者の討論の余地を容れない」と認められたものである。[7] 胡適は元、明、白話文作品以外の全古典作品を「中国文学の正宗に非ず」とし、排斥を加えた。陳独秀は古典著作を「貴族文学、古典文学、山林文学」に分け、例外なく批判駆逐した。[8] この論理によって、諸子百家、唐宋詩詞もすべて棄却され、残ったのは、わずか十三世紀以来の一部の白話文著作だけである。この一度きりの漢語言語の大断裂、大手術が、五千年の中華文化伝統にもたらした災難がいかに凄惨であったか見るべきである。瞬くまに一度の地震が数十世紀の文化蓄積を呑み込んだのである。今日思い起こして胸が痛まないだろうか？

しかしながら、今日誰がこの文化損失の債務に言及するだろう。自己の民族文化伝統を珍視しようとすれば、たちまちあの時の陳独秀の権威ある禁令に抵触するのだ。「反対者と討論する余地を容れない」あるいは「保守主義」の烙印を押される。しかし注意が必要なのは、政治イデオロギーの蔑義が染み付いているがゆえに、「保守主義」のここでの含意は西欧とは異なることである。一語多義の理論に至るところで遭遇するのを見るべきである。いわゆる「新保守主義」は、おのずと五四運動時期の「保守主義」に対応し、濃厚な政治的含意を払拭できないことは、どんな読者も感じることだろう。伝統権威を否定したラディカリスト陳独秀のような者でさえ、自分もまた新権威主義者

になったのである。その文化的、新権威的禁令は今世紀はじめに設けられたのだが、しかし今日なお新文化運動が神聖なおかげで、九十年代の思惟を統御し、私たちに伝統／革新、古典／白話の文化二元対立対抗思惟方式を受け入れさせようとする。私たちの思想開放は、他の方面の開放に比べて少し遅いのではないか。二元対立というこの服従の呪文を唱えれば、人は頭を悩ます。永年の思想封鎖によって、それはまだこの土地において有効なのだ。

しかしながら、私たちの実際の文化景観はどのようなものだろうか。こんな理由から、もうすぐ今世紀も過ぎようというのに、古籍の文史哲の精華は、国民教育課程の主流から排斥され、今でも大学の文科学生は中国通史を修めなくてよく、「繁体漢字」も特殊な政治歴史含意から排斥された。よって、三十代の知識分子は縦組み、繁体字の近現代の書籍（彼らが崇拝する革命作家魯迅先生の非簡体字版の書籍を含めて）を読みなれず、また読むすべがないのだから、古典文籍については言うまでもないだろう。これら二十一世紀中国知識分子の棟梁は、将来どのように自己の民族文化を発揚することが出来るのだろう。彼らは壮大な北京図書館の建築に相対して、ただ自己の非力さを嘆くだけだろうか。彼らは五十年代以後に出版された横組み、簡体字、白話体の著作を読めるだけなので、煙る大海原のように膨大な文史哲の古籍に至っては、学者たちによって、白話に訳され、横組み簡体字版になって初めて、彼らの知識宝庫にそれが入れられるのだ。生きながら埋葬された古文化は、当世では少数の学者がそれを簡体白話に訳してやっと子孫後裔に伝わるのだとしたら、あまりに悲しくはないだろうか。生きながら埋葬された古文化の何と痛ましいことか！　古典文化の巨匠が知ったならば、黄泉の国で涙を流すことだろう。彼らの待遇は、後世のダンテ、シェイクスピア、ミルトンにも及ばず、シェリー、バイロンについては言うまでもない。李白、杜甫は何とも不幸なことに白話語体を用いて詩を書いていないので、中高、大学の教室で五四の大詩人たちと平等に読者の賛誉を享受することができない。

四、二十一世紀における中華文化伝統の運命

中国古文化伝統の文学の寿命は今日まで生き延びることで、世界の幾多の古文化の中で僅かに残る偉大な遺産の一つとなった、しかしその二十一世紀の運命はどのようなものだろうか。少なくとも私たち知識界が直面する緊急の任務は、日に日に生き埋めにされる古籍を速やかに救出することであり、それは古文化の情報を最も担っており、生命ある限り、復旧できる、私たちが十分に新鮮な空気と活動空間を与えてやりさえすれば、それは再び蘇生されるであろう。わたしたちの応急処置は文化遺産の血肉を私たちの明日の、生きた、新しく生まれる文化伝統に転換させ、わたしたちの足元の自らが属する文化国土となる。同調し言いなりになって、他者文化に擬えるプロセスを歩む必要はない。

文化伝統を固定普遍のものとして崇拝するような、この種の中心主義の閉鎖した心理、権威主義の排他行為は、自ら取るべきではない。しかし、本民族の文化伝統を外に排斥し、ひたすら他者の文化伝統や表面的現象に思い焦がれて、自己の立脚点を求めるのはこれも閉塞した心態であり、中心であるべき古典中華文化を当代西欧文化に移すことに他ならない。私たちの使命は、古典を当代の中華文化の伝統に発展させることである。崇古と崇西の文化観は、等しく中心主義から生じる現象であり、私たちの歴史的使命を進める助けにはならない。わたしたちが為すべきことは、今日全人類の最前線の発見と理論を以て、自己の古い文化伝統を新たに解釈、解読することである。そうでなければ、私たちは二十一世紀には文化孤児になるであろう。自己の古い文化伝統を自ら断ち切り、他者の文化系統に入らざるを得なくなる。わたしたちは他者文化の国土の風光を眺めるに、そこに根をおろす術は無い。私たちは完全に白話を用いて創作できるし、あるいはしなければならないが、母語の全体が私たちの文化の真の担い手であるがゆえに、二

十一世紀の中国知識分子は繁体字と文言文に対する閲読能力を回復すべきではないのか。古い文化から当代文化に転型する過渡的時期にあって、私たちの文化任務は古い文化の精華を新しい伝統に流入させ、新しい文化生命、新しい文化肌理を形成させることである。これを捨て、他者文化をやみくもに移入した結果、今日商業文化の横行のもと、明らかに問題が起きている。ここに、私たちは筆を取り、本民族の言語文化の古い伝統を重視し、古今をあくまで対立させないよう呼びかけなければならない。これはあくまで伝統への回帰ではなく、「回帰」の二字の涵義をもとに戻すことである。それはある種「凝り固まった不朽」に恋々とした思いを抱く形而上的心情を意味しており、実際わたしの宇宙観と合わない。古代を懐かしむのは、ある幻想に対する依存であり、何も不変の往昔が私たちの回帰を待っているわけではない。伝統意識は流れて止まぬ水であり、どうしても流れ続けなければならない、水源を断ち切ることはできず、下流を汚染することもできない。われわれの今日の文化環境はいったいどのような状況にあるだろうか？　これは世紀末にあって私たちが細かく注意、分析する必要があり、ただ政治の革新／保守のひと括りで、恐らく解決することの出来ない問題である。僅かなお金を稼ぐために小学校を去っていく学齢の児童を見よ。その隊列はますます拡大していく。図書館や実験室を離れ、教壇のもとを去っていく青年たちを見よ、彼らの胸のうちにある英雄人物はエグゼクティブである。これらのテレビの商業文化のファストフードを与えられて育った青少年たちは、水に浮かぶ氷の上で生活しているのに、自己の文化伝統を以てその浮薄さを掌握することもできない。王起明はニューヨークで苦心惨憺の末、西欧の大富豪になる。彼に言わせれば、ニューヨークという天国の映像は、すでに最高学府、図書館、音楽学院にあるのではなく、逆巻き流れるお金の渦にある。よく考えて欲しいのは、彼が十分に中華文化伝統に育まれる機会もなく、自己の成長の過程で、知識無用論、文化真空、を除いてほかに、誰が彼にお金より重要なものがあると教えたことがあるだろうか。さもなければ、音楽学院のチェロ奏者として、なぜまたリンカーンセンターや、大都会のオペラハウス、美術館が目に入らず、お金に目がくらんで邁進していったのだろう？　こうなったわけは、近年の商業教育のなせるわざである。遺憾なのはテレビが彼の経歴を誇張して、第三世界から来た創業英雄が遭遇した悲劇との遭遇と言い立て、第三世界から不満が噴出したことである。俗臭万丈、商業主義の汚染は深刻であるが、しかしニューヨークは世界的な文化都市でもあり、大図書館、博物館、高等学府を擁している。一人の人生の選択は、選択者本人の文化素質にかかっている。王起明の悲劇は彼が文化喪失者であることにある。

このような一つの世紀の転折点に生きていて、このような革新／保守の二元対抗の政治中心論を早く抜け出し、（これは実は「階級闘争を綱とする。」の名残である。）われわれのまだ息絶えていない古い伝統文化を救い出し、私たちが久しく喪失した文化人格を奪回すべきであり、二十一世紀において私たちの文化新伝統を再建するよう努力することこそが当面の急務である。これが本当に「新保守主義」なのだろうか。まさにジュリエットが言うように「名前は何？　それなら私たちは薔薇と呼びましょう。別の名で呼んだところで、その香気が人を襲うことに変わりはないわ。」[9]

註

（1）鄭敏「世紀末的回顧：漢語語言的変革与中国新詩創作」、『文学評論』、一九九三年第三期。

（2）文化の相対独立性については、拙文を参考にして欲しい「中華文化伝統的継承：一個老問題的新状況」、『文芸争鳴』（長春）、一九九四年二月号、二二一～二四頁。

（3）構造と脱構築（ポスト構造）に関する言語理論の主な思想家としては、ソシュール、ラカン、ハイデッガー、フロイト、デリダが挙げられる。ここでの観点は、筆者が上述の各思想家の経典を学習した上での個人的見解である。

（4）Martin Heidegger, *Poetry, Language, Thought*, trans. Albert Hofstadter (New York: Harper & Row, 1971), 189–210.

（5）Jaques Derrida, *Writing and Difference*, trans. Alan Bass (Chicago : University of Chicago Press, 1977) ; *Of Grammatology*, trans. Gayatri C. Spivak (Baltimore : Johns Hopkins University Press, 1974) ; *Margins of Philosophy*, trans. Alan Bass (Chicago : University of Chicago Press, 1982) ; *Dissemination*, trans. Barbara Johnson (Chicago: University of Chicago Press, 1981) ; *Positions*, trans. Alan Bass (Chicago: University of Chicago Press, 1981). を総括して見よ。

（6）参考として、Kenneth Baynes, James Bohman, and Thomas McCarthy, eds., *After Philosophy: End or Transformation*, (Cambridge, Mass.: The MIT Press, 1987)。

（7）・（8）趙家壁主編『中国新文学大系・建設理論集』（上海：良友図書、一九三五年）、二七頁・四六頁。

（9）*Romeo and Juliet*, Act II by W. Shakespeare, "What is in name? that which we call a rose by any other name would smell as sweet."

第二部　「後学」の政治性と歴史意識を評す

1　「第三世界批評」の今日中国における境遇

徐　賁

一、中国式の「第三世界批評」

中国では、一九八七年以後の文化討論が勢いよく再燃することはないけれども、それは連綿と持続している。しかし一九八九年以後、たちまち鳴りを潜め、と同時に「第三世界批評」が文化思想において、一世に秀でた新潮流になったことは意味深長である。これより以前、「第三世界」は中国の国際政治関係における自己のポジションであり、すなわち官方の国家政治言説の一部分であり、文化批評言説と関わりを持つことは少なかった。「文化熱」の中で、中国の近代化を主眼とした文化批評は、確かにしばしば伝統文化に対する容赦ない批判となった。もし無理やり「伝統文化」を単純に「民族文化」と同一視した場合は、このような文化批判は当然「非民族」的傾向を呈するだろう。しかし「非民族」は「反民族」ではない。実際のところ近代化の文化批評に着目してみると、決して特に民族／外来、東／西といった対立区分に依存する必要はないようだ。その目的が両者を内包して推し進められる近代化にあるので、近代と前近代の区別の方がかえって重要なようだ。

一九八九年以後、文化啓蒙と社会、政治近代化要求の主な内容の一つとしての民主思潮は、以前のような比較的寛容な討論条件を失った。政治的抑圧の迫る中で、人文討論の空間は縮小された。商品経済の大きな波が起こり、一般的に政治的無関心が人々の生活に広がり、（少なくとも表面上はそうである。）またその反映として文学は非政治化、日常の茶飯事、市民趣味化された。正統政治思想が再び担ぎ上げられたけれども、所詮以前のような理論上当然の大衆イデオロギーにはなり得なかった。ここにおいて民族主義が国家権力にとって最も利用価値の高いイデオロギーの工具となった。対内的には、それは大衆の権威としての政府の合法性の基礎となった。対外的にはそれは「民主」「人権」等の問題において、「内政不干渉論」の基礎となった。民族主義は政治的価値ばかりか、商業価値もあった。あらゆるものに「民族」の商標を掲げることで、国際市場での売れゆき、商業価値が高まった。人為的な政治と商品経済の利用のもとで、民族情調、民族の特色、民族の伝統など全てが道具化され、生き生きとした生活の一部ではなくなった。民族情緒は本来強烈な政治情緒であるべきだが、今日の中国では民族情緒は普遍的な政治的無関心と共生している。五四運動や抗日戦争時期の民族情緒の生成条件と民衆的基礎を少し振り返ってみるだけでも、官方政治と商業が手を携えて造り上げた民族情緒があまりに偏屈であることは、難なく見て取れる。

一九八九年以後の中国文化および文学理論と批評もまた明らかに現実政治から離れ、それ以前の政治性の強い文化と思想討論を放棄した。それは批判を徹底的に放棄したわけではないが、その批判の対象として、危険のない、あるいは低リスクのものを選ばざるを得なかった。例えば商品文化、人文精神の凋落、西欧文化の「オリエンタリズム」などである。「第三世界批評」、中でも張頤武の第三世界文化理論が最も代表的であり、人々の注目を集めた。それが中国でいまなお討論する余地のある対象に関わっているだけでなく、ほとんど唯一の「対抗性」を自負する批評理論であるからである。第一世界への対抗という面では、それは西欧およびその他の第三世界国家（例えばインド）などで進行中のポストコロニアル批判と共通するところがあるからである。しかし、西欧ではポストコロニアル批判の意義は、単なるその第一世界言説への対抗言説ということにとどまらず、それが、実際の社会運動、女権運動、少数民族運動などと関連していることにある。インドのような第三世界国家においては、ポストコロニアル批判の主な対象が包括するのは、民族主義と官方言説の結合、独立後の本土政権の中で復活する殖民権力形態、およびポストコロニアルインド社会に存在する社会と文化の抑圧である。ポストコロニアル理論から言えば、第三世界理論の肝要な点は反抑圧であって、本土性ではなく、それらの出発点も特定の生存環境に生きる人々が直面するところの身を切られるような抑圧と現実の反抗である。

西欧とその他の第三世界国家のポストコロニアル批判を比較してみると、中国第三世界批評の核心は、「本土性」であって、反抑圧ではない。それが反抑圧を語っているとしても、それは第一世界の第三世界に対する言説の抑圧を指しているのである。それは中国の実情から離脱し、その種の言説の抑圧を今日の中国が直面する主要な抑圧形式に高め、そこから意識するとせざると本土社会の現実生活の中にある暴力と圧迫を回避し、粉飾するのである。中国の第三世界批評は努めて官方民族主義言説と距離を保っているけれども、終始注意を怠らず、後者に対する分析批判を避けているのである。さらにその「対抗性」批評がただ「国際性」のみあって、「国内性」がないために、それは官方民族主義言説とだけ無事共存し、近くを捨てて遠きを求め、実を避けその虚を突く、やり方で、後者の利益に順応し、官方イデオロギーコントロールや解消されたいわゆる「対抗性」の人文批判模式にきわめて有利な状況を与えている。

今日中国第三世界批評が注目する「本土性」の問題は、歴史叙述（「西欧に抑圧された『潜在的歴史』」からの釈放）を含み、言説コントロール（「漢語文学」）と集体性主体（経験的な「中国人民」）は殆ど、全て第一世界と第三世界の不平等な関係の中に置かれて、天秤にかけられる。それらは「抑圧」問題に言及するけれども、しかしこの「抑圧」は終始国際間の文化問題として先ず確認されるもので、併せて国際関係と本土社会の構造の文化暴力問題について触れるものではない。因って、それは対抗性の文化思想批判を自称し、自覚するとせざると、次のような現実状況を回避する。それは第一と第三世界の間において見られるそれらの抑圧形式は、中国の今の本土社会文化構造の中で見れば、容認できないほど遠く、人々の現実生存の表現にはっきりした影響を与えるには程遠い。紙面の関係もあるので、わたしはただ歴史叙述の問題によって、中国第三世界理論の近くを捨てて遠きを求め、実を避けその虚をつく批判傾向の表現について少し討論したい。

二、本土歴史意識

一九九二年、『文芸研究』組織の中堅若手理論工作者がポストモダンの討論を行ったが、参加者は特に第三世界「潜在歴史」記憶からの釈放の問題を提出した。王岳川が言うには、「第三世界文化の歴史経験をすべて世界文化構造の権力言説の起伏消長のプロセスの中に置き、『潜在歴史』の表現を可能ならしめることは、当代学者につきつけられたきわめて困難な任務である。」彼は第一世界と第三世界言説の間の「対抗」は二つの結果を生むという。「潜在歴史経験が、自身を主流言説の対抗として示し、世界的規模で覇権が分割した空間と時間の中に、再び自己のポジションを確立し、併せて主流社会の中で一つの地位を獲得する。」かまたは、「『人妖』となって人の歓心を買う方式で、他人に鑑賞される文化景観として、惜しげもなく祖墳を掘り起こし、国醜を触れ回り、情趣を捏造し、『オリエンタリズム』の神話に追従して『西欧中心論』の意識観念を際立たせ反証する。」[1]張頤武は第一世界と第三世界の関係を討論するときそのような義侠心はなく、ただ彼も西欧への対抗を民族文化建設の重要な問題として見ている。彼は第三世界文化は実際には苦しい立場に置かれていると見た。「西欧の言説を借りて、直面している本土文の特徴に対する批判を無視し、西欧の言説を拒絶するのは、自分の言説でわたしたちの言語・生存を解釈することができないかのようである。」彼は今の中国理論界は一種の「ユートピア」精神を維持すべきであると考える。「いわゆる『ユートピア』精神は具体的な社会思想ではない。それが内包するのは第三世界の母語と文化の防衛であり、民族特性の獲得である。それは民族の西欧に抑圧された『潜在歴史』の記憶からの釈放である。(2)」

第三世界文化批評の対抗任務は、すでに確定したとすれば、それが言う「潜在歴史」が結局のところ指し示しているのは何であろうか。それは至って重要な問題である。今に至るも、中国の第三世界理論の中で系統だった討論に至らない。それは一つの非常に曖昧な概念であり、異なる多くのものを指している。言語と文化の伝統、現実の生活経験、文学芸術の民族特徴、などを含む。わたしはこれらの概念に境界線を定めるべきだと思う。わたしは「潜在歴史」という言い方に別の出所があるのかどうかわからないので、ひとまずポストコロニアル理論によく見られる言い方に倣って、それを「被抑圧の歴史」としておこう。第一、第三世界の「対抗」関係から言うならば、西欧の中国歴史に対する威圧はおおかた次の三つの意味を持つだろう。第一は、西欧の中国の過去の、あるいは現在の経験生活世界に対するある種の見方と知識、第二は西欧に於ける中国の過去のあるいは現在の文化、社会、政治等の諸方面に対する幾つかの叙述、概括および評価、第三は、西欧が中国社会の進化と変化規律に対して行った概括と総括、その中で見極めた軌跡の輪郭、発展趣向、本質的特徴などである。

西欧の中国に対する第三の叙述は、異なる相関性と重要性を持っている。第一種の状況は、主に偏見の問題である。それは全ての中国人が同じ文化に属し、同じような考え方をし、同じような生活、往々にして個別具体的な観察分析に代えて、一括して括ること。これは第一世界が第三世界に対する場合だけでなく、第三世界が第一世界に対する場合にも見られる。我々は、全てひと括りにして彼らを「西欧」「外国」更には「洋鬼子」と呼びはしなかっただろう。このような情況は、第一世界と第三世界の間に発生するだけでなく、第三世界国家の間にも、更には同じ民族の中で、異なる地域、民族、性別の間での偏見と先入観は避け難いものである。これは多元文化教育によって徐々に変えていかなければならない問題である。全く偏見のない世界というのは、一つの理論の境地だからである。偏見が「知識」のかたちを自任する時は、理論批判で是正する必要があるだろう。

第二の情況は基本的に越境文化理解の問題である。それもまた第一、第三世界の関係の間に限定されず、第三世界各国文化の間の了解にもこの問題がある。この情況は、二つの異なるモデルの段階から観察できる。第一の段階は実用モデルである。それは理解者自身の必要から出発して、相手の文化の中から実用目的（借鏡もしくは排斥）に符合する成分を発見する。魯迅の言うところの「拿来主義」、つまり外国文化の中から、自分に必要なものを多く見つけ出し、伝統国粋派がある目的から出発して全く逆のものを探し出す。第二レベルは「理性科学」モデルである。それは「人類文化学」「社会学」など西欧に起源を持つ学科形式から現れ、客観性と真理性を具えていると自称し、よってなかんずく批評理論は、重視する価値がある。

第三種の情況は、前の二者とは異なり、それは必然的に「知識」あるいは「理論」の形で現れ、ある種の科学、あるいは学術の概括を体現し、必然的にある種の普遍的意義を具えていると自認する。それは西欧との関係が特別密接であり、よってその知識形式と基礎にある何々「主義」は大方西欧の言説である。マルクス主義も一つの西欧言説である。このような西欧言説と第三世界との関係は最も重大であり、それは私たちの自己の文化と社会の未来に対する予見と計画に関係するだけでなく、社会倫理と政治制度の選択にも関係し、一連の目前の政治経済政策の合法性と道義性の判断にも関係する。このような西欧言説は、さらにそれが第三世界本土官方言説と結合することによって、一種の政治イデオロギーの権威を獲得する。それは第三世界の国家権力の助けを借り、直接広範に第三世界人民の生存する境遇に影響を及ぼすことが出来る。サイード（Edward W. Said）が『オリエンタリズム』（Orientalism）の中で批判しているのは、主に第二種の情況の第二レベルの内容と、第三種の状況である。

目下中国第三世界批評の西欧が造り出した「歴史的抑圧」に対する批判は、主に文学批評の領域で進行している。それは第二種情況中の「歴史学」「社会学」「人類文化学」に対して、明らかに言及しているが、第三情況中の正統マルクス主義の歴史と社会発展観に対して触れるのは、差し障りがあるようだ。中国の第三世界歴史批評の主な潜在能力は、まだまだ釈放されるには遠いということが出来る。まさに「歴史」の意義は強制的に文学の範囲内に押し込められ、本土文学から注目する文学批評はたとえ「歴史的抑圧」の問題に及んだとしても、その理論と分析の対抗批判の実際は、それが自負するイデオロギー批判の目標とは遙かに隔たっている。

中国の第三世界文化理論は中国の現在の「新写実小説」に特別興味を示している。その最も主要な原因の一つは、それらが描いている凡人の俗事、一般庶民の「原生態」を記録した小説の中に「人民の記憶」の痕跡が看取されるからである。そしてこの「人民の記憶」は第三世界批評から見れば、まさに本土歴史性の生き生きとした体現なのである。張頤武およびその啓発と影響を受けた汪政と暁明は、新写実小説を第三世界の叙述が第一世界の叙述に対抗した実例と見なし、甚だしきはそれが新写実小説の主な価値だと認めている(3)。新写実小説の対抗性をどのように理解すべきだろうか。新写実小説の対抗するところとは何だろうか。この対抗をどのように閲読すべきだろうか。この対抗の意義はどの程度だろうか。条件は何か。これらの問題の背後には更に何が関わっているのか、ここで私は一つ指摘したい。私たちが第三世界文学の第一世界言説に対する影響を討論するとき、私たちは二つの基本的な条件を忘れてはならない、それはこの第三世界文学の創作言語とその対象とする読者である。この二つの条件は、特定の文学言説とその他の文学言説との意味上関連するテキスト／コンテクスト（text/context）およびテキスト／サブテキスト（text/subtext）関係に当たる。中国の新写実小説が民族性と本土性を具えていようと、それが西欧言説に対して、もっとも歴史叙述として対抗作用を生むとしても、それはまだ上記の二つの条件を具えていないのである。

もと植民地の人々が西欧の言語で創作する第三世界作家、たとえばラシュディ（Salman Rushidie）、ンコシ（Lewis Nkosi）、ナイポール（S. Naipaul）、アンソニー（Michael Antoniy）、フィンドレイ（Timothy Findley）、ナーラーヤン（R. K. Narayan）彼らの文学創作は西欧の東洋もしくはアフリカに対する破壊の叙述であることを知っている。このような第三世界文学は、それが一種の西欧読者と植民地読者がいずれも閲覧できる言語著作であり、また西欧叙述に対する意識的な擬え、分裂、瓦解、雑混となるため、直接西欧言説と鉾先を交え衝突するのである。このような第三世界「対抗性文学言説」と比べると、中国の「新写実小説」は、明らかに第一世界言説との正面きっての拮抗と直接の対抗ではない。新写実小説の対象読者は国際性を具えていないし、新写実小説の対立言説は、西欧文学と言うよりは、中国国内のその他の言説形式と言った方が当たっている。『鍾山』雑誌は「新写実小説大聯展」が述べる「巻頭語」ではこの流派の特徴について次のように論述している。

いわゆる新写実小説は、簡単に言うと、歴史上すでに存在する現実主義とも、またモダニズムの「先鋒派」文学とも異なり、ここ数年小説創作が低迷する中、出現したひとつの文学傾向である。これら新写実小説の創作方法は、写実を主な特徴とし、特に現実生活の原生態への還元を重視し、真摯に現実と人生に直面する。

ここまでの話には少し覆い隠されている部分がある。実際には、いわゆる「既存の現実主義」とは正に金恵敏が言う

ように、「無産階級」「社会主義」「革命」などが「修飾語」につく「現実主義」である。金恵敏が指摘するように、[4]

ある種の考慮から（当然「革命社会主義」によっていまなお官方権力言説の一部分である）、人々は憚って「革命的リアリズム」とは言わない。しかしこのことは「革命的リアリズム」の消滅を意味せず、マルクス主義文芸理論の範疇内でリアリズムを語り、先に挙げた幾つかの修飾語をつけるかどうかにかかわらず、実際には同じ実態を指しているのである。

わずかに文学形式だけから見ても、新写実小説は中国正統の「革命リアリズム」及び「先鋒派文学」との対比言説である。しかし異なる文学言説の間の権力レベルでの抑圧関係から見ると、新写実小説は単に正統革命的リアリズムの対立言説であると言える。革命的リアリズムは官方文学言説であり、それは国家権力と結合し、その後ろ盾となり、よってその他の文学言説の能力を封殺する能力を具えている。先鋒文学がそうでなくても、それ自身は「周縁的」な文学言説であり、主導文学言説の中に容れられず、常に排斥され、周縁言説に押しやられている。「先鋒」文学と比べると「新写実」文学言説は却って主導言説が受け入れやすい言説である。

新写実小説は八十年代中期に生まれたが、まさに中国官方文化コントロールが最も緩やかな時であった。一九八九年以後、新写実小説は、中国官方が文化コントロールを強化する情況下で、どのように存在し発展できるだろうか。もし、新写実小説の非政治化が主な原因だと言うなら、非政治小説を愛好する中国の読者は、いったいどのような性質の審美選択をするのだろう。この審美選択の社会政治内容は何だろう。今の一般の読者は新写実小説の中に何を認めるのだろう。新写実小説の叙述する物語は「革命現実主義」といったい何が異なるのだろうか。新写実小説の叙述するそれらの物語は、いったいどのような方式で「人民の記憶」を担うのだろうか。なぜ人民の記憶はこれらの物語（「歴史」）に依拠して、そこに担われなければならず、革命的リアリズムの歴史叙述の中に表現できないのか。文化批評について言えば、これらはみな考慮に値する問題である。

三、「人民の記憶」

張頤武は『周縁での探求：第三世界文化と当代中国文学』と言う著作の中で、「人民の記憶」の問題を討論している。彼は『人民の記憶』は文化機構とイデオロギーが争奪しあう重要な領域であり、また第三世界文化発展の要でもある。張頤武が見るところでは、目下中国「人民の記憶」の最も現実的な抑圧の力は第一世界から来る。後者のイデオロギーが既に中国文化の「形式」と「無意識」の中に浸透し、中国文化を一つの「派生のもの」に貶めているので、中国人民は「母語の深層にある」「骨身に刻まれた『記憶』に留まる以外に、他に何を持っているだろう」[5]。中国では「人民の記憶」は畢竟西欧言説の「抑圧」「軽視」「抹殺」を被っているのだろうか。このような第一、第三世界言説の争奪中、民族を「当然代表する」ものとしての、官方文化機構とイデオロギーははたして本土人民を代表するだろうか。本土文化機構の歴史叙述は果たして人民の記憶と全く一致するだろうか。

私は情況は張頤武が考えるようなそんな単純なものとは程遠いと思う。記憶は真空の中に存在するものではなくて、記憶はかならず具体的な社会文化符号と担体を体現する。そしてこれら記憶の符号と担体の体現を抑制し改変しようとする。すなわち具体的な行政手段を取らなければならない。植民地統治が第三世界国家の中で推進した文化、教育政策は、人民の記憶への服務を抑制し改変した。今日の中国は、西欧が既にこのような人民の記憶を直接に抑制、改変する能力と手段を持たない。これは決して第一世界の第三世界の文化に対する影響と抑制を否認するものではなく、今尚、中国が維持している中国の「人民の記憶」を直接抑制、改変する能力と比較した時、西欧言説が「人民の記憶」に関心を寄せる文化批評の主要な対抗対象になり得ないのは明白であると言うことだ。

歴史的コントロールは主に記憶の担体を抑制する。記憶の担体の形式は多様で豊富である。歴史事件、人物、場所以外にも各種の往時を伝導する象徴的事物、など記憶の担体とならないものは無い。実物としての担体は、建築物、服飾、用具、物件、言語的担体は礼節、人情風俗、節慶の集会から日常の挨拶まで。各種記憶の担体は互いに浸透し、互いに重複し、民間の社会的価値の共通認識、社会群体意識の基礎となる。このような意味で言えるのは、人民の記憶というのは民間社会の集団潜在意識であり、民間社会群体は歴史的産物であり、記憶によって構成される社会文化的群体である。

記憶担体の種類と範囲から、それらの普遍的な社会文化性を見るのは難しい。記憶の担体は殆ど民間社会のあらゆる主要な方面に関わる。官方国家は、まさに歴史に対する抑制を通じて、またその権力コントロールを民間社会の各領域の中に浸透させた。民間の記憶に対する中国官方の抑制と粉砕は「文化大革命」中、最も集中的に明らかに表現された。国家の官方機器は全国の「四旧打破」「除旧立新」「移風易俗」に発動され、更に歴史の書き換えを進めた。一部の中国史は儒法闘争史として叙述されている。全ての歴史的題材に関わる創作は必ず姚雪垠の李自成、郭抹若の李白、杜甫のように官方歴史物語の注釈となった。文化大革命期間、中国官方国家危機のイデオロギーが「人民の記憶」に対する抑制と抑圧の最も激しい時、それは正に中国の民間社会の存在が最も困難な時期であった。「人民の記憶」の肝心な点はこのような記憶自身がどのような内在的価値を持つかということには無く、これらの記憶が国家官方権力から比較的独立した社会を維持する過程で、その他の力に代えがたい作用を持つことである。人民の記憶は凝固し「人民」という集大性身分のメディアを形成し、それはまた人民が権力の抑圧に直面した時、自らを見極める手段である。まさに人民の記憶と民間社会の関係によって政治権力はそれを利用する必要を生じるだけでなく、随時防範と抑制を加えなければならない。中国におけるイデオロギー国家は「公民性民間社会」の形成を抑制する。独立を禁じられた公民社会組織と体制、独立公会、教会、学校、新聞メディア、同人刊物、自由雑誌等での表現のみならず、さらに未だかつて浄化によって開放されたことのない記憶担体によって、集体性の民間記憶を抑制するのである。

わたしはここで、「公民性民間社会」という言い回しで、ハーバーマス（Jurgen Habermas）の civil society という概念を表述する。主に目下の中国民間社会がまだ公民性の民間社会に至っていないからである。中国では民間社会成員の身分は、官民クラスに対する「老百姓」であって、平等な民権の定めた「公民」ではないからである。

ハーバーマスは西欧資産階級文化の特定の歴史条件の中で「公民領域」という言い方を提出した。ハーバーマスは公衆領域を討論するときに、特に「コーヒー館」「読書会」のような文学公衆組織と集会形式を提起した。わたしたちはここから敷衍して、中国の類似の公衆領域の存在を探す必要は無いだろう。重要なのは、中国にハーバーマスの言うところの「公衆領域」が必ずしも存在しないとしても、その種の明達で、理知的で価値の共有を標榜する社会空間は存在していることであり、そうでなければ文学交流と討論も根本的に不可能である。中国の実際の環境中において、文学公衆はとても散漫で、変化に富む人間空間である。それは決して固定化された存在形態ではなく、あらゆる文学体制と文学活動の場にそれは存在する。正式には文学雑誌、刊行物、作品討論会、議論評価など、非公式には、観衆、読者、友人知人の交流討論など。文学公衆領域の真の社会的意義はその組織と体制形式の中にあるのではない。多くの民間の名義で存在する文学組織は、実は完全に国家権力と政府に支配操作されているからである。文学公衆領域の真の社会的意義は、それが明達と理性を人間交流と討論の唯一の原則としていることである。これは知識の原則であり、さらには民主社会倫理価値が抑圧されず、暴力でない理性交流の原則である。この種の社会倫理原則の共通認識によって、この空間に介入した人々は、権力もしくは経済利益集団を構成せず、一つの社会群体となるのである。

四、民族意識と批判意識

一つの文学言語としての新写実小説が存在するゆえんは、中国に実際に存在する民間社会空間と切り離せない。これらの小説は普通の人々の中に広く読者を持ち、主な原因は普通の人々が、その中から政治的強制と経済の誘惑に関しての様々な価値傾向を感じ取ることができるからである。この点から言うならば、新写実小説の創作と受容の社会条件を研究することは、確かに中国には今のところ組織系統が無く、体制形態の標識もない民間社会を理解する上で、きわめて価値ある視角を提供してくれるのかも知れない。しかし、私達がまた見るべきは、新写実小説が運用しているのは、「人民の記憶」を代表することではないと言うことだ。「人民の記憶」は官方と非官方言説が争奪戦を繰り広げる要の領域である。そうであるなら、「人民の記憶」の意義は、先ずはその本土性争奪環境の中に於いて理解すべきであり、それを徒に「共通認識」の仮相を備えた民族性に抽象的に敷衍してはならない。「人民の記憶」の民族性を思考するとき、以下の幾つかの側面を見落としてはならない。

まず、大衆文化形式としての大衆記憶は多種多様であり、単一民族文化模式の規範におさめることはできない。先に言及した幾つかの記憶符号と担体の形式は、見出し難く、民族、地域、伝統風俗習慣等々の差異がきわめて大きい中国では、実際上何か単一の中華民族記憶は存在しない。アンダーソン（Benedic Anderson）は『想像の共同体』（*Imagined Communities : Reflection on the Origin and Spread of Nationalism*）の中で、歴史の民族社会コミュニティに対する影響について詳細に討論している。彼が指摘するのは、「民族」は決して客観言語特徴、思惟習慣、心理的素質から自ずと成る総和ではなく、一種の「想像性の政治群体」であり、一種の社会文化的な構築物である。アンダーソンが指摘するのは、「民族は遙かな古から浮かび出て来たものであり、……無尽の未来へと傾れ込んでいく。現代民族の今あるところの客観性は、実際には想像の上に築き上げられたものである。[6]」民族は必ず、遠い過去に対する再現を通して、その目前に存在する形態を獲得する。これ即ち「歴史」が民族の群体意識、群体自己認識、自己規定、さらには自己改革に対して重要な意味を持つ由縁である。中国官方言説の使い古された「黄炎子孫」の説によって、説明される親族関係は、中国というこの大地に生きる人々が時間と地域を越えてある種の「血縁実体」で繋がっているとする。この種の「歴史叙述」は、極めて差異のある地域群体、土着文化を単一の時間的な流れの中に合流させる。これは官方国家権力の集中統一の目的と互いに一致する。これらの分散した地域群体と土着文化を互いに関連させる民間記憶は何の説明も経ずして、統一された民族記憶の一部分となる。そしてこれらの民間記憶が中央集権の利益に背く時、往々にして不可避的にそれを抑制し、阻止し、撲滅する対象と成す。まさにロウ（William Rowe）、シェリング（Vivian Schelling）が『記憶と現代化』（*Memory and Modernity : Popural Culture in Latin America*）の一書の中で指摘したように、人民記憶に対する文化研究は国家権力を中立無私の力であると、当て推量することはできない。国家は実際には常に文化を単一化しようと試み、これを以て統治集団の権力を強化するからである。[7]

次に、民間記憶は民族意識とは等しくなく、民間記憶は民族主義のイデオロギーの処理を経て民族意識となる。民族意識は純主観の産物ではない。誰しもいかなる時においても、民族の身分を持っているけれども、しかしそれは特殊な条件下ではじめて切実な、強烈な民族身分意識を形成する。これらの条件は、帝国主義、植民地主義統治、民族間の対立と圧迫、異なる文化の交戦、衝突等々である。よって、ある民族の文化を討論するには必ず、それが本土文化意識として強く反応する条件について討論しなければならない。ある民族の人民が日常生活の中で、民族の身分がもたらす生存の危機と圧迫を切実に感じていない限り、民族意識は反抗と解放の意義を持ち得ない。第三世界人民の反植民地闘争中、民族性、本土性と反抑圧とは一致する。ポストコロニアルの第三世界国家において、本土社会の政治、経済、文化構造性圧迫は決して直接第一世界にその来源があるわけではない。全く逆に、それは往々にして第三世界国家内部の集団と、階級利益の衝突と対立から来る。権力の利権集団は往々にして民族主義によってこのような新しい形式の圧迫関係を粉飾する。インドの批評家マニ（Lata Mani）が指摘するように「殖民」あるいは「殖民主義」といった言い方は、異なる政治空間での意義は必ずしも同じではない。西欧社会の中で、殖民問題を討論するのは、「対抗的な反帝批判実践の重要な一環」である。しかし、独立後のインドにとって「殖民」は主に過ぎ去った歴史的時期であり、「その実在の、生存の意義から言うなら、殖民主義は確かに遠い過去のことになってしまったかのようだ。」全ての今ある社会問題を殖民主義によるインド社会と文化に対する破壊に負わせることは、説得力を得難いだろう。マニが強調するのは、ポストコロニアル国家中の人民の境遇は、植民地人民の境遇と同じではなく、ゆえに頸から上の直接の圧迫は単純に帝国主義から来るわけではないからである。マニが言うように、「人々が一刻の猶予もなく抵抗しなければならないような圧迫は、民族国家から来るのでは無く、圧迫性を具えた社会と政治制度、宗教原理主義などから来るのだ。当然、民族国家の様々な行為は宗教あるいは、グローバル化地域政治の潮流と一致する。しかし、人民の闘争反抗は必ずや国際的現象の本土的体現である。[(8)]」

その上、今日わずかな写実作品を人民記憶の実録とし、民族文化心理、認知形態の直接の反映とし、文学と現実の関係をこの様に見るのは、文学認識論上、過去数十年前に中国で広く流行し衰えることのない反映論的革命リアリズム文学観と殆ど変わるところが無い。この文学認識論の基礎の上に、第三世界批評もまた中国文学言説と西欧言説の区別から（実は西欧文学言説もまた単一同質であろうはずが無いのだが）、その国際文化関係中の周縁的地位は、第一世界に対するところの第三世界の対抗性を推し広めるところから来る。このような二流の同類の地位を単純に反抗意識に転化する言い方は、更には、不適切に階級差別を抵抗の必要十分条件と見做すことになる。実は客観的階級差別と被圧迫の地位は、公正と抑圧に対抗する主体意識を要求することと同じではない。対抗意識形成の困難さを過小評価するのは、社会変革中において起きるべき啓智作用の文化批判を過小評価することであり、その中にも現代民主理想と互いに適応する主体批判意識の促成が含まれている。

私は先に大衆言説と官方言説の対立関係としての新写実小説を強調した。官方歴史叙述の対立言説として、新写実小説は官方の大歴史物語に裏づけを与えることを拒絶し、それが叙述するのはまさに官方主導の歴史叙述に抑圧され、「無意味」を宣告された小さな物語である。これらの小さな物語の叙述は、大量の各種各様の大歴史に抑圧され、遺棄された「記憶の担体」である。新写実小説は公然と、自分はただ庶民の生活について原生態の描述を試みただけだと揚言し、それは文学を神聖かつ空虚な殿堂から、一刻一刻、の生きた現実の中に連れ戻し、それゆえに創作者と読者との間に比較的政治活動から独立した空間を切り開いた。これは一つの自我防衛の手段であり、その意図するところは官方政治権力の操縦する主流文学言説の干渉を避けることである。しかしながらまさにこのような非政治的スタンス、大政治に対する嫌悪が、一つの国家権力がすでに社会の十分政治家された環境の中で、却ってまぎれも無く一つの政治的態度、国家権力に対して独立の民間空間を要求する政治的要求に変わったのである。

この意味から言えば、新写実小説は、独立した公衆空間を形成する上で重要な一歩を踏み出した。しかし現代公民社会の思想批判を樹立する上での、功績と影響を過分に誇張することが、第一世界言説に対抗する民族文学の価値を過分に誇張する理由となった様に、それは道理の通らないものである。新写実小説は、多くの人民記憶の符合と担体を運用しており、その中には既に老百姓の生態、風土人情、民俗習慣、方言土語、また物語の格式の習慣も包括されている。これらの因素は全て、何人かの新小説家が述べる様な、「原生態」、即ち絶対的に自然客観的な価値を具えたものでは無い。それらは全て作家の想像、解釈、変更、潤色を通して、それに拠って生み出されたテキストと文学言説も、一貫した完璧な一体性を持つものでは無い。それらは、程度の差はあれ、意義の間に矛盾や逸脱を呈現している。文学或いは文化批評家の任務は、これらのテキストの中に単一の価値や意義を掘り起こす事（例えば第一世界と第三世界の対抗）では無く、これらの矛盾と逸脱の中に、テキストと文学言説と、政治社会文化環境の関係を発見する事である。この種の中国文化産品における、本土生態生成の原因を探索する仕事は、正に中国文化本土性の第三世界批評に関心を持つ人々が当然為すべき事柄である。この様な仕事は、即ちアルチュセール（Louis Althusser）とマシェリー（Pierre Macherey）の言う、特定文化と社会意識の織り成す「徴兆閲読」（Symptomatic reading）である。[9]私達は、新写実小説の非政治的趣向が、民間記憶に対する運用、「普通の人々」に向かい、「原生態」を偏愛して、中国本土社会政治文化の消息に充ちた文学言説を構成していることに気付く。新写実小説の創作の、主旨と徴兆が顕示する実情の矛盾性は、正に私達に中国当代文学の陥った苦境を提示している。

中国写実小説が描写するのは、中国百姓の「原生態」であるが、それは明らかに原生態が、全く原始自然では無く、頑なに政治制度、社会環境、老百姓の低劣な文化素質の限界が齎した生活方式として、顕示されている。方方の、「河南棚子」は一間十三平方メートルに仕切られた小屋の中に、十一人世代の家族が暮らす社会生態の「風景」であり、「個人として」生きようとしても、自我を踏みつけにするしかない人文生態の風景と連鎖している。（方方『風景』）新写実小説は、「人民が主人公として政治に参与する。」「人民は国家の主人である。」と言う馴染み深い語句を放棄しており、それは一体誰がこの「国家の主人」なのかと言う問題を避けて通る事は出来ない。新写実小説は専ら、老百姓を描き、普通の人を描いているが、新写実小説のテキストが読者に展示しているのは明らかに、これらの老百姓が普通の人では無く、一部の利益化した政治権力とその代理人に従うだけの、「二等の人」「下等の人」としての配置である。（劉震雲：『一地鶏毛』『単位』）新写実小説は、社会制度や政治的理想の問題に言及することを望まず、官方言説の政治主導の大叙述を、敬して遠ざけている。新写実小説が描いているのは、悉くその日暮らしの庶民の煩瑣な日常小事であり、普通の老百姓の生存空間を形成することに関心を傾けている。しかしそれは、老百姓にとって自己不在の生存空間であり、あらゆる民間の生存空間は国家権力に侵蝕され、政治化されている。政治制御の無い空間を求めるなら、「革命」以前の過去の時代に戻るしか無い。新写実小説は、「歴史」物語も描くが、それは「歴史」を重視せず、読者を時代不明の過去に引き戻すだけである。（蘇童『妻妾成群』、格非『敵人』、葉兆言『追月楼』、『十字鋪』）。

実際に、新写実小説の中国における苦境が、どうして第三世界文化批評の苦境で無いことがあろうか。新写実小説の非政治化が、どうして中国第三世界批評の非現実化と連繋していないと言えるだろうか。中国の第三世界批評は、第三世界と第一世界の関係の中にその主要な対抗性を確定するが、これは真に対抗性を具えた文化批評が、中国にはまだ存在しないと言う政治社会条件に因るものである。それにも拘らず、私達はやはり中国の第三世界批評は中国の文化批評の一部あるいは代替品である事を、堅持しなければならない。私達は文化批評の苦難を理由に、第三世界批評中に官方権力と比較的接触を少なくするよう企図し、その存在に安易に取って替わることは出来ない。もし批評が真に批判性、対抗性、現実批判性を有するなら、真に社会文化の変革に影響作用を求めるなら、それは自身の存在と発展の政治社会条件問題を避けて通れない。

低リスク、あるいは危険の無い批評対象を選ぶことは、止むを得ない事である。私達はそれを理由に今日の中国の第三世界理論を責める事は出来ない。またこの様な為す術の無い選択と境遇の中から、文化批評の基本的任務を認識すべきであり、それは中国に於いて独立し、成熟した公民性民間社会の完成を促す事である。聡明で理性的な公衆言説、文化批評は、公民性の無い民間社会の情況下では発展を見ない。海外の人々は今日の中国第三世界批評は、実を避けて虚に就き、近きを捨て、遠きを求めている、と指摘している。それは大して知識の勇気を表現したいのでは無く、敢えて危険を覚悟したいのでも無い。彼らの行為は、只幸いにも官方イデオロギーの検閲を顧慮する必要が無く、幸いに「公民領域」の中に在って自分の思う事を言えるからである。中国第三世界批評の直面する社会学術環境と、その止むを得ない選択が私達に教えるのは、今日の中国の文化批判は、第三世界批評の真正の抑圧を含めて、それは本土以外の知識関係（その関係が包含する構造的抑圧がたとえ忽視出来なくとも）から来るのでは無く、本土社会文化構造自身から来るという事なのである。

註

（1）・（2）『文芸研究』、一九九三年第一期、四四〜四五頁。

（3）張頤武『在辺縁所追索：第三世界文化与当代中国文学』（長春：時代文芸出版社、一九九三年）、七七〜九一・一二六〜一三八頁。汪政・暁明「新写実小説的民族化」、『文芸研究』、一九九三年第二期。

（4）『鍾山』、一九八九年第三期和「「新写実」小説座談輯録」、『文学評論』、一九九一年第三期、一一一〜一一二頁。

（5）同註（3）張頤武、八一・八〇・七七・八二頁。

（6）Benedic Anderson, *Imagined Communities : Reflections on the Origin and Spread of Nationalism* (London: Verso, 1983), 19.

（7）William Rowe and Vivian Schelling, *Memory and Modernity: Popular Culture in Latin America* (London : Verso, 1991), 10.

（8）Lata Mani, "Multiple Mediation: Feminist Scholarship in the Age of Multinational Reception," *Inscriptions*, no.5 (1989) : 9–10.

（9）アルチュセールとマルクーゼのイデオロギー理論と「徴候閲読」については、筆者はすでに他に専門的論述がある。この二人のフランス思想家の「徴候閲読」に対する詳述と運用については、次の文献が参照できる。

Louis Althusser and Etienne Balibar, *Reading Capital* (London: New Left Books, 1970)；Louis Althusser, *Lenin and Philosophy, and Other Essays* (London: New Left Books, 1971)；Pierre Macherey, *A Theory of Literary Production* (London: Routledge and Kegan Paul, 1978）を各々参照のこと。

2　中国の「ポスト新時期文学」とは何か

徐　賁

『二十一世紀』がこの一年来、掲載したポストコロニアル・ポストモダン批評言説の今日、中国現実環境における理論的意義と政治傾向の文章の中で、すでに指摘されながら、深く言及されていない問題として、「ポスト新時期」の概念がある。これは中国「後学」理論の中で最も重要な概念である。中国の「ポスト新時期」は中国で提出されたポストモダンとポストコロニアル合理性と必要性の歴史的依拠であり、この一点について張頤武は最もはっきり明言している「ポスト新時期／新時期の断裂はすでに十分鮮明である。旧い言説方式で中国大陸文化を解釈することは、今日の文化実践のもとでは、既に放棄された。[1]」まさにポスト新時期の来臨によって、ポストコロニアルとポストモダンは新興「文化実践」と新式「解釈言説」の二重の意義を具えた。こうして中国「後学」の中では「ポスト新時期」は畢竟どのような性質の概念であったのだろうか　それ自身はどのような理論的意義と政治的傾向を具えていたのだろうか　ひとつの歴史区分の名称として、それは真に時代の歴史特性を示し、明確に社会文化批判の対象と任務を提出しているのだろうか　これらの問題は別の方面から私たちがより深く中国「後学」の討論に潜入する上で助けになるかも知れない。

一、「ポスト新時期」の命名

一九九二年、「ポスト新時期」が一つの新概念として討論された時、それはただ一九八九年以後の「文学」転型を描述するための概念として用いられた。当時、「ポスト新時期」を用いる論者は「ポスト新時期」文学に対して歴史時期の区分を含む内容が含まれているかどうか、明らかに相矛盾する発言をしている。王寧は「ポスト新時期」（一九九〇〜）と「鼎新時期」（一九七九〜八九）の文学は「全く逆方向」だと認識する。「ポスト新時期」文学の「挑戦性」と「反逆性」には三つの表現がある。「先鋒文学」（「そのラディカルな実験は新時期人文精神に対する有力な挑戦を成す。」）「新写実文学」（「それは伝統的リアリズム原則に対する反逆」）純文学と通俗文学の並存（「商品経済大潮流の衝撃」の結果である。）張頤武は王寧の「ポスト新時期」に対する歴史分期に同意し、また王寧が「人文精神」を「新時期」と確定する言い方にも同意しているが、彼は「実験文学」や「ポスト新詩潮」などの過激な実験を「新時期」に含め、「ポスト新時期」に入れていない。彼は「ポスト新時期」のほかの二つの特徴を提出している。第一に「『ポスト新時期』の文学は『回帰』性の文学であり、文学は最初から法則と倫理を尊重し、叙事の法則を尊重するばかりでなく、現実の法則も尊重する。」第二に「『ポスト新時期』文学はある種第三世界ポストモダンの『多元混雑』の特徴を具えている。」（このような「『多元混雑』の特徴」は妨げにはならない、彼は続けて言う「『ポスト新時期』……全体性と秩序が復帰した時期である。」）王寧と張頤武はいずれも「ポスト新時期」と「ポストモダン」の間に平行の連繋を打ち立てようと企図し、王寧は「ポスト新時期」がひとつの文学概念を確定したと主張し、張頤武は意図的にそれを一つの文化概念に拡張する。当時討論に参加した趙毅衡と彼らの分岐はさらに大きく、彼は「ポスト新時期」は「時間」上、「政治」上「新時期」とは区別された概念として用いられるのではなく、「ポスト新時期」は純粋に「文学の発展はその自立した規律を遵守する。」ことを説明するための概念であると強調する。そして時間上は、趙毅衡もまた「ポスト新時期」は「およそ一九八五年の新潮小説を発端として出現し始め、一九八七年の先鋒小説において一定の形を具える。」と認めている。(2)

一九九四年に至って、王寧と張頤武が「ポスト新時期」理論に対してさらに解釈を進めたころ、その概念の「文化性」と「ポストモダン」の連繫がさらに強調された。(3)この概念範囲が徐々に拡大し、この二年間文学の新様式が出現するにつれて、「ポスト新時期」理論詳述において出現した矛盾も増加した。たとえば一九九二年に張頤武は「新写実」を「ポスト新時期」の典型的な文学形式と見なし、「新時期」と「傷痕文学」などの作品を区別した。一九九四年彼は言い方を改め「新写実」は「新時期」であり「『寓言』式」文化ロジックの体現であり、「新状態」小説が「『ポスト新時期』文化発展の最も重要な部分」を確立したと述べた。一九九二年には彼はまた「『ポスト新時期』の文学は一種の『回帰』性の文学であり、文学は再び叙事の法則を尊重しはじめた。」と述べた。一九九四年彼は言い改め、「ポスト新時期」文学の中に「深刻な『叙事危機』が現れた。(4)」と述べた。この種の自我撞着の言い方は、決して偶然ではなく、それらはみな「新時期」論者がおしなべて歴史時期と文学作品の様式の間に対応関係を打ちたてようとし、「特殊」な文学様式によって歴史時期の特殊性を証明しようとしていることを顕示している。しかし事実上、文学様式と歴史時期の間にはこの様な対応関係は存在しない。それは文学様式が絶対的なものでは無いからである。特定の文学様式の異なる因素、およびそれらの淵源と継承は全て異なる歴史時期を超越する。また、文学様式の特殊性は、内在的なものではなく、それらと社会的意義としての生産と流通の環境はともに連繫している。異なる歴史時期は完全に多種の同じあるいは類似の文学あるいは芸術様式を具え、そしてこのような同じあるいは類似の文芸様式と現象は、異なる時期、異なる社会政治環境との連繫によって、異なる文化意義を具える。文学批評家の任務は正に文学現象と具体的社会環境（すなわち創作者と受容者の現実生存世界）を連繫させ、文学現象がいかなる特定の環境の中で生まれ、いかなる特殊な効果を持つのか掲示することである。

「ポスト新時期」は「新時期」とは区別されるもので、これに「挑戦」「反逆」し「超越」する歴史時期から提出される。「ポスト新時期」理論はよく「挑戦」「反逆」という言い方で用いられるが、それは恰も批判的な文化理論であるかのようである。しかしそれは明らかに実際の生存境遇に介入する理論としての意識に欠け、社会政治の微妙な問題に抵触することを避けている。それは「ポスト新時期」の年代区分からも見て取れる。それは政治上微妙な一九八九年を避け、巧妙にも一九九〇年をその端緒としている。[5] いかなる批判的理論についてみても、ひとつの歴史時期の性質に対する認識は必然的に明確に批判的な価値判断を含む。それが関心を示す歴史時期の中にある人々の基本的生存状態がどうであるか、彼らがどのような権力関係の中に生きているか、どのような構造的圧迫形式に直面しているか、これらの生存への圧迫に対してどのような対抗を必要としているか、そのような対抗はどのような道徳的合理性を具えているかなど。一九八九年を以てあるいは一九九〇年を以て「新時期」と「ポスト新時期」の区分とするかは、理論の批判に対する方向性が大きく変わってくる。

歴史的思考の中の歴史的「事件」は、軽視できない重要性を具えており、重大な歴史時期は二つの基本的側面を含んでいる。発生（genesis）と規範（normativeness）である。「事件」の発生時期は絶対的、客観的ではない。それぞれの事件は全て多くの「発生」したとされる時期によって構成されている。歴史学者はその中の一つを特別「重要」あるいは特別「有意義」として確定する。これはすでにその「事件」を規範とすることであり、いかに「発生」したかを確定することは、それ自体ある程度「規範」の導向を限定する。たとえ同時に「発生」したとしても結局は意味の異なる規範の争奪となろう。「事件」の「発生」と「規範」の間のこのような関係はその「起始関係」（originary relation）である。[6]「起始関係」は絶対客観的なものではあり得ない。それは永遠に特定の人々が歴史の中において歴史に対して行う解釈と運用である。真に歴史意識を具えた文化批評は（優れた文学批評は当然このような文化批評であるが）当然その責務を自覚してその論及する歴史時期がどのような歴史事件、どの様な「起始関係」の構造になっているか説明する。もし「ポスト新時期」理論家が私たちが「ポスト新時期」概念を受け入れることを求めているなら、彼らは少なくともわれわれに「ポスト新時期」「起始関係」の「発生」と「規範」の特定の内容を、および二者間の「新時期」と区別される特殊な関係についてどのように理解し認識すべきかを示すべきである。

私たちは「ポスト新時期」理論家が「新時期」の歴史特殊性を確定するとき、もっとも影響するのはまさにある歴史的事件およびその「起始関係」であることを発見する。王寧は私たちに「新時期」の発生時期は一九七六年十月の『四人組』打倒の闘争である。[7]」と告げる。ここにおける重大な歴史的事件は「文革の終焉」である。彼がこのようにこの事件を表述するに当たり、彼が言及したのはすでに単にある時期の「発生」ではなくその「規範」（意義）を包括するものである。しかし私たちが又気づくのは、「ポスト新時期」理論家が「ポスト新時期」の歴史特殊性を確定すると、このような起始関係はすでに故意に隠滅されているということだ。「ポスト新時期」理論家が私たちに告げるのは「新時期」の第二段階は一九八九年に終わり、「ポスト新時期」は一九九〇年に始まるということだ。しかし彼らは却ってあくまでも私たちに一九八九年にどんな事件が「発生」し、それがどのような「規範」的意義を持っていたか、その「起始関係」がどのように重要な歴史分期作用を獲得したかを告げようとしない。

二、モダニティの危機はモダニティの瓦解と同じではない。

「ポスト新時期」は「新時期」に対応して用いられる。「新時期」という官方の言い方は国家権力が中国文化革命以後使用した一種の自我表述である。それはイデオロギーと政治権力構造の延続性の前提のもと、新しい承諾を生み出すが、その中で最も重要なのは「近代化」に対する承諾である。最初から中国の「近代化」は官方が規定し、限られた範囲での目標であった。官方権力の隠秘政治と社会政治モダニティ自身（公衆権力および公衆参与）の間の構造的矛盾は、中国がモダニティを争う過程で不可避的な危機に陥った。近代化のプロセスが官方が規定した科学技術領域からさらに敏感な政治体制政治文化領域に拡張したとき、その構造的矛盾は一層先鋭になっていった。一九八九年の事件はこの危機の激烈な変化と展開であった。この事件は官方と文化批評者にとっては異なる意義を持っており、異なる性質の危機を代表していたので、よって要求される分析と対応方式も異なるのである。

一九八九年の事件は、一つの政治危機であり、モダニティ自身の危機でもあった。官方権力は一九八九年の事件を一つの純粋な政治危機として認定した。このような性質の危機は三つの威嚇に直面している。「政権解体」「政府行政の制御不能」「社会解体」（いわゆる「動乱」）。官方の処理方法は政体の危機を行政の危機に転化した。（処理不当、防備不力）ならびに後者を以て解決し（誰を解任する）「政権」と「社会」解体の危機を解消した。文化批評について言えば、モダニティの危機はこの意味でさらに重要である。政治的危機とモダニティの危機の二つは互いに排斥し合わない。とりわけ私たちが「モダニティ」を一つの社会政治文化建設と見なし、単なる科学技術の発展あるいは体制改革の問題と見ないときには……。文化批評は一九八九年の危機を、すでに解消した純粋な政治危機としては見ず、構造的矛盾が依然として存在するモダニティ自身の危機と見なした。この認識は官方が一九八九年の事件に加えた解釈に対抗と批判の作用を具えたことを除いても、さらに重要なのは決して中国の「ポストモダン時期」の来臨を意味してはいない。けれども目前の中国特殊の「モダニティ」に対して疑義を提出したことである。

このような「モダニティ」に対する疑義は二つの方面から言われた。第一は一九八九年の政治危機自身が体現した官方国家と公民社会が「モダニティ」問題を規範、解釈する上での衝突。第二には官方がこの政治危機を解決した手段と方式が体現した中国の目前の特殊な「モダニティ」である。それは官方が強制的に社会コントロールを確保する現代技術と現代的言説の性質のイデオロギーを流用したことである。政治危機と異なるのはモダニティの危機は決してそのように迅速に「過去になるのではなく、それは一九八九年から今日に至るまで、依然としてあらたに社会生活と政治生活を組織する上で直面する主要な任務である。モダニティ問題に関心を持つ文化討論について言えば、一九八九年前後は転折点であり、その転折期は今に至るも収束していない。目前の文化討論の多くの問題は、あるものはそれ以前の時期からの継続であり、あるものは新しい問題であるが、幾つかの重要な問題についてはかえって討論することは出来ない。この様な複雑な情況の下で私たちは、学術討論の転型は決して「ポスト新時期」理論家の言うような、学術討論自身のロジックに照らして「深く掘り下げ、発展した結果」でなく、現存の社会制度に大きな制約を受けるものであることを知るのである。国家制度はどのような問題を討論して良いか、どの程度討論して良いか直接コントロールできるばかりでなく、そのイデオロギー作用を通じて学術研究者に意識的、無意識的に彼ら自身の「思想審査人」と成らしめるのである。一定程度言えることは、「ポスト新時期」自身はこのような外部から規制された「自我審査」作用なのである。

わたしたちは今日の中国の危機における「モダニティ」の問題をどのように見るべきだろうか。ハーバーマス(Jurgen Habermas) が指摘しているように、これまで長い間、人々は戯劇の危機観で制度の危機を認識し、社会制度自身の矛盾、衝突が必ず「災難的な高潮」を引き起こすと認識してきた。中国官方は一九八九年の事件を政治危機とみなし、採用したのもこのような危機の観念であった。もう一つの観点は危機を「問題を解決する過程で不断に新しい問題が生まれる。」生きたメカニズムと見なすものである。(8) 一九八九年の危機は「モダニティ」という「未完の大事業」の中国における結末を惹起しただけでなく、却って人々に中国モダニティの性質、任務、条件に関する更に深い、根本的問題を提出した。これらの社会と政治モダニティの問題に関わる深く、更に根本的な問題は本当の意味で未だに言及されていないし、それらの緊迫性と合理性が充分に認識、承認されないまま、結局どのような意味で中国がすでに「新時期」に入ったと宣言できるのだろうか。中国がひとつの「新時期」に入り、それとは異なる「ポスト新時期」に入ったと言うなら、それは中国社会改革中すでに近代化の目標をすり替えたことを意味しないだろうか。もしそうであれば、その新しい目標とは何か。見たところ、これらは全て「ポスト新時期」理論が避けて通れない問題である。

「ポスト新時期」理論は大いに「モダニティ」に対する否定的な「再思考」によって建つものである。「ポスト新時期」理論は西欧「ポストモダン」理論が唱える「共時」と連繋し、また後者の助けを借りて「モダニティ」に対する批判的結論を必要とする。「モダニティ」には歴史分期上多くの分岐が存在するばかりでなく、それに対する含義にも多種多様な解釈がある。ある論者は「モダニティ」を強烈な「理性」、「科学」あるいは「総述」の同義語であると見なし、ある者は異なる芸術潮流と褒義的、貶義的に結びつけ、「モダニティ」の価値を擁護する者は、それが人間関係の理性と独立主体を肯定することを重視する。

今日の中国の社会環境の中で「モダニティ」を強調するのに「ポストモダン」の批判性を否定する必要は無い。また指摘すべきは、今日の中国の現実の情況から言えば、モダニティの事業は能動主体、理性と政治倫理の総述と民主公衆空間建設とが結合した理想であり、文化批判において擁護するべきものだ。[9] まさに我々が啓発された「ポストモダン」理論はその「モダニティ」の膠着化観念に対する批判、「ポストモダンはモダニティに対する単純な拒絶ではなく、ポストモダンはモダニティの命題と概念に対して、異なる調整を行う。[10]」ポストモダン理論は一つの文化批判であり、文化批判として、それ自身は典型的な「モダン」思想と思考の行為である。われわれはモダニティと「モダニティ」の硬化した観念とを区別しなければならない。「モダニティ」が指し示すのは、生活と思考の方式であり、それは事物（「近代化」そのものを含む）に対して、一種の変化を歓迎し、変化を見極めようとする態度を取る。もし私たちがモダニティを近代化の進展において現れた、積極的に変化を希求し見極めようとする意識と見なすならば、「ポストモダン」批判（積極的なもの）自身は「モダニティ」のある重要な時期における自我調整である。「モダニティ」の硬化した観念（個人は自己完結的な主体であり、科学的理性は批判理論を凌駕し、歴史と社会の発展は鉄の法則であり、西欧近代化は全世界の普遍的モデルである、等々）それ自体は現代思想批判の対象である。「モダニティ」に対する肯定は、そのような「モダニティ」に関する硬化した観念を受け入れることを要しない。「モダニティ」の肯定は、特殊な方式でモダニティを書き直すことであり、それによってモダンの状態に批判的分析を加え、その更なる前進を準備する。

今日中国社会中のモダン現象（政治権力が集中した国家、人口増加と経済発展、都市化の傾向、新しいメディアと通信方式、科学技術商品の発展と伝統文化の衰退、等々）はモダニティの生活と思想方式がすでに確立したことを説明していない。反対に、文化研究者はもしこれらの現象を事実そのものについて「モダニティ」と認定するなら（あるいはまずいことに「ポストモダニティ」と認定するなら）これらのモダン現象自身の非モダニティと偽モダニティは見えてこない。それはまぎれもなく、モダニティ思想が彼らにおいては到底確立し得ないことを説明している。

中国社会生活の非モダニティと偽モダニティはきわめて研究を要する課題である、それは多くの側面を内包する。金克木先生の言い方を模倣するなら、官場は公開政治に欠け、商場は公開競争に欠け、社会は倫理の共有に欠け、メディアは世論への影響に欠けている等々と言える。(11) 中国におけるモダニティは任重く、道は遠い。ハーバーマスは「モダニティ」を未完の事業、未完の課題と称した、このことは私たちに特殊な意義を持つ。ジェイムソン（Fredric

Jameson）には「ポストモダン」問題でハーバーマスと異なる観点が少なくないけれども、彼は現代ドイツ社会について言えば、モダニティはアメリカの社会現状を以てその意義を評価することは出来ないと認めている。「ドイツではナチズムがモダン（思想）の発展を切断した。モダニティはそれによって未完の事業の性質を備え、ここにおいてハーバーマスのような要求が再びモダニティに対して提起された。[12]」集権政治が現代ドイツ社会の、社会と政治民主化のコースを妨げ、その政治文化を侵食した。すなわち西欧においては「モダニティ」の緊迫感は社会によって異なるのであり、まして西欧とは大きな隔たりがある第三世界においてはなおさらのことである。

サイード（Edward W. Said）は「ポストモダン」理論を十分熟知した理論家であり、彼は「ポストモダン」を共時性モデルとして一括りに第三世界の同時期に適用することに反対した。彼の指摘によれば、「ポストモダン」は西欧反歴史の無力感、消費資本主義等々と一蓮托生で、この時期には様々な「ポスト」を戴く思潮や理論が出現している。サイードはイタリアの哲学者ヴァッティモ（Gianni Vatimo）の言葉を借りて、それらを「モダン末期」の「低迷思想」と呼んでいる。彼はこのような「ポストモダニズム」が第三世界に存在する条件は無いと認める。アラブ、イスラムの芸術家と知識人の関心は依然として「モダニティ」問題である。「モダニティは決して時代遅れではなく、今に至るも伝統と正統思想のコントロールを受ける文化に対して、モダニティはやはり一つの主要な挑戦力である。カリブ海、東欧、ラテンアメリカとインド亜大陸も（第三世界）同様の状況である。伝統と正統思想にコントロールされた文化活動への対抗は本土知識分子の従事する世界意識を具えた文化活動と互いに連繋する。」彼らは「モダン」と「ポストモダン」の問題に関する討論で、一つの緊迫した問題に関係しており、それはすなわち「われわれはどのように近代化するか。」ということである。[13]

三、「ポスト新時期」概念とジェイムソン

「ポスト新時期」理論家は特にジェイムソンの「ポスト新時期」理論に対するポストモダン理論の影響を強調する。郭建は『文革思想と「後学」』の一文において特にジェイムソンの中国「後学」に対する影響について述べている。彼はまた差異の大きい歴史社会環境における理論の転移によって、思想が内包する政治傾向が「変異」現象をひき起こすことも述べている。[14] 私たちはこのような現象については特に敏感である。このような変異は一定の規律に従うのではなく、積極的なものもあり、消極的なものもあるが、それは新しい環境の中で起きる特定の歴史社会作用によって決まると考えるべきである。これはすなわち私たちがなぜ理論家は社会変革意識を持ち得ると強調し、実際の生存環境の基本的圧迫構造と対抗関係を分析、確定し、理論を運用する時、明確な社会政治理念を表明するかと言うことである。これらは正に中国「後学」には欠落している。

理論あるいは思想の「変異」はさらにきわめて重要な要素である。それは理論あるいは思想とそれが移入した新しい環境の現存社会政治制度との関係である。たとえば毛沢東思想は民主社会の中で無産階級専政あるいは無産階級文化大革命を創成しなかったし、「民主」と「人権」は専制制度下でかえって有名無実の口先だけの恩恵に変異せざるを得なかった。私たちは必ず思想、理念、理論とそれらの社会的運用とを区別すべきであり、ただ新思想が自動的に社会文化批判を形成することはあり得ない。新思想は往々にしてそれぞれの社会中の異なる政治と社会の力の中で解釈の対象を争奪し、自己の利益に見合う社会形式に新思想を賦与しようと尽力する。現存の社会政治制度は往々にして誰が思想理念の社会性と体制性に対してコントロール権を持つかを決定する。私たちは「どのように理論を用いるか」「なぜ理論を用いるか」「どのような社会制度の中で理論を用いるか」を離れて「どのような理論を用いるか」を

語れない。それならジェイムソンはどのように、なぜ、どんな制度の中で「ポストモダン」理論を用いるのだろうか。「ポスト新時期」理論家たちはこの様々な方面からジェイムソンを理解できるのだろうか。

ジェイムソンはここで「ポストモダニズム」は経験的な描述概念ではなく、批評目的のために奉仕する「協調的」概念であると主張する。この概念によって社会文化批判者は特定時期の文化現象と社会現象を連繫させ、社会制度を通して文化現象を認識させることができ、文化現象から社会制度の歴史的性質を認識することもできる。ジェイムソンは『ポストモダニズムと後期資本主義の文化ロジック』(*Postmodernism, or, the Cultural Logic of Late Capitalism*)の書物の中で特に「ポストモダニズム」の命名問題について語っている。彼が指摘するのは、批評家は「歴史の中から断層か延続かを見る……決して経験から実証したり哲学を用いて弁解するわけでは無い。これは起始的叙述行為を本体としてそれが、叙述された事件に関して見方や解釈を決定するためである。[15]」批評家はもし先にある歴史時期のひとつの「新しい」(あるいは「ポスト」)時期設定をするなら、それが自ずと考えの筋道の順序を成し、その時期の事件を「新事物」と「見なし」「解釈する」、かつ振り返ってそれらによって先の仮説を実証する。批評家の歴史に対する分期は、ひとつの自覚的な目的行為でなければならない。「いかに命名するか」は「なぜ命名するか」と切り離せない。ジェイムソンの「ポストモダン」受容は後期資本主義の批判という目的から出発している。ジェイムソンがしきりに強調するのは「ポストモダン」は今日の「文化産品」を「社会制度」と「協調的に連繫させる」助けになる概念であるということだ。[16]「後期資本主義」に対するこのような社会制度の命名こそが、「ポストモダン」という歴史時期の命名の核心である。ジェイムソンについて言うなら「ポストモダン」は単に文学芸術の「新しい」現象を評するのに便利な述語として与えられているのではなく、後期資本主義に対して「認識地図」(cognitive mapping)のプロセスとなるものである。[17]この「認識地図」は「常にあるものを新たに認識する習慣であり、進んで改変のための想定を提出し、新しい視角を提出する。旧い因習に対する感情と価値を一新する。[18]」ジェイムソンは具体的な文学芸術現象を観察し、イデオロギーと倫理の角度からそれらの置かれた社会制度に分析と評断を加える。彼は早くも一九八三年ポストモダン文化に対する論文の中で明らかに指摘している。かれが「ポストモダン」芸術の「雑多な寄せ集め」「模擬」「分裂」などの特徴に注目するのは「ポストモダニズムがどのような新しい方式で後期資本主義に出現した社会秩序の本質と実情を表現しているか」を、例を挙げて説明するためである。[19]いまジェイムソンの片言双句を好んで引用したがる「ポストモダン」理論家が専ら中国の当面の「寄せ集め」「分裂」現象を探し求めているのは、まぎれもなくそれらを用いていかなる社会秩序、どのような「本質実情」を説明するのかということを忘れているのである。

ジェイムソンの「ポストモダン」概念の説明と運用を比較してみると、私たちは目前の「ポスト新時期」が経験的な概念であることに気づく。それは編年史の合理性（時間的自然秩序）を具えており、真の政治文化批判価値を具えていない。それはある文化現象に賦与された名称であるが、却ってこれらの現象と特定の社会政治環境を連繫させることは出来ない。たとえば、王寧は「ポスト新時期」に論及した批評で、この時期の批評は大方四種の力が共生していると指摘する。一つは八十年代以来の規範批評（歴史批評）二つは学院批評（とりわけ「語言転向」）、三つは印象鑑賞批評、四つは一般の通俗批評である。単に現方の描述から言うなら、この言い方は通用する。しかし彼が行う描述の目的は、「ポスト新時期」の「多元」を「新時期」の「一元」の形成と対比することである。彼の結論は、「以前（「新時期」を指す）の一元構造は完全に終わった。[20]」この言い方は間違っている。なぜなら私たちは容易に「新時期」批評中に四種の批評中のどの一種をも探し当てることができるからである。こればかりでなく、王寧の言い方には「多元」の意義が入り混じっている。ジェイムソンはポストモダン文学の芸術特徴を論述したときに、指摘したのはポストモダンの特徴はモダン芸術の中にほとんど見ることが出来る。モダンとポストモダンを区別するのはこれらの特徴自体ではなくて、他の因素であり、とりわけそれらと「特定社会制度の深層ロジック」との関係である。[21]真の多元は理性的討論と自由で寛容な公衆空間を指さなければならない。今日の中国の多くのナイーブな問題（民主、人権、また「反右」「文革」「六四」など歴史事件）に触れられず、深化しない情況下で、仮に若干の形式が存在したとしても、真の「多元」と言い得るだろうか。

ジェイムソンの「ポストモダン」の命名は彼の「後期資本主義」に対する社会制度の命名をその核心とする。「資本主義」に対する命名は単なるひとつの「名称」あるいは「コード」ではなく、それに対する非道徳的な（即ち「歴史性」）の為す最大限の概括である。ジェイムソンはマルクス主義者であり、従って彼が使用する「資本主義」という概念もマルクス主義の伝統の中で理解しなければならない。「資本主義」という概念を使用する社会学理論は当然マルクス主義だけではないが、しかしマルクス主義がこの概念を運用する時の特殊な価値傾向と道徳譴責性は、その運用に特殊な政治思想批判意義を具えさせた。資本主義制度に対するマルクスの分析は、資本主義の改変、人類解放という政治目標と切り離すことは出来ない。

ジェイムソンの「ポストモダニズム」に対する分析は、まさに彼自らが述べるように、「後期資本主義」時期の特殊な「文化コントロール」を明らかにすることであり、それによって対抗の可能性を思い巡らすことである。少なからぬジェイムソン批判者が彼の「資本主義」に対する総括が対抗のために残した空間が狭いことを指摘したけれども、彼は終始堅持した。[22]

私がこのような分析をするのも、私たちが何が抑圧であり権力であるかを知らなければ、そうでなければ対抗が有効であるか否か見積もることは出来ないと固く信じているためである。

まさに現存社会制度とその文化コントロールに対する批判の眼差しから、ジェイムソンは「ポストモダン」という名称が文化現象と社会制度を「協調」させ、「歴史再構築」の作用を起こすと考える。ジェイムソンはこう述べる。(23)

歴史再構築は全体の特徴について仮説を提出し、目下の事物の混雑状況に抽象的概括を加え、時と場所を選ばぬ熾烈な介入と、それが孕む盲目宿命的観点に、抵抗することである。

歴史再構築が指摘するのも、特定の歴史時期の非永続性、その特殊圧迫形式と非道徳性である。私たちは「ポスト新時期」理論に欠けているのが、まさにこの様な「歴史再構築」の意識、この様な道徳的力量であることを発見する。それは一九八九年の代替不可能な歴史の終結と起始意義を認めたがらず、かつまた一九八九年以後の中国の特殊な構造性と社会衝突関係を回避し、第一世界と第三世界の権力不平等関係を中国人の生存境遇の全てを圧倒する圧迫形式と確定し、それによって中国の異なる階級、集団、クラスの人々が同じ「被圧迫」の地位と同じ政治利益を共有し、人々が強暴や圧制を正視したり抗争したりする必要がないように暗示する。「後学」理論家は国際圧迫関係を以て本土圧迫関係が第三世界人民の実際の生存境遇に対して持つ重要性と圧迫性を破棄し、それは第三世界が具える圧迫性と官方権力利益に順応し、官方民族主義と権力内政の文化解釈人となる。私たちはこのような情況下で、「後学」の中国での消極的な政治的傾向、その着目するところがまさに自覚的、無自覚的な理論言説の効果であることを批判する。

註

（1）張頤武「闡釈「中国」的焦慮」、『二十一世紀』（香港中文大学・中国文化研究所）、一九九五年四月号、一二八頁。

（2）張頤武「後新時期文学：新的文化空間」；趙毅衡「二種当代文学」；王寧「継承与断裂：走向後新時期文学」、三文均見『文芸争鳴』、一九九二年第六期、九〜一〇頁；一〇〜一一頁；一一〜一二頁。

（3）王寧「後新時期与後現代」、『文学自由談』、一九九四年第三期、五三〜五五頁；張頤武「反寓言／新状態：後新時期文学新趨勢」、『天津社会科学』、一九九四年第四期、五七〜六三頁；張頤武・王寧・劉康「後新時期的文学批評：当代文化転型的一個方面」、『作家』、一九九四年第六期、七一〜七四頁。

（4）註（2）張頤武、九〜一〇頁；（3）張頤武、六三・五八頁を参照。

（5）註（2）張頤武・王寧；（3）王寧、三七頁を参照。

（6）「発生」「規範」「起始関係」概念に対する詳細な検討についてはDick Howard, *The Politics of Critique* (Minneapolis: University of Minnesota Press, 1988) を参照。彼が特に言及しているのは、「アメリカ革命」と「フランス革命」この二つの「事件」の「発生」と「規範」であり、さらにこの両者の形成した「起始関係」と西方の「モダン」あるいは「モダニティ」概念の関係である。中国のモダニティ問題を認識する上で、それ自身の歴史的「起始関係」から着手する必要がある。西方では批判意識を具えた「ポストモダン」理論は、六十年代のアメリカ黒人民権運動、ベトナム反戦運動、フェミニズム運動、欧米の広範な反体制運動などを最も有意義な事件と確定する。西方のラディカルな文化批評は今に至っても、尚六十年代の「起始関係」の影響を感受している。Sohnya Sayres, Anders Stephanson, Stanley Aronowitz 和 Fredric Jameson 等人所指出的、西方保守勢力の文化策略は常に「六十年代への弾圧」を含む。Sohnya Sayres et al., eds., *The 60s without Apology* (Minneapolis: University of Minnesota Press, 1984), 9 を参照。

（7）王寧「「後新時期」：一種理論描述」、『花城』、一九九五年第三期、二〇二頁。

（8）Jügen Habermas, "What Does a Legitimation Crisis Mean Today? Legitimation Problems in Late Capitalism," in *Legitimacy and the State*, ed. William Connolly (New York: New York University Press, 1984), 134-35.

（9）筆者の「ポストモダン」に対する特定の条件下での批判的影響、とりわけ民主政治との関係については既に別に議論がある。拙著「後現代・後植民批判和民主政治」、『傾向』、一九九四年第二・三合期、一七二～二〇一頁を参照。

（10）Ernesto Laclau, "Politics and the Limits of Moderity," in *Universal Abandon? The Politics of Postmodernism*, ed. Andrew Ross (Minneapolis : University of Minnesota Press, 1988) , 65.

（11）王蒙「官場無政治?-」、『文学自由談』、一九九四年第四期、四〇頁。

（12）・（22）Anders Stephanson, "Regarding Postmodernism: A Conversation with Fredric Jameson"、註（10）書、一二三頁・一一頁を参照。

（13）Edward W. Said, *Culture and Imperialism* (New York: Alfred A. Knopf, 1993), 329.

（14）郭建「文革思潮与「後学」」、『二十一世紀』（香港中文大学・中国文化研究所）、一九九六年六月号。

（15）・（16）・（17）・（18）・（23）Fredric Jameson: *Postmodernism, or the Cultural Logic of Late Capitalism* (Durham: Duke University Press, 1991), xiii; xiv; 415; xiv; 400. 傑姆遜対「後現代主義」論述最詳的是"Postmodernism and Consumer Society," in *The Anti-Aesthetic*, ed. Hal Foster (Seattle: Bay Press, 1983), 111–25; "Postmodernism, or the Logic of Late Capitalism," New Left Review, no. 146 (1984) : 53–92。

（19）・（21）Fredric Jameson, "Postmodernism and Consumer Society," in *The Anti-Aesthetic*, ed. Hal Foster (Seattle : Bay Press, 1933), 113; 123.

（20）註（3）張頤武・王寧・劉康、七三頁を参照。

3 「後学」の政治性と歴史意識について再び論ず

徐 賁

張頤武先生は私が一九九五年八月、『二十一世紀』に発表した「中国の「ポスト新時期」とは何か」（以下「何か」と呼ぶ）一九九六年第五期の『文学評論』に発表した「「ポスト新時期」概念から文学討論の歴史意識を討論する」（以下「歴史意識」と呼ぶ）に比較を加えている。彼は「この二編の文章は三分の二以上が重複しているけれども、その重点には大きな差が無い。」と見て取る。彼はまた「何か」の一文が焦点を合わせているのは「後学」の中国における消極的な政治的影響であり、「ポスト新時期」概念を批判することによって一九八九年の歴史時期起始関係作用を回避しようとしている。また「歴史意識」の一文の中では「『消極的政治傾向』に関する段落がすべて削除され、『文学史』および文化史発展段階に関する討論が付け加えられている。」このような情況は張先生が既に理解できず困惑し、すこぶるご立腹であり、彼は「海外の刊行物で強調した『消極的政治傾向』がなぜ大陸では消失したのか。また大陸で強調した『歴史意識』がなぜ海外では政治問題に成り代わったのか。」[1]と詰問している。問題はすでに提出されているので、私は作者の立場からこれについて説明し、再度張先生に教えを請いたい。

一、テキストのガリバー旅行記と審査制度

テキストの生産プロセスは、テキストそのものと同じようによく吟味するに値する。ここで先ず二つの「ポスト新

時期」について論じたテキストの生産過程について紹介したい。張先生がご存知ないのは、ここに関係するのは二つのテキストではなく三つであることだ。この二つのテキスト以外に、まだ他に張先生が周知しないテキストが存在する。彼がご覧になった二つのテキストはいずれももう一つの原始版本の「審査ずみ」版本である。その原始テキストは「何が中国の「ポスト新時期」と「ポストモダン」か：当代中国の政治文化意義における「モダニティ」」（以下「政治文化」）で、その重点は張先生が読まれた二つのテキストとは異なっている。[2] それは元々一九八九年後の中国政治文化形態を概括し、ポスト極権時期「現代専制」下で民主理念が引き起こす思想解放作用（政治近代化・社会近代化と公衆社会近代倫理）を詳細に討議している。『二十一世紀』は一九九五年はじめ「政治文化」の掲載を決定したが、実現せず、これによって思いがけず複雑な経緯をたどることになった。わたしは「政治文化」を国内外のその他の刊行物、文集に発表できる場はないかと探したが、順調にいかなかった。海外で中国官方が「異端」と見なしている雑誌でさえ、この文の内容が民主についての異なる見解の思想であることを嫌って、紛争を引き起こしたくないと考えた。私が文章の重点を手直ししたところ、『文学評論』はたちどころに原稿として受け取ってくれた。その後、『二十一世紀』から一度別の原稿のことで連絡があったとき、思いがけず「政治文化」の一文の話になった。とりあえず少し改訂して発表するという要請で、わたしは承諾した。しかし審査で改訂されたテキストは畢竟その陳述において原始テキストの観点には及ばない。

二年の間、「政治文化」という「ポスト新時期」を討論した文章は、国内外の中文刊行物でガリバー旅行記のようになり、結局一編が三編になり、また三つのテキストが一つになったことは、ほとんど重要ではない。重要なのは無意識のうちにも国内外の中文刊行物にとって、その政治アレルギー度と、リスク請け負いの測定器になっていたことだ。この三つのテキストが重複しているかどうかが一目瞭然であることは、九十年代国内外の中文出版界が既に相互に異なった立場でも連繫し合う生態環境であったことの、細やかな証拠にもなっている。これは実際文化批評が、政治と関わるべきかということではなく、政治が文化批評を放置できるかという問題である。文化批評の政治性は否応無く、各種審査制度に対応することを運命付けられ、大陸、香港、アメリカ、均しく例外は無い。しかし異なる社会制度下での審査制度には畢竟格差が認められる。

特定の社会環境の審査体制について考慮するには、三つの基本的因素がある。一つは国家権力審査機関の圧力である、このような審査はそれがイデオロギーであっても、宗教、伝統価値であっても全て政治的なものであり、たとえ民主国家であっても、政府の圧力は出版界に影響を与え、直接に国家機関を動員して威嚇と懲戒を発動するのは、専制社会の重要な特徴である。二つには出版メディアの「自己審査」であり、政治的圧力から、あるいは目に見えない政治圧力の情況下で、ある傾向、ある選択において報道と発表を行う。第三は経済因素の作用であり、この因素そのものは相当複雑である。経済的独立は出版独立の基本的条件であるが、利潤の追求は必ずしも出版の独立を勝ち取ることと関係なく、出版の独立を形成するとも限らない。

審査のこの三種の因素は異なる社会制度の下で極めて複雑で変化に富んだ結合形態を呈し、もともといわゆる「グローバリゼーション」商業メカニズムといった漠然とした言い方は大雑把にすぎる。紙面の制限もあるので、ここでは大陸文革後現在に至る審査制度の特徴について簡単に分析したい。この時期の審査制度は時に緩められ時に締め付けられたが、文革時期に比べ、総じて二つの基本的特徴が現れた。第一の特徴は思想討論の「禁区」と「非禁区」の区別の明晰さである。文革期間の「政治統帥」によって一切の話題と文化行為が極めて高い政治敏感度を具え、親戚友人夫婦の私的会話でも死罪をでっちあげる証拠として十分であった。文革後、中国社会は鄒讜先生の言う官方「無関心の区域」(zones of indifference) が出現した。もしゴールドマン (Merle Goldman) の提示に倣い、この様な思想区域を彼女の言う「禁忌区」（forbidden zones）に照らし合わせるなら、すでにある「非禁区」と「禁区」の区別は、当然この様な区別は絶対的なものではない。(3)「非禁区」は往々にして非政治的である。当世知識分子の「非禁区」内の学術活動、討論と観点の陳述は、往々にして純学術の面貌で現れるが、この自制が損なわれない限りにおいて、確かにある程度の自由が確保される。「禁区」は必ず政治との関係を有する。凡そ政治制度とその理念、政治構造と統治形式、政党とイデオロギー等に言及するものは全て「禁区」である。

文革後、官方の文化界に対する思想審査は主に「禁区」の中で進行した。よって、この審査の圧力を感じたのは一般の文化人士、知識分子ではなく、政治意識を具えた、とりわけ非正統政治意識の知識分子である。「禁区」と「非禁区」の区別によって、中国の文化討論言説は外国学者が容易に理解できない重要な「中国」的特徴を形成した。その中の一つは、「禁区」から「非禁区」の周縁から不自然に度を越して造り上げられた実質問題と見るべき議題の食い違いによるものである。例えば社会と政治議題に言及した討論では明らかに、またあくまでも「文化」の帽子を戴いている。「自由」「平等」と「人の尊厳」といった民主価値への言及は明らかに、また否応なく文学の中において「人道主義」「主体性」として語られざるを得ない。このようなあちら立てばこちら立たずの策略は、ある時には効を奏し、あるいは一時的にそのように見えるが、完全に審査制度の監視から逃れることは出来ない。

文革後思想審査の第二の特徴は攻勢転じて守勢である。ハンガリーの作家コンラッド（Gyorgy Konrad）の言葉を借りれば、人に嘘を語るよう強制することから、真実を語ることを制限するようになったのだ。あるいはルプニック（Jacques Rupnik）が解釈するようにそれは「群衆恐怖が転化して『文明の暴力』になり、極権政権はその実行制度性審査は（当事者の）内在化された自己審査を獲得するに及ばないと考える。(4)」このような非常に厳しいスターリン式審査から守勢に退いたポストスターリン式審査への転変に対して、東欧の作家は最もそれを強く感じ取り、多くの論述を成した。中国知識分子はこのような審査制度の転変を何も調査せず、今に至っても公けの討論を見ない。「思想審査」を討論すること自体がまたひとつの「禁区」なのかも知れないが。内在化された自我審査は刊行物と作者の相互の連携という側面を包括する。刊行物と作者の自律がいつも信頼できるとは限らず、過失は逃れ得ない、そこで文革後の審査は事前の抑止よりも事後処理が多いというのが一つの特徴である。

極権政治の下に置かれた知識分子が自己の観点を表述することと審査制度への微妙な対応は誰もが理解できるようなものではない。これに対して、ルーマニアの作家ボテズ（Mihai Botez）はこのように批評している。(5)

専制統治下の知識分子は諂って迎合するか、異った政治意見を堅持するかであると考える人が常にいる。これは単純すぎる。（専制）社会の契約を受け入れるのは決して諂って迎合することと均しくはない。……畢竟一つの不幸ではあるけれども、きわめて実在の尊厳ある「生存芸術」なのである。

知識分子が思うことを言えない情況下では、全く尊厳を失わないで機を見て事を成す、融通をきかせて迂回する。もし張先生のようにやむを得ずの「生存芸術」を作者が「読者に迎合した」とみなすなら、このような正常でない社会契約を作った専制権力に対する責任を逃れることにならないだろうか。

二、誰にたいしても「ノー」と言えるわけでは無い

事実、どんな社会環境にあっても、真に批判意識を持つ知識分子は絶対的な自由を感じることは出来ない。もし一人の知識分子が覚えず、彼の世界の中である阻止勢力を克服しなければ彼が発言できないと考えるとき、彼は必ず意

味のある話を言い尽くせず、あるいは全く何も意味のない話をするしかない。専制制度が少なからず存在する第三世界国家の中で、知識分子が「近代化」討論を用いて政治と社会の民主化を促進するなら、決して彼らが出来合いの西欧近代モデルを真似しているのではなく、それはたとえ「民主」「人権」討論が許されない国家の中にあったとしても、国家発展言説としての「近代化」は依然として未だ禁じられた話題ではないからである。私がこのように述べても、張先生は当然納得できないだろう、それは彼が主張する中国の発展言説が「小康」を以て近代化に対して「ノー」を言うべきだというものだからである。彼はかつてこれについて他の人と共著の文章において「小康」説の理論的本質について付け加えている。(6)

小康は単に**経済**発展の指標ではなく、文化発展の**目標**である。それはまたモダニティを超えて、西欧式の発展夢想の方略を放棄したことをも意味する。それはもはや西欧を中国が追いつくべき「他者」と見なすのでなく、民族の**文化特性**や**独特の文明**の延展と転化に鋭意関心を注ぐことだ。「小康」は一つの暖かで、和やか、安らかで適度な新生活方式と新しい価値観念の形成を象徴しており、それは一つの焦慮を超越する新しい策略である。

(作者註：重点部分は原文のまま)

他の文章の中では、彼はさらに慷慨激昂して宣言する(7)

私たちは「小康」の理想的時間に向かっている。単に小康を経済の標準とみなすばかりでなく、これを第三世界の人間関係の調和の確立、完全な言語／生存状態の実現であるとみなす。このような人倫関係の調和性は商業的成功と結びついている。それは第一世界のポストモダニズムの表徴危機と相関する、秩序再建を超越しようと奮闘する想像である。それは想像的に私たちが直面する文化境遇を解決するばかりでなく、最終的に第一世界／第三世界の二元対立を想像的に解決する。土壌が痩せ、焦慮、欲望と尽きることのない苦難に満ちた第三世界の「イメージ」は、ここにおいて責任と忍耐、麗しい品徳を具えた新しいイメージと化す。

たとえ「小康」説に寄生する中国の「後学」が結局どのような理論価値があろうとも、わずかに官方言説（『人権』は即ち衣食が足りるという生存権利である。）との関係から言うなら、まさか我々が問うてならないことはないだろう。「小康」を提唱した者が自ら認めるように「石を探りながら川を渡る」時、審査制度が人に嘘を強要しない情況下で、張先生はこのような発言をする必要はないのではないか。まさか中国知識分子は真に諂い迎合し、異なる意見を持つ以外に選択の余地が無いのであろうか。人々がこのように「後学」と官方言説の共謀関係を批判するのは、分に過ぎるのだろうか。張先生がこのように述べるなら、当然目前の審査制度のいかなる圧力も感じず、当然彼のテキストを調整し、手直しする必要は無いわけだ。

張先生は「後学」の「政治論」に対する批判は全て海外から来て、「道徳論」「経済論」批判は国内から来ると言う。実はこれは正しく国内の「禁区」と「非禁区」が作用を起こした原因である。国内の「後学」に対する批判は必ず「非禁区」の範囲内に自制している。「後学」の無視できない政治性のために「経済」と「道徳」から「後学」を批判し、深入りすることは難しい。このやむを得ぬ重点の調整は、中国では誰もが同じように「ノー」と言いたければいかようにも「ノー」と言えるわけではないからだ。中国「後学」と官方言説の特殊な関係により、それに対して更に一歩批評を進めようと思えばたちどころに「禁区」に踏み込む。ここにおいて国内「後学」では任意に他の人を批評でき、他の人は「後学」を容易に批判できない局面が形成された。幸いにも張先生は国内刊行物で私を指導してくれたわけではない、さもなければ私は面倒な応答をする必要もなかっただろう。

三、歴史意識と集団記憶

張頤武は「ポスト新時期」討論で「歴史意識」と「政治傾向」に言及し、二つの相互に矛盾する重点であると認めている。わたしはそのような見方に同意できない。なぜ「異なる」（AとB）が必ず矛盾（Aと非A）するのか。わたしは「歴史意識」は必ず政治性を帯びると思うし、政治傾向は往々にして歴史意識と歴史叙述を借りて体現されると思う。紙面の制限もあるので、わたしはただ歴史意識に含まれる集団記憶からこれに対して些か解説を加えたい。それとわたしが二つのテキストの中で強調した重大な歴史事件の起始関係とは関わりがあるからである。

歴史意識の要は集団記憶である。国家の記憶や忘却を受けず、任意にコントロール、操作されない社会記憶である。このところ、人々の間でアルブヴァクス（Maurice Halbwachs）の『集合的記憶』（*On Collective Memory*）やコナトン（Paul Connerton）の『社会はいかに記憶するか』（*How Societies Remember*）等の著作で認識が深まるにつれて、集団記憶はますます文化批評から重視されるようになっている。[8] 集団記憶は「歴史」と等しくなく、個人の自伝式回憶と等しくない群集記憶である。極権国家においては「歴史」は国家権力のコントロールするところであり、民間記憶は国家記憶の歪曲、忘却の強行の手段への対抗となる。やむを得ない情況下で、個人の回憶は非官方記憶の唯一の保管場所となる。しかし個人記憶が集団性を獲得しない限り、社会意義は非常に限界を持つ。

ハンガリーの学者エスベンシェード（Richard S.Esbenshade）は自己の体験から語っている。[9]

極権統治下の東、中欧地域では知識分子は個人の記憶を保存することによって（回憶録・自伝）集団記憶を保存したいという要求がとても強い、これは記憶の伝統的保存方式であるためで、――歴史書、刊行物雑誌、教科書、国家記念日、博物館――などが均しく官方権力の操作するところになっており、作家が記録者、記憶保管人、真実を語る者としての役割を果たしているためである。

作家はよって英雄となり、民族遺産の継承人となり、官方史家は唯々諾々とした思想侏儒となる。官方の歴史に対する抑止と歪曲（強行忘却）の前で、作家個人の記憶は民族記憶の来源となり、代表となる。文革以後出現した文学あるいは個人の回憶（傷痕文学も含めて）は中国社会に対して新たに文革を記憶することに極めて大きな作用を及ぼした。これら個人の記憶は公衆領域や文化交流の中に進入したために群集記憶となった、これは当時の文革の省察を大いに奨励する緩やかな政治環境と切り離すことは出来ない。一九八九年以後、文革討論はかえって禁区となった。これは官方が一九八九年事件の忘却を必要としたことと切り離すことは出来ない。

クンデラ（Milan Kundera）は『笑声と忘却の書』（The Book of Laughter and Forgetting）の中で集団性歴史記憶の抑制を主な特徴とする極権政治を浮き彫りにし、中でもすでに人々に知られた次のような言葉がある。「人と権力の闘争は、記憶と忘却の闘争である。」クンデラは書いている。「ごくわずかでも不愉快な記憶に（一九六八年後『正常恢復』した国家の）新しい牧歌が邪魔されないために、国家の美しい記憶の汚点であるプラハの春とソ連のタンクは当然削除された。そこで、チェコスロバキアでは八月二十一日を記念する人はいない。」[10]わずかに集団記憶が、一九八九年後の中国社会と知識分子が文化観察者に向けて複雑で現実を無視して楽観できない情報を伝えた。論者が書くように「経済大繁栄の時代の中で、歴史の記憶喪失は疾病のように中国人を襲った。」人々は再び七十年代から八十年代のような歴史的省察を見ることはない。「（当時）知識分子と作家はみな弛まず積極的に回顧した。何年もの間、懺悔と自責は文学言説の中に反響するばかりでなく、政治言説の主旋律となった。[11]」事実上、一九八九年以後の中国知識分子は回憶を止めようとしなかった。彼らは章炳麟、黄季剛、王観堂、胡適、顧頡剛について学者の模範としての中国学術史における業績を回憶し、顧準を回憶し、陳寅恪を回憶した。しかし彼らは畢竟、再び回憶を中国人の集団生存に深く影響を与えた歴史事件に集中させることはなかった。私はむしろ、それが客観的政治環境の結果としてであって、知識分子が真に普遍的「記憶喪失病」を患っているわけではないと信じたい。

私が社会の歴史事件に対する、とりわけ少し前の歴史事件の記憶を保存することの重要性を強調するのは、集団記憶の中に、特定の事件は単に過去の出来事ではなくて、それは歴史的プロセスの中で象徴的意義を具えた記号となり、現在のそして未来の集団生存経験に対して、意義を提示し、模範的表徴作用を具える。中国近現代史上の五四、抗戦、反右、大躍進、文革などは、みなこのような事件であると言える。国家記憶はある時は社会記憶と重なる。ある時は重なるだけでなく、互いに衝突するが、それはこの二者の内容と使用の象徴が同じでないが故である。まさにキャンベル（Ian Gambles）が指摘するように、国家が記憶を要するのは、主にその政権の合理性に助けになる事件、戦役の勝利、光栄ある記念日、英雄や指導者、あるいは惨敗した叛徒と敵、社会成員が記憶するのは自然に発生した集団苦難や災禍、死亡ではなく、集団を震撼させた動乱や暴行である。[12]ある社会の集団記憶は唯一無二の集団生存経験と身分意識の重要な部分である。社会記憶は往々にして群集が未来にも起こりうると危惧するような出来事で、その象徴についてはは多くは官方が極力抹消するか、あるいは少なくとも「暗い」イメージを薄めている。『青い凧』『生きる』などの映画はこのようなイメージを留めていたため官方の敵視に遭ったのである。

社会的な集団記憶の独立擁護において、その現実生存意義と対抗価値という点を重視するという点において、文化批評の職責と文芸創作とは完全に同じというわけではない。社会集団記憶は適切な政治環境の中ではじめて公開され、民主的、自由に解釈、理解、表現され形成されることが出来る。このような政治環境は少なくとも「文革」「一九八九年事件」を討論することであるが、今の中国には存在しない。文化批評者はこの点を指摘する責任があり、それに粉飾を加えてはならない、この点が私と「後学」主義者の根本的な分岐である。私は一九八九年以後の中国に国家社会間の融合的統一による「民族の記憶」が形成されているとは思わない。私はまた、いかなる人もこの種の「民族の記憶」を代表して、西欧の圧力に対抗する中国の歴史記憶（もちろんこれは非常に重要だが）を目前の文化批評の根本大計にすることを認められない。文化批評は国内環境において各種歴史記憶の形式と関係（国家的、社会的、民族的、集団的、個人的）を民主的に自由に公開討論できないままで、批判とこの環境の改善を勝ち取ることは、依然としてその回避を許されない基本的責任なのである。

註

（1）張頤武「面対全球化的挑戦」、『二十一世紀』（香港中文大学・中国文化研究所）、一九九六年十二月号、一四〇頁。

（2）この文は徐賁『文化批判往何処去：一九八九年後的中国文化討論』（香港：天地図書公司、一九九六年）に収められている。

（3）Tang Tsou, *The Cultural Revolution and Post-Mao Reforms* (Chicago: University of Chicago Press, 1986), 3–66 ; Merle Goldman, "Politically-Engaged Intellectuals in the Deng-Jiang Era: A Changing Relationship with the Party-State," *The China Quarterly*, no. 145 (March 1996) : 37.

（4）Jacques Rupnik, *The Other Europe* (London: George Weidenfeld & Nicolson, 1988), 208, 201.

（5）Mihai Botez, *Intelectualii din Europa de Est* (Bucharest, 1993), 52–53.

（6）張法・張頤武・王一川「従「現代性」到「中華性」」、『文芸争鳴』、一九九四年第二期、一五頁。

（7）張頤武「「後現代性」与中国大陸当代文化的転型」、『中国比較文学』、一九九三年第二期、一二三頁。

（8）Maurice Harbwachs, *On Collective Memory*, trans. Lewis A. Coser (Chicago: University of Chicago Press, 1992) ; Paul Connerton, *How Societies Remember*, (Cambridge: Cambridge University Press, 1989).

（9）Richard S. Esbenshade, "Remembering to Forget: Memory, History, National Identity in Postwar East-Central Europe," *Representations* no. 49 (Winter 1995) : 74.

（10）Milan Kundera, *The Book of Laughter and Forgetting* (Harmondsworth: Penguin Books, 1986), 3, 14.

（11）Jing Wang, *The High Culture Fever: Politics, Aesthetics, and Ideology in Deng's China* (Berkeley : University of California Press, 1996), 10.

（12）Ian Gambles, "Lost Time: The Forgetting of the Cold War," *The National Interest*, no. 41 (Fall 1995) : 33.

4 「後学」と中国の新保守主義

趙 毅 衡

一、

ポスト構造主義、ポストモダニズム、ポストコロニアリズムを主とする西欧の近年の文化研究の潮流は、ずっとその反対者によって「急進的すぎる」と非難されても、「保守」と指摘されることは無かった。

筆者が非常に驚いたのは、近年（具体的に言えば、一九九三、一九九四両年）中国知識界に新保守主義の潮流が出現し、これらの理論をよく根拠、証拠として引用するようになったことである。

中国知識界の新保守主義は今に至るも十分注意されていない。そしてその理論的根拠は西欧の急進学説から来ているという、この奇怪な出来事について誰も言及していない。

二、

「後学」という嘲笑的言葉は北京の学術圏でよく耳にする。この社会は「ポスト工業」この時代は「ポスト冷戦」消失しつつある「ポスト共産」出現しつつある「ポスト歴史主義」女性主義は当然「ポスト男性主義」、どんな性別の個人も「ポスト個人主義」は可能だ。中国においては「ポスト」も経歴がある。「ポスト朦朧詩」が一九八四年に決起し、今は「ポストポスト朦朧詩」にとって変わった。一九九二年出現した「ポスト新時期文学は、その大きな特徴は「ポスト白話」を用いたことにあったが、「ポスト知識分子」「ポストエリート」と呼ばれる文化産業のコントロールの手中に落ちていった。知識分子は「ポスト学問」を演ずるしかなかった後、「ポスト悲劇」の情緒に耽溺する中、この失語症を患った「ポストユートピア」のゆえに、著しい「ポスト革命」時代となった[1]。

三、

英語の中には post-ism という言葉は無い。しかし当代西欧文化学の三大潮流は全て「ポスト」を名乗っているのは、深く考慮すべきだ。少なからぬ学者が「それ以後というのはあの後か。」と討論してきたが、結論は yes である[2]。

三つのポストを合わせて一つとし、三教を一つにして共存に歩み寄るのではなく、それらはほとんど一つの理論の三つの側面であり、三者は互いにその条件となっている。「ポストコロニアリズムが処理しているのはポストモダン過渡時期の文化政治である[3]。」またポストモダニズムとは即ち「西欧文化がその世界の中心としての位置を意識しており、それに質疑を受けたときの文化的反応である[4]。」ポストモダニズムはポストコロニアリズムの他者を以てその「分裂した叙述といわれるもの」を構成する[5]。ポストモダニズムは主にモダニティへの省察にあるが、しかし「モダニズムは必ず幻想が文化を通じて現代生活を贖罪する。この種の幻想の破産は、正にポストモダニズム条件の核心である[6]。」

三ポスト合一が意図的に矯正されていない以上、「後学」という説は西欧でも成立し得る。

単語としての英語の post は、その意味は模範であり、歩哨所である。いかなる「ポスト」も一つの境界を示す標石である。以前は西洋人も少なからぬポストという標石を用いた。ただこの三つの post が学術界に屹立して二十年というもの、今に至っても新しい標石は見られない。これは確かに一つの後学時代であろう。

四、

この二年、中国文化界の復蘇は注目に値する。知識分子は沈黙を破り、自己の立脚点を探し始め、一連の問題を熱心に討論し始めた。これらの討論はだいたいが中国の問題だけを語っている。しかし、どの討論も必ず多かれ少なかれ西欧の「後学」に触れている。

中国に流入したいかなる学説も必ず中国化される。人文学科は本来「あなたが探し当てたものは、必ずあなたが欲しいと思っていた材料、あなたが引用しているのは心の中に早くからあった理論」である。わたしたちが興味深く思うのは、なぜこれらの討論者がみな「後学」を用いて保守的観点を支持するのか、だ。それは討論者がたた自分の都合で、好き勝手に言葉を借用するからにすぎず、「後学」の罪ではあるまい。それとも「後学」自身がある特徴を具えており、中国の具体的な情況の中で、自ずと保守的傾向を示すのだろうか。

このことから、二年来の中国知識界の討論を振り返ってみる必要がある。本文はこれらの討論を「総括」するつもりはなく、ただその中の「後学」に関する部分を紹介するにすぎず、何卒「不十分」である、と責めないでいただきたい。

五、

六十年代海外学者は林毓生等に代表される五四に対する「全面的反伝統主義の批判」で、八十年代海外に渡った大陸学者からは、ほとんど賛同は聞かれても異議は出なかった。

鄭敏先生が『文学評論』一九九三年第三期に発表した「世紀末の回顧、漢語語言の変革と中国新詩創作」が人々を驚かせたのは、一つは海外の五四保守主義に対する評価が、すでに大陸に伝わっているということ、二つには語られているのが古い問題旧式の観点であり、使われているのが新しい理論であることである。ラカン（Jacques Lacan）の心理分析、デリダ（Jacques Derrida）の脱構築などである。

鄭文は範欽林が『文学評論』一九九四年二月号に書いた討議からもたらされたものであり、同期に鄭敏は「討議の討議」を書いている。四期『文学評論』は許明の「文化急進主義の歴史維変」を発表して、歴史的角度から当時の急進に当時は理があることを説明しようと企図した。五期には張頤武の「モダニティと漢語書面語論争を再び評価する」が発表されて、論争は「モダニティ」の歴史とポストコロニアリズムの「他者化」および「他者の他者」等の命題に吸引された。

鄭敏は五四白話運動の「性急さ」「偏見」「形而上」「形式から内容まで全て継承を否定し」「自ら古典文学との関係を絶つ」その結果、二十世紀中国詩歌は「その成果は理想に適わない。」その論拠の一つは、白話文が「口語を以て書面語に替えたこと」がデリダの批判する西欧音声中心主義が惹起したロゴス中心主義の覆轍を踏むということである。論拠の第二は「わかりやすい」文字を追求することは、ラカンの「能記（指し示すもの）と所記（示されるもの）の間には、乗り越えられない障碍がある。」という指摘を軽視し、虚幻の言語の透明性を追求し、五十年代には政治圧力のもと「漢語の透明度は常軌を超えた程度に達した。」と言うことである。

詩歌について言えば、誰が二十世紀の詩人がもし文言詩を堅持していたら、毛沢東の「一向に成果が無い。」の結論を変えていたと信じるものはいないだろう。

鄭敏先生の見解は、実際上は現代漢語（それは漢語と口語と文言と「翻訳体」の複雑混合である）が形成される前、中文は「自然の状態」に置かれていたと言うものである。これはポストコロニアリズム論者の観点と符合する。[7]『文芸評論』一九九四年第二期の編者の認識によれば、学者たちが討論したのは、一つの言語問題ではなく、一つの歴史再評価の問題でもなく、現実文化政治の問題であった。

伝統は固より古臭く時代遅れで、時代の要請に適応できない、しかしある伝統自身はそれに改進を加え、完全に近代化に適応させる：モダニティは表面上見れば、あたかも近代化に最も適しているように見えるが、ある種の「モダニティ」は……ある一定の条件、一定の時期において近代化の障害になり得る。

言っているのは常識のようであり、何が指摘されているか誰もがわかるだろう。不思議に思うのは、官式学者の立場が五四の偉大さを堅持していて、今は保守の実利のために非難の列に加わっていることである。

劉康と張隆渓の文学、批評と政治関係に関する弁論は、一九九三年に海外で始まり、英文刊行物が中文刊行物に転載され、最後には国内学者を巻き込んだ。

劉康の質疑は二つの問題に向かう。一つは「後学」が未だ西欧漢学に移入されていないこと。「西欧文化界学術界には嵐のようなポストモダニズム弁論と理論の争いがある。自ずから、狭い枠を成す漢学界では波乱は生ぜず、学術の反省と省察は趨勢と成らない。」二つには西欧漢学界が「(中国)現代文学の政治社会性によってその芸術価値を否定する。」

この二点は、いずれも鋭敏な観察であり、問題は具体的分析の上に出されている。劉康は上述の二つの点を二つの例を挙げて説明している。彼の三編の中文反論中再び提起されないが、この二例はまぎれもなくテキスト討論の問題と関係があるので、ここに訳出したい(8)。

まさにフーコー（Michel Foucault）が権力と知識の関係、歴史と芸術テキスト言説とによって構成される政治についての掲示するに当たり、西欧人文学科を抑圧するところの自由人文主義を批判することによって賞賛を受けたことを、人々はもはや忘れている。良くも悪くも、正に政治と芸術に関する毛の見方はフーコーの西欧自由主義に対する痛烈な批判を鼓舞した。毛が政治戦略と権力闘争の角度からこれらの問題に考慮したことは、彼の観点をして容易に圧制的文化政策に導き入れた。しかしこれは決してこの様な事実を変えるものではない。政治は永遠に様々な方式によってそれぞれの文化構造と体制に浸透するのである。

別のレベルでの関係は、夏志清の楊朔の「反米援朝小説」『三千里江山』に対する評価である。夏志清は『中国現代小説史』の一書の中で、この小説（およびその他五十年代大陸小説）で唯一の価値は、プロパガンダの作品であるにも拘わらず、作者は意識するとせざると家庭と個人の幸福を希求しているところであると認めている。劉康は夏の評価は偏見であるとして「ここに隠蔽されたメッセージは資産階級家庭の幻想が共産主義の英雄精神を解消し、これによってこの小説を寓言式に二つの政治寓言（アレゴリー）に分割し、……『小説史』はこの寓言方式を用いて中国現代文学を読み解くが、その主要部分は象徴表現（個人経験）の要求に達することがないことを発見するのみである。[9]」

劉康の見方は、実際にはすでにフーコーも認めるように、いかなる芸術も政治と権力に関わりがあるならば、『三千里江山』は八十年代後期中国先鋒小説となんら本質的な区別をつけるべきではないだろう。いずれも政治であり、いずれも芸術である。劉康は八十年代先鋒小説を非難して、次のように批判している。「言語と芸術形式を審美客体にまで発展させようと企図している。しかしこのような審美化自身が政治的であり、それは毛の文化と文学活動の政治的本質に対する観点を実証することはあっても瓦解させることはない。[10]」そうかも知れない。しかし劉康はまさか彼の第二点の叱責「西欧学界は今に至るも中国文学を政治化して読んでいる。」に根拠を提供しているわけではなかろう。

論弁の第二、三の文において、劉康は繰り返し強調している。「冷戦終結後の世界政治と文化構造において、ある種の新しい政治意識が台頭して来ている。中国問題の研究と討論の中において、私たちはこれに対して、醒めた認識を持たなければならない。[11]」

このような言い方は、西欧ではラディカルで、「ポストコロニアリズム」的である。中国ではどうだろうか。張隆渓は劉康を「フーコーと西欧理論を以て真理検証の基準とする。[12]」と批判しているが、実際には自家撞着的に西欧の「政治レトリック」を受け入れているのである。

七、

陳暁明が主催し、張頤武、戴錦華、朱偉が参加した座談会「新十批判書」は、最近数年の文化討論の中で最も鋭敏で、精彩ある編章かも知れない。残念ながら今では二つしか見ることが出来ない。即ち『鐘山』一九九四年第一期の「オリエンタリズムとポストコロニアリズム」、第二期上の「文化抑圧と文化大衆」である。幸いにも参加者の記憶に新しく、文章化されたものとして、例えば『文芸研究』一九九四年第一期に発表された陳暁明の「明らかな限界、はっきりした境界線――「エリート」と「大衆」が合流する当代潮流」『上海文学』一九九四年第八期に搭載された張頤武の「「ポストアレゴリー」に向かう時代」がある。

何人かの討論者の今の大陸文化情勢に対する特殊な見方はよく似ている。「エリート主義式の抑圧は再び文化生産とその普及を制御できない。新しい文化コントロールの網が今正に形成されつつあり、……ある意味では、それは工業革命と類似の文化革命である。」エリート文化に対しては、「この文化転型は致命的だ。」問題は知識分子はこれに対してどうすべきかである。朱偉はある知識分子は「依然自己のエリート的立場を堅持しており、この転型期の変化に対応できない…彼らは立ち上がり模範的エリート文化を防衛した。」朱偉は「これは間違っていると思う。」

張頤武は、市場化は知識分子自らが招いたものなのに、実現したあと、とても絶望していると考える。「その他の階層はこの文化の中で自分の位置を見出せるが、文化の代表者はまぎれもなく自分の位置を探し出せない。」この局面は滑稽である。よって彼らの発した抗議は只の「ドン・キホーテ式の狂吼」でしかない。

陳暁明は『文芸研究』での文章で知識分子に出路を指し示して、すでにポストモダンの西欧ではエリート文化と大衆文化は合致している以上、エリート文化は大衆文化に歩み寄るべきであると述べている。「集団自殺、市場への賛同、波に流され、平らに均される。」かつ予言して「遠からず、事実はそれが俗世間への同調であったと証明するだろう。」彼は再度、エリート文化と大衆文化を分離させようと考え、「再び両者の溝を深めよう」としているのは、徒労であり有害だ。[13]

明らかに、討論者たちは、自分は知識分子であって、決してドン・キホーテでは無い、と考え、彼らは彼の任務はただ「ポスト批判」批判は即ち抑制、「ポスト批判」が最も反感を持つのは批判である。陳暁明はポスト批判はリオタール（Jean F.Lyotard）の「ポストモダン知識」の立場に接近していると認め、「私たちの差異に対する敏感を増強し、私たちに通約されない事物に対する寛容能力を促進する。[14]」それ故に「ポスト批判者」はただ「傍観者」である。

四者の討論中、戴錦華だけが反エリート的立場に不安を表明し、かつ文化「砂漠化」に焦慮を表している。

八、

陳思和と王暁明が一九八八年に発起した「文学史再考」課題は、最近も国内外の学者において継続しており、ただ大陸だけが再び「重写」の旗幟を打ち出していない。

陳思和は一九九四年一月に『上海文学』に発表された「重写」は、「民間の浮沈――抗戦から文革までの文学史の実験的解釈」同刊九月号の「批評家倶楽部」に十名の批評家が集合し、この題目を討論した。討論者の一人、陳福民の意見は、陳思和が用いたのは「脱構築の策略」である。陳思和と自分が前言の中で言ったのは「西欧十七、十八世紀に出現した市民社会の参照」によるものであり、私たちの頭の中にはフーコーの影がよぎった。しかし陳思和は直接にはいかなる西欧の文化論者の観点も引用しなかった。

陳文は本世紀中国は「学術文化は三つに分かれ、国家権力が支持した政治イデオロギー、知識分子主体の西欧外来形態、中国民間社会の民間文化形態での保留」。異なる時期で、この三者は融合分離を繰り返し、しかし今世紀には民間文化が基本的に政府と過激知識分子を排斥した。

陳文の際立った点はアルチュセール（Louis Althusser）の「徴候式閲読法」に似たものを用いて、中国現代文学作品から民間文化の隠されたテキストを発掘したことである。「民間」は一部の知識分子を引き付けるだけでなく、国家権力意識をも解消した。それは成功裏に「革命小説」「模範劇」に浸透し、「隠された構造」（例えば『林海雪原』の緑林匪気のように、『砂家浜』の中の男女闘智のように。）実際にはその中の最も興味深い部分である。よって陳思和は「民間文学」に高い賛美を与えた。「それはこの歴史時期の最も光輝ある文学創作空間を満たした。」「自由自在はその基本的審美風格である。[15]」

陳は「重写」の範囲を「抗戦から文革」の範囲に限定した。また意識的に「農民文化」を処理し、彼自身も承認した中国現代民間文化の他の二つ――「市民文化」と「伝統文化の散在する部分」を回避した。『上海文学』が挙行した討論中、一部の人は陳思和に同意しなかった。彼らは明らかに近年俗文化の勢いの凄まじさは正に「文学芸術」を死地に追いやる」ことに思い至ったのである。陳の文に対する批判で最も先鋭だったのは陳福民で「民間文化」と官方イデオロギーは「緊密な絆で結ばれた」関係であり、強い反智的色彩を持つ。

しかし　元寶は陳思和を支持し、陳の三分式を解消した。「知識分子にとっては、民間はもはや臨時の支えではなく、彼の最終的な棲家であり安住の地である。あまりに濃厚なイデオロギー趣向が広大な民間大地に取って代わったのは、単に八十～九十年代文学の変化の趨勢ではなく、世紀末中国知識分子のひとつの精神的自覚と言えよう。」よって知識分子の自我救済の道は、「西欧外来形態」の代理人となることを拒絶した。陳思和は文中この様な局部状況について述べており、「一部の保守的知識分子は……黙々と見守り続けている。」民間に散在する伝統文化を。陳はこのような「非主流知識分子」を讃揚しており、また部は全ての知識分子がこのような「保守的」「伝統文化守護者」に成るべくして成ってしまっていると考える。

このような「唯一の出路」は、陳暁明の「合流」と近く、陳、郜が言うのは民俗と伝統形態の俗文化であり、陳暁明が言うのは商業性俗文化である。この二者は今やどれほどの区別があるだろうか。

九、

これらの討論を読み終えて、一つの局面が相当に明らかになった。一つの強大な新保守主義思潮が中国を席捲し始めている。私が言うのは「思潮」であり、決して上述の同業者が保守主義者であると言っているのではない。

新保守主義はまず、八十年代文化熱に対する贖罪自責の心情として表現された。最近王蒙は「人文精神失落」の説に反駁して、彼は「中国はいつ humanism を通り過ぎたのか。」と問い返している。外来語の巧みな問いかけに対して答えは当然否である。[16] 実は王蒙は中国知識界が感じている失落とは、八十年代の文化精神であるとわかっている。あの凄まじい「文化熱」はまだ記憶に新しい。高耽瑞は生き生きとリアルに描いている。「文革後、優秀な学生は文史哲専攻になだれこみ、大量の古籍が再版され、名著が翻訳された。人々は今一度確認したのである。知識は価値がある。思想には意義がある。人そのものは尊重を得なければならない。これら全てはあたかもルネサンス時期のヨーロッパのようである。今見ると、この時の思潮の動因は消失し、多くの人はこのために焦慮を感じており、これが、私たちが今日呼びかける人文精神の思想環境である。[17]」

しかしながら、許明は近年の論争の必要な理由は、「八十年代私達は共に典型的文化急進主義の歴史活劇に参与した。その影響、余韻の勇壮さは、今も耳に残る。[18]」許明が五四「文化急進主義」を弁護し、却って八十年代を「活劇」と呼んだのは、悩ましい。

鄒元宝は八十年代の文化熱に対してさらに慚愧を感じ「八十年代に立ち上がった世代の人が、まず直面したのは長期抑圧された言説火山の大爆発のあと、残された一陣の狼藉である。彼らは声の海洋の中に投げ込まれ、何が起こったのかわからないまま、朦朧としたまま連られて口を開き、口を開けば収拾がつかない。……今は語り過ぎ、話し疲れ、静かに耳を傾ける時が必要になった。[19]」

五四と八十年代二度の文化的精神高揚に対する清算は、討論者がこの点を自覚しようとせざると新保守主義の共通の傾向である。

十、

新保守思潮の表徴の二つ目は、伝統文化への回帰であるが、しかしこれは多くの人にとっては容易に飲み下せない。鄭敏は新詩を「自ら古人との関係を絶つ」と非難し、朦朧詩は「白話」を用いて書かれているけれども、八十年代朦朧詩のために弁護した。おそらく陳暁明等が嘲笑する「新国学」「新権威」は出てきて話をしようとはせず、「文化失落」討論に参加することを潔しとせず、討論に参加しているのはほとんどが元は、いわゆる「新派」批評家、現代文学研究者か「西学」研究者である。しかしながら、八十年代文化熱の主力は、これらの学者である。

討論に参加しようとしないのは、すでに伝統文化に帰依したものが、目前の文化乱局の中で最も自信を持っていることの証明である。「国学の復興と……権威言説の主張するところの価値は大いに関係があり、西学を修めていることによって歓迎されないこともあり得る。……その初志は八十年代上半期の西学とははっきり境界を分かつものと思う。しかし同時に差異性の平等な位置での西欧との対話を強調する。[20]」「一定程度、彼らは中国の真の知識分子であると認められる。[21]」

国学の復興は相当激烈な非難を引き起こした。「民族的であればあるほど、世界的である。」「中国人は中国人のことしか扱えない。」西欧に投合するのを良しとするのは「民族的な自己認識とは、発達した資本主義文化覇権を認めるという前提を含む。」その名利はここにある。「文化代言人の地位を強調することで、国際学術交流の中で、東方の発言権を獲得する。[22]」ことにある。

これらの話は、聞いてみるとあたかも気勢の張り合いだが、実際には学術対抗の様相である。季桂宝は同様に「新派」の身上に「文化帝国主義」の趣を嗅ぎ取っている。またその背後には個人的動機があると断定している。「西欧新思潮、新流派を議論し、自ら新思潮、新流派の権威ある解釈者となる。それゆえに自らある種の文化覇権地位を占める。[23]」

国内出版物の情況から見て、新国学が既に近年学術の中核となり、文化の関心点は確かに転向している。

十一、

新保守主義潮流の最も重要な表徴は自らエリートの地位と責任を唾棄することから、転じて民間文化――俗文化への賛同である。私たちが先に提示した四つの論争、鄭敏の伝統回帰への試み、劉康の官式言説に美学あるいは理論価値があるという考え、その他の人々は、程度の差はあれ俗文化に対して肯定的態度を維持していることである。

矛盾しているのは、具体的に俗文化の作品となると、これらの人々の批評は十分先鋭になることである。たとえば『鐘山』が座談会を催して、張芸謀と陳凱歌を論難し、また『ニューヨークの中国人』に無情な分析を加えるのに、王蒙だけが王朔の作品について一貫して手放しで褒めたたえ、文化エリートが「無頼派文学」を非難するのはまさに人文精神の欠如だと述べている。

ある論者は商業化俗文学の出現は歴史を更なる高みに転機させたとする。朱偉は「一九八九年の特殊な背景は、かえって市民空間の構築を促進させ……わたしは却ってこれは文化領域における重要な革命だと思う。[24]」

もし「市民社会」の構築がエリート文化を倒壊させることによって実現するのなら、それも中国の特殊な国情だろうか。もしこれを「革命」と呼ぶなら、今世紀はほとんどずっと革命し続け、いま終に成功を見たのだ。

十二、

理論の理論である所以は、その抽象性が個別案の束縛から離れて、再びその他の場合に用いられることだ。普遍性は永遠に限界があり、理論家はその限界に自覚があり、省察がある。しかし逆に言えば、一つの理論はその限界を吹聴してはならないし、自分の理論が優れている理由が、ある特定の集団に仕えているからと言うのでは、話にならない。

私は理論が集団利益に奉仕してならないと言っているのではなく、たとえ「被圧迫」集団であったとしても意識的に集団価値の方向を追求すべきでないと言っているのだ。「過激」から保守の契機は往々にしてここにある。これはすでに歴史が証明している。

構造主義は最初から普遍性を正鵠としている。ポスト構造主義はかえって出現から趨勢に限界があった。フーコーからデリダは西欧文化史思想史を対象としている。彼らは決して非西欧文化の考え方においてこれを用いようとはしない。

そしてポスト構造主義を背景に発展してきた様々な形式の新後学は、たとえば女性主義、少数民族言説論、ポストコロニアリズム論などは、即ち明らかに「人種、性別、階級、地域」を標榜している。

当代文化理論の明らかな集団利益傾向は、ある人は政治化と言い、ある人はイデオロギー化と言い、私はむしろこれを「部族化」（tribalist）と呼びたい。理論思惟自体がすでに精力尽き疲弊しているか、あるいは全人類が共通の関心を抱く課題とは言えないのではないか。

良い方面から言えば「後学」の価値分化は、後期資本主義のグローバル化の勝利に対して、自覚的に価値の挑戦をつきつけたが、悪いことにそれは「多元文化」の呼び声のもと、当代文化の凋落に弁解を与え、アメリカ式俗文化に道を拓いた。

十三、

西欧文化、三千年と言わないまでも、少なくとも最近五百年の蓄積でも、すでにきわめて厚く体制化され、その根本的なイデオロギーは危機に直面していない。（福山 Francis Fukuyama の言う「ポスト歴史主義」の危機を除いては。即ち「いつも、誰かの独り勝ち、こんなゲームはこれ以上やっていられない。」）何らかの蜂の巣をつつくような議論を経て、批判の解体によって価値の平衡を獲得することが必要だ。

理性と科学を基石とする西欧文化について言えば、ポスト構造主義の批判は辛辣で、とりわけ直接文化批判を進めているフーコーは、西欧啓蒙以来の科学的蓄積と人文精神は、単に知識によって構成された権力の回路網を織り上げるためにあると考える。知識分子は知識権力体制の中で自然に宗教審判の司法官のような役割を持ち、現代社会の抑圧的な本質に対して主要な責任を負わねばならない(25)。

資本主義に対するこのように先鋭な批判は、マルクス主義以来目にしたことが無い。しかしフーコーは現代社会がなぜこのような抑圧的な体制なのか解き明かしていないし、どのような改造が必要なのか指摘してもいない。あたかも抑圧が理性知識の必然的結果で、生来備わっているから、免れようがないかのようである。マルクスが、資本が必然的に搾取となることを認識したように、フーコーは知識は必然的に社会にコントロールを進めると認識する。資本が剝奪するなら、知識はどうなのだろう。

十四、

ポストモダニズムの討論となれば、著作は無尽蔵である、しかし今に至るも人を信服させるような論述は無い。この言葉は最も早くには、六十、七十年代勃興した幾つかの先鋒主義文学芸術を指して使われた[26]。八十年代に到り、ジェイムソン（Fredric Jameson）、リオタールらはこの概念を前当代西欧文化社会に、とりわけ大衆メディアと「数値化」イメージ伝達の当代俗文化に拡大した。モダニズムの時期、大部分の文学芸術作品は決して「モダン派」では無かったし、ポストモダンのいかなる文化現象も全てポストモダン景観の一部分であった。両者の理論は正に相反している。モダニズムの多くの研究流派は、自己の理論がただモダニズムの作品にのみ適用できると言っているものはない[27]。これと対照的に、ポストモダン批評はポストモダン文化を説明するのみである。

八十年代ジェイムソンが中国でポストモダニズムを講義したとき、中国の学界はその文化研究の方法に興味を示したが、ポストモダニズムという言葉はまだ時流になっていなかった。一九九二年になっても、このテーマはまだ嘲笑を受けていた[28]。王朔、汪国真がポストモダン現象として滑稽なまでに持ち上げられたからである。一九九三、一九九四年に至り、ポストモダニズムの討論はもはや西施の顰に倣うことばかりでなく、このような議論を聞くに到る[29]。

ポストモダニズムはほとんど何の妨げもなく滞りなく我国の文芸領域に進入した。中国人のポストモダニズム受容は、モダニズムの時のような不承不承なものではなかった。当代文学に明らかにポストモダニズム文化因子の作品が出現するや、すぐにその成熟と老練が進んだのである。文化の落差がどうして両者の調和融合の妨げになろうか。原因は我国の伝統文化の中に歴史性を超越した文化因子（遺伝子）があり、大胆にもポストモダニズム文化思想の共時性と連結しているのである。

ここでのいわゆる文化現実は、商業偽文化の氾濫と「人心への潜入」を指す。文化遺伝子は、伝統的二流文化を指す。両者は徐々に浸透し、ここにおいて中国消費文化は深刻な通俗性に加え「香港マカオ風」を上塗りされ、ここにおいて中国文化はモダニティを飛び越え、ポストモダンに突進していった。

多少ともヨーロッパ人文精神に賛同する知識分子は、本国文化において完全に地位を失った。ただ三面挟み撃ちにされた言説だけが統轄支配の中で生存の淵をさまよった。たとえそうであっても、かれらはまだ西欧理論者から「植民地時代の懐旧病(30)」を患っていると、また「買弁知識分子」（comprador intelligentsia(31)）西欧言説の叙述者（agent of narration(32)）と呼ばれ、中国理論家からは「旧式レコードプレーヤーの発する声のようだ(33)。」といわれている。

十五、

ポストコロニアリズムは単純な時間対応式に説明をすることができる。西欧の非西欧国家に対する覇権は、最も早くは領土侵略と移民方式の採用、これは殖民主義である。第二次大戦後民族独立運動が勃興し、西欧は政治コントロールを転用して経済的搾取と結合させ、これは新殖民主義と言われた。しかし七十年代以降、西欧はポスト工業時期に入り、市場に対する需要は原料の需要をはるかに超過した。非西欧国家は深刻に分化し、あるものは経済能力において西欧に追いつき、あるものはその富裕レベルにおいて西欧を追い抜き、西欧の非西欧をコントロールする主要な手段は文化的優勢となり、地縁政治学は地縁文化学となった。この時の西欧の覇権はポストコロニアリズムと呼ばれ、これに対する分析もポストコロニアリズムと呼ばれた[34]。

この三段階において、非西欧の西欧に対抗する主要な方式は却って同じではなかった。殖民主義の時期、用いたのは武装抵抗と非暴力的不服従であった。新殖民主義に対しては、民族経済の発展、あるいは「第三世界」政治経済連盟を用いた。ポストコロニアリズムに対しては、当然ながら全力で本土文化の発展を提唱した。多くの西欧ポストコロニアリズム理論の解釈者がみな処方箋を書いた[35]。

フーコー理論はポストコロニアリズム理論の重要な出発点であり[36]、こうして知識分子は自然と西欧「文化殖民主義」が非西欧国家に進入する道を拓いた。

ポストコロニアリズムは一つの純粋な理論ではない。それは非西欧民族がどのような国家を建設しようとするかに関わっている。もっと正確に言えば、西欧の後学家がどのような非西欧を見たいのかということである。新殖民主義はいまなお非西欧国家を市場化しようと考え、ポストコロニアリズムは本土価値、本土文化、本土言説、「観光化前の様式」本来の国粋主義、原教旨主義、の回復を見たいと考える。しかしながら、これらの文化が特定の非西欧国家の人民福祉にとって有利か否か、彼らの考慮するところでは無いのである。

西欧のポストコロニアリズム理論家は、非西欧国家知識分子の言説を剥奪するかわりに、西欧学術界の先進的イメージの中に自己を樹立するのである。

そして非西欧知識分子は自ら「民族文化に背反した」罪業を償いたいと思う。国学への転向（「新国学家」はもと西洋式教育を受けている）あるいは、身を翻して後学を擁護し、西欧後学家に学んで自己の国家の薄弱な人文伝統を解体し、ポスト構造主義によって、人文精神を瓦解させるのである。ポストモダニズムによって俗文化の統括の合理性を認め、ポストコロニアリズムで文化本土化を鼓舞するのである。

最近「文学史書き換え」が国内外で継続されているが、自覚的に書き換えの対象を「既成史」(「体制式」文学史) から知識分子自身の「迷誤史」に方向転換させてしまう人は少なくない(37)。

十六、

かつてこのようなユートピア、方向性がなく、深度がなく、歴史観の無い文化を、この様な俗文化の狂奔を予言した悲観主義者はいない。

本文作者は、少しも包み隠さずに、文学上あるいは文化上、常にエリート主義の立場を堅持した。たとえエリートという言葉が「打倒の対象」であったとしても、他の言葉がこれに取って代わるまでは、私はこれは責任感、自尊心のある知識分子が回避できない、血の滲んだ月桂冠であると考えている。

中国近代啓蒙運動の度重なる失敗は、中国知識分子の心霊に重い歴史的外傷を残した。しかしそれは自らの罪を担うとか、自己懐疑の理由でなく、さらに琴の弦を張り替える口実でもない。

私が強調しなければならないのは、俗文化に加勢する態度をとる必要は無い。俗文化崇拝のための世論を造るのは、全中国知識界を媚俗の自殺の路に追いやる。少なくともエリート文化は俗文化よりも強靱であり、その自我省察と批判精神は、社会との疎通能力を具えた価値観を保存する一縷の望みである。

あるいは、まさしくある討論者が言うように、この時代は知識分子だけが自己の文化地位を探し当てることができず、あるいは私が長年確信してきたように、周縁的地位を守ったエリート文化だけが、狂気じみた離散の時代に身を寄せる淵を探し当てるのかも知れない。

十七、

本文はあまりに短く、もはや自分自身の見解を十分に展開することが出来ない。因って以下の幾つかの建議を、ある種独断として聞いていただければと思う。

最初に、中国知識分子は決して国家、民族、および（最も重要な）人類の命運に対する関心を放棄してはならない。これは知識分子の定義であり、知識分子以外に、この社会においてこの種のことに関心を寄せる者はいないからである。第二に、当代西欧諸新理論に対して、とりわけ集団利益を標榜する理論は、それは西欧社会内部の価値平衡の必要から来ており、その普遍的意義を懐疑すべきであることを透視する必要がある。第三に、中国文化批判の主体性を確立すべきである。必ずしもただ西欧を他者とするのでなく、更に必要なのは本国の体制文化（官方文化、俗文化、国粋文化）を他者としてこそ、主体が文化多元の窮境に直面することを避け、西欧中心主義の陥穽に嵌ることを回避できる。(38)

これはもともと私たちが西欧に一歩遅れているということではなく、ちょうど反対に、私たちが全世界に比べ「激進」するとき、必ずや文化の保守遺伝子がその力を発揮するということなのである。

註

（1）　上述の大部分の「ポスト」は、陳暁明と張頤武の用いる言葉で、彼らの近年の文章を散見した。

（2）・（31）　Kwama A. Appiah, "Is the Post- in Postmodernism the Post- in Postcolonialism?", *Critical Inquiry* 17 (1991): 336–57; 359.

(3)・(7) Stephen Slemon, "Modernism's Last Post," in *Past the Last Post*, ed. Ian Adam and Helen Tiffin (New York: Harvester Wheatsheaf, 1993), 18; 7.
(4) Robert Young, *White Mythologies, Writing History and the West* (London: Routledge, 1990), 185.
(5) Edward W. Said, "Representing the Colonized: Anthropology's Interlocutor," *Critical Inquiry* 15 (1989) ; 2.
(6) Andreas Huyssen, After the Great Divide (London: Macmillan, 1988), 125.
(8)・(9)・(10) Liu Kang, "Politics, Critical Paradigms: Reflections on Modern Chines Literature Studies," Modern China 19 (January 1993) : 14; 20; 14.
(11) 劉康「中国現代文学研究在西方的転型」、『二十一世紀』(香港中文大学・中国文化研究所)、一九九三年十月号、一一六頁。
(12) 張隆渓「再論政治・理論与中国文学研究――答劉康」、『二十一世紀』(香港中文大学・中国文化研究所)、一九九三年十二月号、一四一頁。
(13)・(14)・(33) 陳暁明「塡平鴻溝・劃清界線」、『文芸研究』、一九九四年第一期、五四～五五頁；五五頁；五四頁。
(15) 『上海文学』、一九九三年第一期、七八・七二頁。
(16) 「失落之前・誰曾擁有?」、『中時周刊』、一九九四年十二月四日、六四頁。
(17) 高瑞泉等「人文精神尋蹤」、『読書』、一九九四年第四期、七四頁より引用。
(18) 『文芸評論』、一九九四年第四期、一一四頁。
(19) 張汝倫等「文化世界・解構還是建構」、『読書』、一九九四年第七期、五四頁。
(20)・(21) 陳暁明の言葉については『鍾山』、一九九四年第一期、一四五頁；一四七頁を参照。
(22) 『鍾山』、一九九四年第一期を参照。
(23) 『読書』、一九九四年第五期、五二頁。
(24) 『読書』、一九九四年第二期、一九二頁。
(25) Zugmunt Bauman, *Legislators and Interpreters: on Modernity, Postmodernity and Intellectuals* (Cambridge: Polity Press,

1987) を参照。

(26) 当時カリネスクは「後現代主義」はアメリカの言葉で、欧州の先鋒主義に等しいと考えた。Matei Calinescu, *Faces of Modernity* (Bloomington: Indiana University Press, 1977), 143.

(27) 実際上、モダニズムの諸批評流派は、意図的にモダン以前の作品を分析することがある。エプソンの『晦渋七型』の数百の事例は、全てプレモダン作品である。ブルックスの『精製的甕』は、ほとんど全てプレモダンの手法である。バルトは、モダニズムの作品だけが批判的な「再読」を満喫させると言明した上で、典型的な非モダニズム作家、バルザックの分析による一冊の大作を著す。これは当然、その理論の普遍適用性を証明するためである。

(28) 孫津「後甚麼現代、而且主義」、『読書』、一九九二年第四期。

(29) 朱秉龍「当代文学中的後現代主義変体」、『草原』、一九九四年第四期、七一頁。

(30) Ruth Frankenberg and Lata mani, "The Change of Orientalism," *Economy and Society* 14, no. 2 (1985) : 174–92.

(32) Homi Bhabha, *Nation and Narration* (London: Routledge, 1990). 58.

(34) この様な区分は学界の常識では無い。スピヴァクは既に新植民主義の特徴は、「認識、知識、政治、体制価値の輸出」であると認めている。Gayatri C. Spivak, "Poststructuralism, Marginality, Postcoloniality and Value," in *Literary Theory Today*, ad. Peter Collier and Helga Geyer-Ryan (Cambridge: Polity Press, 1990), 219–44. を参照。

(35) Fredric Jameson, "Third-world Literature in the Era of Multinational Capitalism," *Social Text*, no. 15 (1986) : 65–88.

(36) 「サイードの『オリエンタリズム』は、フーコー式定義の『言説』である。」Andrew Milner, *Contemporary Cultural Theory* (London: University College Press, 1994.

(37) 陳思和と王暁明は、「重写文学史」という呼びかけの提唱者である。しかし彼らはみな方向転換した。本文では既に陳の事例を挙げている。他に王暁明の「一個雑誌和一個社團」『今天』一九九二年題四期、劉禾「不透明的内心叙事」『今天』一九九二年第四期。王暁明はポストモダニズムに対して保留的態度を維持する。しかしポストコロニアリズムが「疑い無く、斬新な思考・構想を提供する」と認めている。王暁明「在批判的姿態背後」『二十一世紀』一九九四年四月号、一四〇頁。

当然劉再復のように「官式正統」の重写を堅持する者もいる。

（38） 本文を書き終えてから、劉再復の「再論文学主体性」を読んだ。主体性としての中国についての最初の完全な詳述は、劉再復が弛まずに堅持した精神であり、人を感動させる。また彼には、時代の趨勢にも揺るがない決意が見られることは、見習うべきである。

5　文化批判とポストモダニズム理論

趙　毅　衡

知識分子が当然嘲笑されるべきだと言うなら、「中国大陸に目下出現した状況は、まぎれもなく知識分子が自ら招来したものであり、かれが呼び寄せた個性や満足な生活が実現するや、それが出現してすぐに、知識分子はまた非常に絶望している。[1]」

ひとこと皮肉を言わざるを得ないだろう。葉公竜を好む。

本文で述べたいのは、これは紛れもなく文化批判の特徴で、文化は変遷するもので、万象が更新可能なのである。生活はすでに「完全」かも知れないが、批判の鋭利さは変わらぬものであり、批判そのものが目的と言っても良いかも知れない。これは知識分子を伝統中国の読書人（士大夫）や宗教社会の経学家と区別する根本的特徴である。八十年代の文化批判は社会商業化には有利であるかも知れない。九十年代の文化批判は全般商業化を批判する。まぎれもなく文化批判精神が中国で生き続け、多くの人々が堅持していることを証明するものである。

葉公の比喩を用いたからには、それを少し補足しておこう。平板粗劣、暗澹沈重が主流のとき、葉公は竜の華やかさを呼び求め、壮麗華美な竜の風格が主流となった時、葉公は必ず「ひどく絶望」するのである。

永遠の文化反対派は、現代知識分子の逃れられない運命である。彼らが自覚すると否と、かれらが知識分子の基本的道義を拒絶しない限りにおいて。三十、四十年代の情熱に満ち溢れた革命作家は、五十年代には突然「社会主義を誉めそやすしかない」状況に追い詰められ、党と群集の非難のもと恐れ戸惑いながら霊魂を追い求め、何がしかの世界観を持つに至った。一九五七年になって右派となり、やっと「反骨が残っている」ことがわかった。振り返ると、批判精神を欠いた文学は、朝廷文学か娯楽文学である。批判精神を欠いた理論は、体制理論あるいは順応理論である。この二者はいずれも文化主流に対して潤色と潤滑の作用を及ぼす。

ポストモダニズム理論は、まぎれもなくこの様な非批判的順応理論である。それが目下の文化主流に順応しているのは、それが以下のような諸特徴を持っているからである。

ポストモダニズム理論の第一の特徴は数量崇拝である。そのため質と価値を著しく等閑視する。

私は「「後学」と中国新保守主義」の一文で、一つの現象について提起した。「矛盾しているのは、具体的に俗文化作品に至ると、これらの人（ポストモダニスト）の批評は十分先鋭なことだ。」許紀霖はわたしのこの観察に対して嘲笑を向け、「ポストモダン言説とモダン言説の指し示す現象の間の区別もつかない。……批判し終わったが、（自分でも）曖昧さを覚える。[2]」私の文章は比較的簡略で、見たところはっきりしないと思われる一、二句の語の解釈が必要である。ポストモダニズム理論の主要な触媒は、当代文化生産（とりわけ映画とベストセラー）の人を畏敬させる偉大な数量である。商業俗文化はその数量の気勢の輝かしさによって、高い評価を得ることであり、ポストモダン論が弁護する文化の主流となる。しかし具体的な、また一部の俗文化作品については、西方、東方いずれのポストモダン主義者も、畢竟、教養人であり、常にこれを受け入れ難く感じるであろう。よって、許紀霖には「曖昧な」反論と感じさせ、俗文化作品討論の時には各々見識を持つ国内外の批評家たちはかえって「大衆文化の急速な拡張」の速度と面積によって屈服、震撼させられていた。カナダの研究者ヒュオット（Marie C. Huot）の絶妙な標題は「文化小革命」（La petit revolution culturelle）[3]。

言えることは、この反論が説明するのはポストモダニズム理論家は「自己に与えられた使命は、ポストモダン批評を道具として無情にこれらの大衆テキストを解体すること」[4]。かつデリダ（Jacques Derrida）の手中にある脱構築主義の対象は経典テキストであり、重要なのは彼らが個別大衆テキストに対する脱構築を大衆文化に拡張しないことである。

わたしは全く逆の立場を提議したい。俗文学の個別の作品に多く優れた点を探すとともに、まさに体制化された俗文化主流に対して冷静な批判をすべきである。

ポストモダニズム理論の第二の特徴は、それが偏向のないパノラマ的描述を気取ることである。モダニズム論者の目の中では、全ての社会の文学芸術、あるいはその他の文化産品は、ごく一部だけがモダニズムである。その他、現代作品は非モダニズムの作品である。ところがポストモダニズム論者の目の中では、社会全体の文学芸術、或いはないしはあらゆる文化現象は、すべてポストモダニズム的なのである。早まらないで欲しい。許紀霖が権威者の意見を引用している。「ポストモダン現象が指しているのは二つのレベルのものである。一つは先鋒性、実験性のポストモダン文学芸術、……もう一つは、大衆性、通俗性、商業性の流行作品である。」

全く同一の言葉が、なぜ二つの全く相反する、互いに相容れないものを指すのであろうか。わたしたちに「ポストモダニズム」という言葉を少し整理させて欲しい。七十年代初め、この言葉がアメリカに出現したとき、指していたのはポストモダン先鋒主義文芸（「モダニズム」という言葉の用法と対応する）であり、当時すでにそれを用いて当代文化全体を指す人がいた。八十年代に入って、後者の方法が優位に立った。後者が前者を接収した。

許紀霖もこの言葉を用いて「商業流行文化」を指しているのが、第三番目の意義であると思う[5]。
この学術用語がこのように混乱しているにも拘わらず、各論者については、学術用語の指し示すものが幾つかの事物の間を浮動してはならない。リオタール（Jean F. Lyotard）ジェイムソン（Fredric Jameson）について言えば、ポストモダニズムとは当代文化の全体状況、文化消費主義、をその顕著な特徴として指すが、ポストモダニズムは決して「消費文化」を「指す」のではない。カリネスク（Matei Calinescu）という人がポストモダニズムは先峰主義だと最初に認め、後に修正を試み、論証して、やっと元の場所に戻ったかのようである[6]。

同時に二つのものを指す、かつ先鋒文芸と流行文芸はこの様に二つの完全に相反するものである。もう少し時間をかけて論証する必要があるかも知れない。

ひとまず第二の提議について述べよう。即ちポストモダン社会の全体的な文化状況である。この様にして、一つの社会は「ポストモダン」と称され、あらゆる文化現象もポストモダニズムとなるが、何の標記も無い、先駆的でない、あるいは典型的な作品もそうである。三年前、わたしは北京大学の第一次ポストモダニズム国際討論会上、一つの問題を提出した。「当代作家の一体誰がポストモダンでないのか。」席を連ねた内外の専門家は一人として私の問題に回答しようとしなかった。

もし一緒くたにされた理論の煩雑なことを恨むなら、目的の所在は明らかにならない。モダニズムは一つの言説として、その価値の趨勢によって影響が現れる。ロシア・フォルマリズムは異化を論じ、新批評は曖昧、張力、風刺を論じ、バルト（Roland Barthes）は可写性を論じ、ブレヒト（Bertold Brecht）は拡散作用を論じ、すべて一つの価値の探求であり、褒貶するところである。ポストモダニズムはひとつの言説として、褒貶を拒絶し、価値を拒絶し、批判を拒絶する。すでにポストモダンが完結した社会が出現してこそ、等価であり、一律にポストモダニズム言説のスキャニングの中に進入するのが、一様にポストモダン多元離散文化の表徴なのである。[7]

この様な理論は扱いが困難である。一部のポストモダニズム作品選は、当代出版物の標本集のようにならざるを得ないのだろうか。北京大学中文系が編選した『ポストモダン中国文学選』は、小説、詩歌、評論巻など大方一般に言う先鋒派と重なり合う。作家出版社の「西欧ポストモダニズム小説系列は、その選考基準はおおかたポストモダン先鋒主義である。中国人が思い違いをしているのだろうか。そうとも限らない。アメリカの批評家マカフェリー（Larry McCaffry）が編纂した『ポストモダン小説家辞典』（Postmodern Fiction,a Bio-bibliographical Guide）に列挙された百人近く、ほとんど全て先鋒作家、実験型作家であり、俗文学作家は見当たらない。[8]

編纂者からすれば、彼らの標準は一貫しており、先の一つの定義を用いている。選ぶに当たり、価値を偏重している。これはまさにポストモダン論者が最も拒絶することである。因って自家撞着は免れ得ない。

私がポストモダニズムを討論する時用いるのは、一貫して前者の定義である。混乱を生じると意識するために、その後わたしは「ポスト先鋒主義」という言葉を用いるようになった。これは現在のポストモダン論者が言うのと同じことではない。

これはポストモダニズム論者の揚げ足をとるわけではない。許紀霖が、わたしのポストモダンに対する非難が「思考回路が不可思議な混乱に陥っている」と言ったとき、彼はまさに「二つのレベル」の間で自由に旋回していた。わたしはかえって彼本人が「思想回路の混乱」ではないか、この学説自身が十分混乱していて、西欧から始まった混乱が、中国で「不可思議」なまでに乱れていると感じた。

数量崇拝が偏向なく全てを覆い尽くすのは、ポストモダンに向かう第三の特徴であり、現存方式に対する肯定である。それは当代文化現実肯定を歴史の高みに位置づける。いかなる成分であっても、「ポストモダン」という標識が掲げられた社会の中に存在してこそ、堂々たる多元の一つなのである。いかなるテクストも「ポストモダン」文化の中に入ってこそ、歴史の合理性を得るのである。

「どれがポストモダンでないのか。」という編者の悪夢は、「どれが同じでない価値を持つのか。」という批評家解雇通知に変わった。多元共存が多元同価に変わったのである。[9] このように全面的に現状を肯定する立場は、以前ならいかなる民族の思想家も、ほとんどの人が採用しなかったであろう。後退論者は三皇五帝、あるいは天国崩壊の前を追想し、前進論者は未来の技術と道徳の完璧になることを夢想し、現存状態への不満が大部分の思想家の自然な出発点になっているかのようである。しかし、ポストモダニズム理論は「進歩神話」を推進して、存在即合理にいたる。張頤武はポストモダニズム論の順応性を以下のように総括する「(ポストモダン／ポストコロニアル理論)は今の文化に対する参与を意味している……それは文化の対立面に位置していないし、それを超越しようと試みてもいない。」かつ、俗文化の数量絶対優勢によって、一律同価がまぎれもなく全てを平等に見ることを惹起し、俗文化崇拝を引き起こす。

ポストモダニズムの論述は批判されてしかるべきだ。それは「モダニティ」の時代遅れを批判して、ポストモダニズムの歴史的進歩性を確立し、それは批判者を批判し、理論に順応する合理性を確定し、それはただ彼が直接対象を注視することのみを批判しない。すなわち「当代文化」である。

実際、「急進／保守」の二元論は、聞いただけでも時代遅れで幼稚だ。鄭敏先生は手のひらを返すように、それを「革と保」に換えたのだから、[10] なお耐えがたい。これらの言葉は現代中国語として不統一であるばかりでなく、歴史的な連想が大きく、論者としては使わないでいただきたいと願う。私は「新保守主義」思潮について論じたとき、同業者たちが「新保守主義者」であると言った覚えはない。ただある種の文章が新保守主義思潮に暗に一致しており、たとえば近年の「重写文学史」の詩編などである。かつまた、保守主義は批判の意味ではなく、私が見たところ、それは完全に保守から急進を批判し、今の主流文化体制が何であるかということを見渡している。しかし、「保守」の基本的意味は、「現状保持」の傾向であると言える。ポストモダニズム理論とはまさに急進理論の道を借りて、保守に突進して行くものなのである。

ポストモダン論者は明らかに宣言している。全く文化批判は必要ないと。批判は即ち「コントロール」「訓導」である。彼らは文化批判に参与する権利を拒絶したと言うべきであろう。畢竟一つの文化の大部分の言説は文化批判の色彩を具えていない。たとえば今、新国学に力を注いでいる学者たちは伝統学術を再建し、文化遺産を整理することが、人文建設の必要な部分である。また大衆文化に従事している友人たちは当代文化の繁栄のために大変な努力をしている。伝統文化と大衆文化そのものは決して文化批判の対象ではない。文化批判の対象は体制化、現存文化秩序の理論化、合理化である。

それでは結局なぜ文化批判が必要なのであろう。文化批判は確かに中国の学術伝統ではない。五四と八十年代の非常に短い時期を除いて、ずっと文化批判は現代中国の拠って立つところではなかった。しかし文化批判がなければ、文化は価値の平衡を失い、一つの方向に猛然とアクセルを踏むこともある。左かと思えば右を何度も見るようでは危険きわまりない。現代中国では、全民が一致して一方向を見、別の価値様式に注意を促すこともなく、その結果の好ましくない我々は今一度教えを請う必要もないだろう。

ここで、わたしは鄭敏先生の五四現代漢語の創造と現代詩の批評について応答したい。新詩が伝統を切り裂くと非難する人たちは、往々にして文言詩が明らかに六、七百年も停頓していることを忘れている。現代漢語を非難する人は、往々にして文言が十九世紀には早くも辻褄が合わなくなり、さらに「五千年の中華文化伝統」を延続するすべがないことを忘れている。五四時期の作家は、翻訳の資源として十分に文言、口語を利用し、晩清文学の基礎の上に、一気に優位を得、中国現代文化各領域の基本的工具としての現代漢語を確立した。これは五四が立脚するところの業績であり、中国文化転型能力の明らかな証左であると言うべきである。中国近現代文学の成果は、最も優秀な作家と詩人の貢献によって、現代漢語が充分有効な文化言語であることはすでに証明されており、その成果はまぎれもなく文化批判中において生産されたものである。現代漢語はほとんど一群の文化批判者が（有利な情勢に乗じて）創造し得たものであり、これは偉大な業績である。

鄭敏先生は一度ならず陳独秀と胡適の過激な言論を引用しているが、実はまた魯迅の「人が人を食う歴史」論を引用してもよかろう。文化批判の表現方法は、往々にして隠喩的であり、隠喩は歩行の釣り合いが取れない。文化批判は表現上、他人の欠点を論うきらいがあり、「角を矯めて牛を殺す」類の言論である。今ではもう「八十年代知識分子」「一元化、独断論による全体主義思惟方式思考問題」への批判は聞かれないではないか[11]。

五四の諸君から「八十年代知識分子」まで、恐らく全知全能の聖賢などいないだろう、しかし文化批判の任務はあらゆる万世の真理を発見し、発揚することではない。今日の批判を端緒として、もちろん将来を占い、展望する上で必要だが文化批判の方向は、もとより歴史に先行する方向ではない。事態の発展は、「知識分子精神運動」の指し示す方向に沿って進むことはなく、永遠に様々な因素の結合である。

「後学」がいま必要であると言うのは、「目下中国大陸の文化発展が人々の想像だにしなかった軌道の上に乗り、……中国政治／文化／経済の進展が昔日の言説中心に依拠した『知識分子』の把握から離れた[12]。すでに現在の中国文化の発展方向が、八十年代文化批判の推測を逸脱したからには（このように言うと、全般商業化も張頤武が言うように「知識分子が招来したものだ」とは言えないが）知識分子は今日の文化問題に口を挟む必要は無い。

反論の要はここにある。文化批判は処方箋を書くことでも、未来を予言することでもない。九十年代の情況は、八十年代が予測したようなものではなく、まさに二〇〇〇年の情況は、いかなる人も予測できない。文化批判はただ社会主流運動に注意を促してこそ、客観視し、転向の可能性があるのである。

五四運動と八十年代文化熱には、様々な誤りがあったけれども（誇大な言論が幾度となく、さらに程度の差はあれ、「アカデミーから横溢して」文化批判は直接政治行動に巻き込まれた。）[13] 文化批判運動としては、かえって成功し、また私たちが今日文化批判を行う主要な範となった。目前のこの「後学」の討論は、その要点はここにある。二十世紀の中国知識分子は堅持に値する何かを残せるだろうか。

註

（1）張頤武の文は「新十批判書之二：文化控制与文化大衆」、『鍾山』、一九九四年第二期、一六九頁を参照。

（2）・（4）・（5）・（11）許紀霖「此批評更重要的是理解」、『二十一世紀』（香港中文大学・中国文化研究所）、一九九五年六月号、一三四頁；一三四頁；一三四頁；一三二頁。

（3）Marie C. Huot, *La Petite Révolution culturelle* (Editions Philippe Picquier, 1994).

（6）カリネスクは、一九七七年に出版した『現代性的幾張面孔』（Faces of Modernity）において、「アメリカの言うポストモダニズムは、ヨーロッパで言う前衛主義である。」と認めている。一九八七年に増改した『現代性的五張面孔』（Five Faces of Modernity）では「ポストモダニズム」の一章を加えている。彼の結論は「ポストモダニズムは、現実では無く、或いは思想でも、世界観でも無く、これを用いてモダニティに疑義を呈する観察的視角である。」（二七九頁）この様にポストモダニズムの理論は、単にモダニズムへの反思である。

（7）突き詰めれば、文化産品の等価とは、文化商品化の必然である。商品は当然等価ではない。しかし商品の交換的基礎は即ち等価なのである。一つの傑作絵画の価値は当然劣作より高い。しかし、もし劣作が数百万に上る複製品として販路があるなら、それは傑作と等価と言い得る。甚だしくは、傑作であれもし買い手が無ければ、劣作に遙かに及ばない。劣貨が良貨を駆逐する規律は、現在あらゆる文化差異において演じられている。

(8) この書物は、百近い小説家の評価を専門としている。主に英語作家とその他の西方言語の作家である。この他に、カリネスクは、『現代性的五張面孔』の中で、三〇一頁で二十名のポストモダンの代表的作家を挙げており、全て先鋒作家である。

(9) 文中で、ポストモダニズムは、「集体順役新一輪的物質放縦主義」として、ポストモダニズムの主要な精神は媚俗であると指摘している。

(10) 鄭敏「文化・政治・語言三者関係之我見」、『二十一世紀』(香港中文大学・中国文化研究所)、一九九五年六月号、一二〇〜二四頁。

(12) 張頤武「闡釈「中国」的焦慮」、『二十一世紀』(香港中文大学・中国文化研究所)、一九九五年四月号、一二八頁。

(13) 「学院溢出」に関して詳細は拙論「走向辺縁」、『読書』、一九九四年第一期、三六〜四一頁を参照。

6　再び政治、理論と中国文学研究について論ずる

張　隆　渓

一九九三年一月出版された『近代中国』(Modern China) は、イデオロギー、批評理論、中国現代文学研究についての特集号であった。刊行以来、劉康先生はすでに一九九三年夏季出版された『今天』と一九九三年十月出版された『二十一世紀』上、連続して二編の文章を発表した。林培瑞 (Perry Link)、杜邁可 (Michael S. Duke) と私が『近代中国』に発表した文章に応答している。私が最初『近代中国』で展開された討論に参加しようと決めたのは、政治、理論と中国文学研究との関係で、私から見て詳しく討議する価値があると思ったからである。同じ原因によって、李陀先生が私に『今天』文学雑誌に原稿依頼した時、私は『近代中国』に発表した文章を中国語で書き、『今天』に発表した。文章が印刷された後、討論は一歩進み、さらに多くの人がこの問題に関心を注ぐようになり、弁論の中で理解が深まったことは、良い事であった。見解が異なるために、互いに討論し、論争することは、学術の健全かつ進歩的現象である。しかし正常に展開される学術弁論には最低限の条件がある。それは弁論の双方が相手方意見が完全に言い尽くされてから、再び評論なり弁論を加えることである。もし論敵の話に徹頭徹尾、歪曲を加え、その後すでに歪曲された相手方に反駁するとは、実際自らも人をも欺くやりかたであり、学術論争とは言えない。大変遺憾なのは、劉康が『今天』と『二十一世紀』に発表した「回答」の文章は、決してこの学術論争の最低条件を満たすものでは無かった。実質的な討論に入る前に、まずは事実をはっきりさせ、改竄歪曲された文章の原貌を恢復させなければなら

ない。

劉康は西欧漢学界が中国現代文学を政治学、社会学文献とみなし、かつ濃厚な冷戦意識のゆえに、中国左翼文学に偏見を抱いていると批判している。彼は杜邁可がこのような偏見を堅持し、また「張隆渓は義憤に燃えて中国現代文学はみな『党の路線と政策を推進する』ために作られた『無味乾燥で味気ない宣伝品』と非難する。」としている。劉康は続いて、「張文は現代文学の歴史時代区分に常識的な誤りを犯している。」と指摘している。なぜなら現代文学は中共政権掌握以前の作品を包括し、全てが共産党の政治宣伝品では無いからである。また誤りの原因も彼は「ある種の『政治的無意識』の反映[1]」と診断している。劉康の「話は非常に理屈が通っている。」どうして「中国現代文学がすべて」共産党のコントロールのもとに造られた「無味乾燥な宣伝品」と言えるだろうか。しかしもし読者が私の原文と付き合わせるなら、この常識的な誤りを犯しているのが、他でもない、劉康自身であることがわかるのである。わたしがもと語っていることはとてもはっきりしており、「党の路線と政策を推進するために、その遵守すべき普遍的真理を説明するために造られた作品は、すべて無味乾燥な政治宣伝品にすぎない。[2]」わたしがここで用いている「作品」は明らかに限定語であり、いかなる誤読の可能性も回避できる。明確な限定を顧みず、わたしが言う「作品」を強引に全ての中国現代文学と解釈するなら、それは基本的な語文の常識を欠いた誤読ではなく、基本的な道徳原則に欠けた悪意の歪曲である。劉康は夏志清の『中国現代小説史』に大変反感を持ち、彼が一方的に沈従文、銭鐘書、張愛玲など「左翼文学主流から遊離した『経典作家』」を過分に尊重し、もう一方で「楊朔の共産主義小説『三千里江山』」を貶めているとしている。[3]わたしは身をもって中国大陸の全般政治化災難の結果を経た人間であることを強調し、文学が政治に奉仕することで生まれたあまりに無味乾燥な政治宣伝品を忘れてはならず、読書経験からのこのような事実を忘れるべきではない。即ち「八十年代の比較的開放的、ゆとりある雰囲気の中で、中国大陸上の読者と批評家たちは再び折り良く沈従文、銭鍾書、張愛玲などの作家を発見したのである。そして楊朔のような党命に従うだけの文人はたちまち忘れ去られたのである。[4]」言い換えるなら、私は決して中国現代文学がすべて党の政策を図解するような無味乾燥な宣伝品と考えてはいない、『三千里江山』のような公式化、概念化された作品を除き、中国現代文学には豊富な内容、傑出した文学創作がある。他の人が公式化概念化された政治宣伝品に対して反感を表明するや、これは「義憤に満ちて中国現代文学を非難している。」と言うのは、劉康自身の分析によれば、これもまたひとつの「政治的無意識」の反映ということではないのか。

劉康は一部を引用して原義を歪曲するばかりでなく、個別の字句を引用して相手方の原義を歪曲しているのだ。彼は「張隆渓はアメリカのマルクス主義理論家ジェイムソン（Fredric Jameson）と筆者（即ち劉康）が『第一世界理論』を運用して『第三世界経験』を描いていると言う。[5]」と言うが、これは歪曲であり、完全に相手方を捏造するいわゆる「意図」がある。まずは、私はもとからこのように「認識」したことはないし、断じて何とか理論で何とか経験を「描述」するなどと意味の通らない戯言を言った覚えはない。たとえ劉康がいま新マルクス主義を標榜しているとしても、ジェイムソンと彼を同列に論じたことはない。わたしが『近代中国』と『今天』に発表した文章は、第一部分が、ジェイムソンの現代中国文学の著作に関係する討論であり、とりわけ彼の老舎、魯迅に対する評論である。わたしはジェイムソンに対して第三世界「民族諷喩」（national allegory）の概念を批判したのは、総括して言えば、彼の著作は非常に深く厚い理論基礎を持ち、折々に深い洞察が散見される。中国現代文学の研究者に対して、ジェイムソンの著作は理論の挑戦を提出しており、この挑戦への回答は、専門テーマの限界を超えた普遍性を帯びた理論問題の討論であり、中国文学研究が少数学者のみが関心を持つ封鎖された小さな枠から抜け出す助けになる。文章の第二部は、わたしはオーウェン（Stephen Owen）の北島と当代中国詩に対する公正を欠く評論に反駁し、オーウエンと余寶琳が中国文学と西欧文学の決然と異なる文化差異を強調し、実際に中国を西欧が提供する異国情緒の「非我」に変え、また中国文学研究を文化の封鎖圏に閉じ込めることを指摘した。わたしの文章の題目は「文化の封鎖圏からの脱出」である。脱出のために、第一歩として学術の垣根を取り壊すことである、古典文学と現代文学、中国文学と世界文学、文学批評と理論探求の間の互いの隔たりと境界である。このような情況のもとで、理論の挑戦を受け、各種各様の西欧理論を研究し、比較研究の中で東西文学と文化への理解を深めることが、特別重要な意味を持つ。

当代西欧理論の重要性を十分に認識することは、全般的に西欧理論を受け入れることを意味しない。各種理論を機械的に中国作品の閲読に持ち込み、援用することでもない。もし批評理論が文学と文化に対して批判的思考を加えることであると言うなら、真に理論的な立場を取るべきで、先ずは理論自身について批判的思考を加え、自己の採用する理論的立場に対する自覚的意識を高めるべきである。かつこの批判的思考の基礎は実践経験であり、それは、作品閲読の経験、広義の意味での現実と政治生活の経験を包括する。劉康は侮蔑的な口吻で問いかけている。「これは『実践が真理を検証する唯一の基準』という論断の翻刻なのか。[6]」私の回答は簡単である。すでに私が理論のための理論（理論から理論へ）を主張していないからには、いかなる論断「翻刻」の問題も存在しない。（わたしは文革大批判の中で乱用された「翻刻」というような言い方を用いたくない。）考慮に値するのは、却って、なぜ劉康は実践経験に対してこの様に反感を持っているのか。マルクスは『フォイエルバッハ論綱』第二条において「人の思惟が客観真理に達するかどうかは一つの理論の問題ではなく、実践の問題である。人は実践において彼の思想が真理であること、その実現性と力量、その此岸性を証明しなければならない。[7]」私はこの新マルクス主義信徒が、マルクスのこの著作を読んだかどうか知らない。私が『近代中国』に発表した文章の第三部分は、まさに劉康が完全に中国政治と文化生活の現実を顧みず、無理やり西欧思潮を持ち込むやり方に、率直な批評を加えたのである。

劉康の文章は、現代文学研究中、夏志清の形式主義と李欧梵の歴史主義を批判したばかりでなく、劉再復の人道主義や八十年代中国文学の非政治化傾向も批評している。劉康は非常に明晰に語っている。(8)

西欧とポスト毛沢東の中国においては、毛の観点は常に中国共産党の文化専制主義を攻撃する中心的目標となっている。しかし、フーコーが掲示した権力と知識の共謀関係および歴史と審美テキストの言説形成における政治の作用が、西欧人文学会を統治する自由派人道主義神話に対して有力な批判として大いに賞賛されたとき、人々は往々にして忘れているのだ。良くも悪くも、政治と審美の関係における毛の観念は事実上、フーコーが西欧自由派人道主義を激しく批判する際に、大いにそれを激励したのだ。……八十年代後期、中華人民共和国の前衛作家と批評家たちは言語と芸術形式の審美客体を築きあげることによって、文学における毛の統率に反抗したのである。しかしこの審美化の行動自体が政治的であった。それはまぎれもなく、文学と文化に関わる毛の活動が、すべて政治的活動の観念であることを証明し、この観念は揺ぎ無いものである。

劉康のこの話の意図によれば、毛の観点を攻撃し、それに反抗することはまぎれもなく毛の観点が正確であることを証明し、重ねて毛主席の言葉が真理であることを証明することになる。劉康の見方によれば、実践は真理を検証する基準ではなく、フーコーあるいは西欧理論が真理を検証する基準である。当世赫赫たる有名な西欧理論の巨匠フーコーが毛に鼓舞されたからには、私たちは急いで毛の真理を崇め、万歳三唱せずにいられようか。私たちが幸いにして毛の中国に生を受け、毛の真理に対して畢竟西欧人よりも幾分近いのだから、政治、イデオロギー、マルクス主義の問題を語るとき、さらに言葉の重みが増すのではなかろうか。

このような時、また第三世界経験を忘れるなと言い、極権主義政治の災難を持ち出し、時勢を知らない一つ覚えでは、興醒めではないか。私と劉康の分岐は、おおかたこれらの問題にいかに答えるかにかかっているだろう。わたしは間違いなく劉康がフーコーを以て毛の正しさを証明しているのは「西欧当代理論およびその政治レトリックを文学と文化研究の絶対的価値基準とみなす。[9]」ことであると考える。劉康から見れば、わたしが実践経験を理論立場の基礎として強調するのは「経験論」にすぎないし、私が毛からフーコー、新マルクス主義の諸氏の権威に服従するのを拒否しているのは即ち「マルクス主義（ジェイムソンの新マルクス主義を含む）文化理論研究を否認しながら、中国問題の価値を思考する。[10]」ことである。劉康がすでに一切の文学と文化の活動をすべて政治活動と強調しているのだから、彼の極度に敏感な政治的神経から言って、中国現代文学研究中の意見分岐は、単に学術見解が異なるという問題には留まらない。彼は『今天』の文章の中で明らかに述べている。「このように西欧理論批判の名を借りて、中国マルクス主義現実の本当の傾向を否定するのは、史実の曲解であるばかりでなくそこに暗に含まれた新冷戦イデオロギーは憂慮に堪えない。」彼は『二十一世紀』の文章の中で、再び警告を発している。[11]

冷戦終結後の世界政治と文化構造の中で、ある種の新しい冷戦意識がまさに　台頭している。中国問題の研究と討論において、私たちはそれに対してさらに醒めた認識を持たなければならない。

ここに反復された「冷戦」の二字は、ただ論敵への宣戦ではなく、大いに階級闘争であり、生きるか死ぬかの構えである。一介のマルクス主義者にとってみれば、階級闘争は依然として、他人が真似できないお家芸かも知れないが、このように緊張する必要は全くないと思う。「冷戦」と見れば、簡単に陣営を明確にでき、問題を絶対化し、参戦する人は対立する双方から一つを選択する、東側でなければ西側である。ソ連を推戴するのでなければ、アメリカに依拠するばかりである。このような状況は、断じて私の念頭にある学術弁論の正常な状況ではない。わたしにとっては、最も尊重すべきは思想の独立と自由であるが、思想が疾走できる空間は高遠にして果てしない。その中では断じてこれでなければあれという二つの選択はない。わたしは西欧の各種理論を理解することに興味はあるが、しかし何か一派の理論を絶対的真理とすることはできず、断じて何か一人の理論権威に盲従することもあり得ない。文学研究において、学術論争において、わたしは断じて自分を何か一派の戦車に括り付けることはない。まさに思想自由と学術研究中の多元観念が、私たちを階級闘争の呪縛、生きるか死ぬかの「冷戦」心態から解き放つことができる。『近代中国』と『今天』に発表されたその文章の最後の一部分では、わたしは更なる開放性を争うことを提起したが、目的はこのような思想自由と学術多元の観念を確立し、堅固にすることを望むからである。

開放と多元の立場に基づいて、いかなる人が提出した討議に対しても一歩検討を進め、発言が道理にかなっており、討論されている問題の認識を深めるのに有利であるかぎり、わたしは心から歓迎する。劉康のいわゆる「回答」は人をひどく失望させた。なぜなら彼がすでに問題を真面目に討論する誠意を持っていないからであり、正面から論述を展開して私の観点に反駁するのではなく、断章取義によって、原意を歪曲し、一面で彼が自ら摑み取った綻びにつけこんで、冷笑風刺し、婉曲に攻撃する。たとえば私が文章で引用したドイツの哲学者ガダマー（Hans-Gerorg Gardamer）の説を取り上げ、経験に頼るのは理論に反することはなく、まぎれもなく理論的意義を具えると説明する。[12]

しかし、ガダマーの解釈学は重要な論点を持っている。すなわち全ての理解と経験は歴史の「偏見」と不可避的に、切り離せない。「偏見」は恐れるに足りないが、恐ろしいのは自己の偏見を見慣れて無感覚になることであり、あるいは家宝のように周囲に誇示することである。

劉康の言い方によれば、経験は偏見を免れない。実践経験の強調は、自己の偏見を取り上げ周囲に誇示する。彼のこの言葉においては、偏見は顕かに耐え難いものである。しかしガダマーの所謂「偏見」とはハイデッガー（Martin Heidegger）の理解するところの「先結構」である。いかなるものごとを理解するにおいても、わたしたちの頭脳は一枚の白板ではなく、先にそのものごとの基礎を理解し、理解した物事にすでに一定の概念を持っている。だからガダマーの言うところの ruteil（prejudice）はまさに私たちが物事を理解する基礎であり、必ずしも誤った先入観ではない[13]。

劉康はガダマーの「偏見」概念を用いてわたしの強調する現実経験に反駁して満足であろうが、しかし見たところ彼はガダマーの哲学についてまだ入門にも至らないようである。さらに失笑なのは、劉康は大いに自身に満ちて私が自分の文章を中国語に翻訳して『今天』に発表したとき、元の「文化の貧民窟を抜け出て」を改めて「文化の封鎖圏を抜け出て」とタイトルを変えたことについて「元の「文化の貧民窟を抜け出て」を「文化の封鎖圏を抜け出て」に改めた。これは賞賛に値する修正である。原文は中国文化あるいは中国文化／文学研究を「貧民窟」（ghetto）と称し、張はこれを妥当でないと考えたのであろう[14]。」英語を理解する人は誰でもわかると思うが、ghetto の原意は大都会のユダヤ人の居住区で、華人が住んでいるエリアを唐人街あるいは中国城（Chinatown）と呼んでいるのと同じである。そこにいる住民は主に人種、あるいは非経済的な原因で一緒に住んでいるので、シェイスクピアの劇のシャーロックのような高利貸しのユダヤ人も、お金はあるが、人種的な原因で、ghetto に住んでいる。ghetto というのは人種隔離の結果であって、貧民窟とは言えず、貧民窟は英語では slum という語で表す。Ghetto の拡張義は、隔離された小圏で動詞の ghettoize は、ある区域に隔離され、ある範囲に限定されるという意味である。これらは身近な英語であり、劉康は英語で文章を発表しているのだから、当然英文を理解しているはずだし、なぜこのような誤解が生じるのか。当然、英語理解も温度計のようなもので、さまざまな目盛り（レベル）があるだろう。もしいわゆる応答、討論がわずかにこのような水準にとどまるなら、何ら学術上の意義は得がたいし、実際踏み込んで応える必要もない。しかしイデオロギー、西欧批評理論と中国文学研究は確かに興味深い重要な問題を成しており、興味を感じられた読者は一九九三年第一期の『近代中国』を読むのもよく、それによって更に考え方や見解が深まり、私たちの討論がさらに一層高いレベルで展開できるかも知れない。

註

（1）劉康「中国現代文学研究在西方的転型――兼答林培瑞・杜邁可・張隆渓教授」（以下簡称「転型」）、『二十一世紀』（香港中文大学・中国文化研究所）、一九九三年十月号、一二五頁。ここに引用した最初の一文は劉康「理論与現実――中国新馬克思主義文化思潮的嬗変」（以下簡称「嬗変」）、『今天』、一九九三年第二期、一八五頁を参照。

（2）・（4）・（9）張隆渓「走出文化的閉圏」、『今天』、一九九二年第四期、二一九頁・二一九頁・二一七頁。

（3）「転型」、一二二頁・Liu Kang, "Politics, Critical Paradigms: Reflections on Modern Chinese Literature Studies," *Modern China* 19, no. 1 (January 1993): 20.

（5）・（6）「転型」、一二五頁・「嬗変」、一八六頁。

（7）Karl Marx, "Theses on Feuerbach," in *Karl Marx and Friedrich Engels, Selected Works* (New York: International Publishers, 1968), 28.

（8）Liu Kang, "Politics, Critical Paradigms," 14.

(10) 「転型」、一二六頁：「嬗変」、一八六頁。
(11) 「転型」、一八六頁：「嬗変」、一二六頁。
(12) 「転型」、一二六頁。
(13) Hans-Georg Gradamer, *Truth and Method*, 2nd rev. ed. (New York: Crossroad, 1989), 265-77.
(14) 「転型」、一二七頁註(3)。

あとがき

本書は、二〇〇七年秋からの中国社会科学院文学研究所学術訪問を契機として、同研究所・現代文学研究室での共同研究を基礎に、帰国後、学会誌・大学紀要に寄稿した論稿を集大成したものである。北京滞在中に翻訳したテキスト、汪暉編『九十年代「後学」論争』を一つの端緒として、この批評論文集をめぐる対話の形式を取っている。

中国社会科学院文学研究所の趙京華教授は一橋大学博士課程在の同窓生で、『周作人と日本文化』で博士学位号を取得され、二〇〇二年に汪暉教授が文学研究所から清華大学に赴任した時、その後任として着任された。当時、私は銭理群教授の『新世紀の中国文学』を共訳で刊行しており、汪暉編『九十年代「後学」論争』についても、趙京華教授が在京の研究者として、汪暉教授と長く親交があることから、邦訳の快諾を得ていた。茲に、心から感謝したい。

本書の構想は、この論争との対話から始まり、「文化転換」をめぐる新思潮と、修辞の復権、審美価値と文学芸術の自律など、新時期以降の文学研究を概観する上でも、また「知」の転換を知識社会学的な視点から概観する上でも、私にとって貴重な原点となり、汪暉氏の言う「真実の、そして虚構の解釈の焦慮」を心に深く刻む契機となった。

北京から帰国後、二〇〇八年秋の日本現代中国学会（東京大学法学部）では、第一章に当たる「学術文化界における知の転換」について学会報告を行った。第二章、「メディア、表象、ジェンダー」は、二〇〇三年に筑波大学『東アジア地域研究』に掲載された「周蕾研究初探――中国近現代文学研究と文化研究」以来の論稿に基づいている。第三章では、更に当代文学批評・理論史に於ける「審美モダニティ」を焦点化して叙述し、第四章では、「文化転換」をめぐる思潮と、「近代の超克」に擬えられる近代化イデオロギー論争について、一橋大学での研究報告に基づいて詳述した。

論稿の流れに一つの方向性があるとすれば、それはこの時期の汪暉に象徴される「新左派」の思潮に対する関心に集約される。各章で比較的多く引用されている汪暉、張旭東、戴錦華、劉康、王紹光、崔之元は九十年代の思想界を二分した「新左派」として位置付けられる知識人であり、北京滞在中に私が最も関心を抱いたのも、公羊主編『思潮――中国〝新左派〟及其影響――』（中国社会科学出版社）の中の「自由主義派」との論争であった。「新左派」の一部は政治学者、経済学者として、またリベラル左派として、政策に関与し、紛れも無く一つの「思潮」として屹立し、今日に至っている。

現在日本では、汪暉氏の歴史、社会学、思想的な、多くの論著が翻訳紹介されているが、文化美学（張旭東）や、ジェンダー・表象文化論（戴錦華）についての論考は、未だ稀少であり、本書の特徴の一つとなっている。

この間、東京で、一橋大学の木山英雄教授から直接ご指導を賜る機会もあり、東京大学の代田智明教授、尾崎文昭教授からの様々な御教示、更に大学院中国研究科で共に学生を指導する黄英哲教授からも貴重なご助言をいただいた。茲に記して感謝を申し上げたい。

本書の刊行については、汲古書院三井久人社長と編集部小林詔子氏に心から感謝を申し上げたい。

二〇一七年三月　桑島　由美子

本書は、二〇一六年度愛知大学学術図書出版助成金による刊行図書である。

【英語文献】

Rey Chow, *Women and Chinese Modernity - The Politics of between West and Fast* : University of Minnesota Oxford 1990

Rey Chow, *Ethics after Idealism, Theory-Culture-Ethnicity-Reading:* Indiana University Press 1998

Rey Chow, *Primitive Passions: Visuality ,Sexuality, Ethnography, and Contemporary Chinese Cinema* : Columbia University Press,1995

Rey Chow, editor *Modern Chinese Literary and Cultural Studies in the Age of Theory* : Duke University Press 2000

Xudong Zhang, *Chinese Modernism in the era of reforms*, Duke University Press, 1997

Arif dirlik and Xudong Zhang, editor, *Postmodernism& china,:* Duke University Press 2000

Xudong Zhang, editor, *Whiter China? Intellectual Politics in Contemporary China,* : Duke University Press, 2001

Xudong Zhang, *Post socialism and Cultural Politics China in the Last Decade of the Twentieth Century* : Duke University Press 2008

Wang Hui, *The Politics of Imaging Asia* : Harvard University Press 2011

Wang Hui, *The end of the Revolution China and the Limits of Modernity* : Verso 2011

M.フェザーストン著　川崎賢一・小川葉子　編著訳　池田緑　訳　消費文化とポストモダニズム　上巻・下巻　恒星社厚生閣　2003年
思想7(No1071)　ポール・ド・マン――没後30年を迎えて――　岩波書店　2013年
ピーター・ブルッカー著　有元健・本橋哲也訳　文化理論用語集　カルチュラル・スタディーズ+
フランソワ・キュセ著　桑田光平・鈴木哲平・畠山達・本田貴久訳　フレンチ・セオリー――アメリカにおけるフランス現代思想――　NTT出版2010年
ロバート・J・ヤング著　本橋哲也訳　ポストコロニアル　岩波書店　2008年
ハンス・ベルデンス　ジョウゼフ・ナトーリ編／土田知則・時実早苗・篠崎実・須藤温子・竹内泰史訳　キーパーソンで読む　ポストモダニズム　新曜社　2005年
叢書アレテイア2　仲正昌樹編　美のポリティクス　御茶の水書房　2003年
岩波講座　現代思想14　近代／反近代　岩波書店　1999年
岩波講座　現代思想15　脱西欧の思想　岩波書店　1999年
岩波講座　現代思想3　無意識の発見　岩波書店　1998年
坂井直樹　磯前順一編「近代の超克」と京都学派　近代性・帝国・普遍性　以文社　2010年
吉田傑俊著　近代日本思想論Ⅱ「京都学派」の哲学　2011年
菅原潤著　「近代の超克」再考　晃洋書房　2011年
ポール・A・コーエン著／佐藤慎一訳　知の帝国主義――オリエンタリズムと中国像――　平凡社　1990年
石井知章編　子安宣邦跋　現代中国のリベラリズム思潮　1920年代から2015年まで　藤原書店　2015年
石井知章・緒形康編　中国リベラリズムの政治空間　勉誠出版　2015年
松田博著　21世紀叢書　グラムシ思想の探究　新泉社　2007年

王治河主編　後現代主義辞典　中央編訳出版社　2005年
傑姆遜講演　唐小兵訳　後現代主義与文化理論　北京大学出版社　2005年
張艶芬著　詹姆遜文化理論探析　上海世紀出版集団　2009年
姜智芹著　中国新時期文学在国外的伝播与研究　斎魯書社　2011年
李沢厚著　中国現代思想史論　李沢厚論著集　三民書局　1986年
李沢厚・劉再復対話集　告別革命——回望二十世紀中国　天地図書有限公司　1994年
李欧梵著　現代性的追求　李欧梵文化評論精選集　麥田人文　1996年
王徳威著　抒情伝統与中国現代性　在北大的八堂課　生活・読書・新知三聯書店　2002年
陳暁明著　無辺的挑戦　中国先鋒文学的後現代性　広西師範大学出版社　2004年
陳暁明著　中国当代文学主潮　北京大学出版社　2009年

【日本語文献】

坂井洋史著　懺悔と越境　汲古書院　2006年
林少陽著「修辞」という思想　白澤社　2009年
宇野木洋著　克服・拮抗・摸索　世界思想社　2006年
レイ・チョウ著／本橋哲也・吉原ゆかり訳　プリミティブへの情熱　青土社　1999年
レイ・チョウ著／田村加代子訳　女性と中国のモダニティ　みすず書房　2003年
レイ・チョウ著／本橋哲也訳　標的とされた世界　法政大学出版局　2014年
汪暉著　村田雄二郎・砂山幸雄・小野寺史郎訳　思想空間としての現代中国　岩波書店　2006年
汪暉著　石井剛訳　近代中国思想の生成　岩波書店　2011年
李沢厚著　坂元ひろ子・佐藤豊・砂山幸雄訳　中国の文化心理構造　岩波書店　1989年

盛寧著　人文困惑与反思　西方後現代主義思潮批判　生活・読書・新知三聯書店　1997 年
趙毅衡著　意不尽言—文学的形式—文化論　南京大学出版社　2009 年
趙毅衡著　反諷時代：形式論与文化批評　復旦大学出版社　2011 年
李揚著　中国当代文学思潮史　上海社会科学院出版社　2005 年
姜文振著　中国文学理論現代性問題研究　人民文学出版社　2005 年
王岳川主編　中国後現代話語　中山大学出版社　2004 年
湯一介主編　王岳川著　20 世紀西方哲学東漸史　後現代後植民主義在中国　首都師範大学出版社　2002 年
朱政恵編　美国学者論美国中国学　上海辞書出版社　2009 年
陳永国著　理論的逃逸　北京大学出版社　2008 年
陶東風著　文化与美学的視野融合　福建教育出版社　2000 年
陶東風著　当代中国文化批評　北京大学出版社　2006 年
陶東風主編　当代中国文芸思潮与文化熱点　北京大学出版社　2008 年
周憲著　審美現代性批判　商務印書簡　2005 年
周憲著　文化表征与文化研究　北京大学出版社　2007 年
蕭功秦著　中国的大転型　従発展政治学看中国変革　新星出版社　2008 年
王暁路等著　文化批評関鍵詞研究　北京大学出版社　2007 年
羅雲鋒著　文学研究与文化研究的双重変奏　20 世紀 80 年代以来的文化学術鏡像　上海人民出版社　2011 年
汪暉著　現代中国思想的興起　上巻・下巻　生活・読書・新知三聯書店　2003 年
汪暉著　去政治化的政治 短 20 世紀的終結与 90 年代　生活・読書・新知三聯書店 2008 年
王寧著　超越後現代主義　王寧文化学術批評文選之 4　人民文学出版社　2002 年
王寧著　全球化与文化研究　揚智文化事業股份公司　2003 年
王寧著「後理論時代」的文学与文化研究　北京大学出版社　2009 年
王一川著　第二十文本——中国電影文化修辞論稿　北京大学出版社　2013 年

主要参考文献

（個別の論文・論文掲載雑誌については本文を参照。／また参考資料・文献の詳細については各章末に掲載した。）

【中国語文献】

張旭東著　批評的蹤跡　文化理論与文化批評 1985－2002　生活・読書・新知三聯書店　2003 年

班雅明著　張旭東・魏文生訳　発達資本主義時代的抒情詩人　論波特萊爾　臉譜出版　2010 年

公羊主編　思潮——中国新左派及其影響——　中国社会科学出版社　2003 年

朱耀偉著　後東方主義——中西文化批評論述策略——　駱駝出版社　2003 年

朱耀偉著　当代西方批評論述的中国図像　中国人民大学出版社　2006 年

許紀霖　羅崗等著　啓蒙的自我瓦解　1990 年代以来中国思想文化界重大論争研究　吉林出版集団有限責任公司　2007 年

賀照田著　当代中国的知識感覚与観念感覚　広西師範大学出版社　2005 年

王逢振著　交鋒　21 位著名批評家訪談録　世紀出版集団　上海人民出版社　2007 年

王逢振　蔡新楽主編　批評的新視野　河南大学出版社　2010 年

戴錦華著　隠形書写　90 年代中国文化研究　江蘇人民出版社　1999 年

戴錦華著　電影批評　北京大学出版社　2004 年

孟悦　戴錦華著　浮出歴史地表　現代婦女文学研究　中国人民大学出版社　2004 年

戴錦華著　渉渡之舟　新時期中国女性写作与女性文化　北京大学出版社　2007 年

（美）湯尼・白露著　沈斉斉訳　李小江審校　中国女性主義思想史中的婦女問題　世紀出版集団　上海人民出版社　2012 年

著者略歴

桑島　由美子（くわしま　ゆみこ）

東京都出身

一橋大学大学院社会学研究科博士後期課程修了

1998 年～ 2005 年　愛知大学大学院中国研究科・経済学部助教授

2007 年 9 月～ 2008 年 3 月　中国社会科学院文学研究所客員教授

2006 年～現在　愛知大学大学院中国研究科・経済学部教授

専攻　中国近現代文学・思想文化研究

著書

銭理群・呉暁東著（桑島由美子他共訳）

『新世紀の中国文学――モダンからポストモダンへ』（2003 年）白帝社

『茅盾研究――「新文学」の批評・メディア空間』（2005 年）汲古書院

九十年代文化批評

――「文化転換」をめぐる新思潮と審美モダニティ――

二〇一七年三月十日　発行

著　者　桑　島　由　美　子

発行者　三　井　久　人

製版印刷　㈱　デ　ィ　グ

発行所　汲　古　書　院

〒102-0072東京都千代田区飯田橋二-五-四

電　話　〇三（三二六五）九七六四

FAX　〇三（三二二二）一八四五

ISBN978-4-7629-6586-9　C3098